LIGHT
NOVEL
RANKING
2022

このライトノベルがすごい！

宝島社

このライトノベルがすごい！ 2022

BEST10発表！ 文庫部門

『このラノ2022』では、2020年9月1日から2021年8月31日に発売された作品・シリーズを対象として、アンケート回答を募集しました。こちらでは［文庫部門］のBEST10を発表!!

raemz描き下ろしイラスト!!

はじける青春！
月に手を伸ばす
少年少女の群像劇

文庫部門 第1位

［199.16ポイント］

2年連続　文庫部門 第1位獲得!!

裕夢インタビュー INTERVIEW

Chitose kun ha ramune bin no naka

千歳《ちとせ》くんはラムネ瓶のなか

高校生のきらめく青春を描く、ラブコメの頂点！
2020年、2021年と2年連続の文庫部門
第1位という偉業を達成！
『このラノ』の連覇を目指してシリーズを書いてきたという裕夢先生に、直撃インタビュー！

イラスト：raemz　取材・文：岡田勘一

――『このラノ２０２２』文庫部門第1位、そして2年連続1位達成です！　おめでとうございます！　報告を聞いたときの気持ちはいかがでしたか？

裕夢　去年は想像もしていなかった1位だったので驚きが強かったのですが、今年は「2連覇を狙おう」と思って執筆をしていました。なので「やっと肩の荷が降りた」と心からほっとしています。ありがとうございます！

――昨年、『このラノ２０２１』で1位を獲ったあと、反響はどうでしたか？　5巻執筆までにいろいろ施策を行っていたと書いていましたね。

裕夢　フルボイスPVの制作、1、2巻の全文無料公開、グッズ制作などを行っていきました。『チラムネ』仕様のラムネ瓶を作ったのもこの頃ですね。『このラノ２０２１』で1位を獲ったおかげで、明らかにこれまで届いていなかった読者層も『チラムネ』を知ってくれた実感がありました。売り上げもそうですが、ずっと棚差し1冊だった近所の書店で平積みになっていたのを見ると、作品の注目度が上がっていると感じられましたね（笑）。

――その後、5巻、6巻を書いていくことになったと思います。その時点での意気込みや、目指したことはなんだったでしょう。

裕夢　わかりやすく「次も『このラノ』1位を目指すぞ」という意気込みがありました。シリーズとしては、これまでにできた「型」を壊そうと思っていました。1～4巻では、それぞれエピソードごとにメインのヒロインがいて、問題が起こり、朔《さく》と一緒に打開策を探し、最後にはかっこよく解決する……いわゆるストーリーの「お約束」ができていました。去年はその部分を読者のみなさんにも評価いただいたのだと思います。本来なら、その「お約束」を続けていけば、読者の期待を裏切らず、シリーズとしては安定するのかもしれません。でも僕のスタンスとして、1冊ごとに出し惜しみせず全力でやりきっているので、同じ事の繰り返しだと面白さが目減りしていくという予感がありました。シリーズの新しい面白さを提供していくためには、型を崩して次を作らなければならない……その第一歩が5巻と6巻です。

――その「型」が仕上がった4巻はスポ根になっていましたね。コメントを見ると4巻の青春模様の評判もよかったです。

裕夢　僕は元々スポ根ものが大好きですが、ラノベで描くつもりはありませんでした。しかし1巻執筆時点で、担当編集氏から朔の野球部に関する過去は「後々このエピソードで1冊書くべきだ」と言われて、4巻を書くにあたって確かにそのとおりだったと感じました。朔が唯一目を背けて、清算できていないのが野球部の出来事でした。シリーズのジャンルとしてはラブコメなので、こういったド直球で熱い展開になるスポ根を書ける機会は

ここしかないと。４巻ではスポーツに情熱を捧げる青春を真正面から描けましたね。

――５巻からは夏休みに入って行きます。関係性の変化しやすい時期だとは思うのですが、意識していましたか？

裕夢　４巻で、朔はあの夏に置いてきた後悔を清算したので、新たに訪れる夏では何か変化が起きるのだろうと感じていました。

――作中、楽曲が印象的に使われています。読者も、シーンに合わせて聴くといいでしょうか。

裕夢　もちろん、シーンに合わせて聴いてもらえたらうれしいです。加えて、１冊読み通したあとにそれらの楽曲を聴くと、また違った印象を受けるんじゃないかと思います。これらの楽曲は楽しみつつ悩みつつ選んでいます。地味なこだわりなんですが、楽曲はＪ－ＰＯＰを中心にしています。というのも、僕がこれまで読んできた小説で楽曲が出てくるとき、大半は洋楽やクラシックやジャズだったんです。僕自身、英語が得意ではなく、音楽的な教養があるわけでもなかったので、小説を読んでいても楽曲が出てくる意図がわかりにくかった（笑）。なので『チラムネ』ではそういう読者にも伝わるように、日本の曲を選んでいます。いまなら高校生でもサブスクなどで簡単に楽曲を聴けるのがいいですね。

――舞台となっている福井県からの反応はどうでしたか？　聖地巡礼マップが作られているなど、福井に興味を持った読者も多そうです。

裕夢　明らかに福井在住のコアなファンが増えましたね（笑）。『このラノ』１位を獲ってからの盛り上がりを感じます。福井雑学を織り込んでいるマニアックな聖地巡礼マップを作ってくれる方がいたり、手作りの聖地巡礼ノートを作って地元の店舗に交渉して設置してもらったり……熱の高いファンの存在は本当にありがたいですね。メディアからは、福井新聞社さんや福井テレビさん、ラジオ日本さんの取材を受けました。福井県や市の職員の方、観光課の方ともご挨拶させていただいて、『チラムネ』とのコラボを計画しています。役所の方も、いちファンのようにして企画を考えてくださるので、とても楽しみにしています。

――夏休みの恋愛群像劇を描く５～６巻は、それぞれのキャラクターを深掘りしています。書いている中で、「お前はそう考えていたのか！」という気付きが大きかったのは誰でしょう。

裕夢　本当に全員に対して気付きがありました。これまでは朔の一人称メインでストーリーが進行していたので、どうしても「千歳朔の物語」として見えていました。しかし、朔の周りの友人たちそれぞれが自分の人生を生きているんですよね。朔が変わっていくのと同じように、彼らもまた変化し、成長しているんだ、と書いている僕も実感していきました。１巻で朔が健太《けんた》に言ったように、みんなが自分の物語の主人公になっているんです。

――５巻、６巻では視点人物の入れ替わりが多いですが、これは書き始めるときから視点変更を考えていたのでしょうか。

裕夢　５巻、６巻の物語に向き合ったとき、視点人物を変えざるを得なかったんです。誰か一人の視点だけでは、チーム千歳の面々が抱えている気持ちや感情を伝えきれないエピソードでした。ヒロインたちそれぞれが葛藤を持っていて、なかなか表には出していません。それをしっかり描きたかったんです。夕《ゆう》湖《こ》が内に秘めていた「弱さ」だけじゃなく、優空《ゆあ》も悠月《ゆづき》も陽《はる》も明日風《あすか》も、それぞれが自分の弱さやずるさを抱えていました。それでも周りの人や好きな人を大切に想いたくて、個々の立場で考えを持って行動するんです。この繊細な気持ちは、視点を変えなければ描けませんでした。

——ヒロインだけでなく、男友達の感情も描かれています。男性キャラの気持ちはどのように捉えていましたか？

裕夢　まず、健太はわかりやすく朔の影響を受けていて、自分の物語に責任を持つようになっています。ただ朔の真似をするのではなく、自分なりに変わろうとしています。だからこそ朔（神）に対しても、自分の意見を言えるように変わっていますね。和希《かずき》は当初、もっとドライでした。でも2巻の出来事からすこしずつ変化が起きています。健太や悠月の姿を見て、和希も思うところがあったのでしょう。5、6巻で本音を見せるようになってきていますしね。

——「ラムネの瓶に沈んだビー玉の月」と喩《たと》えられる朔ですが、シリーズをここまで書いてきて、千歳朔という人物をどのように捉《とら》えていますか？

裕夢　最初はみんなのヒーローであり、彼自身の美学を持っていたと思います。それが友人たちと過ごすことで、当たり前のように彼も迷ったり苦しんだり、時には間違ったり決断できなかったりする、一人の高校生にやっとなれたのだと思っています。千歳朔にとっての成長なのかもしれないし、見る人によっては弱体化したように思えるかもしれません。これが千歳朔にどう影響を与えてくるのか、シリーズ後半で描ければと思っています。

——朔は巻を経るごとに人間臭くなっていると思います。

裕夢　幼少期の朔はまっすぐで無邪気な少年だったと思います。それが学校生活を過ごす中で、自分を堅い殻——ラムネ瓶のようなもので覆うようになっていきました。そんな朔が、ヒロインや健太を覆っていたガラス瓶を割ったように、朔自身も自分を覆っていた瓶にヒビが入っていったのだと思います。

——ヒロインたちとの交流は、朔をラムネ瓶から外に出そうとしてくれていましたね。

裕夢　明日姉は言葉としてわかりやすく朔に伝えてくれていましたね。他にも悠月は悠月なりに、陽は陽なりの方法で、朔が心の中に隠している部分を分かった上で行動してくれたのかなと思います。夕湖も優空も、自分の本音を出して、朔の「弱さ」と向き合ってくれたのだと思います。

——朔自身は自分の本心をどれくらい捕らえられていると思いますか？

裕夢　現時点で僕から見ると、朔はこれまで「恋とか愛は遠ざけるもの」だったんです。向き合うのではなく、躱《かわ》してきました。人からずっと向けられてきた気持ちを、やっと自分に置き換えて、向き合うことができるようになったのかな、と。

——朔はひとりのヒロインを選ぶんでしょうか。

裕夢　……いまの僕にはわからないですね……。作中ではそれぞれのヒロインが平等に描けるように心がけています。ストーリー上、どうしても「誰が朔の彼女になるのか」ということは注目されているようで、5巻のラストを読んだ読者の考察が盛り上がっているのも見ていました。けれど、僕自身もまだ朔がどんな答えを出すのかはわかりません。むしろこの6巻までを通して、ようやく朔がスタートラインに立ったようにも思います。

——ここで『チラムネ』シリーズは前半が終了、ここから後半に入っていきますね。夏休みで一皮むけた彼らに、何が起こるでしょう。体育祭や文化祭のイベントも待ち受けています。

裕夢　お察しの通りまだ決まっていません（笑）。感覚としては、前半のように1冊の中でスッキリ収まるようなエピソードにはならないのではと思っています。後半全体を通して、ひとつの大きな物語が結末に向かって動いていくんじゃないかと……実際にそうなるかはわからないのですが。

——応援してくれている読者の皆さんにメッセージをお願いします。

裕夢　『チラムネ』はファンの方たちと一緒に成長してきたシリーズです。1巻だけの新作だったときは19位で、その翌年に1位を獲得できました。そして今年も応援いただいたおかげで2年連続1位を獲得できました。『このラノ』の結果だけではなく、熱量の高いファンの方々が盛り上げてくれて、口コミが広がっていくことでシリーズの展開も拡大していったと思います。シリーズ後半に入るとこれまでの巻とは違った趣のストーリーになり、ヒロイン一人ひとりと問題を解決するのではない、また新たな青春模様になっていくかもしれません。まだまだ成長していく朔たちに、これからも付いてきてくれたら嬉しいです。

文庫部門 第2位

［192.82ポイント］

季節を司る、現人神たちの切なくも温かい物語――。

『ヴァイオレット・エヴァーガーデン』の著者が描く、和風ファンタジー。主従として結ばれた現人神と人間の関係を精緻に描き出す。

『春夏秋冬代行者　春の舞』上下巻口絵より

暁 佳奈先生のインタビューは47ページから！

文庫部門 第3位

[135.73ポイント]

ようこそ実力至上主義の教室へ

著：衣笠彰梧　イラスト：トモセシュンサク　MF文庫J

**次々に開催される過酷な特別試験……！
2年生編に突入し恋愛も頭脳戦も大白熱！**

文庫部門 第4位

[130.09ポイント]

ミモザの告白

著：八目 迷　イラスト：くっか　ガガガ文庫

**幼馴染の男友達が突然女子の姿に……
多感な視点から性自認の苦悩を描く、
読者の心を揺さぶる青春ストーリー！**

文庫部門 第5位

［123.96ポイント］

プロペラオペラ

著：犬村小六　イラスト：雫綺一生　ガガガ文庫

幼馴染を守るため少年は超大国に挑む！
プロペラ唸る空中で演じられる大決戦！
新たな恋と空戦のファンタジー、完結！

文庫部門 第6位

［116.45ポイント］

お隣の天使様にいつの間にか駄目人間にされていた件

著：佐伯さん　イラスト：はねこと　GA文庫

自堕落な少年の日常に現れたのは
家事万能な甘えたがりの美少女……
甘々で焦れ焦れのラブコメディ！

文庫部門 第7位

［94.13ポイント］

義妹生活

著：三河ごーすと　イラスト：Hiten　MF文庫J

YouTubeからスタートした話題のコンテンツ！
突然家族になった陰キャとギャルの共同生活は
ライトノベルに媒体を移れどなお面白い！

文庫部門 第8位

［93.65ポイント］

探偵はもう、死んでいる

著：二語十　イラスト：うみぼうず　MF 文庫 J

探偵が亡き後も、世界は回り事件は起きる
一度死に別れた美少女探偵と助手の少年は
意外過ぎる形での再会を果たす

文庫部門 第9位

［91.00ポイント］

ロシア語でデレる隣のアーリャさん

著：燦々 SUN　イラスト：ももこ　角川スニーカー文庫

こちらを罵倒した後に、ロシア語で呟く彼女
でも、実は言葉がバレバレだったりして……
ダダ洩れな本音を知らんぷりする新感覚ラブコメ!

文庫部門 第10位

［74.40ポイント］

バレットコード：ファイアウォール

著：斉藤すず　イラスト：縣　電撃文庫

それはただの疑似体験のはずだった……
現実の死と背中合わせな VR 上の戦場で
命を懸けて戦う姿を描くサバイバルSF!

単行本・ノベルズ部門 第1位

【91.65ポイント】

四十路のおじさんと文鳥の世界を股に掛けた大冒険!?

『佐々木とピーちゃん 異世界でスローライフを楽しもうとしたら、現代で異能バトルに巻き込まれた件 ～魔法少女がアップを始めたようです～』
カバーイラストより © ぶんころり・カントク／KADOKAWA

このライトノベルがすごい！2022
BEST10発表！ 単行本・ノベルズ部門

佐々木とピーちゃん

アラフォー社畜とペットの文鳥という異色のコンビが大躍進！ 異世界と現代社会を行ったり来たりして奇妙な二重生活を送る『佐々木とピーちゃん』が今年度の一位に輝いた！

著：ぶんころり
イラスト：カントク
KADOKAWA

著者コメント

もしかしたら、ランキングの下の方に小さく名前が出るかも、くらいの期待は抱いておりました。ですが、まさか部門1位を頂戴できるとは思ってもいなかったので狂喜乱舞しております。担当編集のO様からご連絡を頂いたときは、部門1位ではなく、もっとこう残念系ランキングの1位ではないかと、妙な勘ぐりをしておりました。ご投票下さった皆様、本当にありがとうございます。

ぶんころり先生のインタビューは63ページから！

イラスト：カントク　コメント

単行本・ノベルズ部門の１位おめでとうございます！
挿絵として携わることができて光栄です。
このお話をいただいた頃、異世界物を読むのにはまっていたので
大変興味がありました。
しかし最初に調べたのは文鳥について…かわいい…
かわいすぎる。飼いたい。
食べちゃいたいぐらいかわいい文鳥の資料を集めるのは
簡単でしたが、無限でまだ足りません。飼いたいなあ。

単行本・ノベルズ部門

第2位

［74.01ポイント］

コミュ障魔女の、
無詠唱魔術を
ご堪能あれ！

〈沈黙の魔女〉モニカ・エヴァレットは、
伝説の黒竜を退けるほどの実力を持つが、
極度の人見知りだった!?
臆病な魔女がこっそり活躍！

サイレント・ウィッチ

沈黙の魔女の隠しごと

Secrets of the Silent Witch

カドカワBOOKS
著：依空まつり　イラスト：藤実なんな

著者コメント

まずは、「サイレント・ウィッチ　沈黙の魔女の隠しごと」を手に取ってくださった読者の皆様に、この場をお借りして厚く御礼申し上げます。

本当に、本当にありがとうございます。これからも、精一杯書かせていただきますので、どうぞよろしくお願いいたします。

今回このような結果をいただけたのは、美しいイラストで物語を彩ってくださった藤実なんな先生、魅力的なコミカライズをしてくださった桟とび先生、物語に真摯に向き合ってくださった担当編集さん、様々な形で本作を盛り上げてくださった皆々様のお力添えがあってのことだと思います。

本作の出版にご尽力いただいた方々への感謝の気持ちを忘れず、今後も精進してまいります。

〈沈黙の魔女〉モニカ・エヴァレットの物語は、まだ始まったばかり。

数字と魔術を偏愛する人見知りで臆病な彼女が、これからどう成長していくのか。どんな未来を選ぶのか。

モニカと、その仲間達の物語を見守っていただければ幸いです。

『サイレント・ウィッチ 沈黙の魔女の隠しごと』カバーイラストより　

単行本・ノベルズ部門
第3位
［68.81ポイント］

本好きの下剋上
～司書になるためには手段を選んでいられません～

著：香月美夜　イラスト：椎名 優　TOブックス

暴走した本好き娘は王族とまで対峙することに……
最終章もいよいよクライマックスに突入です！

単行本・ノベルズ部門
第4位
［42.73ポイント］

リビルドワールド

著：ナフセ　イラスト：吟　世界観イラスト：わいっしゅ
メカニックデザイン：cell　電撃の新文芸

スラムから這い上がるためハンターの道を突き進む
覚悟を決めた少年とAI美女のSFアクション！

単行本・ノベルズ部門　第5位

［33.00ポイント］

異修羅

著：珪素　イラスト：クレタ　電撃の新文芸

全員が最強！　されど勝ち残るのは一人！
異世界究極のトーナメント〝六合上覧〟を描く
火花バチバチな超ド級のバトル小説！

単行本・ノベルズ部門　第6位

［30.89ポイント］

Babel

著：古宮九時　イラスト：森沢晴行　電撃の新文芸

異世界なのに言葉が通じる謎を紐解き
壮大な物語世界を描く言語学ファンタジー！
転移者の雫が旅の果てにたどり着いた場所は！?

単行本・ノベルズ部門　第7位

［30.82ポイント］

超世界転生エグゾドライブ

著：珪素　イラスト：輝竜 司　キャラクターデザイン：zunta
電撃の新文芸

もしも異世界転生が実現されたらどうなるか？
もちろん最強の異世界転生を決めるのみ！
「異世界転生」の内容を競う、新競技爆誕！

単行本・ノベルズ部門 第8位

［30.71ポイント］

現代社会で乙女ゲームの悪役令嬢をするのはちょっと大変

著：二日市とふろう　イラスト：景　オーバーラップノベルス

現実とよく似た乙女ゲームの現代社会
IT投資に銀行買収、政治介入に力を入れ、
悪役令嬢が日本を再生させていく!!

単行本・ノベルズ部門 第9位

［29.96ポイント］

魔導具師ダリヤはうつむかない ～今日から自由な職人ライフ～

著：甘岸久弥　イラスト：景　MFブックス

自由な生き方のきっかけは婚約破棄!?
食事に旅行に魔導具作り……好きなことで、
異世界を気ままに生きる日常ファンタジー

単行本・ノベルズ部門 第10位

［28.16ポイント］

ボクは再生数 ボクは死

著：石川博品　イラスト：クレタ
KADOKAWA／エンターブレイン

愛しのあの子に逢うためにはお金が必要……
だったら稼ぐしかない、動画配信で!
美少女アバターで炎上案件を次々巻き起こせ!

このライトノベルがすごい! 2022

キャラクター女性部門 BEST5

第1位 椎名真昼《しいな・まひる》

［1529点／650票］

『お隣の天使様にいつの間にか駄目人間にされていた件』
著：佐伯さん　イラスト：はねこと　（GA文庫）

「周に対して徐々に心を開いていく描写が尊い。『……ばか』が最高に可愛い」（すばるん・20代後半♠Ⓦ）

「小悪魔まひるんも天使様のまひるんも全部可愛くて、周にだけするへにゃって感じの笑顔がもう心に刺さって最高です」（そふぃ・10代前半♥Ⓦ）

「3巻以降から可愛さが加速した。5巻の最後は最高だった」（Choko・10代後半♠Ⓦ）

「最初は少し冷たい印象だったのが主人公と接していくうちにデレデレになるまでの過程が最高でした」（k@-i・10代後半♠Ⓦ）

「天使様にという表向きの顔の裏にはとてもとても可愛い甘えたさんの真昼ちゃんがすごく可愛いです。相手を尊重し、支えてくれるところがとてもポイントが高いです」（ハセマル・20代前半♠Ⓦ）

お世話されたいランキング
ぶっちぎりの1位

死してなお
存在感を増す、
異色の故人ヒロイン

第2位 シエスタ

［1376点／658票］

『探偵はもう、死んでいる。』
著：二語十　イラスト：うみぼうず　（MF文庫J）

「しっかりしてるけどたまにドジなところがいいね!　白髪ショートには何着せても似合う!」（んわまら・10代後半♠Ⓦ）

「普段の冷静沈着な性格と君塚のことになると過剰に心配しだす性格のギャップ、君塚とのバカみたいなやり取り、そして何よりあの頭脳明晰でかっこかわいいところが良すぎる!」（T・エル・10代後半♠Ⓦ）

「君彦とシエスタのコンビが見ていてニヤニヤが止まりません!俺もシエスタみたいな相棒が欲しいです」（クロス・10代後半♠Ⓦ）

第3位　雪ノ下雪乃《ゆきのした・ゆきの》

［1240点／511票］

すっかり甘くなった氷の女王

『やはり俺の青春ラブコメはまちがっている。』
著：渡 航　イラスト：ぽんかん⑧　（ガガガ文庫）

「おっかなびっくり距離を詰めてくる感じが、人間関係に不慣れな感じが出ててめっちゃかわいいです」（アキラ・10代後半♠Ⓦ）

「最初は辛辣でしたが、徐々に八幡にデレていく様子や、どう距離を詰めていいのか分からない不器用さ、そしてふとしたときに見せる弱さがすごくかわいいです」（猫好きさん・20代前半♥Ⓦ）

「比企谷八幡とのデートでのタピオカツーショットは今でも忘れない」（僕ラベ・10代後半♠Ⓦ）

第4位　軽井沢恵《かるいざわ・けい》

［1150点／477票］

最強の相棒にして最カワなカノジョ

『ようこそ実力至上主義の教室へ』
著：衣笠彰梧　イラスト：トモセシュンサク　（MF文庫J）

「このままメインヒロインでフィニッシュして欲しい」

（トナカイ・10代後半♠Ⓦ）


「1年生編はツンデレで２年生編ではデレが多くなり変わったのが可愛いです」（あややとぅーやー・10代前半♠Ⓦ）

「どんどんヒロイン力が増していっているように感じる。クラスや綾小路の戦力としての活躍も期待できる最高のキャラクター」

（冬夜・20代前半♠Ⓦ）

第5位　ローゼマイン

［995点／380票］

いつも全速前進、ときどき大暴走

『本好きの下剋上 ～司書になるためには手段を選んでいられません～』
著者：香月美夜　イラスト：椎名 優　（TOブックス）

「大好きです。ズレたところもあるけど、大筋を外さないで常に前進できる格好いい女性像です」（ni02・40代♠Ⓦ）

「無自覚だけど、フェルディナンドの幸福のために暴走が止まらないローゼマインが可愛くて大好きです。成長した姿が楽しみです」（百合・30代♥Ⓦ）

「本好きの代名詞と言えるでしょう。生活に占める読書量、ローゼマイン係数を作るべき」

（勝木弘喜・40代♠㊧）

このライトノベルがすごい! 2022

キャラクター男性部門 BEST5

今なお底知れぬ実力を持つ男

第1位 綾小路清隆《あやのこうじ・きよたか》

［2757点／1127票］

『ようこそ実力至上主義の教室へ』
著：衣笠彰梧　イラスト：トモセシュンサク　（MF文庫J）

「降りかかる火の粉をほどよい手加減で振り払うのが爽快でカッコいい!ミステリアスでこれから先彼自身がどういう道を進んでいくのかが楽しみ」
（Shu・20代後半♠Ⓦ）

「ミステリアスで完璧な主人公。最強の主人公が感情に揺さぶられるところが見たくていつの間にかずっと追いかけ続けてます」
（なぎ・30代♥Ⓦ）

「昔に比べると人間味が出てきた気がする。いつか必死になって仲間を守るシーンとかが来るのだろうか」
（チャート式・20代後半♠Ⓦ）

「陰で暗躍してるのがかっこいい!」（Haru・10代後半♠Ⓦ）

「圧倒的な最強でい続けて欲しい」（あきちゃ・20代後半♠Ⓦ）

憧れのイケメン、みんなのヒーロー!!

第2位 千歳 朔《ちとせ・さく》

［1750点／764票］

『千歳くんはラムネ瓶のなか』
著：裕夢　イラスト：raemz　（ガガガ文庫）

「イケメンでリア充。文字に起こしただけでは劣等感を味わうだけだが、読めばわかる千歳朔という男の熱さ、泥臭さ、人間味に胸を打たれること間違いなし!」（あつしょう・10代後半♠Ⓦ）

「軽そうに見えて本当は誰よりも一生懸命で優しくてカッコいいヒーロー。時折見せる弱さに向き合い、誰よりも必死に生きる姿も大好きです」（sina・20代前半♥Ⓦ）

「もがき苦しみながらも理想の自分を目指しふるまってる姿がただただかっこいい。読んだ人に目指すべき背中を示してくれる最高にかっこいい月です」（とうか・20代前半♠Ⓦ）

第3位 比企谷八幡《ひきがや・はちまん》

［916点／447票］

ボッチだけど
その影響力は依然健在

『やはり俺の青春ラブコメはまちがっている。』
著：渡 航　イラスト：ぽんかん⑧　（ガガガ文庫）

「どんな異世界系の物語よりも中二心をくすぐるキャラ。まじ好きです」（tin・10代後半♠Ⓦ）

「よく頑張ったと思ったらまだ振り回されるのね。引き続き頑張れ!」（ろくほん・10代後半♠Ⓦ）

「間違って間違って、その先で本物を見つけた主人公の中の主人公。雪ノ下を幸せにしてくれ」

（夏芽 悠灯・20代前半♠Ⓦ）

第4位 フェルディナンド

［875点／332票］

容姿端麗、頭脳明晰、
されど筋金入りの苦労人

『本好きの下剋上 ～司書になるためには手段を選んでいられません～』
著者：香月美夜　イラスト：椎名 優　（TOブックス）

「この人なしに物語は成り立たないって思える最重要チートキャラクターで大好きです。チートなのにいつも死と隣り合わせな環境なのも不憫で好きです」（さゆき・20代後半♥Ⓦ）

「完璧超人に見えて、いろいろこじらせてるのが見ていてたまらない」（よもぎ・40代♥Ⓦ）

「あまりの酷い扱いに胸が苦しくなります……これが、恋……」

（まりか・30代♥Ⓦ）

第5位 藤宮 周《ふじみや・あまね》

［835点／373票］

真昼に見合う男になるため
努力中

『お隣の天使様にいつの間にか駄目人間にされていた件』
著：佐伯さん　イラスト：はねこと　（GA文庫）

「かわいいです、そして顔に限らず色々とイケメンです、真昼に甘々です、最高」（kumagaiii・10代後半♠Ⓦ）

「ヒロインに見合う男になるために努力する姿がカッコイイ!無愛想だけど紳士的で、優しさに溢れています」

（ポケットからじゅんです!・10代後半♠Ⓦ）


「まひるん沼にハマっていくその姿が共感の塊すぎる!」

（春瑠・10代後半♠Ⓦ）

イラストレーター部門 BESTS

第1位

［1723点／744票］

トモセシュンサク

『ようこそ実力至上主義の教室へ』
著：衣笠彰梧　イラスト：トモセシュンサク
（MF文庫J）

「キャラの描き分けがすごい。よう実のキャラが魅力的なのはこの人あってのものだろう」
（タケノコの山・20代前半♠Ⓦ）

「登場人物が多い作品なのに、全員がとても魅力的に描かれてめちゃスゴイ!!」（Aus·10代後半♠Ⓦ）

「こんなかっこいい男の子に出会ってみたいです。女の子は可愛い、スカートから出てくる
２本のむっちりとほっそりな太ももの書き方が好きです」（@nica_ringo・10代後半♥Ⓦ）

「作品に命を吹き込む美麗イラスト、いつも楽しみです」（サブちゃん・20代前半♥Ⓦ）

「2年生編4巻の口絵の水着がめっちゃ可愛かった!」（Haru・10代後半♠Ⓦ）

「背景がめっちゃくちゃ綺麗、登場人物が多いのにちゃんと一人一人のクオリティが高い」
（みみみ・10代後半♠Ⓦ）

第2位 ［1480点／672票］

raemz《レームズ》

『千歳くんはラムネ瓶のなか』
著：裕夢（ガガガ文庫）

『白百合さんかく語りき。』
著：今田ひよこ（電撃文庫）

「線がシャープで喜怒哀楽の表情を描くのがすごく上手だと思います」（とんかつ・10代後半♥Ⓦ）

「思春期ならではの儚さや美しさがイラストのタッチや表情と合っていて、より物語を想像しやすい」（綾咲匠美・20代後半♠Ⓦ）

「声が、物語が聞こえてきそうな印象的なイラストを書く方です。表情や瞳に至るまで、全てに意思を感じます」（とこー・10代後半♠㊯）

第3位 ［1153点／561票］

しらび

『りゅうおうのおしごと!』
著：白鳥士郎（GA文庫）

『86―エイティシックス―』
著：安里アサト（電撃文庫）

「しらび先生の繊細なタッチやキャラの細々としたところに惹かれる。ほんとにすごい」（オタキミ　はまぐち・20代前半♠㊯）

「軍人から幼女まで幅広くかける技術は圧巻の一言に尽きる！　魅力的いいいい」（りっきー・10代後半♠Ⓦ）

「感情移入させる絵を描くのが上手すぎる。しらびさんの絵に上手い文章を合わせられると1ページでも泣いてしまう」（まぜそば・20代前半♠Ⓦ）

第4位 ［1146点／512票］

はねこと

『お隣の天使様にいつの間にか駄目人間にされていた件』
著：佐伯さん（GA文庫）

『ちっちゃくてかわいい先輩が大好きなので一日三回照れさせたい』
著：五十嵐雄策（電撃文庫）

「物語クライマックスでいつものタッチからもっと淡さと儚さを混ぜたイラスト達はつい、うっとりしてしまいます」（ちのP@ラノベすこすこ侍・20代後半♠Ⓦ）

「真昼の甘々な表情に惹かれました。本当に可愛すぎて破壊力に度肝を抜かれました。あの可愛さは語彙がなくなります」（金なしのオタク・10代前半♠Ⓦ）

「丸みのある瞳が可愛らしく、女の子らしい魅力のよく表れたイラストが大好きです。口絵や挿絵の構図は物語にぴったりで没入感を高めてくれます」（ぷなぷな・20代前半♠Ⓦ）

第5位 ［1128点／503票］

Hiten《ヒテン》

『義妹生活』
著：三河ごーすと（MF文庫J）

『三角の距離は限りないゼロ』
著：岬 鷺宮（電撃文庫）

「モノクロでも鮮やかに描かれる瞳と髪の質感がいい」（タケノコの山・20代前半♠㊯）

「初めて表紙買いをさせられたあの日から、ずっと1番好きなイラストレーター」（ローナー・10代後半♠㊯）

「最高だよ!いうこと無いよ!!　いつも可愛いイラスト有難うございます!」（んわまら・10代後半♠Ⓦ）

2022 Close-Up!
総合新作部門第1位
文庫部門第2位
春夏秋冬《しゅんかしゅうとう》代行者《だいこうしゃ》
春の舞
著：暁 佳奈　イラスト：スオウ
「春は――無事、此処に、います」10年間行方不明だった春の代行者である雛菊が復帰した。しかし誘拐のトラウマが彼女の心を蝕んでいた。そんな雛菊を思うのは、冬の代行者である狼星。今、また、四季の代行者の物語が巡り出す――。

『春夏秋冬代行者　春の舞』(電撃文庫)上下巻カバーイラストより

2022
Close-Up!
総合新作部門第2位
文庫部門第4位

ミモザの告白

幼馴染の美少年が、ある日から〝女子〟になった。身体の性別と、心の性自認が一致していない、不確かな青春を描く人間ドラマ。田舎の閉塞感に締め付けられながらも、自分の正直な気持ちを吐露していく少年少女の姿が眩しい。妙にこじれた恋愛模様がどうなるかも気になる新シリーズ。

著：八目 迷　イラスト：くっか

著者コメント

ランクインの報せを受けたときは、嬉しさよりも驚きが勝りました。投票してくださった皆様、ありがとうございます。

『ミモザの告白』は、ライトノベルでは少々珍しい題材を扱っているから票を集めた……というよりも、その題材の描き方を評価してくれたのかな、と考えています。本作は槻《つき》ノ《の》木《き》汐《うしお》という人物を中心に、様々な問いを重ねるようにして書いています。誰かを好きになるってどういうこと？　理解できない他人を前にしたら？　本当の優しさって何？　普通の定義は？　そんなありふれた疑問に改めて向き合うことで、何か面白いものが見えてくるんじゃないか、と思ったのです。読み終わったあと、ほんの少しでも世界が違って見えたり、誰かに優しくなれたりする、そういう本になるよう心がけました。

それと一人でも多くの方に槻ノ木汐の魅力に触れてもらいたいと思っています。私なりの情念を込めて描きました。未読の方は、この機会にぜひ汐のことを知ってください。

それでは、今後とも『ミモザの告白』をよろしくお願いします。

『ミモザの告白』（ガガガ文庫）カバーイラスト・口絵より

2022 Close-Up!

文庫部門第5位

プロペラオペラ

著：犬村小六　イラスト：雫綺一生

恋と空戦の名手が新たに空に描くのは、宙に浮かぶ飛行艦隊による壮大な艦隊戦！　昨年度に新作でランクインした物語は怒涛の勢いで駆け抜け、本年度堂々完結！　この物語の結末、見逃すことなかれ！

著者コメント

　というわけで第５位ということで、投票してくださった方々ありがとうございました。１位を取ったらガガガ編集長が尻に「ベストセラー」と油性ペンで書いて世界公開するはずだったのですが（詳細は「ガガガ編集長　尻」で検索）、力及ばず無念であります。来年刊行予定の新作もいつか編集長の尻を世界へ晒すためにがんばって書いているところなので、読者のみなさんも尻のために来年も応援していただけると大変うれしく思います。ていうか尻の言質はわたくしがこのラノ１位を取るまで有効らしい。なんてこと。

『プロペラオペラ３』（ガガガ文庫）口絵より

義妹生活

著：三河ごーすと　イラスト：Hiten

親の再婚で兄と妹になってしまった浅村悠太と綾瀬紗季。今回は新作ランクインを記念して、この二人からも直接コメントを頂きました！


「こんにちは、綾瀬《あやせ》沙季《さき》です」

「浅村《あさむら》悠《ゆう》太《た》です」

「キャラクター人気投票で7位という結果に驚いています。投票してくれた皆、ありがとう」

「同じく13位になったことを驚いています。俺のことを、そんなに応援してくれるひとがいるなんて思わなかった」

「そう？」

「そりゃね。自分では自分をただの陰キャな本の虫としか思ってないからさ」

「ああ。まあそれはそうかも。そう自分を評価してるのは知ってる」

「冷静な論評をありがとう。反論はしないよ」

「浅村くん、自己評価の低いひとだから」

「そう、かな」

「でも同時に、冷静で気の利くひとだって思ってる。私にもいつもフラットに接してくれて、こういうひとがお兄さんなら、妹は嬉しいだろうなって」

「褒めても何も出ないよ」

「素直な感想です」

「それを言ったら、綾瀬さんのほうこそ、俺はお世話になってばかりのような」

「お世話って、何かしたかな、私」

『義妹生活』（MF文庫J）口絵より

「いつも味噌汁を作ってもらってる」

「あれくらいは別に」

「毎日綾瀬さんの手料理を食べられるなら、俺に代わって兄になりたいひとはたくさんいると思うけど？」

「ええ……？」

「料理上手で賢くて、そのうえ美人で。ちょっとドライなところがあるけど、そこも魅力のひとつって言われそうだ」

「なにそれ誉め言葉のバーゲンセール？」

「安売りに聞こえたら謝るけどね。だから、綾瀬さんにかんしては今回の結果も納得だなって」

「私は意外だった」

「でも、応援してくれるひとがいるって嬉しいことだし」

「それは本当にそのとおりかも」

「あらためて投票してくれた方々、ありがとうございます。読者の皆には、これからも温かく見守ってほしいです」

「兄の浅村くんともどもよろしくお願いいたします。義妹の綾瀬沙季でした」

「浅村悠太でした！」

2022 Close-Up!

総合新作部門第3位

文庫部門第7位

著者コメント

新作3位という素晴らしい評価をいただけたこと、大変うれしく思います。投票いただけた皆様に感謝の気持ちを。本作はバイオリズムをガンガン揺さぶり、読む人を興奮の渦にたたき落とすタイプの作品ではなく、どちらかといえばゆっくりと空気を噛んで滲んでくる味を楽しむ作品にできればと考えていました。作家としての新しい挑戦が、このような形で実を結んだのは本当に僥倖です。今後も『義妹生活』の実在感ある世界にたっぷり浸ってもらえるよう、良い文章を紡いでいきますので、引き続きどうぞよろしくお願いいたします。

2022 Close-Up!

総合新作部門第5位

文庫部門第9位

時々ボソッとロシア語でデレる隣のアーリャさん

著：燦々SUN　イラスト：ももこ

ラブコメ界に衝撃走る！　銀髪碧眼の美少女・アーリャさんは、ツンツンな態度に思えて、ロシア語でデレデレ。そのギャップがたまらない！

アーリャさんコメント

はじめまして。私は征嶺学園２年生、生徒会会計のアリサ・ミハイロヴナ・九条よ。親しい人にはアーリャと呼ばれているわ。ああ、この髪は地毛よ？　父がロシア人で、私は父親似なの。えぇっと今回は、このラノ……の、好きな女性ランキング？　で、６位……？　え、６位？　それは……すごいの？　え？　活動期間が短いことを考えればすごい？　快挙？　ふ、ふ〜ん、そうなの。流石は私ね。そうよね、まだ来年の生徒会長選挙に向けて活動し始めたばかりだものね。これから選挙活動を通じて徐々に順位を上げて、最終的に１位になればいいだけの話だわ。え？　１位は難しい？　ふふん、いいじゃない。困難な目標であればあるほど、達成しがいがあるというものだわ。そういうわけで、これから生徒会長を目指すのと並行して、こちらのランキングでも一位を目指すことにしたから、みんなにも応援してもらえると嬉しいわ。……んんっ、ところで……私のパートナーである久世君は、一体何位なのかしら？　いえ、念のため訊いてみただけだけれど。……え？　ランク外？　そ、そう……まったく、不甲斐ないパートナーだわ。ま、普段からあんな感じじゃあ仕方ないわね……「Для меня ты на первом месте.《私の中では一位だけど》」

著者コメント

皆様はじめまして。ロシデレ原作者の燦々SUNです。読み方は“サンサンサン”です。親しみを込めてサンサンサンさんと呼んでください。え？　呼びにくい？　……じゃあサンさんでもいいです。この度は私のデビュー作であるロシデレが、まだ２巻しか出ていない中で文庫部門９位ということで、とても名誉なことだと感じております。学生時代に「おお～スゲ～」と眺めていたランキングに、まさか自分の作品が載る日が来るとは思いもしませんでした。応援してくださった皆様、本当にありがとうございます。そして、これからも続いていくロシデレに、変わらぬ応援をよろしくお願いいたします。うう～っ、真面目な文章書き過ぎて鳥肌立った。

『時々ボソッとロシア語でデレる隣のアーリャさん』
（角川スニーカー文庫）カバーイラストより

**佳境を迎えるマジカルサスペンス
バトルシリーズに外伝が登場！**

魔法少女育成計画

●著：遠藤浅蜊　イラスト：マルイノ　●このライトノベルがすごい!文庫　既刊15巻

魔法の力を得た少女（例外アリ）たちの、可愛くも激しい生き様を描いたマジカルサスペンスアクションシリーズ。来年で10周年を迎える本作、ストーリーもいよいよ佳境を迎えている。

ただし現時点での最新刊は、シリーズ外伝という扱いの『魔法少女育成計画 breakdown』前後編。「偉大な魔法使いの遺産相続」を名目に、幾人もの魔法少女と魔法使いが集められた孤島で、いったい何が起きるのか……？　物語の中心になるのは、WEB公募企画で選ばれた読者オリジナルの魔法少女５人。ひとクセもふたクセもある新たな魔法少女の活躍を見届けよう！

**異世界に繋がった居酒屋「のぶ」
酒と料理で、心が温まる人間ドラマ**

異世界居酒屋「のぶ」

●著：蝉川夏哉　イラスト：転　●宝島社／既刊７巻

信之としのぶの二人が切り盛りする、小さな居酒屋「のぶ」は異世界に繋がってしまっている。古都アイテーリアに暮らす人々は日本の居酒屋料理と“トリアエズナマ”に魅了され、足繁く通うようになっていく。「のぶ」で出される料理は、日本人にとっては見慣れたものばかり。しかし異世界の人々の目を通すと、こんなにも魅力的なものに映る。それらの食べ物の描写ももちろんだが、人と人との交流と変化も、このシリーズの魅力。ある人は「のぶ」で働くようになり、ある人は古都で新たな事業を始め、ある人は結婚して子どもを授かった。居酒屋を中心とした人間ドラマ、一杯いかがですか？

contents　このライトノベルがすごい！2022

ライトノベルの頂点はコレだ!

文庫部門 BEST40

2021年度版
(2020年9月1日~2021年8月31日)

LIGHT NOVEL BEST RANKING 2021

2021 年のWEBアンケートと協力者アンケートがいま一番“熱い”ライトノベルを導き出した! ここに揃った作品から、あなたのお気に入りを見つけよう!

発表!!

順位	作品(シリーズ名)		著者名/レーベル名	ポイント
1位	千歳くんはラムネ瓶のなか		裕夢 ガガガ文庫	199.16
2位	春夏秋冬代行者	★	暁 佳奈 電撃文庫	192.82
3位	ようこそ実力至上主義の教室へ		衣笠彰梧 MF文庫J	135.73
4位	ミモザの告白	★	八目 迷 ガガガ文庫	130.09
5位	プロペラオペラ		犬村小六 ガガガ文庫	123.96
6位	お隣の天使様にいつの間にか駄目人間にされていた件		佐伯さん GA文庫	116.45
7位	義妹生活	★	三河ごーすと MF文庫J	94.13
8位	探偵はもう、死んでいる。		二語十 MF文庫J	93.65
9位	時々ボソッとロシア語でデレる隣のアーリャさん	★	燦々SUN 角川スニーカー文庫	91.00
10位	バレットコード:ファイアウォール	★	斉藤すず 電撃文庫	74.40

順位	作品（シリーズ名）		著者名	レーベル名	ポイント
11位	継母の連れ子が元カノだった		紙城境介	角川スニーカー文庫	61.54
12位	現実でラブコメできないとだれが決めた？		初鹿野創	ガガガ文庫	59.38
13位	スパイ教室		竹町	ファンタジア文庫	59.26
14位	ただ制服を着てるだけ	★	神田暁一郎	GA文庫	56.61
15位	神は遊戯《ゲーム》に飢えている。	★	細音 啓	MF文庫J	56.02
16位	声優ラジオのウラオモテ		二月 公	電撃文庫	55.67
17位	ホヅミ先生と茉莉くんと。	★	葉月 文	電撃文庫	54.41
18位	負けヒロインが多すぎる！	★	雨森たきび	ガガガ文庫	52.49
19位	経験済みなキミと、経験ゼロなオレが、お付き合いする話。		長岡マキ子	ファンタジア文庫	51.75
20位	86―エイティシックス―	↑	安里アサト	電撃文庫	51.54
21位	恋は双子で割り切れない	★	高村資本	電撃文庫	50.62
22位	魔女と猟犬	★	カミツキレイニー	ガガガ文庫	50.00
23位	ライアー・ライアー		久追遥希	MF文庫J	49.84
24位	筺底のエルピス	—	オキシタケヒコ	ガガガ文庫	49.08
25位	古き掟の魔法騎士	★	羊太郎	ファンタジア文庫	44.85
26位	Re:ゼロから始める異世界生活		長月達平	MF文庫J	40.51
27位	ダンジョンに出会いを求めるのは間違っているだろうか	—	大森藤ノ	GA文庫	39.93
28位	「青春ブタ野郎」シリーズ		鴨志田一	電撃文庫	39.67
29位	カノジョの妹とキスをした。		海空りく	GA文庫	38.06
30位	VTuberなんだが配信切り忘れたら伝説になってた	★	七斗 七	ファンタジア文庫	37.63
31位	弱キャラ友崎くん		屋久ユウキ	ガガガ文庫	35.84
32位	ひげを剃る。そして女子高生を拾う。		しめさば	角川スニーカー文庫	35.57
33位	君のせいで今日も死ねない。	★	飴月	ファンタジア文庫	34.98
34位	ユア・フォルマ	★	菊石まれほ	電撃文庫	34.66
35位	インフルエンス・インシデント	★	駿馬 京	電撃文庫	33.88
36位	転校先の清楚可憐な美少女が、昔男子と思って一緒に遊んだ幼馴染だった件	★	雲雀湯	角川スニーカー文庫	32.74
37位	ギルドの受付嬢ですが、残業は嫌なのでボスをソロ討伐しようと思います	★	香坂マト	電撃文庫	31.38
38位	楽園ノイズ		杉井 光	電撃文庫	30.84
39位	薬屋のひとりごと		日向夏	ヒーロー文庫	29.82
40位	クラスの大嫌いな女子と結婚することになった。	★	天乃聖樹	MF文庫J	29.13

 ★=期間内の新作及び単巻作品　↑=前年度から20位以上の順位アップ　—=前年度の刊行なし

1位 千歳くんはラムネ瓶のなか

▎著：裕夢　▎イラスト：raemz　▎ガガガ文庫／既刊6巻

もがき、悩みながら。そして、彼らは月に手を伸ばす。

千歳朔《ちとせさく》はリア充である。文武両道の爽やかイケメン。友達想いで細かい気遣いを欠かさず、問題事があれば率先して駆けつけて解決する。そんな、みんなのヒーローだ。もちろんモテる朔の周りには5人の少女たちがいて、誰もが朔に好意を寄せている。イケメンだからモテるのかと思いきや、巻が進むごとに朔の魅力がわかってきて、読者も彼のかっこよさに憧れを持つだろう。

本作は1、2巻でヒーローとしての朔を描き、3、4巻では受験や部活の問題に向き合う高校生活を描き、5、6巻になると、ひと夏の恋愛群像劇となる。夏休みという特別な期間に、たったひとつの出来事で変わってしまう友達グループの関係。一歩踏み出して、誰かの〝特別〟になることは、届かない月に手を伸ばすようなことなのか。そこに、恋愛の難しさがある。誰かの憧れの対象となっている朔だからこそ、好意を向けてくる彼女たちと、真剣に向き合わなければならない。思春期の感情を瑞々しく描き出す青春ストーリーだ。（岡田）

「青春。友情。恋。葛藤。求めるもの全てが詰まっていた。シリアスな展開では、自分がまるでその場にいるように感じさせられた。キュン要素もっとください！」
（テレキャス・10代後半♠Ⓦ）

「去年は歓喜の1位、今年は納得の1位へ。去年対象の3巻が醸し出すノスタルジックな雰囲気とは打って変わって、4〜6巻は読者の情緒を振り回してくる熱い（厚い）作品でした。裕夢という男、筆の引き出しが多すぎる」（まぜそば・20代前半♠Ⓦ）

「これぞリア充！　これぞ青春！　これぞヒーロー！　ラムネ瓶の中のビー玉に手を伸ばすその姿は僕たちにとってはどこまでも美しい月そのものです！！！」
（チョロルチコ・10代後半♠Ⓦ）

「登場人物たちの想い、迷い、後悔、情熱。色々な想いが交差して心を大いに揺さぶられる。明日への生きる希望になってます」（sina・20代前半♥Ⓦ）

「もうこれはTHE（舌を巻いて発音）青春!!　こんな青春を送りたかったと思わせる作品（残酷）。特に4巻は青春の中の青春で胸熱すぎてラノベ史上1番泣きました」（オタキミ　はまぐち・20代前半♠(協)）

「5巻と6巻、とにかく泣きました。今まで読んだライトノベルの中でダントツに面白いです。このラノ2021第1位はだてじゃないな、と」
（ましゅ・10代後半♠Ⓦ）

「令和の青春ラブコメの金字塔を打ち立て続けているといっても過言ではない。さりげない風景描写、心理描写など1つ1つがキャラクター達のその時の感情や、その後の伏線をさりげなく示していて、その緻密さと表現の豊かさは文学的な評価も高い」
（わゆ・30代♠Ⓦ）

「いよいよ人間関係が交差する。流石の千歳朔も、もうカッコイイだけじゃいられない。流石の仲良しリア充グループも、もうキレイなままじゃいられない。本当の夏は、ここにある」（富士獣・20代後半♠(協)）

「1巻ごとに内容がすごく激アツで先の展開が読めないおもしろさがあってすごいと感じました。キャラ全員がすごく魅力的で全員がしっかり自分らしく生きてることに感動します」（ハセマル・20代前半♠Ⓦ）

「とても青臭くて、恥ずかしくて、けれど最高の最春だと思う」（雨宮和希・20代前半♠Ⓦ）

【記号について】　♠＝男性　♥＝女性　(協)＝協力者　Ⓦ＝Webアンケート回答者

2位 春夏秋冬代行者

著：暁 佳奈　イラスト：スオウ　電撃文庫／既刊2巻

この地に季節を呼ぶもの在り。これは現人神たちの恋物語──。

世界には冬しかなく、冬は孤独に耐えかねて春を創った。そして急激な季節の変化に耐えるため、夏と秋も誕生し「四季」が完成した。そしてその季節の変わり目を人が担うこととなり、役目を果たすものは「代行者」と呼ばれるようになった。「春の代行者」を担う花葉雛菊《かようひなぎく》は10年前に誘拐事件に巻き込まれていたが、苦難を乗り越えて業務に復帰する。誘拐のトラウマによってその護衛官である姫鷹《ひめだか》さくらしか信用できずにいたが、10年間訪れることのなかった春をもたらすべく、各地を巡る。その動きを他の季節の代行者たち、特に「冬の代行者」寒椿狼星《かんつばきろうせい》も注目していた。『ヴァイオレット・エヴァーガーデン』の暁佳奈最新作は、四季の代行者とその護衛官、計8人が織り成す幻想的な恋物語。誘拐事件発生時の確執とその事件の暗部、事情が複雑に絡み合って現人神《あらひとがみ》たちに襲い来る。こんなに熱く、切ない物語を読んだことはない！胸をトキメかせながら涙を流すこと必至な大ボリュームの御伽噺をぜひ、体感してほしい。（太田）

「『日本語ってこんなに美しい言語だったんだな』と再確認させられました。暁先生の紡ぐ美しい物語に引き込まれます」（さん・20代前半♠協）

「『ライトノベル』という媒体がフルに活用された作品でした。文字情報のみにもかかわらず、切々とした感情がダイレクトに、冬のさなかの息苦しさまで再現され、雪解けの季節の芽生えの暖かさが染み入るようでした」（さくご・20代後半♠Ⓦ）

「10年にわたる罪と恋の物語。正体のつかめない敵との戦いの中で、恋が結ばれていくのが落涙ものです」（灰澤ミズキ・20代後半♠Ⓦ）

「とてつもなく美しい情景描写に対するような人間のどす暗い側面が化学反応を起こし、読後はしばらく呆然としました。ただただ、凄いものを読んだ、と思いました」（Miel・20代後半♥Ⓦ）

「とにかく涙がボロボロ溢れるくらい泣いた！少女の献身、過去の後悔、主従の絆、どれもが胸を打つ素晴らしい感動巨編でした！」（ゆきとも・30代♠協）

「どれほど過酷でも手を取り合って生きていくことを決めた少女たちの姿に、胸をうたれました。登場人物たちも全員が魅力的。甘々なカクヨム掲載の外伝では、にやにやが止まりませんでした」（軽野鈴・20代後半♥協）

「強固な絆や美しく切ない想いに彩られた物語と、者の心を強く揺さぶる卓越した言葉選びに魅せられ、時間が経つのも忘れるほどにこの物語の世界に引き摺り込まれました」（そら・10代後半♠協）

「日本の四季と主従関係の美しさを感じられる唯一無二のシリーズ。過酷な運命を背負った代行者と従者の人を想うこころで胸いっぱいになる、至福の読書体験が味わえます」（がわろう・20代後半♠協）

「心折れてしまいそうな辛い境遇に、主従間の固く固く結ばれた絆に、誰かの幸せを切に希う激情に、何度胸を締め付けられ愛しさが込み上げたか。報われることを祈ったことか。強くて弱くて美しい彼女等の想いが今も忘れられない」（ぶなぶな・20代前半♠Ⓦ）

「惹き込まれるように読み勧めていき、読みおわっても続きを読めないという名残惜しさとこんな素晴らしい作品に出会えたことの興奮でいっぱいでした。それぞれ季節のの主従の関係性が違っており、どの主従も依存しあっているのが素敵であり面白いと感じました」（雪川美冬・10代後半♥Ⓦ）

「物語や人物に加え、文章が本当に好き。言葉選び、リズム、何をとっても好み。さらには、万人にとって良いラノベらしさに溢れていて、普段ラノベを読まない人にも勧めたい作品」（ローナー・10代後半♠協）

3位 ようこそ実力至上主義の教室へ

著：衣笠彰梧　イラスト：トモセシュンサク　MF文庫J／既刊1年生編14巻+2年生編6巻

1年生編が完結し、遂に新章へ……。生き残りをかけた高度な駆け引き!

生活の保証や最新設備の使用、更には希望の進路まで約束されるという全国屈指の名門校、高度育成高等学校。しかしその正体は、優秀な生徒のみが高待遇を受けられるという実力至上主義の学園だった。そんな学校の不良品が集まるとされる最底辺Dクラスに配属された綾小路《あやのこうじ》清隆《きよたか》は、平凡な日常を求めて実力を隠しながら試練や強敵たちと対峙する。

知略を巡らせた高度な駆け引きはスリル満点。底の知れない彼の実力や垣間見える人間性、予想の遥か上を超えていく彼の策略に引き込まれること間違いなし！

そんな学園生活も1年が巡り、2年生編に突入。同学年との上位クラスを目指す争いはもちろん、新入生や3年生との闘争も激化。さらには綾小路の育った教育機関ホワイトルームからの刺客も送り込まれ事態は過酷を極めます。徐々に明かされていく真実や各キャラクターに秘められた内情から目が離せません！　頭脳戦学園モノの頂点がココに！（綾城）

「2年生編でも綾小路清隆の人間離れ感は素晴らしく、周りとの関係もよりいっそう深まり、毎回次巻が気になってしょうがない！」（犬飼・10代後半♠Ⓦ）
「一巻一巻に凝縮された伏線とその回収の巧さが神がかっています！　最後の数ページで毎度驚かされ、とてつもない多幸感に襲われます。こんなに心躍らせてくれる作品はコレしかありません！」（yuufoor・20代前半♠Ⓦ）
「頭脳派キャラ達の巧みな心理戦とストーリーの中に散りばめられた伏線が秀逸です。２年生編に入ってから、さらに内容に深みが増しました。これは堂々の１位です」（ヨハネ・20代前半♠Ⓦ）

4位 ミモザの告白

著：八目 迷　イラスト：くっか　ガガガ文庫／既刊1巻

その告白が、世界を変える。性自認の葛藤を描き出す、青春物語。

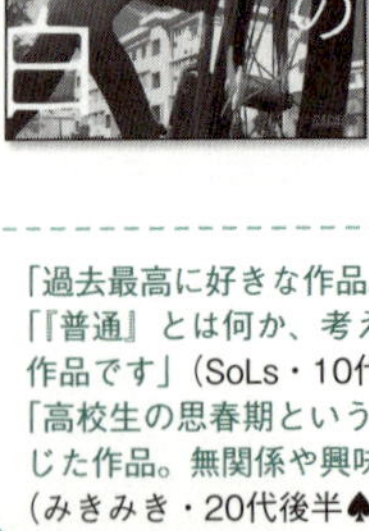

ある日、男の幼馴染が女子制服服を着て、女として生きると言い始めた。これはそんな青春物語。

日本の片田舎、赤外線通信で携帯アドレスを交換してる高校生がいる時代。閉塞的な地元の空気感に辟易している高校生・紙木《かみき》咲馬《さくま》には綺麗なシルバーブロンドの髪を持つ幼馴染がいる。彼——槻ノ木《つきのき》汐《うしお》は「今日から女子としてやっていきます」と言い放つ。その言葉にクラスメイトは戸惑う。陸上部で成績も良く、モテてもいた美少年の汐が、冗談ではなく本気で、女子になった。

現代ではSOGI（性的指向・性自認）について、ある程度は理解が広まっている。けれど身体の性別と心の自認が違うことには誤解や差別も多い。普通ではない考えをもつ異物を不快に思い、心ない仕打ちをする。本作ではそんな閉塞感がありありと描かれる。心と身体の不一致を〝正そう〟とする汐と、困惑する咲馬。そして彼らを取り巻く人間関係。性のあり方に混乱する青春がどこへ向かうのか、追いかけたい作品だ。（岡田）

「過去最高に好きな作品。八目迷先生のファンになりました」（48いぬ・10代後半性別？Ⓦ）
「『普通』とは何か、考え方の違いを『受け入れ、理解する』ことを気づかせてくれる。非の打ち所がない、素晴らしい作品です」（SoLs・10代前半♠㊭）
「高校生の思春期という時期だからこそ起こった、【好き】【キライ】【気に入る】【気に入らない】が交錯していると感じた作品。無関係や興味のない人ではなく、大切だと思うからこそ悩み苦しむところが読んでて考えさせられます」（みきみき・20代後半♠㊭）

5位 プロペラオペラ

著：犬村小六　イラスト：雫綺一生　ガガガ文庫／全5巻

決戦に挑むイザヤとクロト。激熱の空戦歌劇《オペラ》、遂に決着！

各国が飛行艦隊を駆り、覇権を争う時代。極東の島国である日之雄《ひのお》も、大国ガメリアと戦争の最中にあった。18歳ながら艦長を任されていた皇女イザヤは、ある日、過去に自分へ無謀な告白を行い皇籍を剥奪された幼馴染・クロトと再会する。ガメリアで投資家をしていた彼がこの国にいることを訝しむも、知略に優れたクロトを参謀としてイザヤは戦争に臨む。一方ガメリアでは、クロトの投資パートナー・カイルが政治の実権を握っていた。彼の目的は戦争に勝ってイザヤを手に入れる事にあり、彼女を守る為にクロトは日之雄へ舞い戻ったのだった――。

上空1200mを舞台に、恋と策謀が入り混じって繰り広げられる圧巻の空戦オペラ。劣勢の中、クロトが戦略を立て、仲間達がイザヤとクロトを信じ命を賭して道筋を作り、奇跡の勝利を掴む。常にギリギリの手に汗握り読んでしまう熱い戦いが一番の見所だ。全5巻で完結した本作を最後まで見逃すな！（緋悠梨）

「こんなにも熱く、甘酸っぱく、苦しく、美しい物語に出会えるなんて！『男の子はな、好きな女の子のためなら、世界をぶっ壊していいんだ』この一文に惹かれたらぜひ読んで欲しい」（鴨だし・20代後半♥Ⓦ）

「世界を巻き込んだ、壮大な三角関係。守りたい者の為にそれぞれの戦場で戦う姿は皆、かっこ良かったです。悲恋あり、純愛あり、笑って泣けて最高にカッコいい彼らの姿を是非見て欲しいです」（ちのP@ラノベすこすこ侍・20代後半♠Ⓦ）

「手に汗握る飛行艦隊戦に、国家の存亡までも賭けたヒロインの奪い合い！　エンタメとしての完成度に圧倒される、読み応え抜群の傑作！　広げた風呂敷のたたみ方も上手すぎて、文句の付けようがありませんでした」（本山らの・20代前半♥㊿）

6位 お隣の天使様にいつの間にか駄目人間にされていた件

著：佐伯さん　イラスト：はねこと　GA文庫／既刊5巻

誰かを好きという気持ちは、斯くも簡単に人を変える。二人の甘々な恋物語。

一人暮らしをしている藤宮周《ふじみやあまね》は、とある雨の日、隣の部屋に住む「天使様」椎名真昼《しいなまひる》が濡れ鼠になっているのを目撃し、傘を貸した。翌日、雨に濡れて風邪を引いた彼を看病しに真昼が部屋を訪れるが、彼女は自堕落な周の生活を見咎めて何かと面倒を見るようになり、いつの間にか一緒に部屋にいるのが当たり前になっていた。二人だけの、少し不思議で、穏やかな秘密の時間。素直になれないながらも、周と真昼は少しずつ関係性を深めていく。

なかなか距離が縮まらない両片思いな二人のもどかしさが楽しいラブコメ。料理で周の胃袋を掴んだ真昼だが、更なる関係性の変化を求めて少しずつ攻勢をかけており、外堀を着実に埋めつつある。そんな彼女の好意を自己評価の低さから素直に受け止められないながらも、なんとか釣り合う男になるべく周も努力中。奥手ではあるが、相手を想って頑張る姿を見れば、二人を応援したくなること間違いなしだ。（緋悠梨）

「皆が待ち望んでいた展開を迎えた第4巻！　彼女らのやりとりが尊すぎる……。今一番来ている癒し系ラブコメ作品だと思います」（かんなぎ りょーたろ・20代前半♠㊿）

「いつもめちゃくちゃ尊い作品をありがとうございます！　二人が付き合ってからも面白さが減るどころかむしろ尊すぎて供給過多になってしまうことが増えてしまって困りますありがとうございます。出てくるキャラクター全員優しくて本当に大好きな作品です！」（そふぃ・10代前半♥Ⓦ）

「Mahiru and Amane are really a romantic couple that contains a lot of sugar」（Dapa・10代後半♠Ⓦ）

7位 義妹生活

▍著：三河ごーすと ▍イラスト：Hiten ▍MF文庫J／既刊3巻

陰キャ男子とギャルJK、そんな二人が兄妹になって一緒に暮らしたら?

親の再婚がきっかけで、浅村悠太《あさむらゆうた》は学年一の美少女・綾瀬沙季《あやせさき》と義理の兄妹になった。男女関係に慎重な価値観を持つ二人は、相談のもと互いに歩み寄りすぎず、適度な距離感を保つように約束する。美少女とひとつ屋根の下で暮らすことになり関わり方に戸惑う悠太。そして他人に甘えるすべを知らず、ずっと孤独に努力を重ねてきた沙季。実は似た者同士だった二人は、徐々に居心地の良さを感じていき、いつしか恋心を抱いていく……。

他人と最低限の関わりしかない陰キャ男子と、一見派手なギャル風の美少女。混ざり合うはずもなかった二人の日常が、両親の再婚をきっかけに急接近。ひとつ屋根の下での生活が始まり、お互いのことをゆるやかに知っていくという様がもどかしくてたまらない!! YouTubeで公開中の動画と連動しているが、書籍単体でも楽しめる。義理の兄妹二人の歩む生活がどのような色に染まるのか?その様子を観察してみては?（太田）

「義理の兄妹、それも同級生である二人が少しずつ距離を詰めていく姿に心奪われた。毎週YouTube動画も更新しており、とても好感の持てる作品。是非ともたくさんの人に読んでもらいたい」（Reレム・10代後半♠Ⓦ）
「お互いがお互いに尊重し合う。ダメな時は嫌われる覚悟で踏み込む。そんな関係が読んでて心地よいし、じれったいし、ドキドキした」（御湯・20代前半♠Ⓦ）
「義理の兄妹関係を丁寧に描いた本作はあえて調味料を使わない、素材の味で勝負するような一作で作品のテーマや日常の空気感が楽しめるところが魅力的です。個人的にはバイト先の先輩の読売先輩が好きです」（ちゃんかや・20代前半♠㊙）

8位 探偵はもう、死んでいる。

▍著：二語十 ▍イラスト：うみぼうず ▍MF文庫J／既刊6巻

1年前、名探偵と死に別れた。探偵の意思を継ぐ少年たちの冒険活劇!

巻き込まれ体質の高校生・君塚《きみつか》君《きみ》彦《ひこ》は、ハイジャック事件を機に、名探偵を名乗る美少女・シエスタと知り合い、助手として様々な事件を解決。世界を股にかける冒険活劇を繰り広げてきたのだが、1年前に彼女と死に別れた。それからは普通の高校生活を送っていたものの、同級生の夏凪《なつなぎ》渚《なぎさ》が彼に人探しを依頼してきたことから歯車が再び動き出す。名探偵の死を皮切りに描き出される、君塚君彦の周囲を巡るミステリあり、青春あり、ラブコメありなアクションシリーズ。

シエスタや夏凪だけでなく、人気アイドルで家宝の警備を依頼してきた斎川唯《さいかわゆい》、シエスタを慕うシャーロット・有坂《ありさか》・アンダーソンなど、どのキャラクターも魅力的で心惹かれる。秘密組織《SPES》との戦いはどのような結末を迎えるのか!? 世界の危機を防ぐ《調律者》なる者たちも登場し、さらなる広がりを見せる作品世界で君彦が繰り広げる新たな冒険にも期待したい。（太田）

「SFやミステリー、ラブコメなど様々なジャンルを持ちながら決してそれらが混同することがなく、一つの作品として完成されていて、とても読み応えのある作品だった」（もにゃか・10代後半♠Ⓦ）
「私自身も探偵になったつもりで考えながら読み進めるのですが、思いもよらぬ展開にいつも驚かされています！ はやく君塚がシエスタと渚ちゃんと シャルと唯ちゃんと一緒にいられる日が来ますように……！」（コロン・10代後半♥Ⓦ）
「張られた伏線が回収された時、アッと驚く展開が待っているのが本作の魅力だと思います。また、ミステリ要素だけでなく、ラブでコメな要素や異能バトルまであります。そして、シエスタがかわいい！」（kyou・20代前半♠Ⓦ）

9位 時々ボソッとロシア語でデレる隣のアーリャさん

著：燦々SUN　イラスト：ももこ　角川スニーカー文庫／既刊2巻

ツンツンな態度と言葉にギャップあり!?　実は筒抜けロシア語ラブコメ。

白い肌にサファイアの輝きを放つ瞳、ハーフアップにされた長い銀髪、抜群のスタイル、成績優秀で運動も出来る優等生。名門征嶺学園でもひと際目立つアリサ・ミハイロヴナ・九《く》条《じょう》はロシアと日本のハーフ。他者に無関心不干渉の彼女だったが隣の席の不真面目男、久《ひさ》瀬《せ》政《まさ》近《ちか》だけには辛辣なことで知られていた。侮《ぶ》蔑《べつ》含みにロシア語でなじるアーリャさん。しかし彼女は知らない、実は政近もロシア語が分かるということを。

生徒会メンバーでもある真面目なアーリャはだらしない政近に刺々しく接する。至極当然の態度なのだがさにあらず。罵倒を装ったロシア語の中身は【かわいい】だの【真面目にしてればかっこいいのに】だのデレデレしたものばかり。人に聞かれたら赤面ものだが、アーリャはロシア語だからわからないだろうと思い込んでいて……でも政近は祖父の影響で言葉が丸わかり。なんなんだこの小っ恥ずかしい状況は!?　悶絶せずにやり過ごせる政近に尊敬。（勝木）

「Слишком интересно взаимодействие между Дере Арьи и Кузе! (日本語訳:アーリャのデレと久世との掛け合いが面白すぎます！)」（凍凛・10代後半♠Ⓦ）

「まずアーリャが尊い。ひたすら尊い。可愛すぎる。素晴らしい。そして面白い。結論、アーリャが可愛い」（nana・10代後半♠Ⓦ）

「アーリャさんのロシア語デレが尊すぎる……！　主人公の政近も嫌味なく好感が持てる主人公だし、妹の有希も破天荒でイキイキとしていてキャラが皆、魅力的！ストーリーにもしっかり軸があり今、一番面白いシリーズだと思います」（IPPON満足123・20代後半♠Ⓦ）

10位 バレットコード：ファイアウォール

著：斉藤すず　イラスト：緜　電撃文庫／既刊2巻

VR世界で高校生たちは、仕組まれた“本物”の戦争を体験する!

VRを利用して高校生に戦争の悲劇を体験させる、国連主導の教育プログラム『プロジェクト・ファイアウォール』。それを受ける一人となった古《ふる》橋《はし》優《ゆう》馬《ま》は、クラスメイトと共にノルマンディー上陸作戦へ赴く。しかし、そこで見たものは現代日本の東京ゲートブリッジであり、さらに告げられるのだ。「これは、本物の戦争である！」。その直後、彼らは本当の虐殺を目の当たりにする。

ファイントと呼ばれる謎の存在との戦争で死亡した者は、現実世界へ残してきた肉体共々死ぬ。最悪の理不尽へ引きずり込まれた優馬は、それでも仲間を生かそうと己を尽くす。彼と仲間たちが絶望の底で魅せる交錯は儚く、極限の状況だからこそ浮き彫られる思いと想いのドラマは鮮烈である。そして——明かされる真実は酷くドライで、空しい代物なのだ。

平時から有事へ引きずり込まれるスピード感と、その中で演じられる優馬たちの生き様、極上の〝架空〟戦記を体験しよう！（剛）

「タイトル回収が最高に熱く感動的で、間違いなくこの読書体験は唯一無二だと思えました！　『読者が惚れる主人公』『純愛』『家族愛』全ての要素を満たした文句なしの傑作です！」（かなた・20代前半♠㊎）

「1巻では絶望感たっぷりのバトルアクションと、甘い恋愛描写とのコントラストが双方を引き立てる。2巻では様々な重大な背景が次々と明かされていき、毛色の違った面白さが楽しめる。1巻が表ならば、2巻は裏と言えるだろう。カロリーの高さなどお構いなしにハイテンポに展開していく“味”がクセになるシリーズだ」（くーるびゅーちー鳥さん・20代前半♠Ⓦ）

11位 継母の連れ子が元カノだった

著：紙城境介　イラスト：たかやki　角川スニーカー文庫／既刊7巻

一つ屋根の下の恋愛模様。昔の恋は、まだまだ続く。

些細なすれ違いから関係がギクシャクし、中学卒業を期に恋人関係を終わらせた伊里戸《いりど》水斗《みずと》と綾井《あやい》結女《ゆめ》。それから僅か2週間後、二人は親同士の再婚により、義理のきょうだいとして再会してしまった。若気の至りだったと忘れようとしていた過去が、まだ目の前にある。その気まずさを両親の前ではなんとか隠し、二人は「異性と意識したら負け」というルールを作って生活を送る。だが、元カップルは当時の想いを未だ捨てきれてはいないようで――。

何かに付けて口喧嘩をするが端から見たらどう見ても両思いな二人。もどかしい関係から踏み込むきっかけがなかなか作れなかったが、2学期に入って結女が生徒会役員になり、水斗も友人とより深い関係を作っていく。そうした周囲との変化に影響を受け、二人は自分の気持ちに向き合い、小さくも確かな一歩をついに踏み出した。今年7月には待望のアニメ化が発表。終わったはずの恋物語は、まだまだ続いていく。（緋悠梨）

「いよいよ作品も第2ステージへと進み、より二人のデレが垣間見えるようになってきた！　結女が新しい環境で出会う面々のキャラも濃くて面白い」（黒蜜パンダ・10代後半♠Ⓦ）

「とにかくニヤニヤできる。でもただラブコメするだけじゃなく登場人物の苦悩などもしっかり描かれている。どのキャラクターもカップリングも主役級の尊さ、面白さ、話の深さがありとにかく飽きない」（顎会長・10代後半♠Ⓦ）

「いさなの立ち回りが二人の嫉妬などの感情をより引き出し、物語をより面白くしているように感じます！　普通だったら嫌われキャラになりそうですがキャラの書き方が丁寧なのでより引き込まれます！」（あずき・10代後半♠Ⓦ）

12位 現実でラブコメできないとだれが決めた?

著：初鹿野創　イラスト：椎名くろ　ガガガ文庫／既刊4巻

ラブコメには向かない現実　それでもあがく大馬鹿野郎!

ラブコメ的学園生活を送りたい。その一心で高校に入学した耕平《こうへい》は、調査によるデータ収集に基づいてラブコメを実現しようとする。成り行きで共犯者に引きずり込んだ彩乃《あやの》の力も借りて、アドリブが苦手という弱点を抱えながらも学校内の状況をコントロールしようと試みるが、現実はそうそう思い通りにならず……。

とあらすじを書けば変則的だが普通のラブコメだ。ただ作者は、すでに耕平の最大の敵を示している。それは空気に流されて何となく「現実」を形作っている群衆だ。作中では名もなき一般生徒の醜悪でやっかみに満ちた会話が時折挿入されるが、これこそが真に打ち破るべき相手なのだろう。「ラスボス」的存在であるキャラも、その代弁者に過ぎまい。

引きが巧みで、1巻ラストで示されたある人物の思惑には驚かされたし、3巻の衝撃的な結末も忘れがたく、4巻の終わらせ方もなかなかしんどい。しかしその分、今後への期待は否応なく膨らんでいく。（義和）

「徹底した情報収集をもとにラブコメを実現させようとする主人公とそれに呆れながらも共犯者として活躍する７番さんの関係性がとてもいい味を出しています。これぞまさに新時代のラブコメ（?）」（モニニング・10代後半♠Ⓦ）

「これまでのラブコメ作品とは一風変わっていて、創作物としての面白さと現実で起こる問題や苦悩を兼ね備えた作品。ところどころにちりばめられたラノベネタもラノベヲタク的には最高」（イリヤの海・10代後半♠Ⓦ）

「今までなかった設定で独自のストーリーを築いていくのが爽快でした。主人公の思い切りの良さと、ヒロインの魅力というものも相まって、最高のラブコメを演出していました」（れ！・10代後半♠㊕）

13位 スパイ教室

著：竹町　イラスト：トマリ　ファンタジア文庫／既刊6巻＋短編集1巻

痛みに満ちた世界を変えるため、スパイ少女はすべてを騙す!

世界大戦の被害国であるディン共和国は、戦後にスパイ養成を推し進め、「影の戦争」と呼ばれる諜報活動を行っていた。世界最強のスパイと謳われるクラウスは、養成学校から落第寸前の少女たちを招集し、チーム『灯《ともしび》』を結成する。彼女たちは、死亡率9割とされる『不可能任務』に挑んでいくのだ。

読者すらも騙すスパイの策略が魅力的なシリーズ。5巻からはセカンドシーズンに突入し、新たなキャラクターが増えるのも見所。落ちこぼれの集まりである『灯』に対して、養成学校のエリートで構成されたチーム『鳳《おおとり》』が現れる。チームとして『灯』を圧倒する彼らが持っているのは、「詐術」と呼ばれる騙しの技術。自らの特技と組み合わせた相乗効果で、敵を欺いていく。

少女たちが潜り込むのは、国同士の謀略が渦巻くスパイの世界。ひとつ間違えれば、死ぬだけでは済まされない戦争。緊張感が増していく、極上の騙し合いをご覧あれ。（岡田）

「スパイ系統のラノベの中でも特に逸材の作品だと個人的に感じる。キャラそれぞれの葛藤や苦悩を得て、最後のドンデン返しの展開に胸が熱くなる」（やスレ・10代後半♠ⓦ）

「内通者誰ですか……裏切り者誰ですか……８人の少女達の成長がものすごくて毎度の事ながらドッキドキで読ませて頂いております……（尊死）」（わかめさらだ・10代後半♥ⓦ）

「巻数が重なるにつれてだんだんと主人公メンバーの成長も感じられる中、隠されている事も徐々に明らかになってるのに余計に解らなくなる。先が楽しみになります」（みたらし団子・30代♠ⓦ）

14位 ただ制服を着てるだけ

著：神田暁一郎　イラスト：40原　GA文庫／既刊2巻

なぜ彼はJKリフレに通うのか。風俗業界を抉る、同居物語。

コンビニ店長を任されている堂本広《どうもとひろ》巳《み》は、偶然知り合った藤村明莉《ふじむらあかり》がJKリフレで働いていることを知る。明莉は本物のJKではなく、ただ制服を着てるだけの19歳。合法である。「私の『お兄ちゃん』になって」と頼まれた彼は、物は試しと店に赴き――なぜか週一でVIPルームに通うほどのヘビーユーザーになっていた。そんな日々の中、明莉は彼氏と言い争いになり、同棲を解消。頼った先は広巳だった。ここから始まる、JKリフレ嬢と太客の同居生活。

ちょっとオトナなラブコメかと思わせて、本作は鋭利な視点で風俗業の歪さやそこで働く者、通う者の心情を丁寧に描き出している。彼は心に空いた穴を埋めるようにして、ただ制服を着てるだけの偽物JKに何かを求めている。そして、風俗で働く彼女も自分の価値を確かめようともがく。歪なふたりが巡り合い、営みを共にする。目の前の希望に縋り、自分の願望を何か「投影」している人に読んでほしい作品だ。（岡田）

「とても感動的な作品でした！　後半は特に読んでいて胸が苦しかったですが、読み終わったあと、不思議な爽快感がありました」（白田ほたる・20代前半♥ⓦ）

「本作は【裏切り】の一冊！　幸せなラブコメではない！思い通りにはいかない、爽やかドラマチックラブストーリー。ヒロインは「JKリフレ嬢」。でも恐れるな。二人の出逢いはきっと幸せに！（ですよね神田先生？）」（美少女文庫編集長・40代♠㊭）

「どうしても"普通"に生きられない人たちに焦点を当てた優しい物語でした。今を生きることが苦しい人に届いてほしい作品です」（久利大也・20代前半♠㊭）

15位 神は遊戯《ゲーム》に飢えている。

著：細音 啓　イラスト：智瀬といろ　MF文庫J／既刊3巻

完全攻略《クリア》で全ての願いが叶う。元神と人間が挑む神々の遊戯

失敗に終わった人探しから久しぶりに秘蹟都市ルインに戻ったフェイは、神秘法院ルイン支部事務長ミランダに3000年の眠りから目覚めた元竜神レオレーシェの見張りを託される。自己紹介さえ遊戯でやろうと持ち掛ける遊戯好きの彼女に、フェイも真っ向から勝負を受ける。見事実力を認められたフェイは彼女とチームを結成。未だ到達者のいない神々の頭脳戦《ゲーム》での十勝、すべての願いが叶えられる完全攻略《クリア》を目指して二人は様々な遊戯にチャレンジしていく。

オリジナリティ溢れる世界観で魅了する作者の新シリーズは神々の遊戯がテーマ。本作も霊的上位存在である具現化した神や神々の遊び七箇条《ルール》といった舞台設定が秀逸です。鬼ごっこならぬ神ごっこやウロボロスに「痛い」と言わせる禁断ワードなど、フェイたちが挑戦する遊戯内容も毎度ユニーク且つダイナミック。フェイにゲームの手ほどきをしてくれた女の子の失踪といった謎もあり、これは展開が熱い上に気になる！（勝木）

「神VS人間による、正に別次元の遊戯戦。ゲーム概要、ギミック、伏線回収、どれも高く緻密な設定で描かれ、全てが明らかになった瞬間の爽快感は鳥肌もの！」（ブリキ・20代前半♠Ⓦ）
「頭脳バトルものはどうしても緊張感ありきなのですが、そこへ「楽しさ」が加わった時に得られる独特の高揚感がとにかく魅力です。ゲーム好きにはたまらない1冊だと思います」（suzu（ラノベニュースオンライン編集長）・30代♠㊯）
「勝っても負けても『楽しかったねまたやろう』。きまぐれな神々との遊戯を、本気で楽しみ攻略する、少年と元神の頭脳戦に心をくすぐられます」（夕凪真白・20代前半♠㊯）

16位 声優ラジオのウラオモテ

著：二月 公　イラスト：さばみぞれ　電撃文庫／既刊5巻

ギャルと陰キャ女子、二人の表の顔は女性声優!?

メイクに命を懸ける生粋のギャル・佐藤由美子《さとうゆみこ》と、教室では誰とも喋らない渡辺千佳《わたなべちか》。教室内で言葉を交わすことのなかった二人の「表の顔」は、清楚系声優の歌種《うたたね》やすみとクール系声優・夕暮夕陽《ゆうぐれゆうひ》だった。クラスメイトというきっかけから、二人をパーソナリティにラジオ『コーコーセーラジオ！』がスタート。しかし、犬猿の仲ともいえる二人には喋る話題もない。それではプロ根性が廃ると、二人はお互いのパーソナルな事情に興味を持ち始める。

高校生活を過ごすときと、声優として仕事に向かうとき、どっちが本当の自分なのか？　そんな葛藤に悩みながら、次々に襲い来るトラブルに立ち向かう二人の姿に感動してしまう。正反対な二人だが、声優としてお互いをリスペクトしていく関係がとても尊い。キャリア、挑み方などリアルなアニメ業界の事情も描きながら、進路選択が待ち受ける高校3年生が選ぶ未来がどうなるか、ハラハラしながら見守っていきたい。（太田）

「正反対の性格のふたりがかけがえのない親友となり、絶対に負けたくない仕事上のライバルとして成長していくのがたまらない。なりたい自分とのギャップに葛藤しながらも、声優として少しずつ成長していく姿が良かった」（うらら・30代♥Ⓦ）
「職業モノであり、ライバルモノであり、JK百合でもあり、それらが高度なレベルで纏まっている傑作！　特に3巻の由美子が声優として壁を乗り越えた時にこの作品も一皮剥けたと感じました」（フラン・40代♠㊯）
「ここ数巻、劇的な化け方をしていてすっごく面白いです。不安や葛藤といった暗い感情を丁寧に描きつつ、ここぞという場面での文章から熱量が溢れ出ていて書いててめっちゃ楽しいんだろうなぁ」（otsuri・30代♠Ⓦ）

17位 ホヅミ先生と茉莉くんと。

著：葉月 文　イラスト：DSマイル　電撃文庫／既刊3巻

ラブコメ初挑戦の売れないラノベ作家。それを女子高生がサポート?!

デビューして6年、本を出し続けられてはいるが「売れている」と胸を張っては言えないレベルのラノベ作家、ホヅミ。しかも最近はボツ続きでやばい。そこで担当が提案したのが、青春ものから作風を変えてラブコメを書いてみてはというもの。秘密兵器も送ったと言われ帰宅すると、待っていたのは女子高生だった。そして始まる彼女——茉莉《まつり》とのラブコメ的な日々。これは小説を書く取材なのか、それだけではない何かなのか、虚実の狭間で茉莉は彼のアパートに通っては家事全般の世話を焼く。デビュー時から担当し続けてくれている売れっ子で美人のイラストレーターや、同期作家たちとも絡みつつ、執筆は進んでいったけど……。

ラノベ作家を描くラノベにまたひとつ傑作が生まれた。萌えに微エロも交えた日常パートは、なのにどこか健やかという言葉が似合う。その感覚が全体を貫いているからこそ、毎巻のクライマックスでの熱い展開にも芯が通っているのだろう。（義和）

「ラノベ作家の日常を描く作品。ハッピーエンドへと突き進む幸せな物語でした。くすりと笑えて、綺麗な描写がジンと染みる名作です」（とこー・10代後半♠(協)）
「心がほんわりとあたたかくなるラブコメ。可愛くて楽しいのにテンションは高くないのがこの作品の好きなところ。甘くてほんのり苦い青春の味がするけれど、最後には心が満たされる、そんな物語です」（スノードーム・20代前半♥Ⓦ）
「魅力的なヒロインとコメディパート、「物語」を愛するすべての人の気持ちがたくさん詰まった感動的なシーンがとても大好きな作品です。すべての「物語」を愛する人に手にしてほしいシリーズだと思います！」（あみの・20代前半♥Ⓦ）

18位 負けヒロインが多すぎる!

著：雨森たきび　イラスト：いみぎむる　ガガガ文庫／既刊2巻

恋が実る子あれば敗れる子も。負けヒロインの彼女たちはその後どうなる?

ファミレスでラブコメラノベを楽しんでいた和彦《かずひこ》は、隣の席で同級生の杏《あん》菜《な》と草介《そうすけ》がラブコメのクライマックス的展開を迎えていることに気づく。そして草介は別の少女を追うことを決心し……幼馴染みの背中を押した杏菜はものの見事にフラれた。草介がいなくなった後に杏菜と目が合った和彦は、成り行きで話を聞かされた末に彼女の代金を立て替える羽目に。借金返済のためと和彦の弁当を作るようになった杏菜。その頃から和彦の周囲では、陸上部の元気な檸《れ》檬《もん》に文芸部のコミュ障気味な知花《ちか》と、「負けヒロイン」としか言いようのない少女が続々現れ……。

負けから始まる物語。未練と嫉妬をぶちまける杏菜らは、若干引くが人間味に溢れ、彼女らを振る格好になった男たちも、多少鈍いが悪い奴ではないとよくわかり、やるせない。傍観者的立ち位置をキープしようとしていた和彦も、杏菜も加入した文芸部を中心とした人間関係の中で次第に変化していきそうだ。（義和）

「そこを突いたか！と思わせるタイトル。物語の内容も上手く構成されていて、とても読みやすかった」（さきり・10代後半♠Ⓦ）
「負けヒロイン＝青髪という点に加えて、負けヒロインの特徴を捉えたキャラクター達が負けまくるストーリーがドツボにハマった。現代のライトノベルの時代だからこそ誕生した負けヒロインをテーマにする作品は今後大きな反響を呼ぶこと間違いなしです」（しゅん・20代前半♠Ⓦ）
「みんな負けインが健気で可愛すぎる……。どうしてこんないい子たちを選ばなかったんだよぉおおおっ！（叫び）」（夢色しあん・20代前半♠(協)）

19位 経験済みなキミと、経験ゼロなオレが、お付き合いする話。

著：長岡マキ子　イラスト：magako　ファンタジア文庫／既刊3巻

彼女はすでにオトナのあれこれを「経験済み」。境遇の違いは、何を生む?

　淡い恋心を抱いていたクラスメイト・白河月愛《しらかわるな》に罰ゲームで告白した陰キャ高校生・加島龍斗《かしまりゅうと》。なんとその答えはOK！　喜んだのも束の間、その日のうちに彼女の部屋へと連れ込まれる。付き合った彼氏とはエッチをしたいはず、と思い込んでいる月愛だが、経験ゼロでパニックな龍斗は、関係を大切にしたいから今日はしないと告げる。そんな人は初めてと驚かれ、恋愛観の違いに衝撃を受けるも、月愛と「本物の好き」の関係を目指し龍斗は努力を始めるのだった。

　経験済みと未経験、陽キャと陰キャ、趣味が全く違う等々、多くの点でギャップを感じてばかりだが、その断絶を受け入れて寄り添える。それがこの二人のすごいところだ。決して否定せず、理解しようとする姿勢でお互いに向き合い、相手の喜ぶ事をしたいと考える。本当に心が通じ合う恋人となるため、時々食い違い、悩みながらも、少しずつ着実に歩んでいく。そんな二人の姿を、暖かく見守っていきたい作品だ。（緋悠梨）

「この二人がとにかく可愛い！　とても癒されますし、この先が読みたい！　という気持ちになります。また、実際に経験済みで悩んでいる方がいるので、その方たちが最も共感できるライトノベルだと思っています」
（クラムボン・10代後半♥Ⓦ）
「設定が自分の癖（へき）という癖に刺さりまくる作品でした。ヒロインの月愛はもう既にいろいろ経験していて、彼氏の龍斗にいろんな初めてをあげられないってのが、うずうずしちゃいました」（オタキミ　はまぐち・20代前半♠㊿）
「二人なりの“はじめて”を一緒に探そうとする姿が微笑ましかった」（いなご・20代前半♠Ⓦ）

20位 86―エイティシックス―

著：安里アサト　イラスト：しらび　メカニックデザイン：I-IV　電撃文庫／既刊10巻

決して交わることのない戦場の二人。果てなき戦いの先にあるものとは――

　「エイティシックス」とは、戦時下にあるサンマグノリア共和国全85区の外、存在しないとされる人外領域に暮らす有色種の人々を指す。ギアーデ帝国の完全自律無人戦闘機械〈レギオン〉に対抗すべく共和国が開発した無人戦闘機械〈ジャガーノート〉は名ばかりの無人機で、そこには人間として認められぬエイティシックスが搭乗するのだった――。

　苛烈な戦場を幾度も潜り抜けてきた精鋭部隊・スピアヘッド戦隊の隊長シンと、その指揮管制官〈ハンドラー〉として着任したエリート軍人レーナ。レーナはエイティシックスの犠牲で成り立つ体制を嫌悪し、あくまで人として接しようと奮戦する。過酷な戦争状況を内外両面から描く力作。

　10月からは好評だったアニメの2クール目が遂に放送開始。短編集では過去の掘り下げもあり、物語の解像度がぐんと上がっている。これだけ重厚なストーリーをたっぷり味わえる機会を逃す手はない。（中谷）

「元々はコミカライズから入り、アニメを見て、原作が気になりすぎて買いました。構成、キャラごとの特徴、心情、全てが繊細、緻密で毎度震えてます。10月からの2クール目が楽しみ！」（トッシー・10代後半♠Ⓦ）
「感情移入した先から退場していくキャラクターたち。読み手もシンと同じ喪失感に襲われます」（りっきー・10代後半♠Ⓦ）
「骨太な作品。10巻は、人間の嫌な部分が惜しげもなく描かれ、かなり気分が悪くなりましたが、「そうだよな」と思わせる内容が満載でした。だからこそそのシンくんの「今」があるのかと。とにかく安里さんは、人間のいやらしい部分を書かせたら天下一品な作家さんだなと、思いました」（やまね・50代♥Ⓦ）

「このライトノベルがすごい!2022」新作部門 第1位

春夏秋冬《しゅんかしゅうとう》代行者《だいこうしゃ》 春の舞

暁 佳奈インタビュー

主従コンビの想いが交差する鮮やかな描写と、爽快感あるアクション描写が読者たちに鮮烈な印象を与えた『春夏秋冬代行者』。この物語を紡いだのは、『ヴァイオレット・エヴァーガーデン』でも多くの読者の心を掴んだ新鋭・暁佳奈だ。本稿では新作部門第1位を祝し、新作『春夏秋冬代行者』誕生の経緯に迫る。

取材・文：太田祥暉、岡田勘一
イラスト：スオウ

暁 佳奈
（あかつき・かな）

北海道在住。第5回京都アニメーション大賞小説部門を受賞した『ヴァイオレット・エヴァーガーデン』（KAエスマ文庫）で2015年にデビュー。同作のアニメ化後、第二作となる『春夏秋冬代行者』を2021年に電撃文庫より上梓する。

四季の移り変わりに着目
『春夏秋冬代行者』誕生秘話

——まず、「このライトノベルがすごい！2022」にて新作部門第1位という報告を受けた際の感想を教えてください。

暁佳奈（以下、暁） まったく予想もしていませんでした。身に余る栄誉でしたので大変驚きました。担当編集の宮崎《みやざき》さんも半信半疑のご様子でしたので、二人で「本当かな？」とそわそわしながら静かに喜びました。今も「本当かな？」と思っています。

——ちなみにご自身では、どのようなところが評価されたとお考えですか？

暁 「春の舞」に関しては、誰しも自分の心の中に居る幼い自分といいますか、インナーチャイルド、そうした存在を現在の自分が手を取って共に戦う、泣いたまま終わらせない、というのが四季以外のテーマの一つとしてありました。誰かの琴線《きんせん》に触れるとしたらそこでしょうか。この世界で傷ついたことがない人などいません。登場人物達と読者様も物語の中を一緒に走ることで自分の心の昇華《しょうか》のような体験が出来れば……と思いました。でもこれは私の祈りというか、願いのようなものなので違うかもしれません。評価に自信がありますと言えるのは、スオウ先生の表紙と挿絵、川谷デザイン様の装丁が最高に格好良かったことです。

——暁先生は2015年に『ヴァイオレット・エヴァーガーデン』でKAエスマ文庫よりデビューされていますが、今回電撃文庫での新作発表となったのはどのような縁でしょうか。

暁 編集者の三木一馬《みきかずま》さんが設立された株式会社ストレートエッジさんで、川原礫《かわはられき》先生の『ソードアート・オンライン』シリーズのゲームシナリオ執筆[※1]をさせていただいたことがご縁でした。そこからストレートエッジさんで小説のご依頼もしていただき、それが電撃文庫さん預かりになったという形です。川原先生がご縁とも言えます。本当にありがとうございます。

——『ヴァイオレット・エヴァーガーデン』がアニメ化・劇場アニメ化でのヒット後の新作発表、さらには電撃文庫という有名レーベルということもあり、プレッシャーはありましたか？

暁 正直に言いますと大変プレッシャーを感じていました。小説にしろメディアミックスにしろ、たくさんの方に関わっていただき作品は出来上がります。作品を世に送り出すというのはもはや私一人だけの問題ではありません。もともと次回作では、既存作品とは違ったテイストのものを出すとは決めていたので、前作を愛してくださったファンの方、各関係者様方、これから手に取られる方、皆様はどう思われるか、正しい振る舞い、ふさわしい姿でいられるだろうかと不安でした。今もとても迷いながら書いています。不安でない時はありません。

——素朴な質問ですが、本作の発想はどのようなところから生まれたのでしょうか？

暁 小さい頃から、どうして月は追いかけてくるの？ なぜ季節は変わるの？ と不思議に思っていました。私は文系の人間ですので科学的根拠を求めず、こうだったらいいなと幻想的な想像をして楽しんでいました。同じように世界の不思議を幻想的に考える人達はたくさんいると思います。春の『佐保姫《さおひめ》』、夏の『筒姫《つつひめ》』、秋の『竜田姫《たつたひめ》』、冬の『宇津田姫《うつたひめ》』と四季を司る神様の存在は日本にも昔から存在していますので、これに近いことをしたいとも思いました。世に散らばった素敵な存在や考えを自分の中で昇華し、幼かった時の感受性を忘れずこねて作った形です。

——昔から疑問に思っていたことだったのですね。それらの幻想的な想像は、いつか作品に昇華しようとずっと考えられていたのでしょうか。

暁　特に温めていたわけではありませんでした。物語を描く時は幼い自分が何を考えていたかよく振り返るので、その中の一つだったという回答になります。話を聞くと私は昔から、絵本を読んでもらったらその後に勝手に物語を作って話し出す子どもだったそうです。世界の謎はきっと素敵な調味料がふりかけられていて、みんなが知らないだけで実は夢と冒険に溢れていたら……？　こういう夢想は今も好きです。

——春夏秋冬にはそれぞれに代行者と護衛官が存在しています。似たようなキャラクターは置かないであるとか、性別、代行者と護衛官のバディ、ほかの季節との差異においてそのバランス感など、どのようにキャラクター設定を考えられたのでしょうか？

暁　物語というのは読んだ時の年齢や心の状態で受け取り方が変わるものです。年齢、性別、またジェンダーにとらわれない枠からの視点、道徳、嗜好《しこう》、と色々考えて調整しています。「あの日傷ついた貴方」が幼い自分を手にとって、物語の中で、また終わった後も日常を戦っていける心地になれるよう苦心した結果、今の形になりました。

——花葉雛菊や姫鷹さくらをはじめ、本作には魅力的なキャラクターが多数登場します。

姫鷹さくら
（ひめだか・さくら）

春の代行者護衛官。主である雛菊とは幼少期より付き合いがあり、誘拐されてからは単身で彼女を探していた。凍蝶のことを厚く慕っていたが、ある一件を機に憎むようになる。

花葉雛菊
（かよう・ひなぎく）

春の代行者。「生命促進」の力を持つが、誘拐によって約十年間行方不明だったため春を顕現することができなかった。幼少期より狼星に思いを寄せている。

それぞれのキャラクターが生まれた経緯や、暁先生自身のお気に入りポイントを教えてください。

暁　**《雛菊》**春の現人神は女の子にしようと決めていましたので、その季節にふさわしい少女像を考えました。雛菊に関しては生い立ちや背後関係を知らないと理解が難しい可能性があったので、そこを特に注意しました。私の文の未熟さで魅力が損なわれないよう今も細心の注意を払っています。雛菊は可憐でありながら芯が強い所が好きです。そしてこれは全登場人物に言えることですが、イラストレーターのスオウ先生が作り上げてくださった美麗さと儚さがつまった容姿が大好きです。

《さくら》最初の構想では、春の護衛官は少年でした。しかし、どうもうまくいきません。雛菊の身になってずっと考えてみて、いまの彼女に必要なのは女の子なのだとしばらく悩んだ後に気づきました。それからは一番書きやすい人になっています。苛烈な印象を受けるシーンもあるかと思いますが、本当は優しく泣き虫な女の子です。雛菊と居る時の従者然とした彼女も好きですが、凍蝶と居る時は違った雰囲気となるのが可愛いと思っています。

《狼星》狼星は雛菊という女の子が好きになるならどんな男の子かというところから誕生しました。また、私が雪国出身というのも起因して、冬の世界でも生きられる子になっています。厳しい寒さの中でそれでも歯を食いしばって生きていけるか。冬の孤高の王となれるか。ということを想像した結果がいまの彼です。基本的には身内以外に冷たい人なのですが、凍蝶の前ではわがままな弟になり、雛菊とさくらにはかたなしな男の子になると

寒椿狼星
（かんつばき・ろうせい）

冬の代行者。「生命凍結」の力を持つ。自分のせいで雛菊が誘拐されてしまったことを悔い続けている。雛菊が初恋の相手。

寒月凍蝶
（かんげつ・いてちょう）

冬の代行者護衛官。さくらとは剣の師弟関係にある。しかし誘拐事件が発生。二人を守れなかったため、責任を感じている。

ころが好きです。

《凍蝶》冬は男性主従にすると決めていました。狼星を支えられる人物像として凍蝶が生まれています。他人の世話をするのは好きですが、自分の世話は後回しになりがちになってしまう人です。そんな人が泣きたい時に心を預けられるのは、彼も認めるほどの苦労人になるかと思います。スオウ先生が初めてラフを見せてくださった時、格好良すぎて「優勝!」と言ってしまったくらい容姿が好きです。これも他の登場人物にも言えますが、衣装が本当に素晴らしいです。

《瑠璃》夏は他の季節と比べても色々異質です。双子で姉妹ですし、家族特有の感情がつきまといます。代行者は死亡すると直ちに次の代行者が超自然的に選ばれますが、自分の家族が選ばれた時に人はどうなってしまうのか? という感情問題を描きたくて、あやめと共に誕生しました。かなりのシスターコンプレックスを抱えていますが、それでもからっとした印象を受けるのは夏の女の子ならではです。ワンピースはスオウ先生にお願いして着せていただきました。

《あやめ》妹に愛されるが故に縛られる姉として誕生しました。葉桜姉妹が双子でありながらそれぞれの家族内役割を重視し、妹や姉の振る舞いをするのは大きな依存関係が起因しています。役割を演じるほうが楽なのです。瑠璃は甘えてもいいという許しを、あやめは代わりに神様にはなれないという罪悪感を満たせます。もしあやめが神様で瑠璃が護衛官だったら、きっとあやめは引っ込み思案な女の子になったでしょう。瑠璃の為に強くなった子です。

《撫子》少女主従、青年主従、姉妹主従ときましたので最後は年の差異性主従にしようと思いました。秋という季節は撫子の権能である『生命腐敗』と同じく生と死を司るものです。この権能は強いですが色々とデメリットも多いです。その栄光も困難も背負いながらそれでも銀杏と紅葉の世界で微笑んでいられる幼子を、ということで撫子が生まれています。不憫な部分があるのですが、竜胆に恋をしていることが本人の支えになっています。恋に生きる女の子です。

《竜胆》今までの主従は第三者視点からすると両思い感が強いと思います。竜胆と撫子だけはすれ違い両片思いです。根は素直な良い人ですが美丈夫で才能豊かなので驕り高いところもあります。そうした彼が幼い女の子に仕えるのは苦労も多いはず。面倒だと思いつつ、同時にあれやこれやと世話を焼き、撫子の為に王子様まで演じているのは愛あればこそです。現在恋人は居ませんが、居てもその人にそんなことはしません。膝をつくのは主にだけです。

1冊の予定が上下巻に!?
異例づくしな刊行の裏側に迫る

——当初、本作は1巻で完結する予定だったとお聞きしましたが、それが結果的に上下巻となったのはなぜなのでしょうか?

暁 単純に私の計画性の無さです。大変浅はかで無謀でした。描きたいことや必要な場面が多すぎて困っていたら、担当編集の宮崎さんに上下巻での刊行を提案していただき何とかなりました……。ページ数を頂けたおかげで、下巻は場面切り替えを多用した戦闘展開を多くすることが出来ましたし、各季節見せ場をあげられました。しかし上下巻になったことで色々裏側では大変だったそうなので、この場を持って感謝と謝罪を……申し訳ありません！

——本作の執筆において、特にプロットから変わった、膨らんだ場所というとどこでしょうか？

暁　やはり雛菊とさくらの関係性でしょうか。少女神と男性従者という組み合わせを女性同士に変えたことで……女の子同士の繊細な、でも全部が綺麗なわけではなく、けれどもやはり硝子《ガラス》玉のように純粋な愛と脆《もろ》さが描けた気がします。

——本作の魅力の一つに、文章の美しさが挙げられると思います。実際に読者から寄せられたコメントでもその点に触れるものが多かったのですが、作品を書いている中でそこは特に意識されていることなのでしょうか。

暁　私の文章は好みがわかれると思いますので、そう言っていただけると大変嬉しいです。言葉の良さがつまった花束を読者様にお渡ししたい気持ちは常に持っています。文章構成で注意している他の部分は、読まれる読

葉桜あやめ（はざくら・あやめ）

夏の代行者護衛官で、瑠璃の姉。妹には幼少期より振り回されている。結婚を機に護衛官を辞任する予定だが……。

葉桜瑠璃（はざくら・るり）

夏の代行者。「生命使役」の能力を持つ。姉であるあやめには素直になることができない。彼女の護衛官辞任に反対をし続けている。

阿左美竜胆（あざみ・りんどう）

秋の代行者護衛官。護衛官はあくまで仕事であると割り切っているようだが、周囲からはそう思われていないほど撫子に対して過保護。

祝月撫子（いわいづき・なでしこ）

秋の代行者。「生命腐敗」の能力を持つ。現任の代行者四人では最も幼い新人。護衛官の竜胆に信頼と好意を寄せている。

者様の感情の流れを阻害しないようになるべく工夫していることでしょうか。Ｗｏｒｄで小説を書いているのですが、ページレイアウトした2ページ文の画面をキャンパスだと思っています。紙の場合は次のページをめくる時に絶対に文字を跨《また》がないよう構成します。また、かならず見せ場に向けて丹念に文章を紡ぎ、魅せるべきところは魅せます。これはストレートエッジ所属の高橋裕介《たかはしゆうすけ》さんが仰ってくださっていたのですが、歌舞伎でいう「見得《みえ》」に近いそうです。そう言われると格好良いです。

――本作を生み出すうえで、特に苦労したポイントはなんですか？

暁　本作の舞台である『大和《やまと》』は、とても日本に似た世界ではありますが違います。そうした世界観に現人神というシステムが入ればどういった弊害《へいがい》、摩擦《まさつ》、軋轢《あつれき》、闘争が起きるか考えました。そこをファンタジックにしつつ、ライトノベルだと言えるストーリー構造にするというあらゆるすべてが大変でした……これはどの作家さんもそうだと思いますが世界を一つ作り上げるのは骨が折れることです。でも楽しくもあります。

――上巻46ページなど、白黒反転の演出は暁先生が考えられたのでしょうか？　またその着想のきっかけを教えてください。

暁　白黒反転の演出は昔からやっておりまして、前作の『ヴァイオレット・エヴァーガーデン』を読んだことがある方にはお馴染みの表現となっております。自分で図形を挿入して白字設定しています。何故それをやったかと問われると……恐らく私がＷｏｒｄのページをキャンパスだと思っているからです。油絵を描いていたことがあります。下地は別に白じゃなくても良いだろうという自由発想です。

――暁先生自身がお気に入りのシーンやセリフはありますか？

暁　上巻ですと、雛菊が夏離宮でさくらに「守って」と言うところ。きっと最初に読んだ時はどうしてそんなに苦しげなのかわからないと思います。最後まで読んでいただいて、もう一度そこだけ読んでもらうと、初見とは違う感想を抱くかと。下巻ですと、狼星と凍蝶が氷の上をバイクで飛び出すところですね。首都高速、氷の橋、バイク。夢があります。スオウ先生が挿絵も描いてくださって嬉しかったです……。

『春夏秋冬』『ヴァイオレット』暁先生の創作の源泉は？

――暁先生がそもそも作家を志《こころざ》した理由を教えてください。

暁　ひとりで生きていくにはどうしたら良いかなと考えて作家を目指しました。しかし、作家になってからわかりましたが、作家はひとりでは生きられないのです。表紙は装丁家様と装画家様が、世界へ続く扉は担当編集さんが、この本を置いてくださいという交渉は営業さんが、印刷は印刷所の方が、本屋さんに本を並べてくださるのは書店員様です。そこから私を作家にしてくださるのは読者様で……いま書ききれていないだけであらゆる工程にたくさんの方々の時間と労力、情熱がかけられています。ひとりでは出来ません。大変傲慢な考えだったと現在は反省しています。みんなで作っています。

――暁先生の一番古い読書の記憶を教えてください。

暁　最初の読書記録はわからないのですが、絵本の中で一番好きなのはジル・バークレム先生の[※2]『のばらの村のものがたり』シリーズです。ぎっしりと音がなりそうな秀逸で繊細な絵が本当に素敵で、大人になっても表紙を見るとうっとりします。

――作家になるために特に影響を受けたという作品、コンテンツはありますか？

暁　文体は少女小説と海外児童文学に多大な影響を受けています。物語構成は映画作品から。主にこの三つをことこと同じ鍋で煮て出来たのが現在の作風です。

――暁先生が影響を受けたという少女小説と海外児童文学、映画の中でも特にお気に入りの作品についてお教えください。

暁　少女小説は小野不由美先生の『悪霊シリーズ』……現在の通称は[※3]『ゴーストハント』と呼ばれるものですね。そしてもちろん[※4]『十二国記』でしょうか。ティーンズハートさん版とホワイトハートさん版の文庫を持っています。その世界があたかもあるように構築された文章力と飽きさせない展開、魅力的なキャラクター達、というのはもちろんのこと……こ、これをティーン向けにだすのかという驚き……。少女小説の中でもすごく異彩を放つ作品だったので一気に夢中になりました。あとは荻原《おぎわら》規子《のりこ》先生全般です。

海外児童文学はミヒャエル・エンデ先生の[※5]『モモ』、J・Kローリング先生の[※6]『ハリー・ポッターシリーズ』、アストリッド・リンドグレーン先生の[※7]『やかまし村の子どもたち』、以下作品名のみになりますが『ハウルの動く城』、『トム・ソーヤーの冒険』、『ハックルベリー・フィンの冒険』、『ナルニア国物語シリーズ』、『赤毛のアン』、『長くつ下のピッピ』、『クマのプーさん』、『ドリトル先生シリーズ』、『ライ麦畑でつかまえて』、『グリム童話』などなど……海外児童文学に出てくる、食べたことがないけど美味しそうな食べ物や飲み物、素敵なドレスなどによく憧れました。

映画も海外児童文学同様、これが特に、と言い切れません。自分の心の中にすごく残っているのは『マグノリア』や『マルコヴィッチの穴』、『ヴァージン・スーサイズ』、『ロード・オブ・ザ・リング』、『グッド・ウィル・ハンティング』、『ユージュアル・サスペクツ』、『レ・ミゼラブル』、『ラ・ラ・ランド』など挙げられるのですが、多分やっていることが近いのは[※8]エドガー・ライト監督の作品です。ずっとコメディを撮られていた方なのですが、最近はシリアスも手がけられ……監督の作品はちゃんと物語の波というか、音楽の流れがあって、後半に行くにつれシンバルを叩きまくる感じが私と似ているなと思います。

――暁先生の執筆スタイルはどのような形なのでしょうか。

暁　最近専業作家になったので、目覚めたら寝るまでずっとパソコンとにらめっこをしています。大変身体に悪く運動不足になりがちなので、『Ｆｉｔ Ｂｏｘｉｎｇ』と筋トレを導入しました。

――続巻は夏のお話になると予告されていますが、どのような物語にしようとお考えでしょうか？

暁　「春の舞」は春主従を主軸に群像劇が描かれました。その結果、代行者達の世界はどうなってしまったのかというのが夏を舞台に描かれます。夏の代行者の婚約者は？　狼星と雛菊は？　凍蝶とさくらは？　秋主従の関係は？　とそれぞれスポットも当たります。夏は恋の季節ですので、恋溢れる冒険ストーリーになる予定です。スオウ先生の表紙を貰えることを糧になんとか鋭意努力中です。

――では最後に、本誌の読者に向けてメッセージをお願いいたします。

暁　この度、身に余る栄誉をいただきました。各関係者様、投票してくださった皆様、誠にありがとうございます。たくさんの方が貴重な5票の中に『春夏秋冬代行者』を入れようと思ってくださった、その事実が本当に嬉しいです。

　ですがこの誉《ほまれ》は、私ひとりのものではありません。編集担当の宮崎さん、装画のスオウ先生、装丁の川谷デザイン様、小説を一緒に作り上げてくださった様々な出版関係の皆様、書店で展開してくださった書店員の皆様、投票の後押しとなった漫画を描いてくださった小松田なっぱ先生、この作品を応援しようと思ってくださった読者の皆様、すべての方々の努力と優しさで紡がれた誉です。みんなで頑張ったことが認めてもらえました。私はこれぞ総合芸術の素晴らしさだと思っています。代表して、誉をいただきますが、作家になった時に父から貰った「実るほど頭を垂れる稲穂かな」という言葉を胸に、栄誉を受ければ受けるほど、より一層謙虚に、また誠実に作品作りをしていけたらと思います。ここまでこの文章を読んでくださってありがとうございました。貴方に、素晴らしい瞬間が訪れますように。

1『ソードアート・オンライン』シリーズのゲームシナリオ執筆
2020年に発売されたゲーム『ソードアート・オンライン アリシゼーション リコリス』にて、シナリオを担当している。暁氏は追加コンテンツ（DLC）である「古の使徒 - 森林の死神 -」は単独で脚本を、「Myosotis」はプロット／全体脚本／シナリオを担当している

2『のばらの村のものがたり』
ジム・バークレム作による絵本。「のばらの村」に暮らすねずみたちの日々を描いた心温まる物語。岸田衿子訳のものが講談社より刊行されている。

3『ゴーストハント』
1982年に刊行された『悪霊がいっぱい!?』より開始した小野不由美のホラー小説。女子高生・谷山麻衣と個性派の霊能者・渋谷一也がともに難事件を暴いていく。講談社X文庫ティーンズハートでの完結後、2010年にメディアファクトリーの幽BOOKSより『ゴーストハント』として復刊。現在は角川文庫より刊行されている。

4『十二国記』
小野不由美によるファンタジー小説。十二の国が存在する中華風の世界を舞台にし、その世界に生きる人々や地球からそこに訪れた人々の姿を描く。1992年に講談社X文庫ホワイトハートで開始後、講談社文庫を経て現在は新潮文庫より刊行中。

5『モモ』
ドイツの作家、ミヒャエル・エンデによる児童文学。人々の心を癒やす少女・モモが、生きる人々から時間を奪う「時間どろぼう」たちに立ち向かう。現在では大島かおり訳による岩波少年文庫版が手に入りやすい。

6『ハリー・ポッターシリーズ』
イギリスの作家、J・K・ローリングによるファンタジー小説。ホグワーツ魔法魔術学校に通うこととなった孤児、ハリー・ポッターの数奇なる運命を描く。2001年から開始したダニエル・ラドクリフ主演の実写映画版も有名。日本では松岡佑子訳が静山社より、単行本と静山社ペガサス文庫版の2バージョンで刊行されている。

7『やかまし村の子どもたち』
スウェーデンの作家、アストリッド・リンドグレーンによる児童文学。「やかまし村」に住む子どもたち6人の日常を描いた。石井登志子訳が岩波書店から「リンドグレーン・コレクション」として刊行されている。

8 エドガー・ライト監督
イングランド出身の映画監督。テレビ番組や短編映画の制作を経て、2004年公開の『ショーン・オブ・ザ・デッド』で頭角を現す。2015年のマーベル映画『アントマン』では当初監督予定だったが降板。脚本としてクレジットが残っている。代表作に『ベイビー・ドライバー』。最新作『ラストナイト・イン・ソーホー』が2021年末公開予定。

ライトノベルの頂点はコレだ!

2021年度版
(2020年9月1日～2021年8月31日)

単行本・ノベルズ部門 BEST15 発表!!

LIGHT NOVEL BEST RANKING 2021

ライトノベルの新境地はどこまで広がるのか。四六判・B6判・新書判を対象としたランキング!文庫とは異なった文化圏ができている。

順位	作品(シリーズ名)	著者名/レーベル名	ポイント
1位	佐々木とピーちゃん ★	ぶんころり KADOKAWA	91.65
2位	サイレント・ウィッチ 沈黙の魔女の隠しごと ★	依空まつり カドカワBOOKS	74.01
3位	本好きの下剋上 ～司書になるためには手段を選んでいられません～	香月美夜 TOブックス	68.81
4位	リビルドワールド	ナフセ 電撃の新文芸	42.73
5位	異修羅	珪素 電撃の新文芸	33.00
6位	Babel	古宮九時 電撃の新文芸	30.89
7位	超世界転生エグゾドライブ ★	珪素 電撃の新文芸	30.82
8位	現代社会で乙女ゲームの悪役令嬢をするのはちょっと大変 ★	二日市とふろう オーバーラップノベルス	30.71
9位	魔導具師ダリヤはうつむかない ～今日から自由な職人ライフ～	甘岸久弥 MFブックス	29.96
10位	ボクは再生数、ボクは死 ★	石川博品 KADOKAWA/エンターブレイン	28.16
11位	Unnamed Memory	古宮九時 電撃の新文芸	27.58
12位	無職転生 ～異世界行ったら本気だす～ ↑	理不尽な孫の手 MFブックス	25.27
13位	嘆きの亡霊は引退したい ～最弱ハンターによる最強パーティ育成術～	槻影 GCノベルズ	24.28
14位	ヘルモード ～やり込み好きのゲーマーは廃設定の異世界で無双する～ ↑	ハム男 アース・スターノベル	23.42
15位	田中 ～年齢イコール彼女いない歴の魔法使い～ ↑	ぶんころり GCノベルズ	23.33

★=期間内の新作及び単巻作品　↑=前年度から20位以上の順位アップ　—=前年度の刊行なし

1位　佐々木とピーちゃん

著：ぶんころり　イラスト：カントク　KADOKAWA／既刊4巻

実は賢者様の文鳥・ピーちゃんに導かれて異世界へ。庶民的な佐々木さんの活躍！

『田中』、『西野』と独特の持ち味で人気を集める著者、新作もユニーク。四十路を前に独り身の寂しさを覚えた佐々木は、ペットショップからお喋りな文鳥をお迎えする。かわいさに癒されていると、文鳥は自らをピエルカルロと名乗り、異世界の賢者であると告げる。「ピーちゃん」として会話を試み、協力関係を結ぶと同時に異世界のヘルツ王国に飛ばされる。佐々木はふたつの世界を行き来する生活を始める。

　佐々木は、簡単に入手できる砂糖や電卓を異世界で売りさばき、料理人を拾ってレストランを開業。ピーちゃんの指導で魔法の能力を開花させ順風満帆な異世界ライフ。現代社会ではご近所JCと適度な距離で接し、異世界ライフの軍資金を稼ぐのに頭を悩ませ……。佐々木はどこにでもいるような小市民なのだが、魔法行使が国家機関に見られ、能力者、魔法少女などなどと関わることになっていく。このどこにでもいるおじさん感が物語のキモなのだ。（勝木）

「ぶんころり先生の作品ですが下品さが少なくて誰にでも読める作品　ヒロイン一同全員可愛くカントク先生のイラストが活きてます」（ろでさん・30代♠Ⓦ）

「特定のジャンルで考えるのが良い意味で馬鹿らしくなるごった煮の面白さ。次に何が起こるか予測できない楽しさも良い。シャトーブリアン食べたい」（平和・40代♠㊋）

「異世界、異能力者、魔法少女、天使と悪魔……様々な勢力が入り乱れる中で確かな存在感を放つ主人公の姿が素敵です」（リュータ・20代後半♠Ⓦ）

「これまで数多くの異世界作品が生まれてきましたが、こんな作品は見たことがないです！　異世界間貿易・現代異能バトル・魔法少女・お隣さんとのラブコメ？など単体で描かれるはずのジャンルが絶妙に混ぜ合わされる、まさに闇鍋のような作品！」（しんゆう・20代前半♠㊋）

「アラフォーのおっさんと文鳥がメインのファンタジー！社会人としての経験が豊富な佐々木が異世界と現代日本を行き来しながら成り上がっていく！頭がキレる佐々木と異世界で大賢者と呼ばれるピーちゃんとのコンビも最高です！」（夏鎖芽羽・20代後半♠㊋）

「主人公視点の地の文がリズム感が良く言葉選びが軽快で心地よい」（たるひゃ・30代♥Ⓦ）

「ごちゃ混ぜなのがなぜかしっくりくる闇鍋感がたまらない」（ムニエル・30代♠Ⓦ）

「バトル、笑い、政略、異世界、現代、チート、魔法少女、etc……面白い要素を全部詰め込んだ作品が面白くないはずがない！　それをまとめるぶんころり先生の独特でどこかシュールな文章も最高！！」（猫缶〆・20代前半♠Ⓦ）

「マジカルミドルとかマジカルホームレスという言葉のセンスが好き」（ytk・30代♠Ⓦ）

「主人公とピーちゃんの関係が面白い！　様々な世界観や勢力が混在しているがうまくまとめられており、まったく飽きが来ないまま一気に読み進めました」（sasa3・20代前半♠Ⓦ）

「社会人として上手いこと調整しようとしてドタバタに巻き込まれる展開が見ていて飽きないです。後、お隣さん可愛い」（kenuhu・20代後半♠Ⓦ）

「ぶんころり先生の作品の中でも特に主人公が股に掛ける世界が広い本作品。これでもかと詰め込まれたラノベ要素が交通渋滞を引き起こしつつも調和させる内容は流石の一言」（tamochu・30代♠Ⓦ）

【記号について】　♠＝男性　♥＝女性　㊋＝協力者　Ⓦ＝Webアンケート回答者
文末の（　）はライター名です。

2位 サイレント・ウィッチ 沈黙の魔女の隠しごと

著：依空まつり　イラスト：藤実なんな　カドカワBOOKS／既刊2巻

魔術は最強でも日常生活は最弱?　人見知り魔女が学園で護衛に挑む!

世界で唯一無詠唱魔術を使いこなし、わずか15歳でリディル王国の七賢人に選出された〈沈黙の魔女〉モニカ・エヴァレット。ある日彼女は学園に潜入し第二王子を密かに護衛するよう命じられる。竜すら単身で撃退できる彼女には楽勝の任務……と思いきや、彼女には超人見知りという致命的な弱点があった……。

魔術の腕は天才的であっても、対人能力が壊滅的で自己評価も非常に低いモニカは、学園に通えばいつも素でビクビクしてばかり。そんなモニカが少しずつ勇気を振り絞って、周囲と距離を縮めようと頑張る姿が凄く健気で、普段はダメダメなモニカが魔術や計算といった得意分野で実力を発揮する場面では喝采を上げたくなる。最強のはずなのにここまで応援したくなる主人公もなかなか珍しい。護衛対象の第二王子もただの優等生ではなく、何やら秘密を抱えており、この無茶ぶりのような任務が互いにどのような影響を与えていくのか今後が楽しみだ。（柿崎）

「人見知りで人前で上手くしゃべれないから、って理由で人類初の「無詠唱魔法」を編み出してしまった天才少女モニカ。普段は小動物のようですけど、好きなことには饒舌になったり、魔法行使する時はその実力を見せつけてくれるギャップが魅力的」
（ちゃか・20代後半♠㊙）

「主人公のコミュ障ぶりが圧倒的で一瞬コメディのような気もするけど、その圧巻の実力や知識に裏打ちされた安心できる王道展開に引き込まれずにはいられない。いま最も期待する新作シリーズ」（S・30代♥Ⓦ）

「表紙買いしたんですが、内容もとても面白かったし、何よりとても読みやすかった！モニカえぐかわいい！！」
（yuu・10代後半♠Ⓦ）

「学園生活と沈黙の魔女としての仕事を両立しつつ同級生とのドタバタストーリーが面白い」
（スロープ20代後半♠Ⓦ）

「不器用なりに一生懸命使命を果たそうとする天才肌の主人公の成長が、見ていてつい応援したくなる」
（み～！・40代♥Ⓦ）

「キャラもストーリーも設定も、全部が最高！　ずっとこういうのが読みたくて、やっと出会えたという感じです。モニカちゃんがとにかくかわいすぎる！」
（白田ほたる・20代前半♥Ⓦ）

「WEBで読んでものすごくハマりました。とにかくダメダメなコミュ障魔女が最強なのが好き。あと元ヤンの同期さんがとても素敵すぎて好き」
（広瀬・30代♥Ⓦ）

「極度の人見知り、しかしその正体は天才魔女のモニカ。そのギャップが素敵な学園ファンタジー作品。彼女のコミュニケーションの成長は見ていてホッコリします。彼女から決して目が離せません」
（零ちゃん・20代前半♠㊙）

「コミュ障の魔女が潜入任務の最中で繰り広げる事件と友情とほんの少し恋のお話。言葉を発したくないなら詠唱しなければいいじゃない」（さめのみや・30代♥Ⓦ）

「小動物のように怯える天才ヒロインと、それを取り巻くサドっ気の強いイケメンたちが魅力的な、王道のファンタジー学園コメディ」（mizunotori・30代後半♠Ⓦ）

「内容が私にとって黄金比に1番近い構成なんです！」
（凍凛・10代後半♠Ⓦ）

3位 本好きの下剋上 ～司書になるためには手段を選んでいられません～

著：香月美夜　イラスト：椎名 優　TOブックス／既刊 27 巻+短編集 1 巻+外伝1巻

王の証グルトリスハイトは誰の手に!?　物語もついに大詰め。本好きの情熱が異世界を救う!

図書館司書を目指していた本《もと》須《す》麗《うら》乃《の》は、本棚から落ちてきた大量の本に埋もれて死亡し、異世界で平民の少女ローゼマインとして目覚めた。

本が高級品とされて平民には手の届かない世界で虚弱体質に悩まされながら、マインは植物紙やインク、活版印刷機を発明し、職人や商人を巻き込んで出版業を立ち上げる。

現代知識を活用して兵士の娘から、神殿の巫女見習い、やがては貴族の養女へと立身出世していく。

ただ本が読みたいという情熱で困難を乗り越えて、好奇心の赴くまま突き進んでいくマインの暴走ぶりが痛快で、予想外の大事件を巻き起こすマインを見守る側近たちや大人たちの気苦労や懊悩が笑いを誘う。

王の証たる叡智の書「グルトリスハイト」を巡る王位継承争いもついに佳境。失われた歴史の謎が解き明かされ、クライマックスにむけて一気に収束していく物語に興味をかきたてられる。本好きのためのビブリアファンタジーだ。（愛咲）

「ローゼマインがどんどん影響力を大きくしていき、国全体を動かそうとしています。これからクライマックスへ向けて本当に楽しみです！」（のん・10代後半♥Ⓦ）

「主人公とフェルディナンドの関係がたまりません！　伏線もどんどんと回収されていき、読んでいてとても爽快感があります」（稲穂・10代前半♥Ⓦ）

「貴族に転生して、華やかで楽しい生活を送るわけではなく、完全に不利な状態から、夢に向かってまっすぐ走っていく。そんなマインに憧れます」（シュクレ・10代前半♥Ⓦ）

4位 リビルドワールド

著：ナフセ　イラスト：吟　世界観イラスト：わいっしゅ　メカニックデザイン：cell　電撃の新文芸／既刊8巻

サポートがもたらす急成長!?　荒廃した世界で狙う一攫千金!!

明日をも知れぬ孤独なスラムの少年アキラはハンターとして成り上がるため、無謀にも狂暴なモンスターが巣くう旧世界の遺跡を訪れる。そこで彼は、神秘的且つ非現実的な美貌を持った全裸の女性アルファと遭遇。実体のない拡張現実である彼女は、ハンター業のサポートを持ち掛けてくる。代償はとある遺跡を攻略すること。索敵、戦術、体調管理といったアルファの強力なサポートはアキラの能力を急激に目覚めさせていく。

無差別破壊を続ける自律兵器、野生化した生物兵器、突然変異を繰り返した動植物。旧世界の遺物収集で一攫千金を目指すハンター業は狂暴なモンスターを相手にした危険の連続。何度も死ぬような目にあいながらアキラが生き延びれるのは、強力なアルファのサポートのお陰。けれどそれは大きな何かに絡めとられているような不気味さ怖さも感じられます。最新刊、アキラが配下のシェリルに任せた遺物販売が思わぬ争いの火種となり、大抗争勃発!?（勝木）

「荒廃した世界をスラム孤児が己の命を担保にして成り上がっていくのが最高にCOOL！」（どどんどん・30代♠Ⓦ）

「魅力的な敵キャラとアキラの戦闘が非常に面白く気づいたら丸一日読んでしまっていた」（くじらイルカ・20代後半♠Ⓦ）

「主人公の性格が初めてみるタイプ。敵か味方かではなく、敵か敵じゃないかという考えが良い。生きるか死ぬか、という極限状態からの成り上がりだから、綺麗ごとがない」（白太・30代♠Ⓦ）

「成長するアキラと強くなっていく敵とのバトル、増えていくキャラクターのストーリー、物語もイラスト（背景とメカニックデザイン最高）も最高レベルのクオリティだと思います」（翔・10代後半♠Ⓦ）

5位 異修羅

▍著：珪素 ▍イラスト：クレタ ▍電撃の新文芸／既刊5巻

修羅が跋扈する、“最強”を決める異形の闘争。激闘の末、一回戦がついに完全決着！

世界を恐怖に陥れた本物の魔王が死んだ後、大都市・黄都復興の象徴として開催される六合上覧。そこでは魔王を斃《たお》した勇者を決めるべく集められた修羅16名が己の全てを懸けて死闘を繰り広げる！

強い奴らがトーナメント形式で戦うというシンプルなストーリーでありながら、これほど血沸き肉躍る小説はそうそうない。その秘訣は登場人物が異様に立っているから！

戦いの場に集いし修羅は、ただ単純な圧倒的暴力の持ち主から、相手の敵意に反応して自動的に殺すというチートな者、権謀術数を巡らし試合外で勝利を収めようとする者など実に多様で、いずれも最強という言葉に説得力のある連中ばかり。さらに明確な主人公がいないために誰が勝つのか一切予想がつかない！

最新の5巻ではとうとう一回戦の8試合全てが終了。大きな謎のひとつであったあの人物の正体がついに明らかとなり、物語はますます白熱する二回戦へ！（柿崎）

「今一番アツい謀略と暴力の最強群像劇！　書籍版での加筆で元々面白かったストーリーがさらに重厚になって続きが楽しみです」（ソジウム・20代後半♠Ⓦ）
「あらゆる分野の最強同士の戦いもヤバいですが登場人物達の様々な感情の矢印がとても好きです」（ひさはた・20代後半♥Ⓦ）
「圧倒的すぎる力を持った修羅たちに暗躍する知略。文字通り全ての力を以て戦う試合は圧巻の一言。最も予想のつかない最強のトーナメント」（ルー・20代後半♥Ⓦ）

6位 Babel

▍著：古宮九時 ▍イラスト：森沢晴行 ▍電撃の新文芸／全4巻

異世界なのに言葉が通じる？　一つの疑問から始まる言葉の物語

女子大生の雫《しずく》は空間に開いた不思議な穴に入り込んで、そのまま別の世界に転移してしまう。そこは竜や魔法が存在するいかにもな異世界。当然お約束のように現地の人たちとも言葉が通じる訳だが、雫はこのことに違和感を抱く。なぜ言葉が通じるのかと……？　そう、本作は異世界転移ものではある種の定番となっている「転移者が現地の言葉を理解できる」という設定を掘り下げた言葉の物語なのである。

元の世界に戻る手掛かりを求め魔法士のエリクと共に魔法大国ファルサスへ向かう雫はゆく先々で危うい事件に遭遇しながら、徐々に世界の真実に迫っていく。物語は『Unnamed Memory』の300年後を描くもので、世界観の繋がりも多く見られる。加筆修正によりファンには嬉しいサービスを挟みつつ、見事に完結。それまでの伏線が回収され、全ての謎が解けるラストシーンは圧巻。真実を知った雫とエリクの決断を是非見届けてほしい。（柿崎）

「『異世界と言葉』を巡る謎解きが面白いのに加えて、そこから言葉・文化・精神の本質が浮かび上がる展開に感動しました。戦う力を持たないゆえの、主人公の生き様に惚れる！」（いち亀・20代前半♠Ⓦ）
「4年前、迎えることができなかった旅の終わりを漸く手にできて感無量です。感情的にも物理的にも重たい4冊。好きにならなくてもいいからどうか読んで欲しい。そう切に願う物語です」（ねねこ・20代後半♥Ⓦ）
「タイトルがなぜ『Babel』なのか、完結とともに答えが提示されて心底震えました。シンプルなタイトルって難しいけどやっぱいいですね……！」（さくご・20代後半♠Ⓦ）

7位 超世界転生エグゾドライブ

著：珪素　イラスト：輝竜 司　キャラクターデザイン：zunta　電撃の新文芸／全2巻

この異世界を先に攻略するのはどっちだ!?　異世界転生の極北がここにある!

異世界の実在が証明され、転生して異世界を救うことが一つの競技となった世界。少年たちは《エグゾドライブ》で勝利をつかむべくC《チート》スキルが内蔵されたCメモリを装備し、トラックに轢かれ異世界へ旅立つ！

『異修羅』の珪素による新作はあらすじの時点でいろいろぶっ飛んでいる。異世界転生を競技化するというだけでもアレなのに、さらに登場人物たちは少年誌に載っているホビーマンガのようなノリで異世界攻略を実況・解説するからたまらない。

【超絶成長《ハイパーグロウス》】や【酒池肉林《ハーレムマスター》】といったどこかで見たようなCスキルを使って超スピードで異世界を攻略する姿は一見するとギャグのように思えるが、本作がそれで終わらないのはこれが対戦型の競技ということ。相手の装備したCメモリから攻略方針を読み取り、お互いに妨害を仕掛けながら行う異世界攻略は極上の心理戦にもなっているのだ！

いろんな意味で振り切れた唯一無二の異世界転生作品だ。（柿崎）

「『異世界転生にありがちなこと』を競技化する信じ難い発想ながら、笑わせ方が決して嫌味でなく、その上架空競技モノとして真面目に面白い怪作です」（タンサクシャ・20代後半♠Ⓦ）
「異世界転生でホビーバトルするという発想がすごい。チートの組み合わせと戦術による頭脳戦もレベル高くて面白い」（ああああう・20代後半♠Ⓦ）
「やめろーっ！　異世界転生は人を傷つけるための道具じゃねぇ！　俺とエグゾドライブで勝負だ！」（三笠屋・30代♠Ⓦ）

8位 現代社会で乙女ゲームの悪役令嬢をするのはちょっと大変

著：二日市とふろう　イラスト：景　オーバーラップノベルス／既刊3巻

悪役令嬢がバブル崩壊後の日本を再生に導く!　現在日本の改革物語!

時は90年代、バブル崩壊後の日本。複雑な家系を持つ桂華院《けいかいん》公爵家に生まれた瑠奈《るな》は、ここが乙女ゲームの世界だと気づく。史実と若干異なる歴史を歩みつつも、大筋は一緒の世界で、瑠奈は前世の――未来に起こることの知識を用いて、自らの破滅の未来だけでなく、衰退していく日本を再生しようと行動していく。

悪役令嬢を現代日本で、という設定にまずは唸らされる。瑠奈は乙女ゲームのラストシーンで、婚約破棄される破滅が運命づけられているのだが、その日は史実で言うと「リーマン・ショック」が起こる日。そして、この世界でも同様に、投資銀行が経営破綻する……。瑠奈は幼少期から、地方銀行に取り入ってハイテク関連投資や北海道開拓銀行の買収など、未来知識があるからこそできる大胆な手を打っていく。名称の相違はあるが、すべて史実を元にしているのもスリリング。瑠奈が、日本の経済も政治も動かしていく、読み応えのある日本再生譚だ！（岡田）

「悪役令嬢モノの皮を被った仮想経済戦記。あの激動の平成史を根底からひっくり返す一人のお嬢様がここに居る。これは破滅を約束されたとある少女の、時代という名の大いなる流れへの抵抗の記録だ」（八岐・40代♠㊓）
「現代社会の実際の2000年代の政治の流れを、こういったノベルで今という時代から振り返るという、一風変わった転生ものの斬新さ」（一読斜・40代♠Ⓦ）
「誰が呼んだか『拓銀令嬢』の異名を取る作品。『こうはならなかった、こうはならなかったんだ』と、噛みしめるように読む。こんな時代だからこそ、何が悪くて何をしたらと考えながら読むのも良い」（giriwan・30代♠Ⓦ）

9位 魔導具師ダリヤはうつむかない ～今日から自由な職人ライフ～

著：甘岸久弥　イラスト：景　MF ブックス／既刊7巻

生き方を変え、心掛け一つで変わりゆく景色。自分らしく生きる女性が輝く物語。」

婚姻予定の前日に言い渡された婚約破棄に、ダリヤは現実感がなかった。転生者である彼女はこれを機に前世と今世の相手に合わせた生き方を改め、猫背気味の姿勢を正しうつむかないと決める。生きたいように生きはじめたダリヤは髪型を変え、服装を変え、大好きな魔導具師の仕事に邁進していく。急逝した父カルロが残してくれた縁と偶然の出会いが重なり、決意一つでダリヤの生活は忙しく賑やかに広がってく。

転生者でありながら令嬢でも能力が高いわけでもないダリヤですが、あれこれ試行錯誤して好きな魔導具作りに勤しんだり、前世の料理を再現して友人たちと舌鼓を打ったり。貴族との取引で新たなステージに挑む様子には、うつむかずに今を生きる女性らしいしなやかな輝きに溢れています。最新刊では友人のおめでたから過去と向き合うまさかの展開。ダリヤの友人ルチアが主人公の新シリーズもリリースされ、いよいよダリヤの活躍が止まらない！（勝木）

「ダリヤのひらめきから作られた魔導具が、あれよという間に大事になっていき、周囲の人が振り回される様子が楽しくて好きです」（rincha・40代♥Ⓦ）
「じれったい両片思いがたまらなく好きです。おじさん（おじいさん）キャラが個性的で好きです。好きしか思いつかない」（うお・40代♥Ⓦ）
「魔導具製作の描写がとても好きです。作中に出てくるお酒や食べ物もおいしそうで、それも読む楽しみの一つになっています」（ちまき・30代♥Ⓦ）

10位 ボクは再生数、ボクは死

著：石川博品　イラスト：クレタ　KADOKAWA/ エンターブレイン／全1巻

高級娼婦に会うべく再生数を稼げ!　バ美肉青年よ、VR 空間で戦え !!

会社員の狩野《かのう》忍《しのぶ》は、世界最大のVR空間『サブライム・スフィア』に美少女アバター・シノの姿で潜っていた。その目的は、VR世界で恋をした高級娼婦・ツユソラに会うため。しかし、彼女が高額店に移籍し、金策が必要となってしまう。そんな中、会社の先輩である斉木みやびもVRプレイヤーだと知る。シノは彼女とともに過激で残虐な動画配信を行うことで、再生数と収入を得ることを画策した。炎上を繰り返すことで再生数を増やし収入を得たシノは、ツユソラに会いに行く。だが、ツユソラにはある闇が潜んでいて……。

石川博品待望の新作はVR空間上でのスリル溢れるアクション小説。美少女アバターと化して風俗に行く主人公が、お気に入りの娼婦を抱くべく炎上動画に手を染める、というイントロから一転、中堅配信者のキャッシュマネーも巻き込んで、VR空間を揺るがす謎を解き明かすことになる。ここでしか味わえない、スリリングな展開があなたを待っている。（太田）

「エロスとバイオレンス溢れるあらすじとは対照的に、描かれているのは、偽物だからこその美しさや愛についての話。まさしく"すごい"ライトノベルでした」（軽野鈴・20代後半♥㊙）
「あらすじを見て、何を言っているかわからず思わず購入しました。なんて言うか、こう、とにかくすごかったです」（so・20代前半♠Ⓦ）
「無秩序で無法地帯な作品だが、確かに感じたのは、現実と虚構の儚さとエモさそして圧倒的エンタメでした」（TERUちゃん・20代後半♠㊙）

佐々木とピーちゃん

「このライトノベルがすごい!2022」
単行本・ノベルズ部門
第1位

ぶんころりインタビュー

取材・文：柿崎憲　イラスト：カントク

くたびれたアラフォー男がペットの文鳥とともに異世界と現代異能バトルの世界を行ったり来たり、さらには魔法少女の戦いや天使と悪魔のデスゲームに巻き込まれ……いろんな意味で型外れなジャンル越境型の本作、この風変わりな物語が何をきっかけに書かれたのか、そして個性的すぎるキャラクターたちがどのようにして誕生したのか、ぶんころり先生に余すことなく聞いてみた！

ぶんころり

関東在住のラノベ作家。『田中～年齢イコール彼女いない歴の魔法使い～』でデビューし、その後もWEBと商業の両方で精力的に執筆活動中。

このラノ史上初!?
中年サラリーマンが1位に！

――『このライトノベルがすごい！2022』単行本・ノベルズ部門1位おめでとうございます！　まずは今の感想をお聞かせください。

ぶんころり　もしかしたら、ランキングの下の方に小さく名前が出るかも、くらいの期待は抱いておりました。ですが、まさか部門1位を頂戴できるとは思ってもいなかったので狂喜乱舞しております。担当編集のO様からご連絡を頂いたときは、部門1位ではなく、もっとこう残念系ランキングの1位ではないかと、妙な勘ぐりをしておりました。ご投票下さった皆様、本当にありがとうございます。

――まずは、本作を書こうと思ったきっかけをお聞かせください。

ぶんころり　いきなりではございますが、世の中にはペットを飼いたいとは思いつつも、色々と事情があって飼うことができない人が、意外といらっしゃるのではないでしょうか。私自身もご多分に漏れずその一人となりまして、こうした欲求を文章の上で発散させようと思ったのが、最初の一行目を書き始めたきっかけです。

――中年主人公とペットを組み合わせるというのはライトノベルでは大胆な試みですよね。

ぶんころり　自分の過去作では、1作目の『田中 ～年齢イコール彼女いない歴の魔法使い～』の主人公が中年、2作目の『西野 ～学内カースト最下位にして異能世界最強の少年～』の主人公が少年でした。なので3作目は中年の主人公に戻ろうかなと。

最近のWeb小説界隈では、まず20代以上の方々が書籍をお手に取って下さり、そこから若い方々に広がっていく、という噂話を耳にしておりました。また、市場では中年の主人公も増えてまいりました。ですから決して、需要がない訳ではないんじゃないか、という淡い期待を抱いております。

――前作の田中さんも中年ながら強烈な主人公でしたからね。その上で今回の主人公の佐々木はこれまでに比べて常識的な人物に感じられます。

ぶんころり　これまで書いた作品は「読者を選ぶ」というご感想をいただくことが多く、一度くらいは誰もが安心して読める作品を書きたい、といった思いが芽生えておりました。そこで本作では、落ち着いた性格の主人公をご用意させていただきました。少しでも気に入っていただけたら嬉しいです。

――『田中』や『西野』もそうなんですが、主人公の名前を毎回タイトルに入れていますが、何かこだわりがあるのでしょうか？

ぶんころり　ライトノベルに対しては常日頃から「主人公あっての物語」という意識があ

佐々木

都内の商社に勤める社畜。文鳥のピーちゃんと出会ったことをきっかけに、異世界と現代を行き来して商売を始めようとするが……。

りまして、その想いが形となってタイトルに入ってきています……と、かっこいいことを言えたらいいのですが、実際には過去の経緯から色々とありまして、名前がタイトルに入り込んでいます。ただ、結果として良い形にまとまっているんじゃないかなと感じております。

意外なペンネーム誕生秘話 ぶんころり先生ができるまで

――本作は「第4回カクヨムWeb小説コンテスト」で特別賞を受賞しましたが、ぶんころり先生は以前から『田中』や『西野』を始めWEBで作品を発表されていましたよね。

WEBで小説を発表するようになったのはいくつぐらいの頃からでしょうか？

ぶんころり　大学に入ってからになります。『ゼロの使い魔』[※1]や『魔法少女リリカルなのは』[※2]『魔法先生ネギま！』[※3]など、当時の人気ジャンルの二次創作を書いておりました。逆行物やクロスオーバー作品も好物で『スパシン』[※4]や『U1』[※5]、『AKITO』[※6]、『YOKOSHIMA』[※7]、『EMIYA』[※8]などを漁っていた記憶がございます。それから次第に自分だけのお話が欲しいなと考えるようになり、一次創作に移りました。

――『ゼロの使い魔』からの影響はやはり大きいですか？

ピーちゃん

文鳥の姿をしているが、正体は異世界の賢者。人語を話し魔法も使えて、めっちゃ強い。文鳥なのに好物はシャトーブリアン。

1『ゼロの使い魔』
MF文庫Jから発売されたヤマグチノボルによるライトノベル。高校生の平賀才人が異世界の少女ルイズに突然召喚されるというストーリーは、現代の異世界転移ものの走りともいえる作品だが、それはそれとしてヒロインのルイズがとってもかわいく、アニメでの釘宮理恵の熱演もあってツンデレキャラの代名詞にもなった。

2『魔法少女リリカルなのは』
魔法少女高町なのはを主人公とする人気アニメ。魔法少女たちによるバトルシーンに定評があり続編も数度作られて映画化もされた。コミックマーケットでグッズが即完売することでも有名。元々は18禁恋愛ゲーム『とらいあんぐるハート3 ～Sweet Songs Forever～』のスピンオフ作品。

3『魔法先生ネギま！』
週刊少年マガジン連載された赤松健によるラブコメ漫画。第一話からクラス名簿でヒロイン31人を一気に登場させたことで読者を騒然とさせた。ちなみに本作に登場するヒロインの一人、エヴァンジェリンはぶんころり先生が金髪キャラに心を捕らわれるようになったきっかけとなっている。

4『スパシン』
「スーパーシンジ」の略。『新世紀エヴァンゲリオン』の主人公碇シンジが魔改造され、時間逆行したりチート能力を授かったりして大活躍する姿を描いた二次創作の総称。原作では不遇な場面が多かったシンジ君をせめて幸せにしてあげようというファンの優しさの表れとも考えられる。

5『U1』
美少女ゲーム『Kanon』の主人公相沢祐一が、二次創作でいろんな設定を付け加えられた姿の総称。お話の都合であらゆる設定を付与されたことから、「Ultimate One（究極の一）」のような存在となったことと、元の名前と組み合わせたことから『U1』という呼び名が生まれた。好意的な意味でばかり使われる名称ではないが、U1が主人公の物語は二次創作界隈では一つの人気ジャンルとなっていた。

6『AKITO』
『機動戦艦ナデシコ』の主人公テンカワ・アキトの設定にいろいろ付け足した二次創作の総称。上で紹介した『スパシン』『U1』の一種である。

7『YOKOSHIMA』
『GS美神 極楽大作戦!!』のメインキャラ横島忠夫の設定にいろいろ付け足した二次創作の総称。上で紹介した『スパシン』『U1』の一種である。

8『EMIYA』
『Fate/stay night』の主人公衛宮士郎の設定にいろいろ付け足した二次創作の総称。上で紹介した『スパシン』『U1』の一種である。

ぶんころり　ヤマグチノボル先生は物語を書かれるのに、とても自由に文章を扱っていらっしゃっていて「あぁ、小説ってこんなふうに書いてもいいんだ」という衝撃と学びを得ました。先生の作品を楽しんでいなかったら、今の自分はなかったように思います。

——他に影響を受けた作品などはありますか？

ぶんころり　洋画のコメディ作品をよく見ます。『イエスマン』[※9]『スクール・オブ・ロック』[※10]『ナポレオン・ダイナマイト』[※11]『21ジャンプストリート』[※12]『トゥルーマン・ショー』[※13]などが好きです。

——WEB小説時代といえば、元々のHNの「金髪ロリ文庫」は独特な名前でしたね。

ぶんころり　当時はまだ、小説を個人サイトに載せておりました。ですから書いたものを読んでもらうためには、とにかくネット上で目立つ必要がありました。そして、パッと見て目立てる部分というと、タイトルと作者名しかなかったので、ちょっと過激な感じの名前になりました。

——ちなみに現在のペンネームに代わったきっかけは？

ぶんころり　『田中』が「第3回ネット小説大賞」を受賞して出版される際に、GCノベルズの担当編集I様と相談をして改名しました。「ロリ」という表現は控えた方がいいし、「文庫」と付くのもレーベル名と紛らわしくて困る。そうすると「金髪」しか残らないなと悩んでおりましたところ、同作のデザイナーの方からひらがなにしたらどうか、というご助言をいただきまして、そちらを頂戴しました。

佐々木を取り巻く変人たち
彼らを描く上でのこだわりは？

——それでは、作品の内容に触れていきたいのですが、本作はサラリーマンの佐々木が異世界ではスローライフを送ろうとする一方で、現代では異能バトルのような能力者の争いに巻き込まれるという話になっています。このような設定はどこから思いついたのでしょうか？

ぶんころり　皆様は、甘いものを口にしたら塩っぱいものが、塩っぱいものを口にしたら甘いものが、欲しくなることが多いのではないかと存じます。交互に食べるのが最高だと思います。自身のメンタルもこれと同じでして、異世界ファンタジーを書いたら異能バトルが、異能バトルを書いたら異世界ファンタジーが書きたくなります。あるいは他のジャンルも。それらをまとめて扱えるようなお話を書いた

9『イエスマン』
正式タイトルは『イエスマン "YES"は人生のパスワード』。後ろ向きだった男アレンが自分を変えるため、他人から何を言われても「イエス」と答えるようにしたことで、人生が大きく変わっていく、ジム・キャリー主演のコメディ映画

10『スクール・オブ・ロック』
教師のふりをして名門小学校に潜り込んだ売れないミュージシャンが、生徒たちにロックを教えることで、真面目だった彼らを徐々に変えていくミュージカル・コメディ。

11『ナポレオン・ダイナマイト』
アイダホの冴えない高校生ナポレオン・ダイナマイト、周囲からいじめられてばかりの彼だったが、ある日生徒会長に立候補した友人のペドロのために彼を当選させようと奮闘するコメディ映画。当初日本に持ち込まれた時は、当時流行っていた『電車男』の影響で『バス男』というかなり微妙な邦題がついていたが、ファンからの猛抗議で現代のタイトルに。

12『21ジャンプストリート』
高校時代にスポーツマンで人気者だったジェンコと冴えないナードだったシュミット。新人警察官としてコンビを組むことになった正反対の二人が、童顔を利用して高校へ潜入捜査を行うアクション・コメディ。

13『トゥルーマン・ショー』
生まれてから一度も島から出たことのない青年、トゥルーマン・バーバンク。平穏な生活を送っていたはずの彼だが、ある日死んだはずの父と同じ顔の老人を見かけ自分の日常に疑念を抱くようになり、徐々に真実へと近づいていくコメディ映画。

のなら、より楽しめるのではないかと考えまして、全てを入れ込むことにしました。

——異世界転移や異能バトル以外にも、魔法少女やデスゲームなどいろんな要素が次々に追加されていきますが、最初からこうなるのは想定していたのでしょうか？

ぶんころり　「カクヨムコン」に入賞しなかった場合、単行本3巻分ぐらいで終えようと考えていました。ありがたいことに受賞して書籍化が決まったので、WEB版とは差別化が必要になりました。そのための追加要素としてお隣さん（新規ヒロイン）とデスゲームが、書籍版の刊行に伴い生まれました。

　ですので、当初はもう少し控えめな構成でありました。しかしながら、後からいくらでも要素を追加できるようにとは、WEB版の連載開始時から意識しておりました。そして、過去のこうした行いは今まさに役立っております。今後も皆様に楽しんでいただけるように、色々と考えていきたく存じます。

——そんなごった煮な世界に巻き込まれた佐々木ですが、こうした世界で普通のサラリーマンを書く上で気を使っている部分などはありますか？

ぶんころり　普通の社会人としての価値観を逸脱しないようにしよう、と意識しております。その上で、平凡すぎても物語としては成り立たないので、ある程度飄々《ひょうひょう》とした部分を描きつつ、格好よさと平凡さのバランスを取っているつもりです。また、佐々木本人だけではなく、ピーちゃんをはじめとする周りのキャラクターとの関係から、人としての厚みを出していけたらなと考えています。

——周りが変人ばかりだと、佐々木の普通な感性がより際立ちますからね。ところで本作の場合、周りを固めるキャラが男性は成人キャラばかりなのに対し、女性は幼い感じのキャラばかりなのですが、このバランスは狙ってやっているのでしょうか？

ぶんころり　こちらは偶然でございます。というのも佐々木の職場の先輩である星崎《ほしざき》さんは、当初は正真正銘、大人のお姉さんとして書いておりました。ところが、作中の役割が固まってくるとですね、年齢に対して落ち着きがないように思えてきてしまい、結果的に実は高校生という設定が追加されました。

——意外ですね。男性キャラが大人ばかりなのは佐々木の年齢との兼ね合いでしょうか？

ぶんころり　本作は異世界商売ものという側面もありますので、物語の設定に引っ張られる形で、男性キャラも年齢層が高めになっております。なので数少ないショタ（ジジィ）枠のアバドンには、これからも存分に働いてもらおうと考えています。

——ちなみに女性キャラでは金髪のヒロインがエルザ様一人ですが、ぶんころり先生の作

星崎さん

水を操る異能力者。任務中偶然佐々木に助けられたのをきっかけに佐々木を異能力者の組織にスカウトする。やたら先輩面をする。

エルザ

佐々木が異世界で懇意にしている貴族の娘。ややキツめな態度を見せるが、実際はパパ大好きな良い子。由緒正しい金髪ヒロイン。

品にしては少ない気もしますが……。

ぶんころり　そちらに関しては多少意識しておりました。というのも『田中』の製作中に担当編集I様から、これ以上は金髪のヒロインを増やさないで欲しい、と言われたことがありまして（当時、ヒロインの半数以上がブロンドでした）、以降は他の作品でも控えるようにしておりました（同作のイラストを担当して下さる『MだSたろう』先生におかれましては、そのような状況でも各キャラを巧みに描き分けて下さいますこと、誠にありがとうございます！）。本作につきましては、もしも許されるようであれば、これから少しずつ増やしていきたいなと企んでおります。

――相棒であるピーちゃんは鳥でありながら相棒というちょっと特殊なキャラクターですが、書く上で意識していることはありますか？

ぶんころり　ピーちゃんは佐々木にとって、魔法の先生でありながら同時にペットの文鳥でもあります。その上で各々の世界でお互いに旅の案内人になっています。そうした持ちつ持たれつの関係を上手く表現できたらいいなとは常々意識しています。

――3巻ではそのピーちゃんがこれまでとは違い大きなミスをしてしまいましたね。

ぶんころり　現時点では超人的というか、マスコットっぽい立ち位置にあるピーちゃんですが、3巻でのミスを筆頭としまして、今後は少しずつ人間味のある部分も書いていきたいなと考えています。

――今のところ女性キャラでは、当初敵として登場していた二人静さんが佐々木の相棒といっても過言ではない活躍を見せています。当初からこれぐらい出番のある予定のキャラだったのでしょうか？

ぶんころり　彼女の登場と現在のポジションに収まる流れは、当初から予定にありました。ですが、キャラとして非常に動かしやすいことも手伝いまして、ご指摘のとおり想定外の活躍をしているところがあります。

――異世界から持ち込んだものを換金するには必要不可欠な存在ですよね。

ぶんころり　最初はまさにそういった役柄でサブヒロイン的な立ち位置にありました。そして、便利なキャラであるが故に登場シーンが増えていき、結果的に今後どう転ぶかわからなくなってしまいました。その関係から星崎さんのキャラが食われつつあるので、彼女にはより一層頑張ってもらいたいなあ、などと考えております。

――WEB版にはいなかったお隣さんですが、彼女が誕生した経緯を教えてください。

ぶんころり　WEB版との差別化をどのように組み立てていこうかと、担当編集O様にご相談したところ、星崎さんや魔法少女など既に存在しているヒロインの間を考えてはどうかとアドバイスを頂きました。そこで小学生の魔法少女、高校生の星崎さん、といった設定から間を取って中学生になりました。そして、当時ライトノベルでは歳の差ラブコメが流行しておりまして、コミック界隈ではデスゲームが全盛期だったので、それらをまとめて入れ込んだ結果、彼女の立ち位置が決まりました。

――思ったより大胆な決定をしていますね……他にも彼女は母親からネグレクトを受けているなど重めな設定がありますが。

ぶんころり　佐々木との接点を考えたときに、住居が近いという要素を利用しないと両者の交流が困難に思えました。また、彼の住まいはあまり恵まれていないアパートだったので、そちらに住んでいる中学生という前提を考慮したところ、現在のような背景になりました。こうしてまとめると、かなり可哀そうな感じですね。

――当初はそんな可哀そうな彼女が正統派なヒロインになると思ったのですが、１巻のラストでとんでもない一面を……。

ぶんころり　佐々木が結構ストイックな性格の持ち主ですので、彼に絡んでいくにはグイグイくるタイプじゃないと厳しいかなと考えました。その上で勢いをつけ過ぎたという気がしないでもないですが、ちょっと病んでる方が可愛いかもなあと思いまして。

――先ほどは『誰もが安心して読める作品を書きたい』とはおっしゃられていましたが、それでもヤンデレは出るんですね……

ぶんころり　多くの方々に読んでもらいたいと願いつつも、これまでの作品を応援してくださる方々に対して不誠実になるのも問題だと思いまして、お隣さんの存在でそのバランスが取れていたら嬉しいなと考えています。

――誠実さの表れが彼女のヤンデレっぷりになるんですね。他にもヒロインでは魔法少女がインパクトがありましたが、今のところまだ謎が多いですよね。

ぶんころり　彼女も4巻からは物語により関わってくる予定です。今はまだ詳しくお伝えできませんが、どうぞよろしくお願いします。

――本作はヒロインだけではなくミュラー伯爵やフレンチさんなど男性陣の方の出番も多いですよね。

ぶんころり　男性キャラも書いていて楽しいですね。３巻の時点でヒロインがたくさん登場しているので、これとバランスを取るためにも、異世界パートを筆頭に男性陣の活躍を入れ込みたかったというのがあります。

――男性キャラを書く上で魅力的になるように気を付けている部分などはありますか？

ぶんころり　キャラの軸がぶれないようにしようとは意識をしております。たとえばミュラー伯爵であれば、代々受け継いできた家や領地があって、可愛い娘のエルザ様がいて、星の賢者様に対する思いがあり、それらを大

二人静

佐々木が所属する組織と敵対する異能力者。見かけは子供だが実年齢は三桁越えのロリババァ。エナジードレインと年の功が武器。

事にした上で佐々木との関係がある、といった具合です。

――異世界の男性陣はみんな信頼できそうな存在なのに対して、現代世界で上司である阿久津課長は食わせ物というか、怪しい雰囲気があって対照的ですよね。

ぶんころり　阿久津課長の背景については登場時点からいろいろと考えております。それと異世界側ではスローライフ感を出していますので、代わりに現代側では緊張感を持たせたお話の運びをしたいなと思いまして、その関係で阿久津さんはちょっとピリリとしたキャラになっております。

佐々木はイケメンになったかも!?
カントク先生のイラストにも注目

――本作は男女問わずカントク先生が様々なキャラクターを描いていらっしゃいますが、キャラクターが生まれるうえで何か秘話などはありますか？

ぶんころり　佐々木に関しましては現在のデザインとは別に、メガネをかけた知的なイケメン版も頂戴しておりました。イケメン版が私からの提案となり、現在のデザインがカントク先生によるご提案です。この二つで検討を重ねた結果、後者に落ち着いたという経緯がございます。

――もしかするとイケメンな佐々木になってた可能性があったんですね。

ぶんころり　はい、あったと思います。ですが今は、カントク先生から頂いたデザインで進めて良かったと心底から感じております。こちらのデザインであるからこそ、佐々木を佐々木として書けていると称しても過言ではありません。カントク先生、とても魅力的なデザインを誠にありがとうございます。

――実際にキャラクターのイラストを見て何か作品に影響はありましたか？

ぶんころり　カントク先生のイラストがとにかく魅力的なので、先生のイラストを拝見したことから、主人公の佐々木を筆頭にどの登場人物に関しても、より高みでキャラクターが像を結んだ、アップデートされた、といった感覚を覚えております。衣服のデザインが具体化されたことで、その辺りを表現するのも楽しみになりました。

――ちなみにイラストの中でこれが特に気に入っているというのはありますか？

ぶんころり　どれか一つを選ぶのは難しいんですが、綺麗な背景に多数のキャラクターを入れ込んでいただいた各巻の表紙は最高でございますね。口絵や挿絵も色々な構図を楽しめて、作業の息抜きなどに繰り返し拝見させていただいております。

――3巻のラストでヒロインが全員集合しているイラストも印象的でした。連続刊行のラストは当初からこのような引きで終わる予定だったのでしょうか？

魔法少女

ファンシーな装いとは裏腹にゴミ漁りに慣れ切っているホームレス少女。家族を異能力者に殺されたため、深い恨みを持つ。

ぶんころり　あのイラストは本当にワクワクしました。登場人物が互いに銃を向けあうようなシーンは、メディア作品ではよく見られると思います。そういった場面を本作でもやりたいなと以前から考えておりまして、絶好のタイミングが訪れたので入れさせていただきました。読者の方々には悶々とさせてしまい、申し訳なくも感じております。

——では4巻の予定を教えてください。

ぶんころり　3巻のラストで遂に顔合わせをした各界のヒロインが、4巻では本格的にぶつかり合って参ります。その傍らでは太平洋に出現した巨大怪獣が、日本に向けて侵攻を開始して、といった割と賑やかな内容になります。そうした状況下でヒロイン達の関係を大きく進展させていけたらなと。

——『佐々木とピーちゃん』はジャンル的にはこれまでの集大成といった感じの内容になっていますが、今後このような作品を書きたいというのはありますか？

ぶんころり　個人的な趣味としましては、ここ数年で流行していたジャンル、たとえば最近では異世界ファンタジーを交えた現代ダンジョンものだとか、少し前になるとラノベ業界ものなどを改めて書いてみたいなと考えております。

——趣味とは別に挑戦したいジャンルなどはありますか？

ぶんころり　その場合は逆に、他の方が近年ではあまりやっていない伝奇やＳＦなどのジャンルにチャレンジしたいと考えております。

——そちらの方もぜひ読んでみたいですね。最後に応援してくださった読者の方々にメッセージをお願いします。

ぶんころり　『佐々木とピーちゃん』を応援してくださる皆様には、心からお礼を申し上げます。数多あるネット小説の一つに過ぎなかった本作が、こうして日の目を見ることができたのは、第4回カクヨムコンの当時から続く、皆様の応援の賜物にございます。そのご期待に応えられるように、より一層精進して参りたく思います。これから本作は色々とお話を展開させていく予定となりまして、どうか何卒、最後までお付き合いをいただけましたら幸いです。

アバドン

悪魔。お隣さんをデスゲームに誘う。正体は肉の塊。

ミュラー

異世界の貴族で、佐々木の協力者となる。エルザのパパ。

フレンチ

クビになったところを佐々木にスカウトされたコックさん。

阿久津課長

異能力者の組織にて佐々木の上司。言動がいろいろ腹黒い。

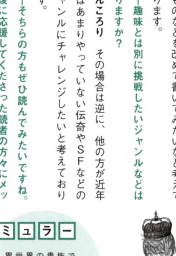

LIGHT NOVEL BEST RANKING 2021

『このライトノベルがすごい！』2021年度版 ランキング解説

対象：2020年9月1日～2021年8月31日刊行（公式発売日）のライトノベル作品およびシリーズ

ラブコメ強し！ ランキングには新作も多数 メディアミックスを駆使したシリーズに注目

■対象としたライトノベル

年に一度、最も熱く最も旬なライトノベルを決める、「このライトノベルがすごい！」が今年も開催されました。今年もマクロミルが運営する「Ｑｕｅｓｔａｎｔ」をアンケート集計に取り入れました。

▼対象作品

◎原則的に２０２０年９月１日～２０２１年８月31日に刊行（公式発売日）された単巻作品およびシリーズ。今年も「文庫部門」「単行本・ノベルズ部門」と区別しました。シリーズものは複数刊行されていても1シリーズとしてカウント。外伝、スピンオフなどで、それ自体がシリーズとして独立しているのであれば、別個のシリーズとしてカウント。対象期間に刊行がなかったシリーズは除外となります。

◎原則として、ポルノ系、ボーイズラブ系作品は除きます。マンガ・アニメ・ゲーム・映画などのノベライズは回答の対象として含みます。

以上にもとづいて編集部にて参考作品リストを作成し、アンケート回答者に提示しました。リストは男性向け・女性向けのライトノベルを扱っているレーベルをまとめました。膨大になるため、ライト文芸レーベルなどは含んでいませんが、回答者がライトノベルと思う対象期間内の作品であれば投票可能としました。なお、『このラノ２０２０』までに認定された殿堂入り作品は、アンケートの回答対象外としております。

▼宝島社の刊行作品は対象外です。

宝島社から刊行されている小説作品は、公正性を保つため、対象外としています。回答に含めること自体は制限しておりませんが、ランキングの集計には含まれません。

■作品（シリーズ）アンケート方法について

今年も昨年同様に書籍の判型によって部門分けをしています。ＷＥＢ発のライトノベルは単行本で刊行され、レーベルも刊行点数も一気に増えました。それを明確に捉えるためにも、文庫判ライトノベルとは区別するべきと判断いたしました。今年は部門別に分けず、作品（シリーズ）を5作選ぶようにいたしました。

アンケートは2種類を実施しました。

①協力者アンケート（以下［協力者］）

評論家、ライター、書店員、ライトノベル系イベント関係者、大学サークル、ライトノベル系ブログの管理人や、ＹｏｕＴｕｂｅｒ、その他インターネット上での情報発信者など、ライトノベルに精通していると思われる方々に、編集部より依頼して実施しました。

②ＷＥＢアンケートマクロミルのアンケートツール（「Ｑｕｅｓｔａｎｔ」を使用）内でのアンケート（以下［ＷＥＢ］）募集期間：２０２１年９月４日～９月23日。

回答は全て記入が必要なフリーアンサー方式としています。作品（シリーズ）の回答は5作品記入を必須としました。特定の作品・キャラクターへの多重投票が明らかなものは無効票としました。

■アンケートの内容と得点方法

アンケートの内容は4種類。
「作品（シリーズ）」
「女性キャラクター」「男性キャラクター」
「イラストレーター」
を挙げてもらい、それぞれに好きな理由などのコメントを記入してもらいました。

好きな作品（シリーズ）は文庫、単行本・ノベルズ分け隔てなく1～5位まで。他の3種類は1～3位までの順位をつけてもらう形です。順位に応じてそれぞれ得点を設定しています。

［協力者］［WEB］共に、作品（シリーズ）は、
1位＝5点 2位＝4点 3位＝3点 4位＝2点 5位＝1点
他の3種類は、1位＝3点　2位＝2点　3位＝1点
として得点を集計しています。

［WEB］のアンケート回答者が増加した関係で、『このライトノベルがすごい！２０１２』より、アンケートで集計した得点を、それぞれのアンケートの回答者数で割って傾斜を掛け、「ポイント」を算出しています。

アンケートの回答には傾向があり、
［WEB］＝WEB人気が高く、読者の熱量が高い作品
［協力者］＝これからの注目作、実力のある良作
というような特性が見られます。これらの特性を活かすため、現在のポイント方式を採用しました。ただし、キャラクター、イラストレーターのランキングは得点をそのまま合計した数字で集計しています。

参加者	［WEB アンケート］	［協力者］	【合計参加者】
	6,473名	96 名	6,569 名

アンケート回答者の年間読書冊数

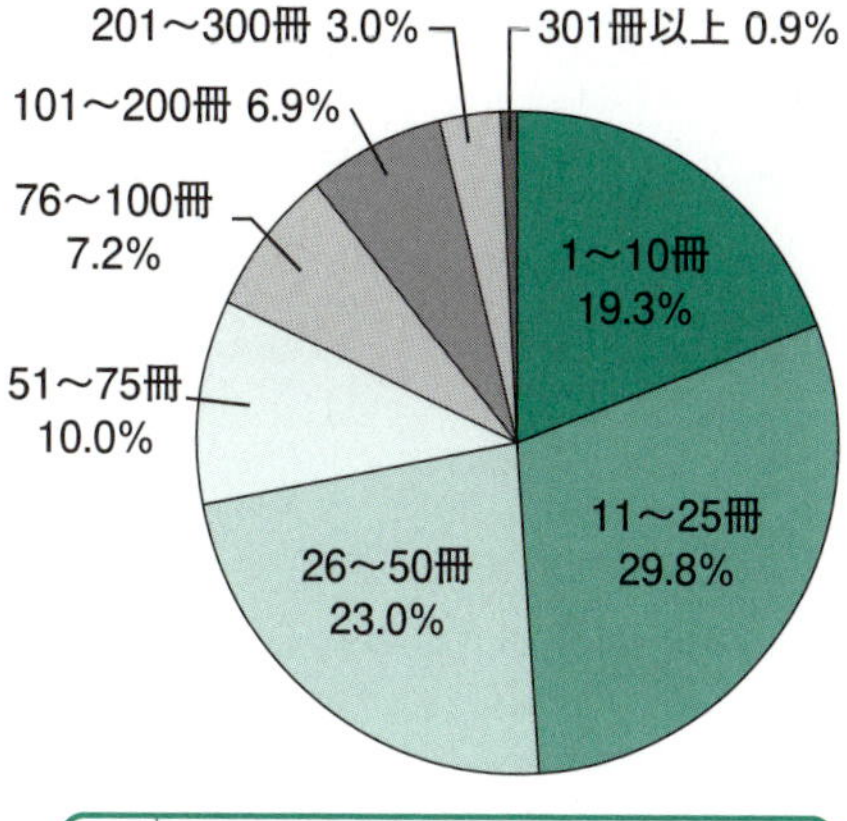

アンケート回答者の年齢分布

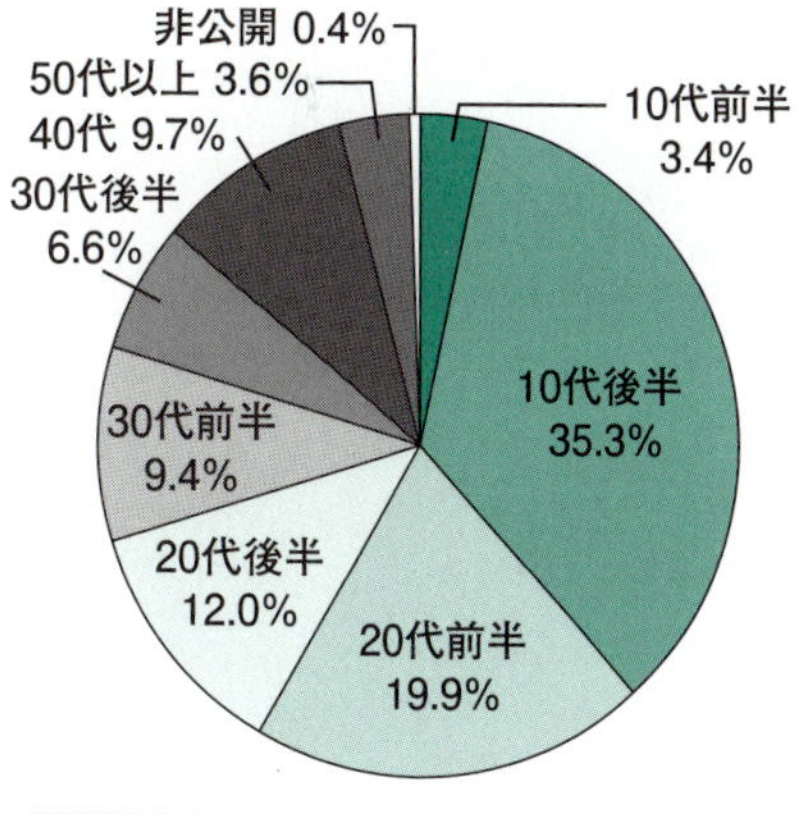

参加者男女比

［WEB］
男：79.6%　女：18.5%　他：0.7%
［協力者］
男：89.6%　女：9.4%　他：1.0%
［総合］
男：80.9%　女：18.6%　他：0.7%

アンケート回答において回答を得た数

作品（シリーズ）：1,664 作
女性キャラクター：2,322 人
男性キャラクター：1,921 人
イラストレーター：1,019 人

順位	作品（シリーズ）名	総合ポイント	[WEB]ポイント	[協力者]ポイント
51	ボクは再生数、ボクは死	28.16	1.08	27.08
52	推しが俺を好きかもしれない	28.06	3.06	25.00
53	西野　～学内カースト最下位にして 異能世界最強の少年～	27.66	21.41	6.25
54	Unnamed Memory	27.58	15.08	12.50
55	キミの青春、 私のキスはいらないの?	27.50	2.50	25.00
56	公女殿下の家庭教師	26.56	14.06	12.50
57	わたしが恋人になれるわけないじゃん、 ムリムリ!（※ムリじゃなかった!?）	25.53	15.11	10.42
58	無職転生 ～異世界行ったら本気だす～	25.27	25.27	0.00
59	ロクでなし魔術講師と禁忌教典《アカシックレコード》	25.12	14.71	10.42
60	TRPGプレイヤーが異世界で最強ビルドを目指す ～ヘンダーソン氏の福音を～	24.75	10.17	14.58
61	嘆きの亡霊は引退したい ～最弱ハンターによる最強パーティ育成術～	24.28	15.94	8.33
62	僕の愛したジークフリーデ	23.97	1.05	22.92
63	男女の友情は成立する? (いや、しないっ!!)	23.49	13.07	10.42
64	ヘルモード ～やり込み好きのゲーマーは廃設定の異世界で無双する～	23.42	23.42	0.00
65	田中 ～年齢イコール彼女いない歴の魔法使い～	23.33	23.33	0.00
66	転生したらスライムだった件	22.65	22.65	0.00
67	ぼくたちのリメイク	22.39	14.06	8.33
68	七つの魔剣が支配する	22.25	22.25	0.00
69	泥酔彼女	22.10	1.27	20.83
70	忘れえぬ魔女の物語	21.70	5.04	16.67
71	ふつつかな悪女ではございますが ～雛宮蝶鼠とりかえ伝～	20.70	6.12	14.58
72	魔王2099	20.07	3.40	16.67
73	安達としまむら	19.71	19.71	0.00
74	魔女の旅々	19.62	19.62	0.00
75	友達の妹が俺にだけウザい	19.60	13.35	6.25

順位	作品（シリーズ）名	総合ポイント	[WEB]ポイント	[協力者]ポイント
76	死に戻りの魔法学校生活を、元恋人と プロローグから（※ただし好感度はゼロ）	19.25	4.67	14.58
77	嘘と詐欺《ペテン》と異能学園	19.09	4.51	14.58
78	この素晴らしい世界に祝福を!	18.97	18.97	0.00
78	主人公にはなれない僕らの妥協 から始める恋人生活	18.97	0.22	18.75
80	ティアムーン帝国物語 ～断頭台から始まる、姫の転生逆転ストーリー～	18.96	6.46	12.50
81	葉隠桜は嘆かない	18.77	2.10	16.67
82	放課後の嘘つきたち	18.75	0.00	18.75
83	剣と魔法の税金対策	18.61	1.95	16.67
84	魔法科高校の劣等生	18.43	16.34	2.08
85	君は初恋の人、の娘	18.03	1.36	16.67
86	浮遊世界のエアロノーツ 飛空船乗りと風使いの少女	17.90	1.24	16.67
86	雪の名前はカレンシリーズ	17.90	1.24	16.67
88	幼なじみが絶対に負けない ラブコメ	17.89	17.89	0.00
89	飛び降りようとしている女子高生 を助けたらどうなるのか?	17.70	3.12	14.58
90	君が、仲間を殺した数	17.43	2.84	14.58
91	お見合いしたくなかったので、無理難題な 条件をつけたら同級生が来た件について	17.32	4.82	12.50
92	世界征服系妹	17.22	0.56	16.67
92	薬の魔物の解雇理由	17.22	10.97	6.25
94	また殺されてしまったのですね、 探偵様	17.09	6.67	10.42
95	星詠みの魔法使い	16.84	6.43	10.42
96	精霊幻想記	16.34	16.34	0.00
97	ループ7回目の悪役令嬢は、元敵国 で自由気ままな花嫁生活を満喫する	16.32	10.07	6.25
98	ホラー女優が天才子役に転生しました ～今度こそハリウッドを目指します!～	16.30	3.80	12.50
99	俺を好きなのはお前だけかよ	16.21	3.71	12.50
100	カノジョに浮気されていた俺が、 小悪魔な後輩に懐かれています	16.03	7.69	8.33

文庫＆単行本・ノベルズ合算アンケートポイント比較

順位	作品（シリーズ）名	総合ポイント	[WEB]ポイント	[協力者]ポイント
1	千歳くんはラムネ瓶のなか	199.16	117.91	81.25
2	春夏秋冬代行者	192.82	24.07	168.75
3	ようこそ実力至上主義の教室へ	135.73	135.73	0.00
4	ミモザの告白	130.09	11.34	118.75
5	プロペラオペラ	123.96	21.88	102.08
6	お隣の天使様にいつの間にか駄目人間にされていた件	116.45	87.29	29.17
7	義妹生活	94.13	67.05	27.08
8	探偵はもう、死んでいる。	93.65	89.48	4.17
9	佐々木とピーちゃん	91.65	22.90	68.75
10	時々ボソッとロシア語でデレる隣のアーリャさん	91.00	66.00	25.00
11	バレットコード：ファイアウォール	74.40	5.65	68.75
12	サイレント・ウィッチ 沈黙の魔女の隠しごと	74.01	13.59	60.42
13	本好きの下剋上 〜司書になるためには手段を選んでいられません〜	68.81	68.81	0.00
14	継母の連れ子が元カノだった	61.54	42.79	18.75
15	現実でラブコメできないとだれが決めた?	59.38	21.88	37.50
16	スパイ教室	59.26	44.68	14.58
17	ただ制服を着てるだけ	56.61	2.44	54.17
18	神は遊戯《ゲーム》に飢えている。	56.02	12.27	43.75
19	声優ラジオのウラオモテ	55.67	18.17	37.50
20	ホヅミ先生と茉莉くんと。	54.41	6.49	47.92
21	負けヒロインが多すぎる!	52.49	14.99	37.50
22	経験済みなキミと、経験ゼロなオレが、お付き合いする話。	51.75	8.00	43.75
23	86—エイティシックス—	51.54	41.12	10.42
24	恋は双子で割り切れない	50.62	4.79	45.83
25	魔女と猟犬	50.00	14.58	35.42

順位	作品（シリーズ）名	総合ポイント	[WEB]ポイント	[協力者]ポイント
26	ライアー・ライアー	49.84	35.25	14.58
27	筐底のエルピス	49.08	7.42	41.67
28	古き掟の魔法騎士	44.85	3.18	41.67
29	リビルドワールド	42.73	42.73	0.00
30	Re:ゼロから始める異世界生活	40.51	40.51	0.00
31	ダンジョンに出会いを求めるのは間違っているだろうか	39.93	33.68	6.25
32	「青春ブタ野郎」シリーズ	39.67	39.67	0.00
33	カノジョの妹とキスをした。	38.06	15.14	22.92
34	VTuberなんだが配信切り忘れたら伝説になってた	37.63	8.47	29.17
35	弱キャラ友崎くん	35.84	35.84	0.00
36	ひげを剃る。そして女子高生を拾う。	35.57	25.15	10.42
37	君のせいで今日も死ねない。	34.98	5.81	29.17
38	ユア・フォルマ	34.66	11.74	22.92
39	インフルエンス・インシデント	33.88	2.63	31.25
40	異修羅	33.00	33.00	0.00
41	転校先の清楚可憐な美少女が、昔男子と思って一緒に遊んだ幼馴染だった件	32.74	5.65	27.08
42	ギルドの受付嬢ですが、残業は嫌なのでボスをソロ討伐しようと思います	31.38	4.29	27.08
43	Babel	30.89	12.14	18.75
44	楽園ノイズ	30.84	16.25	14.58
45	超世界転生エグゾドライブ	30.82	18.32	12.50
46	現代社会で乙女ゲームの悪役令嬢をするのはちょっと大変	30.71	11.96	18.75
47	魔導具師ダリヤはうつむかない 〜今日から自由な職人ライフ〜	29.96	21.63	8.33
48	薬屋のひとりごと	29.82	19.40	10.42
49	クラスの大嫌いな女子と結婚することになった。	29.13	10.38	18.75
50	とってもカワイイ私と付き合ってよ!	28.84	8.00	20.83

［WEB］ランキング トップ30

順位	総合順位	作品（シリーズ）名	ポイント
1	3	ようこそ実力至上主義の教室へ	135.73
2	1	千歳くんはラムネ瓶のなか	117.91
3	8	探偵はもう、死んでいる。	89.48
4	6	お隣の天使様にいつの間にか駄目人間にされていた件	87.29
5	13	本好きの下剋上 ～司書になるためには手段を選んでいられません～	68.81
6	7	義妹生活	67.05
7	10	時々ボソッとロシア語でデレる隣のアーリャさん	66.00
8	16	スパイ教室	44.68
9	14	継母の連れ子が元カノだった	42.79
10	29	リビルドワールド	42.73
11	23	86―エイティシックス―	41.12
12	30	Re:ゼロから始める異世界生活	40.51
13	32	「青春ブタ野郎」シリーズ	39.67
14	35	弱キャラ友崎くん	35.84
15	26	ライアー・ライアー	35.25
16	31	ダンジョンに出会いを求めるのは間違っているだろうか	33.68
17	40	異修羅	33.00
18	58	無職転生　～異世界行ったら本気だす～	25.27
19	36	ひげを剃る。そして女子高生を拾う。	25.15
20	2	春夏秋冬代行者	24.07
21	64	ヘルモード ～やり込み好きのゲーマーは廃設定の異世界で無双する～	23.42
22	65	田中 ～年齢イコール彼女いない歴の魔法使い～	23.33
23	9	佐々木とピーちゃん	22.90
24	66	転生したらスライムだった件	22.65
25	68	七つの魔剣が支配する	22.25
26	5	プロペラオペラ	21.88
26	15	現実でラブコメできないとだれが決めた?	21.88
28	47	魔導具師ダリヤはうつむかない ～今日から自由な職人ライフ～	21.63
29	53	西野　～学内カースト最下位にして異能世界最強の少年～	21.41
30	73	安達としまむら	19.71

多種多様なジャンルがランクイン 大差がつくことなく、接戦となった

驚異の支持を持つ『ようこそ実力至上主義の教室へ』が、ついに3年連続でWEBアンケート第1位となった。2年生編へと突入してからも盛り上がりは続き、苛烈さを増す実力争いが繰り広げられている。ホロライブ所属の湊あくあが広報担当に就任したことでも話題となった。

2位には100ポイントを超えた『千歳くんはラムネ瓶のなか』が入った。昨年の文庫部門1位を受けて注目度が上がってきている。青春スポ根の4巻と、恋愛模様が加速する5巻、6巻が高い評価を得た。

3位には昨年から引き続き『探偵はもう、死んでいる。』がランクイン。アニメ化もされ、盤石な人気を獲得した。4位には『お隣の天使様』。一つステップを進んだ甘々な二人に多くのエールが届いている。5位は物語も終盤に差し掛かった『本好きの下剋上』。女性層からの圧倒的な支持が特徴だ。

6位に入ってきたのはラブコメの新作。『義妹生活』はYouTubeでの動画もコンテンツとして展開している、同居生活もの。義妹との程よい距離感が良い味を出している。

7位の、略称『ロシデレ』は、新作としてとんでもない売上を記録している注目作。12月に発売の3巻で、シリーズ累計35万部突破となる。新作としては驚愕の数字だ。

このほか、『スパイ教室』が去年よりもランクを上げて好調。アニメ化されて再注目の『86』や『無職転生』がランクを上げている。『田中』『西野』『佐々木』とぶんころり作品がすべてランクインしているのも注目。

ラブコメもファンタジーも均等に入ってくる結果となった。アンケートには6000人以上が答えているため、多種多様な作品が上位に上がってくるのが面白いところだ。

[協力者]ランキング トップ30

順位	総合順位	作品(シリーズ)名	ポイント
1	2	春夏秋冬代行者	168.75
2	4	ミモザの告白	118.75
3	5	プロペラオペラ	102.08
4	1	千歳くんはラムネ瓶のなか	81.25
5	9	佐々木とピーちゃん	68.75
5	11	バレットコード:ファイアウォール	68.75
7	12	サイレント・ウィッチ 沈黙の魔女の隠しごと	60.42
8	17	ただ制服を着てるだけ	54.17
9	20	ホヅミ先生と茉莉くんと。	47.92
10	24	恋は双子で割り切れない	45.83
11	18	神は遊戯に飢えている。	43.75
11	22	経験済みなキミと、経験ゼロなオレが、お付き合いする話。	43.75
13	28	古き掟の魔法騎士	41.67
13	27	筐底のエルピス	41.67
15	21	負けヒロインが多すぎる!	37.50
15	19	声優ラジオのウラオモテ	37.50
15	15	現実でラブコメできないとだれが決めた?	37.50
18	25	魔女と猟犬	35.42
19	39	インフルエンス・インシデント	31.25
20	6	お隣の天使様にいつの間にか駄目人間にされていた件	29.17
20	34	VTuberなんだが配信切り忘れたら伝説になってた	29.17
20	37	君のせいで今日も死ねない。	29.17
23	7	義妹生活	27.08
23	41	転校先の清楚可憐な美少女が、昔男子と思って一緒に遊んだ幼馴染だった件	27.08
23	42	ギルドの受付嬢ですが、残業は嫌なのでボスをソロ討伐しようと思います	27.08
23	51	ボクは再生数、ボクは死	27.08
27	10	時々ボソッとロシア語でデレる隣のアーリャさん	25.00
27	52	推しが俺を好きかもしれない	25.00
27	55	キミの青春、私のキスはいらないの?	25.00
30	62	僕の愛したジークフリーデ	22.92

新作、未アニメ化の作品が勢揃い 心に"刺さる"作品には要注意!?

今年も新たに協力者を募り、Ｔｗｉｔｔｅｒでの感想発信者や、ＹｏｕＴｕｂｅｒなどが参加し、96人という過去最高人数となった。ライトノベルを多く読み、自らも情報発信をしている「協力者」の面々が選ぶのは、これからの展開に期待ができる、新作や未アニメ化作品に偏ってくる。毎年多くのシリーズが刊行されるライトノベルの世界では、新作をヒットさせるのは至難の業。協力者たちは自分の好きな作品を今から推したいのだ。

1位は『ヴァイオレット・エヴァーガーデン』の著者・暁佳奈による新作『春夏秋冬代行者』。季節を担う現人神とその護衛の8人を描く、和風ファンタジーだ。文章の美しさと精緻描かれる代行者&護衛たちの関係性に涙をこぼした感想が多かった。

2位には『ミモザの告白』が入った。デリケートな性自認の問題を扱う新作青春物語。それでいてドキドキさせる三角関係も描いており、続きが気になる。

3位は完結した『プロペラオペラ』。著者お得意の恋と空戦を描く、重厚なファンタジー。飛行艦隊による戦争は、超ド迫力だ。

4位には文庫部門1位の『千歳くんはラムネ瓶のなか』、続いて5位には単行本部門1位の『佐々木とピーちゃん』が入った。こちらはインタビューをぜひ読んでいただきたい。

このあと13位まで新作が続いている。ファンタジーもラブコメも、設定の切り口や文章表現、シナリオの巧みさなどが評価されている。協力者に選ばれる作品は、少々クセの強いものもあるが、テーマ性、メッセージ性がしっかりしているものが多い。ライトノベルだと思って気軽に読み始めると打ちのめされる……という読書体験ができるかもしれない。特にラブコメは、要注意作品ばかり!

ライトノベルBESTランキング 総合新作部門

この今年度新作（シリーズ）がすごい!

力の入った新シリーズが上位にランクイン！
心打つ作品から、ゆるっと楽しめる作品まで、
バリエーション豊かなラインナップとなった。

順位	総合順位	作品（シリーズ）名
1	2	**春夏秋冬代行者** 著：暁 佳奈　イラスト：スオウ　電撃文庫
2	4	**ミモザの告白** 著：八目 迷　イラスト：くっか　ガガガ文庫
3	7	**義妹生活** 著：三河ごーすと　イラスト：Hiten　MF文庫J
4	9	**佐々木とピーちゃん** 著：ぶんころり　イラスト：カントク　KADOKAWA
5	10	**時々ボソッとロシア語でデレる隣のアーリャさん** 著：燦々SUN　イラスト：ももこ　角川スニーカー文庫
6	11	**バレットコード：ファイアウォール** 著：斉藤すず　イラスト：緜　電撃文庫
7	12	**サイレント・ウィッチ 沈黙の魔女の隠しごと** 著：依空まつり　イラスト：藤実なんな　カドカワBOOKS
8	17	**ただ制服を着てるだけ** 著：神田暁一郎　イラスト：40原　GA文庫
9	18	**神は遊戯《ゲーム》に飢えている。** 著：細音 啓　イラスト：智瀬といろ　MF文庫J
10	20	**ホヅミ先生と茉莉くんと。** 著：葉月 文　イラスト：DSマイル　電撃文庫

順位	総合順位	作品（シリーズ）名
11	21	**負けヒロインが多すぎる！** 著：雨森たきび　イラスト：いみぎむる　ガガガ文庫
12	22	**経験済みなキミと、経験ゼロなオレが、お付き合いする話。** 著：長岡マキ子　イラスト：magako　ファンタジア文庫
13	24	**恋は双子で割り切れない** 著：高村資本　イラスト：あるみっく　電撃文庫
14	25	**魔女と猟犬** 著：カミツキレイニー　イラスト：LAM　ガガガ文庫
15	28	**古き掟の魔法騎士** 著：羊太郎　イラスト：遠坂あさぎ　ファンタジア文庫
16	34	**VTuberなんだが配信切り忘れたら伝説になってた** 著：七斗 七　イラスト：塩かずのこ　ファンタジア文庫
17	37	**君のせいで今日も死ねない。** 著：飴月　イラスト：DSマイル　ファンタジア文庫
18	38	**ユア・フォルマ** 著：菊石まれほ　イラスト：野崎つばた　電撃文庫
19	39	**インフルエンス・インシデント** 著：駿馬 京　イラスト：竹花ノート　電撃文庫
20	41	**転校先の清楚可憐な美少女が、昔男子と思って一緒に遊んだ幼馴染だった件** 著：雲雀湯　イラスト：シソ　角川スニーカー文庫
21	42	**ギルドの受付嬢ですが、残業は嫌なのでボスをソロ討伐しようと思います** 著：香坂マト　イラスト：がおう　電撃文庫
22	45	**超世界転生エグゾドライブ** 著：珪素　イラスト：輝竜 司　キャラクターデザイン：zunta　電撃の新文芸
23	46	**現代社会で乙女ゲームの悪役令嬢をするのはちょっと大変** 著：二日市とふろう　イラスト：景　オーバーラップノベルス
24	49	**クラスの大嫌いな女子と結婚することになった。** 著：天乃聖樹　イラスト：成海七海　キャラクター原案・漫画：もすこんぶ　MF文庫J
25	51	**ボクは再生数、ボクは死** 著：石川博品　イラスト：クレタ　KADOKAWA／エンターブレイン

第13位｜総合順位24位

恋は双子で割り切れない

著：高村資本
イラスト：あるみっく
電撃文庫

★ガイドは126ページ参照

「幼なじみの高校生の双子の姉妹が同じ男の子を好きになって完成した三角関係。絶対に誰かがあぶれてしまいそうな恋愛のシチュエーションに身が引き裂かれそうです」（村人・20代後半♠協）

「一番の魅力は三人別々の視点で物語が書かれているところだと思う。一人称の書き方であるため文字通り三者三様の言い回しや思考が描かれていて読んでいて楽しい」（みみみ・10代後半♠Ⓦ）

第14位｜総合順位25位

魔女と猟犬

著：カミツキレイニー
イラスト：LAM
ガガガ文庫

★ガイドは168ページ参照

「1巻、2巻共に予測のつかない奇想天外な展開が魅力。本当にこの先どうなるの!?　と次の話が本当に気になる作品」（はるのうみ・10代後半♠Ⓦ）

「敵の強大さに絶望してもおかしくない状況ですが、生きてる限りなんとかなる道は必ずある、という希望を抱いてしまいます。ハッピーエンドは難しくても、主人公達がこれで良かったと思えるような結末に向かって欲しい作品です」（みきみき・20代後半♠協）

第15位｜総合順位28位

古き掟の魔法騎士

著：羊太郎
イラスト：遠坂あさぎ
ファンタジア文庫

★ガイドは158ページ参照

「羊太郎先生の真骨頂とも言える、『教える・導く・守る・強い覚悟を持って戦う』教官主人公の描写に唯一無二の熱が感じられ、衝撃と感動と共に魅せられました！」（かなた・20代後半♠協）

「バトルシーンがかっこ良すぎる！　まるで芸術を見せられているような感覚に陥りました」（K.D・10代後半♠協）

第16位｜総合順位34位

VTuberなんだが配信切り忘れたら伝説になってた

著：七斗 七
イラスト：塩かずのこ
ファンタジア文庫

★ガイドは147ページ参照

「始めから終わりまでコメディー辺倒。ぶっ飛んだライバー達にゲタゲタ笑わせてもらいました。あれ俺いつの間に書き込んでたんだ、というくらい見覚えのあるコメント達も秀逸」（まこと・（非公開）♠協）

「VTuber戦国時代の今、ぜひ読んでほしい一作。百合あり、笑いあり、ストゼロあり。主人公がトップVTuberに駆け上がっていくのを見ているのは楽しい」（茄子元とうふ・10代後半）

第17位｜総合順位37位

君のせいで今日も死ねない。

著：飴月
イラスト：DSマイル
ファンタジア文庫

★ガイドは135ページ参照

「絶対にヒロインを死なせない主人公の行動と想い。外では仮面を被り、主人公の時だけに素顔を見せるヒロイン。二人きりで過ごす放課後や休日の空気感がとても尊くて大好きです」（みなと・10代後半♠Ⓦ）

「ヒロインを一途に想って懸命に行動する主人公の優しさがすごい。会話は仲良く楽しいやり取りになっていくのに、それぞれの心情描写になると切なく相手を想い合う二人がとてもよかったです」（サキイカスルメ・30代♥協）

第18位 | 総合順位38位

ユア・フォルマ

著：菊石まれほ
イラスト：野崎つばた
電撃文庫

★ガイドは168ページ参照

「ここ最近でドハマりした作品です。SF好きには堪らない諸要素が、ライトノベルらしい魅力的なキャラと完全融合して読者も大興奮エクストリームでございます」（クック=マック・10代後半♠Ⓦ）

「SFや刑事ものといったジャンルが好きな読者が持つ先入観を逆手に取るサスペンス展開が面白いです」（のれん・20代後半♠Ⓦ）

第19位 | 総合順位39位

インフルエンス・インシデント

著：駿馬 京
イラスト：竹花ノート
電撃文庫

★ガイドは147ページ参照

「SNSという身近なテーマを扱っているので、作中の事件がリアルに感じられます。その上お姉さんと男の娘のニヤニヤする関係性や、怒涛の伏線回収で盛り上がっていく終盤の展開など、面白い要素満載の作品です！」（久利大也・20代前半♠㊯）

「今の時代だかこそ生まれた作品。色々考えさせられる部分もありだからこそ怖いと思える側面もあった」（梨遠・30代♥Ⓦ）

第20位 | 総合順位41位

転校先の清楚可憐な美少女が、昔男子と思って一緒に遊んだ幼馴染だった件

著：雲雀湯
イラスト：シソ
角川スニーカー文庫

★ガイドは129ページ参照

「良質な幼馴染とのラブコメ。元親友との距離感の描き方やお互いが抱える問題の書き方が素晴らしかった」（二郎三郎・30代♠Ⓦ）

「長い空白の期間を経て再会した幼馴染、変わった部分と変わらない部分それらが丁寧に描かれており、夢中になってしまう作品です」（はくさい・20代前半♠Ⓦ）

第21位 | 総合順位42位

ギルドの受付嬢ですが、残業は嫌なのでボスをソロ討伐しようと思います

著：香坂マト
イラスト：がおう
電撃文庫

★ガイドは160ページ参照

「ギルドの受付嬢が『残業が嫌』という理由でボスをソロ討伐するという新しい物語でした。テンポよく物語が進んでいき、主人公がボスを倒したときは気持ちよかったです」（アール・10代後半♥Ⓦ）

「『残業したくない』という叫びにめちゃくちゃ共感！　社会人あるあるが秀逸すぎて、現役社会人としてはいろんな意味でツラくなりました（笑）」（まつり・30代♥Ⓦ）

第24位 | 総合順位49位

クラスの大嫌いな女子と結婚することになった。

著：天乃聖樹
イラスト：成海七海
キャラクター原案・漫画：もすこんぶ
MF文庫J

★ガイドは128ページ参照

「『クラ婚』はYouTube発の作品でラノベ界に新しい風穴を開けたと思います。普通好きなもの同士で結婚するけどまさか大嫌いな相手とのラブコメで攻めてくるとは……一味違ったラブコメを堪能できました」（SHOW・20代前半♠㊯）

「お互いに顔を合わせれば家でも喧嘩する関係だったのに気付けばお互いに惹かれていくストーリー構成が素晴らしい」（シュガリズム・20代後半♠Ⓦ）

10代

RANKING BEST 25

順位	総合順位	作品(シリーズ)名	得点
1	3	ようこそ実力至上主義の教室へ	2818
2	1	千歳くんはラムネ瓶のなか	2392
3	8	探偵はもう、死んでいる。	2309
4	6	お隣の天使様にいつの間にか駄目人間にされていた件	2014
5	10	時々ボソッとロシア語でデレる隣のアーリャさん	1652
6	7	義妹生活	1181
7	16	スパイ教室	937
8	14	継母の連れ子が元カノだった	860
9	26	ライアー・ライアー	809
10	32	「青春ブタ野郎」シリーズ	767
11	30	Re:ゼロから始める異世界生活	704
12	23	86―エイティシックス―	659
13	35	弱キャラ友崎くん	657
14	31	ダンジョンに出会いを求めるのは間違っているだろうか	493
15	36	ひげを剃る。そして女子高生を拾う。	432
16	2	春夏秋冬代行者	422
17	88	幼なじみが絶対に負けないラブコメ	416
18	68	七つの魔剣が支配する	413
19	15	現実でラブコメできないとだれが決めた?	354
20	78	この素晴らしい世界に祝福を!	352
21	74	魔女の旅々	308
22	圏外	三角の距離は限りないゼロ	297
23	58	無職転生 ～異世界行ったら本気だす～	292
24	13	本好きの下剋上 ～司書になるためには手段を選んでいられません～	289
25	63	男女の友情は成立する? (いや、しないっ!!)	283

10代は人気のバロメーター 新作の上位ランクインに驚き

今年の『このラノ』も10代のアンケート回答者は約39%を占めている。ライトノベルの主要読者層として、この年代のランキング傾向は参考になる。上位4作は昨年と変わらず、『よう実』が不動の1位。だが『チラムネ』が2位に上昇。『たんもし』と『お隣の天使様』も続く。この4作が10代の人気作四天王となっている。

続いて新作の『ロシデレ』と『義妹生活』が5位と6位に入ってきた。新シリーズがここまで得点するのは珍しい。2作ともＹｏｕＴｕｂｅなど動画を使った宣伝戦略をとっており、新作でありながら、小説以外のコンテンツ展開を充実させている。

去年は12位だった『スパイ教室』が7位に上昇。10代の支持が高まったことが伺える。こちらも小説賞受賞時から声優を揃えたPVや書店を巻き込んだイベントを行い、宣伝を充実させてきた。これらの新作がアニメ化され、さらに注目度が上がっていくのも近いだろう。

10代の支持が厚い『ライアー・ライアー』はアニメ化企画進行中。ゲームによる決闘が行われる学園島の物語。頭脳バトルも盛り上がる。

昨年と比べて入れ替わりも多くなった10代ランキング。アニメ化だけではない多様なコンテンツ作りが加わり、ライトノベルの様相も変わり始めている。

20代 RANKING BEST 25

順位	総合順位	作品(シリーズ)名	得点
1	3	ようこそ実力至上主義の教室へ	1282
2	1	千歳くんはラムネ瓶のなか	1044
3	7	義妹生活	761
4	29	リビルドワールド	610
5	6	お隣の天使様にいつの間にか駄目人間にされていた件	557
6	40	異修羅	532
7	8	探偵はもう、死んでいる。	502
8	23	86―エイティシックス―	491
9	30	Re:ゼロから始める異世界生活	426
10	32	「青春ブタ野郎」シリーズ	418
11	16	スパイ教室	413
12	31	ダンジョンに出会いを求めるのは間違っているだろうか	407
13	14	継母の連れ子が元カノだった	397
14	73	安達としまむら	388
15	13	本好きの下剋上　～司書になるためには手段を選んでいられません～	372
16	5	プロペラオペラ	361
17	35	弱キャラ友崎くん	359
18	10	時々ボソッとロシア語でデレる隣のアーリャさん	342
19	45	超世界転生エグゾドライブ	306
20	57	わたしが恋人になれるわけないじゃん、ムリムリ!(※ムリじゃなかった!?)	299
21	2	春夏秋冬代行者	288
22	53	西野　～学内カースト最下位にして異能世界最強の少年～	285
23	44	楽園ノイズ	280
24	36	ひげを剃る。そして女子高生を拾う。	277
25	74	魔女の旅々	276

年代の違いによる好みの違い オトナなジャンルに注目

20代も『よう実』が1位を獲得！　10代と20代を制覇した。そして2位には『チラムネ』が入り、しっかり順位を上げている。『義妹生活』がいきなり3位に入っていることにも注目。10代と同じく、新作としてのスタートダッシュがうまくいっている。10代、20代と上位に入ってくるポテンシャルには驚くばかりだ。

昨年と同じく4位を保持したのは、『リビルドワールド』。ポストアポカリプスのSF作品が安定した支持を得ている。6位の『異修羅』、15位の『本好きの下剋上』も、20代以降になると得点が増えてくる。単行本サイズのシリーズは、やはり読者の年齢層も高くなるのだ。

20代で特徴的なのは、〝百合〟が好きな層がいること。14位に『安達としまむら』、20位に『わたしなれ』と百合作品がランクインしているのだ。

20代の読者となると大学生や社会人となり、中高生がメインのの10代とはジャンルの好みも変わってくることが伺える。ラブコメも強いが、ハードめな設定のファンタジーもランクインしてきている。このあたりの変化が年代別のランキングの面白いところだ。自分の好みがどの年代のランキングに似ているのか、比べてみるのも楽しい。30代以降になるとまたランキングも様変わりするので、次のページから見ていこう。

30代 RANKING BEST 10

順位	総合順位	作品（シリーズ）名	得点
1	13	本好きの下剋上　～司書になるためには手段を選んでいられません～	590
2	29	リビルドワールド	441
3	40	異修羅	320
4	65	田中　～年齢イコール彼女いない歴の魔法使い～	313
5	9	佐々木とピーちゃん	306
6	64	ヘルモード　～やり込み好きのゲーマーは廃設定の異世界で無双する～	295
7	1	千歳くんはラムネ瓶のなか	265
8	53	西野　～学内カースト最下位にして異能世界最強の少年～	263
9	47	魔導具師ダリヤはうつむかない　～今日から自由な職人ライフ～	255
10	45	超世界転生エグゾドライブ	211

文庫よりも単行本が強い！ぶんころり作品の快進撃

30代ランキングでは文庫ではなく、単行本のほうが上位に上がってくる。20代では15位だった『本好きの下剋上』がこちらでは1位に。そして注目したいの『佐々木とピーちゃん』をはじめ、ぶんころりの作品が3作品ランクインしていること。学生が主人公の『西野』より他2作の方が上なあたり、30代からは中年主人公の需要が高いのかもしれない。また珪素の作品も2作品ランクインしていることから、好きな作家の作品はしっかり追いかけるという傾向も見て取れる。

40代 RANKING BEST 10

単行本作品の割合が多くなる舞台設定にも変化が見られる

今年も単行本が多く並んだ40代ランキング。『ヘルモード』『薬の魔物の解雇理由』『薬屋のひとりごと』などが上位に入ってきたが、中でも注目したいのは『現代社会で乙女ゲーム～』。物語の舞台が90年代風の世界を舞台にしているだけに、当時をリアルタイムに経験していたこの世代からの支持が高まるのだろう。その一方で、『チラムネ』もしっかりランクインしているがすごい。キラキラした少年少女の青春物語であるが、若者だけではなく幅広い世代から支持されているのだ。

順位	総合順位	作品（シリーズ）名	得点
1	13	本好きの下剋上　～司書になるためには手段を選んでいられません～	688
2	47	魔導具師ダリヤはうつむかない　～今日から自由な職人ライフ～	259
3	64	ヘルモード　～やり込み好きのゲーマーは廃設定の異世界で無双する～	218
4	9	佐々木とピーちゃん	180
5	29	リビルドワールド	159
6	93	薬の魔物の解雇理由	143
7	46	現代社会で乙女ゲームの悪役令嬢をするのはちょっと大変	141
8	65	田中　～年齢イコール彼女いない歴の魔法使い～	138
8	48	薬屋のひとりごと	138
10	1	千歳くんはラムネ瓶のなか	129

順位	総合順位	作品（シリーズ）名	得点
1	13	本好きの下剋上 ～司書になるためには手段を選んでいられません～	1480
2	47	魔導具師ダリヤはうつむかない　～今日から自由な職人ライフ～	540
3	48	薬屋のひとりごと	440
4	93	薬の魔物の解雇理由	343
5	3	ようこそ実力至上主義の教室へ	295
6	23	86―エイティシックス―	282
7	97	ループ7回目の悪役令嬢は、元敵国で自由気ままな花嫁生活を満喫する	275
8	2	春夏秋冬代行者	232
9	圏外	乙女ゲームの破滅フラグしかない悪役令嬢に転生してしまった…	227
10	54	Unnamed Memory	224
11	1	千歳くんはラムネ瓶のなか	220
12	30	Re:ゼロから始める異世界生活	216
12	73	安達としまむら	216
14	8	探偵はもう、死んでいる。	206
15	43	Babel	202
16	12	サイレント・ウィッチ 沈黙の魔女の隠しごと	190
17	16	スパイ教室	187
18	40	異修羅	183
19	71	ふつつかな悪女ではございますが　～雛宮蝶鼠とりかえ伝～	171
20	66	転生したらスライムだった件	163
21	圏外	新しいゲーム始めました。 ～使命もないのに最強です?～	160
22	7	義妹生活	153
23	6	お隣の天使様にいつの間にか駄目人間にされていた件	152
24	38	ユア・フォルマ	151
25	圏外	やり直し令嬢は竜帝陛下を攻略中	150

女性

RANKING BEST 25

やはり強い女性主人公!! 新作も上位にランクイン！

女性ランキングではやはり今年も圧倒的に『本好きの下剋上』が強い！　2位の作品の3倍近い得点を獲得しているのだからこの作品に対する女性層の支持が伝わってくる。また昨年に続き、『魔導具師ダリヤ』や『薬屋のひとりごと』も上位に。トップ3の作品はいずれも女性主人公で、主人公たちの意欲が強い作品ばかり。やはり、やりたいことに邁進する姿は共感を呼ぶのだろう。恋愛要素もしっかりあるのだから、いずれも隙のない布陣である。

注目の作品は、新作でありながら4位に入った『薬の魔物の解雇理由』。主人公のネアは、偶然にも魔物の王ディノと契約してしまったばかりに彼に振り回されがちな日常を送る羽目に。ネアは何とか彼との契約を解消しようとするが、果たしてその日はやってくるのだろうか……。

7位の『ループ7回目の悪役令嬢』は何回生まれ変わっても20歳で死んでしまう令嬢が主人公。タイトルには『花嫁生活を満喫』とあるが、実際にはこれまでの人生で得たスキルと対人関係をフル活用して今度こそ生き残りの道を探っている。9位の『はめフラ』と一緒で「おもしれー女」枠だろうか。そして気になる百合作品、今年は『安達としまむら』が上位に入っており、アニメ化されたことで、注目度が増しているようだ。

ライトノベルBESTランキング **キャラクター 女性部門**

この女性キャラクターがすごい！

順位	キャラクター名	作品（シリーズ）名	DATA	得点/票数
1	椎名真昼《しいな・まひる》	『お隣の天使様にいつの間にか駄目人間にされていた件』	著：佐伯さん／イラスト：はねこと　GA文庫	1529/650
2	シエスタ	『探偵はもう、死んでいる。』	著：二語 十／イラスト：うみぼうず　MF文庫J	1376/658
3	雪ノ下雪乃《ゆきのした・ゆきの》	『やはり俺の青春ラブコメはまちがっている。』	著：渡 航／イラスト：ぽんかん⑧　ガガガ文庫	1240/511
4	軽井沢恵《かるいざわ・けい》	『ようこそ実力至上主義の教室へ』	著：衣笠彰梧　イラスト：トモセシュンサク　MF文庫J	1150/477
5	マイン	『本好きの下剋上 ～司書になるためには手段を選んでいられません～』	著：香月美夜／イラスト：椎名 優　TOブックス	995/380

第6位　640点/319票

アリサ・ミハイロヴナ・九条

『時々ボソッとロシア語でデレる隣のアーリャさん』
著：燦々SUN
イラスト：ももこ
（角川スニーカー文庫）

「そのままロシア語でデレ続けてくれ……」
（咲春藤華・10代後半♠Ⓦ）

「令和最強のツンデレヒロイン！！　普段は強気なのに本音が駄々漏れなことに気づいてないポンコツさも備えていて、その二面性が最高にキュートです！」
（IPPON満足123・20代後半♠Ⓦ）

第7位　613点/259票

綾瀬沙季《あやせ・さき》

『義妹生活』
著：三河ごーすと
イラスト：Hiten
（MF文庫J）

「ドライなのに心の中では凄く繊細で可愛いところが推せます！」（ましゃ・20代前半♠Ⓦ）

「実は色んなことにたくさん悩んでいるのがわかる沙季の日記は読んでいると悶えます！」
（夏鎖芽羽・20代後半♠㊯）

第8位　548点/258票

青海陽《あおみ・はる》

『千歳くんはラムネ瓶のなか』
著：裕夢
イラスト：raemz
（ガガガ文庫）

「どちらかと言えば女性らしい人が好みなのですが、陽を見ているとドキドキが止まりません。これを恋と呼ぶのかも」
（ばっしー・20代前半♠Ⓦ）

「こういうスポーティな子が恋愛を頑張ろうとするところは可愛い」（りょうま・20代前半♠Ⓦ）

第9位 | 548点/255票

七瀬悠月《ななせ・ゆづき》

『千歳くんはラムネ瓶のなか』
著：裕夢
イラスト：raemz
（ガガガ文庫）

「大人っぽい雰囲気だけど、恋心はちゃんと高校生。強い心を持っていて、最高にかっこいいし可愛いくて、好きにならないわけが無い！」（ななし・10代後半♥Ⓦ）

「普段はクールで余裕な雰囲気がある彼女。しかし、主人公の前にだけ見せる乙女の一面が可愛すぎます」（ひらと・10代後半♠㊿）

第10位 | 500点/243票

一之瀬帆波《いちのせ・ほなみ》

『ようこそ実力至上主義の教室へ』
著：衣笠彰梧
イラスト：トモセシュンサク
（MF文庫J）

「クラスメイトのためにがんばって健気でkawaii……」（YUHI・10代後半♠Ⓦ）

「ナンバー2ヒロイン、に収まらず頑張って欲しい。恵と別れるのは嫌だけど一之瀬との未来もみたいんです！」（もるもる・30代♠Ⓦ）

第11位 | 429点/208票

桜島麻衣《さくらじま・まい》

「青春ブタ野郎」シリーズ
著：鴨志田一
イラスト：溝口ケージ
（電撃文庫）

「しっかりとした性格の中の咲太に対するSっけが好きです」（めいくん・10代後半♠Ⓦ）

「尻に敷かれたい」（komachi・10代後半♠Ⓦ）

「タイツ履いた御御足で踏まれたい」（ザキ・10代後半♠Ⓦ）

第12位 | 369点/179票

内田優空《うちだ・ゆあ》

『千歳くんはラムネ瓶のなか』
著：裕夢
イラスト：raemz
（ガガガ文庫）

「すべてをつつみ込んでくれるような優しさと譲れない信念を併せ持ったキャラで、特に最新刊の6巻で一気に好きになりました！」（奈緒・20代後半♠Ⓦ）

「頸動脈をキュイってするとこがキュンってしちゃいます」（おはる・10代後半♠Ⓦ）

第13位 | 357点/156票

ダリヤ・ロセッティ

『魔導具師ダリヤはうつむかない～今日から自由な職人ライフ～』
著：甘岸久弥
イラスト：景
（MFブックス）

「発想力の豊かさとそれに驕らない謙虚さ、自立した女性キャラで憧れる。なのに魔導具の開発の時は子供みたいに楽しんでる姿も可愛い」（塩豆・30代♥Ⓦ）

「芯があって魅力的な女性。魔導具を造っているときの生き生きとしつつ真剣な姿が好き。緑の塔でヴォルフと一緒に食事しているお話は微笑ましく、恋愛に奥手なところも可愛い」（満雨（みう）・20代後半♥Ⓦ）

第14位 | 334点/166票

伊理戸結女《いりと・ゆめ》

『継母の連れ子が元カノだった』
著：紙城境介
イラスト：たかやKi
（角川スニーカー文庫）

「一見するとクール系美少女だが、作品を読むと友人関係や恋に悩む純粋な女の子で普段はちゃんとしてるのに所々抜けててポンコツなところのギャップがとにかく可愛いキャラです」（kersebloseme・10代後半♠Ⓦ）

「どうにか隠そうとしても隠しきれてない気がする恋心が可愛い（蒼架・10代後半♠Ⓦ）

第15位 | 332点/170票

レーナ（ヴラディレーナ・ミリーゼ）

『86―エイティシックス―』
著：安里アサト
イラスト：しらび
（電撃文庫）

「話が進む毎に、強くなっていくのが良いと思います。強くありながらも、どこか抜けているのも魅力的です」（ユキ・30代♥Ⓦ）

「銀髪っていいよね。ガーターベルトはロマン」（Argent・10代後半♠Ⓦ）

第16位 | 330点/151票

西野明日香《にしの・あすか》

『千歳くんはラムネ瓶のなか』
著：裕夢
イラスト：raemz
（ガガガ文庫）

「ある時は頼りになるお姉さん、ある時はちょっとした事で拗ねちゃう普通の女の子。そのギャップと、徐々に増えてきた幼い一面がとてつもなく可愛い」
（ポケットからじゅんです！・10代後半♠Ⓦ）

「こんなおねぇちゃんがほしいナァってつくづく思ってしまう！」（YUHI・10代後半♠Ⓦ）

第17位 | 305点/124票

御坂美琴《みさか・みこと》

「とある魔術の禁書目録《インデックス》」シリーズ
著：鎌池和馬
イラスト：はいむらきよたか
（電撃文庫）

「やっぱり御坂美琴でしょう。王道ツンデレ。何をしても可愛い」（こーちゃ・20代前半♠Ⓦ）

「ずっと変わらぬ私の最推しです。これからも『創約』、『超電磁砲』、アニメ、ゲームなど様々な場所で活躍が見たいです」
（お姉様の露払い・20代前半♠Ⓦ）

第18位 | 304点/147票

イレイナ

『魔女の旅々』
著：白石定規
イラスト：あずーる
（GAノベル）

「自身満々だったり、どこか達観していたり、酔っ払って思いっきりやらかしたり、人間味があって好き」（ayumodoki・10代後半♠Ⓦ）

「根っからの悪党じゃないけど、性格の悪さとしたたかさが癖になります」（otter・20代後半♠Ⓦ）

「ゲスい思考とそれを帳消しにする可愛さ」（四月一日・10代後半♠Ⓦ）

第19位 | 293点/144票

レム

『Re：ゼロから始める異世界生活』
著：長月達平
イラスト：大塚真一郎
（MF文庫J）

「スバルに構ってもらおうとする姿やスバルのために戦う姿が、可愛くて格好いい。自分は報われないとわかっていながらも、想い人のために行動するのが本当に格好いいし、心が強いなと思いました」（アール・10代後半♥Ⓦ）

「やっと目覚めたレム。でも好感度は出会った頃に戻ってる。それでもスバルを心配しているのが可愛い」（ゆきじま・20代前半♠Ⓦ）

第20位 | 285点/146票

七海みなみ《ななみ・みなみ》

『弱キャラ友崎くん』
著：屋久ユウキ
イラスト：フライ
ガガガ文庫

「クラスでは天然バカキャラなのに友崎の前では結構キョドったりしちゃう所が可愛いです。告白のシーンは反則です」（うにょんぽつ・10代前半♠Ⓦ）

「『友崎くん』のキャラの中で良い意味で一番人間臭くて好き。最推し。会話に巻き込まれると強制的に元気になる。実際にそんな娘がいたら一番嬉しいなって思うキャラ」（Shu・20代後半♠Ⓦ）

順位	キャラクター名	作品（シリーズ）名	DATA	得点/票数
21	姫路白雪《ひめじ・しらゆき》	『ライアー・ライアー』	著：久追遥希／イラスト：konomi（きのこのみ） MF文庫J	281/135
22	アルファ	『リビルドワールド』	著：ナフセ／イラスト：吟、わいっしゅ 電撃の新文芸	272/110
23	猫猫《マオマオ》	『薬屋のひとりごと』	著：日向 夏／イラスト：しのとうこ ヒーロー文庫	260/135
24	シェリル	『リビルドワールド』	著：ナフセ／イラスト：吟、わいっしゅ 電撃の新文芸	254/104
25	坂柳有栖《さかやなぎ・ありす》	『ようこそ実力至上主義の教室へ』	著：衣笠彰梧／イラスト：トモセシュンサク MF文庫J	236/123
26	ティナーシャ	『Unnamed Memory』	著：古宮九時／イラスト：chibi KADOKAWA（電撃の新文芸）	196/81
27	上野原彩乃《うえのはら・あやの》	『現実でラブコメできないとだれが決めた?』	著：初鹿野創／イラスト：椎名くろ ガガガ文庫	191/93
28	ネアハーレイ・ジョーンズワース	『薬の魔物の解雇理由』	著：桜瀬彩香／イラスト：アズ TOブックス	181/69
29	桂華院瑠奈《けいかいん・るな》	『現代社会で乙女ゲームの悪役令嬢をするのはちょっと大変』	著：二日市とふろう／イラスト：景 オーバーラップノベルス	180/68
30	空銀子《そら・ぎんこ》	『りゅうおうのおしごと!』	著：白鳥士郎／イラスト：しらび GA文庫	178/86
31	テラコマリ・ガンデスブラッド	『ひきこまり吸血姫の悶々』	著：小林湖底／イラスト：りいちゅ GA文庫	177/83
32	菊池風香《きくち・ふうか》	『弱キャラ友崎くん』	著：屋久ユウキ／イラスト：フライ ガガガ文庫	170/81
33	ロコロコ（ゴッゴルちゃん）	『田中　～年齢イコール彼女いない歴の魔法使い～』	著：ぶんころり／イラスト：Mだたろう GCノベルズ	168/70
34	瀬名紫陽花《せな・あじさい》	『わたしが恋人になれるわけないじゃん、ムリムリ!（※ムリじゃなかった!?）』	著：みかみてれん／イラスト：竹嶋えく ダッシュエックス文庫	167/69
35	安達桜《あだち・さくら》	『安達としまむら』	著：入間人間／イラスト：raemz 電撃文庫	160/77
35	モニカ・エヴァレット	『サイレント・ウィッチ　沈黙の魔女の隠しごと』	著：依空まつり／イラスト：藤実なんな カドカワBOOKS	160/75
37	アスナ（結城明日奈）《ゆうき・あすな》	『ソードアート・オンライン』	著：川原 礫／イラスト：abec 電撃文庫	156/75
38	荻原沙優《おぎわら・さゆ》	『ひげを剃る。そして女子高生を拾う。』	著：しめさば／イラスト：ぶーた 角川スニーカー文庫	155/80
39	リーシェ・イルムガルド・ヴェルツナー	『ループ7回目の悪役令嬢は、元敵国で自由気ままな花嫁生活を満喫する』	著：雨川透子／イラスト：八美☆わん オーバーラップノベルスf	154/72
40	白之宮イザヤ《しろのみや・いざや》	『プロペラオペラ』	著：犬村小六／イラスト：雫綺一生 ガガガ文庫	149/64

ライトノベルBESTランキング **キャラクター 男性部門**

この男性キャラクターがすごい！

順位	キャラクター名	作品（シリーズ）名	DATA	得点/票数
1	綾小路《あやのこうじ》清隆《きよたか》	『ようこそ実力至上主義の教室へ』	著：衣笠彰梧　イラスト：トモセシュンサク　MF文庫J	2757/1127
2	千歳《ちとせ》朔《さく》	『千歳くんはラムネ瓶のなか』	著：裕夢／イラスト：raemz　ガガガ文庫	1750/764
3	比企谷《ひきがや》八幡《はちまん》	『やはり俺の青春ラブコメはまちがっている。』	著：渡 航／イラスト：ぽんかん⑧　ガガガ文庫	916/447
4	フェルディナンド	『本好きの下剋上 ～司書になるためには手段を選んでいられません～』	著：香月美夜／イラスト：椎名 優　TOブックス	875/332
5	藤宮《ふじみや》周《あまね》	『お隣の天使様にいつの間にか駄目人間にされていた件』	著：佐伯さん／イラスト：はねこと　GA文庫	835/373

第6位 784点/398票

君塚《きみづか》君彦《きみひこ》

『探偵はもう、死んでいる。』
著：二語 十
イラスト：うみぼうず
（MF文庫J）

「『二日会わないと忘れてしまう顔』と表現されているがそんなことはない。行動力は一生忘れることがないほどの思い切りがある」（フクネ・20代前半♠Ⓦ）

「ヒロインたちとの掛け合いが本当におもしろい。何気ないセリフからシエスタのこと大好きな感じが伝わってくるのが好き」（カプチーノ・10代前半♥Ⓦ）

第7位 752点/358票

梓川《あずさがわ》咲太《さくた》

「青春ブタ野郎」シリーズ
著：鴨志田一
イラスト：溝口ケージ
（電撃文庫）

「一見、突拍子もない行動もちゃんと相手の為になっている。そういう本質を見抜く力に憧れる」（cosmos・20代後半♠Ⓦ）

「なんやかんやで人助けをしてしまう根っからのお人好し。自分を偽らないところが良い」（D@傍観者・20代前半♠Ⓦ）

第8位 629点/302票

シン（シンエイ・ノウゼン）

『86―エイティシックス―』
著：安里アサト
イラスト：しらび
（電撃文庫）

「強さの中に確かな優しさを持つシン。これからも強く又、仲間のために優しさを持って生き抜いて欲しい」（凜音・20代前半♠Ⓦ）

「死神としての義務感がかっこいい。赤目かっこいい。軍服かっこいい。戦闘機械の戦い方が、高機動で動き回るタイプなのがかっこいい。以上」（アーシェ・10代後半♠Ⓦ）

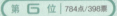

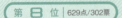

第9位 | 542点/262票

キリト（桐ヶ谷和人《きりがや・かずと》）

『ソードアート・オンライン』
著：川原 礫
イラスト：abec
（電撃文庫）

「キリトの強さは、剣の腕でもなく心意でもなく、みんなのために戦えることなんだと強く感じます」（アヤ・10代後半♠Ⓦ）

「1番最初に触れたラノベだから印象が強い」（Hinemarill・10代後半♠Ⓦ）

「とてもかっこいい！　ただそれだけでみんなに伝わると思う」（fmd1123reo・10代後半♠Ⓦ）

第10位 | 538点/202票

アキラ

『リビルドワールド』
著：ナフセ
イラスト：吟、わいっしゅ
KADOKAWA（電撃の新文芸）

「ガンギマリ主人公。自分にも相手にも判断が生きるか死ぬかで極端すぎる。約束は真面目に果たそうとするのは好印象ではあるが、それ以外はまさに生きる地雷。オネショタカワイイ」（Nerukan・20代後半♠Ⓦ）

「毎回事件に巻き込まれボロボロになりながらも無理無茶無謀で突き進むのと義理堅いのが凄くかっこいい」（くじらイルカ・20代後半♠Ⓦ）

第11位 | 517点/254票

司波達也《しば・たつや》

『魔法科高校の劣等生』
著：佐島 勤
イラスト：石田可奈
（電撃文庫）

「1番かっこいいし最強だと思うからです！」（ともたん・10代後半♠Ⓦ）

「完結＆新シリーズさすがですお兄様」（いなご・20代前半♠Ⓦ）

「作中で成し遂げた偉業が多すぎる上に能力もとんでもないので正直何から書けばいいかわからない。とにかく最強。『最強＝司波達也』これはもう揺るぎない」（冬夜・20代前半♠Ⓦ）

第12位 | 509点/249票

ベル・クラネル

『ダンジョンに出会いを求めるのは間違っているだろうか』
著：大森藤ノ
イラスト：ヤスダスズヒト
（GA文庫）

「どんな状況でも折れない挫けない熱血王道主人公。安心して応援できる」（ベルベル・10代後半♥Ⓦ）

「可愛いのに最高にかっこいい、弱気で強い主人公！　次巻が楽しみすぎる！」（ジャイアン・20代後半♠Ⓦ）

第13位 | 468点/202票

浅村悠太《あさむら・ゆうた》

『義妹生活』
著：三河ごーすと
イラスト：Hiten
（MF文庫J）

「時々サラッと出てくるヒロインへの配慮がかっこいい」（チリメン・10代後半♠Ⓦ）

「本当に優しい。人のことを心から想える優しい青年。ヒロインが惹かれて当然」（御湯・20代前半♠Ⓦ）

第14位 | 431点/228票

ナツキ・スバル

『Re：ゼロから始める異世界生活』
著：長月達平
イラスト：大塚真一郎
（MF文庫J）

「ボラキア帝国で何度死を迎えてもヒロインを無事に連れ帰ろうとする姿は魅力的でしかない」（チュン介・20代後半♠Ⓦ）

「大事な人のために全力で運命に抗う姿はかっこいいです。それ以外のダメな部分の方が多い気もしますが、面白いところや一途なところもあるので、好きです」（Yamasy・10代後半♠Ⓦ）

第15位 | 413点/222票

久世政近《くぜ・まさちか》

『時々ボソッとロシア語でデレる隣のアーリャさん』
著：燦々SUN
イラスト：ももこ
（角川スニーカー文庫）

「普段は気怠げで授業態度も悪く、不真面目な一面が目立ちますが、いざという時の頭の回転と発想力でヒロインの好感度を稼いでいく！！！カッコイイ！！！」（ゆーかり・10代後半♥Ⓦ）

「学校内で起こる問題を解決できる実力者でありながら、凡人が共感できる悩みを抱えているギャップがいい」（がわろう・20代後半♠Ⓦ）

第16位 | 406点/215票

クラウス

『スパイ教室』
著：竹町
イラスト：トマリ
（ファンタジア文庫）

「スパイとしての能力は桁外れに高いのに、指導能力が全くないというギャップが良かったです」（アール・10代後半♥Ⓦ）

「訓練でも任務でも圧倒的な活躍を見せてくれる。クラウスが出てきた時の安心感がすごい。仲間想いであるところも本当にかっこいい」（冬夜・20代前半♠Ⓦ）

第17位 | 401点/198票

伊理戸水斗《いりど・みずと》

『継母の連れ子が元カノだった』
著：紙城境介
イラスト：たかやKi
（角川スニーカー文庫）

「いさなの誘惑に耐えつつ、ひっそりと結女を想い続ける姿がイイッ」（Y.m・10代後半♠Ⓦ）

「普段は本ばっかり読んでる寡黙な人だけど、心の中でたくさんの人のことを考えてあげられる優しい子。大好き」（たま・10代後半♠Ⓦ）

第18位 | 367点/160票

上条当麻《かみじょう・とうま》

「とある魔術の禁書目録《インデックス》」シリーズ
著：鎌池和馬
イラスト：はいむらきよたか
（電撃文庫）

「個性の強いヒロインに囲まれながらも影を薄くさせることなく活躍する主人公です」（螺髪は被らない・10代後半♥Ⓦ）

「絶望的な状況でも仲間と共に右手一本で立ち向かう強さが本当にカッコイイ」（ナギサ・20代前半♠Ⓦ）

第19位 | 319点/163票

カズマ（佐藤和真《さとう・かずま》）

『この素晴らしい世界に祝福を！』
著：暁なつめ
イラスト：三嶋くろね
（角川スニーカー文庫）

「クズマ、カスマ、ゴミマとか言われときながら紳士（？）を貫いてるのが、憧れる」
（ただのラノベ好きの二次元オタ・10代前半♠Ⓦ）

「上げて落とすが似合う主人公といえば、カズマが一番に思い出されます」
（Kyoikyoi・40代♠㊙）

第20位 | 317点/168票

友崎文也《ともざき・ふみや》

『弱キャラ友崎くん』
著：屋久ユウキ
イラスト：フライ
ガガガ文庫

「きっかけはなんであれ成長していく過程がとてもカッコいい！！　弱キャラ？　嘘だろお前」（I.amルミ・10代後半♠Ⓦ）

「努力の男！！　恥ずかしいセリフも真面目で誠実な彼なら聞けちゃう不思議」
（みくるちゃん・30代♥Ⓦ）

順位	キャラクター名	作品（シリーズ）名	DATA	得点/票数
21	リムル=テンペスト	『転生したらスライムだった件』	著：伏瀬／イラスト：みっつばー　GCノベルズ	315/165
22	田中義男《たなか・よしお》	『田中　～年齢イコール彼女いない歴の魔法使い～』	著：ぶんころり／イラスト：MだSたろう　GCノベルズ	313/121
23	篠原緋呂斗《しのはら・ひろと》	『ライアー・ライアー』	著：久追遥希／イラスト：konomi（きのこのみ）　MF文庫J	298/146
24	アノス・ヴォルディゴード	『魔王学院の不適合者　～史上最強の魔王の始祖、転生して子孫たちの学校へ通う～』	著：秋／イラスト：しずまよしのり　電撃文庫	263/127
24	黒之《くろの》クロト《くろと》	『プロペラオペラ』	著：犬村小六／イラスト：雫綺一生　ガガガ文庫	263/112
26	龍園翔《りゅうえん・かける》	『ようこそ実力至上主義の教室へ』	著：衣笠彰梧／イラスト：トモセシュンサク　MF文庫J	258/153
27	ルーデウス・グレイラット	『無職転生　～異世界行ったら本気だす～』	著：理不尽な孫の手／イラスト：シロタカ　MFブックス	243/118
28	リオ（天川春人《あまかわ・はると》）	『精霊幻想記』	著：北山結莉／イラスト：Riv　HJ文庫	234/110
29	オリバー=ホーン	『七つの魔剣が支配する』	著：宇野朴人／イラスト：ミユキルリア　電撃文庫	231/115
30	吉田《よしだ》	『ひげを剃る。そして女子高生を拾う。』	著：しめさば／イラスト：ぶーた　角川スニーカー文庫	226/107
31	グレン=レーダス	『ロクでなし魔術講師と禁忌教典《アカシックレコード》』	著：羊太郎／イラスト：三嶋くろね　ファンタジア文庫	225/111
32	西野五郷《にしの・ごきょう》	『西野　～学内カースト最下位にして異能世界最強の少年～』	著：ぶんころり／イラスト：またのんき▼　MF文庫J	215/102
33	クライ・アンドリヒ	『嘆きの亡霊は引退したい　～最弱ハンターによる最強パーティ育成術～』	著：槻影／イラスト：チーコ　GCノベルズ	200/82
34	アレン	『公女殿下の家庭教師』	著：七野りく／イラスト：cura　ファンタジア文庫	193/86
35	オスカー	『Unnamed Memory』	著：古宮九時／イラスト：chibi　電撃の新文芸	184/77
36	アレン	『ヘルモード～やり込み好きのゲーマーは廃設定の異世界で無双する～』	著：ハム男／イラスト：藻　アース・スターノベル	176/87
37	一方通行《アクセラレータ》	「とある魔術の禁書目録《インデックス》」シリーズ	著：鎌池和馬／イラスト：はいむらきよたか　電撃文庫	167/89
38	キョン	「涼宮ハルヒ」シリーズ	著：谷川流／イラスト：いとうのいぢ　角川スニーカー文庫	160/85
39	長坂耕平《ながさか・こうへい》	『現実でラブコメできないとだれが決めた?』	著：初鹿野創／イラスト：椎名くろ　ガガガ文庫	154/78
39	空《そら》	『ノーゲーム・ノーライフ』	著：榎宮祐／イラスト：榎宮祐　MF文庫J	154/78

ライトノベルBESTランキング **イラストレーター部門**

このイラストレーターがすごい!

順位	イラストレーター名	代表作	得点/票数
1	トモセシュンサク	『ようこそ実力至上主義の教室へ』 著：衣笠彰梧 MF文庫J	1723/744
2	raemz《レームズ》	『千歳くんはラムネ瓶のなか』 著：裕夢 ガガガ文庫 『白百合さんかく語りき。』 著：今田ひよこ 電撃文庫	1480/672
3	しらび	『りゅうおうのおしごと!』 著：白鳥士郎 GA文庫 『86―エイティシックス―』 著：安里アサト 電撃文庫	1153/561
4	はねこと	『お隣の天使様にいつの間にか駄目人間にされていた件』 著：佐伯さん GA文庫 『ちっちゃくてかわいい先輩が大好きなので一日三回照れさせたい』 著：五十嵐雄策 電撃文庫	1146/512
5	Hiten《ヒテン》	『義妹生活』 著：三河ごーすと MF文庫J 『三角の距離は限りないゼロ』 著：岬 鷺宮 電撃文庫	1128/503

第6位 | 1053点/533票

うみぼうず

『探偵はもう、死んでいる。』
著：二語十（MF文庫J）

「色使い、表情の書き方、グラデーションの具合、などすべてが大好きです」（白昼夢・10代前半♥Ⓦ）

「煌めくような色遣いも印象的ながら、物語が最大限に盛り上がる瞬間を切り出して描く構図が非常に巧み。もう死んでいる探偵と、助手との物語を、絵のちからによって何倍にも魅力的に見せている方だと思います」（東京大学新月お茶の会・20代前半♠㊭）

第7位 | 892点/430票

フライ

『弱キャラ友崎くん』
著：屋久ユウキ（ガガガ文庫）
『痴漢されそうになっているS級美少女を助けたら隣の席の幼馴染だった』
著：ケンノジ（GA文庫）

「キャラクターの表情、服装、手足の位置、指先前含めて、見えるすべての個所の透明性をまとった絵柄に毎回心が癒されます」
（まつだ・40代♠Ⓦ）

「フライさんの描く女の子の、一瞬の表情が好き」（イニシャルK・20代後半♠Ⓦ）

第8位 | 876点/423票

しぐれうい

『幼なじみが絶対に負けないラブコメ』
著：二丸修一（電撃文庫）
『君は僕の後悔』
著：しめさば（ダッシュエックス文庫）

「かわいいです！ 個人的にラブコメといえばという絵柄です！！」
（キャベツのせんぎり・10代後半♥Ⓦ）

「Vtuberとしても活躍されていて、イラストも声も可愛いとか強過ぎん？」
（かもめ・10代後半♠Ⓦ）

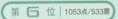

第9位 | 863点/334票

椎名 優《しいな・ゆう》

『本好きの下剋上　～司書になるためには手段を選んでいられません～』
著：香月美夜（TOブックス）

「児童文学ファンタジーのような作品にぴったりの方。本当に子供向けの文庫版では絵柄も子供たちに親しみやすい工夫がされててすごいんですよ！」（azure・20代後半♥Ⓦ）

「ゆっくりじんわりと成長していく主人公の描き方に感動。主人公の成長の速度が遅すぎるため、なかなか分かりにくいけど、2巻前の絵と比べるとじんわりと成長しててこんなに大きくなったんだ。と毎回思う」（ぺーぐる・20代後半♥Ⓦ）

第10位 | 671点/345票

ももこ

『時々ボソッとロシア語でデレる隣のアーリャさん』
著：燦々SUN（角川スニーカー文庫）
『教え子に脅迫されるのは犯罪ですか？』
著：さがら総（MF文庫J）

「とにかくヒロインが可愛く描かれていて嬉しいです。本の最後にある挿絵もものすごく読者の心を揺さぶります」（Rin・10代後半♠Ⓦ）

「女性をあそこまでキラキラさせて好きにさせてしまうような絵を描いてくださり有難うございます！　これからも可愛い絵お願いします！」（いそぎ・10代後半♠Ⓦ）

第11位 | 613点/292票

三嶋くろね《みしま・くろね》

『この素晴らしい世界に祝福を！』
著：暁 なつめ（角川スニーカー文庫）
『ロクでなし魔術講師と禁忌教典《アカシックレコード》』
著：羊太郎（ファンタジア文庫）

「かわいいキャラと、戦闘シーンの挿絵がめちゃくちゃかっこいい。特に爆裂魔法」
（あっつ～・10代後半♠Ⓦ）

「とても綺麗なイラストとデフォルメされても良いと思えるような画風が好きです」
（はるひこ・10代後半♠Ⓦ）

第12位 | 551点/296票

トマリ

『スパイ教室』
著：竹町（ファンタジア文庫）
『友達の妹が俺にだけウザい』
著：三河ごーすと（GA文庫）

「いろんな構図とかデザインがあって飽きないし、オシャレでかっこいい」
（ももぺん・10代後半♥Ⓦ）

「笑っているだけで楽しくなる女の子も魅力的であり、クールな女性もカッコよさのなかに隠れた可愛さがあって好きです」
（みきみき・20代後半♠㊯）

第13位 | 530点/252票

konomi（きのこのみ）

『ライアー・ライアー』
著：久追遥希（MF文庫J）

「太ももや表情、肉の質感がめっちゃ好き。えちちさと愛くるしさを感じる」
（カピさん。・10代後半♠Ⓦ）

「更紗ちゃんを生み出してくれてありがとうございます感謝感激（TдT）」
（teaテア・10代後半♠Ⓦ）

第14位 | 508点/241票

遠坂あさぎ《とおさか・あさぎ》

『古き掟の魔法騎士』
著：羊太郎（ファンタジア文庫）
『聖剣学院の魔剣使い』
著：志瑞祐（MF文庫J）

「クオリティの高さもさることながら、挿絵の枚数が非常に多い点が読者として有難い限り。本当に好きです」（らい・20代前半♠Ⓦ）

「お姉さんも少年も、イラストの中で生き生きと動いているように感じます。先生の描く女の子が可愛くて美しくて好きです！」

（スノードーム・20代前半♥Ⓦ）

第15位 | 470点/229票

カントク

『佐々木とピーちゃん』
著：ぶんころり（MF文庫J（単行本））

「冴えないおじさんや可愛い女の子や人外又は動物等々が違和感なく同一世界観で同居している感じが素晴らしいと思います。後は女の子が可愛い、大事な事（ry」（runba7777・30代後半♠Ⓦ）

「私をラノベ沼に引きずり込んでくれた神。この人のイラストに一目惚れして今の私があります。きっかけをくれてありがとうございます！」（みうみん・20代前半♠㊯）

順位	イラストレーター名	代表作	得点/票数
16	溝口ケージ《みぞぐち・けーじ》	「青春ブタ野郎」シリーズ　著：鴨志田一　電撃文庫	371/181
17	クレタ	『異修羅』　著：珪素　電撃の新文芸	349/144
18	りいちゅ	『ひきこまり吸血姫の悶々』　著：小林湖底　GA文庫	341/163
19	abec《あべし》	『ソードアート・オンライン』　著：川原礫　電撃文庫	325/168
20	あずーる	『魔女の旅々』　著：白石定規　GAノベル	323/150
21	さばみぞれ	『カノジョの妹とキスをした。』　著：海空りく　GA文庫	313/160
22	たかやKi	『継母の連れ子が元カノだった』　著：紙城境介　角川スニーカー文庫	304/159
23	はいむらきよたか	「とある魔術の禁書目録」シリーズ　著：鎌池和馬　電撃文庫	281/115
24	MだSたろう	『田中　～年齢イコール彼女いない歴の魔法使い～』　著：ぶんころり　GCノベルズ	280/116
25	吟《ぎん》	『リビルドワールド』　著：ナフセ　電撃の新文芸	279/107
26	黒星紅白《くろぼし・こうはく》	『キノの旅』　著：時雨沢恵一　電撃文庫	265/125
27	大塚真一郎《おおつか・しんいちろう》	『Re：ゼロから始める異世界生活』　著：長月達平　MF文庫J	252/141
28	鵜飼沙樹《うかい・さき》	『異世界迷宮の最深部を目指そう』　著：割内タリサ　オーバーラップ文庫	241/97
29	ぽんかん⑧	『やはり俺の青春ラブコメはまちがっている。』　著：渡 航　ガガガ文庫	234/116
30	ミユキルリア	『七つの魔剣が支配する』　著：宇野朴人　電撃文庫	227/121

『このラノ』協力者が選ぶ！ライトノベル BEST 5

『このライトノベルがすごい！2022』に
協力者として参加した目利きが選ぶ
“熱い”ライトノベルはこれだ！

※掲載はアンケート回答が届いた順です。

SHOW

Twitterで活動しています。
SHOWというアカウントでライトノベル(ラブコメ中心)の紹介、感想、購入商品を呟いています。

1位 **飛び降りようとしている女子高生を助けたらどうなるのか？**
岸馬きらく（角川スニーカー文庫）

2位 **クラスの大嫌いな女子と結婚することになった。**
天乃聖樹（MF文庫J）

3位 **友達の妹が俺にだけウザい**
三河ごーすと（GA文庫）

4位 **母親がエロラノベ大賞受賞して人生詰んだ**
夏色青空（ファンタジア文庫）

5位 **経験済みなキミと、経験ゼロなオレが、お付き合いする話。**
長岡マキ子（ファンタジア文庫）

今年もラブコメが激アツでした。どの作品もレベルが高く5作品を絞るのに苦労しました。ライトノベルを普段読まない方でも「楽しめる」「読みやすい」「感動する」を重視した結果、上位5作品を選びました。
また、YouTube発の作品が増えてきたので今後ますますラノベ業界が盛り上がると思うしそう信じたいです。

PICK UP!!

これまで氏の作品は何冊も読んできたが、間違いなく最高傑作。トンデモ設定なのに、ヒロインたちの可愛さと主人公の真っ直ぐ芯の通ったゲスさが的確に描写されていて非常に良かった。

わたー

静岡の片隅で活動するラブコメ好きなラノベ読み。読書メーターとTwitterにて、ラノベとマンガのレビューを投稿しています。
Twitter：@watar091

1位 **恋は双子で割り切れない**
高村資本（電撃文庫）

2位 **死に戻りの魔法学校生活を、元恋人とプロローグから（※ただし好感度はゼロ）**
六つ花えいこ（アース・スターノベル）

3位 **ホヅミ先生と茉莉くんと。**
葉月 文（電撃文庫）

4位 **君のせいで今日も死ねない。**
飴月（ファンタジア文庫）

PICK UP!! **5位** **五人一役でも君が好き**
壱日千次（MF文庫J）

今回は新作の中から特に面白かった作品を選びました。期間内のラブコメシーンを語るうえで避けて通れないのが1位と2位です。前者は幼馴染同士の三角関係というありふれた設定ながらも、恋の病に侵されて、捻くれて拗らせている三者のめんどくさいところを描き切っているところは、他の作品から頭一つ抜き出ていたように思います。後者は、前周回の彼の記憶を抱えながらも今の彼に惹かれていくヒロインと、彼女の瞳に映る前周回の自分という、超えることのできない恋敵に苦悩するヒーローとの両片想いがとにかく切なく、非常にオススメです。

はれ@記録

ラノベ感想や他の記録(https://book.haresan.com/)
中学生の時に「涼宮ハルヒの憂鬱」のアニメを見て原作を手にしたのがラノベの原点。ツーリングラノベ読み。

PICK UP!! **1位** **ハル遠カラジ**
遍 柳一（ガガガ文庫）

2位 **筐底のエルピス**
オキシタケヒコ（ガガガ文庫）

3位 **プロペラオペラ**
犬村小六（ガガガ文庫）

4位 **こわれたせかいの むこうがわ**
陸道烈夏（電撃文庫）

5位 **それでも、医者は甦る ―研修医志葉一樹の手術カルテ―**
午鳥志季（メディアワークス文庫）

『ハル遠カラジ』が完結を迎えられてよかった。重い舞台なだけに人間味に溢れたロボットと少女、仲間や出会うキャラクターとの家族愛、友情、情感が愛おしく映り、それらを表現する遍柳一先生の情味があって流麗な筆致に脱帽する。デビュー作『平浦ファミリズム』に続いて書きっぷりで化ける秀作だ。こういった味わい深くて魅せられる作品を手掛けられる作家として、他に藤原祐先生や杉原智則先生のライトノベルを願ってやまない。

PICK UP!!

心温まる日常から切なさを帯びる戦闘まで、遍柳一先生の文才により深い物語を噛み締めることができた。

とこー

ワクワクを求める偏読家です。ブログ『ライトノベルにありがとこー』にて気になる新刊PickUp記事や感想を書いてます。

1位	**千歳くんはラムネ瓶のなか**	裕夢（ガガガ文庫）
2位	**ホヅミ先生と茉莉くんと。**	葉月 文（電撃文庫）
3位	**楽園殺し**	呂暇郁夫（ガガガ文庫）
4位	**主人公にはなれない僕らの妥協から始める恋人生活**	鴨野うどん（オーバーラップ文庫）
5位	**現実でラブコメできないとだれが決めた?**	初鹿野 創（ガガガ文庫）

今回はすごいとは何かを考え、私が最も重視している、ワクワクするか否かで判断しました。“ワクワク”の意味は作品によってまちまちです。一位に投票した『千歳くんはラムネ瓶のなか』は、文章一つ一つに込められた意味への“ワクワク”や胸が痛いからこそ生まれる“ワクワク”など……たくさんの“ワクワク”に満ちていました。読めば分かる名作ももちろん好きですが、本を読む気力もないくらい暗がりで輝く光（ライト）に満ちたライトノベルが好きです。

夢色しあん

ラノベ紹介チャンネル『夢色しあんのラノベ図書館』を運営するYouTuber兼ブロガー。元コミック・ラノベ担当の書店員。

PICK UP!! 1位	**絶対にデレてはいけないツンデレ**	神田夏生（電撃文庫）
2位	**VTuberなんだが配信切り忘れたら伝説になってた**	七斗 七（ファンタジア文庫）
3位	**ギルドの受付嬢ですが、残業は嫌なのでボスをソロ討伐しようと思います**	香坂マト（電撃文庫）
4位	**負けヒロインが多すぎる!**	雨森たきび（ガガガ文庫）
5位	**キミの青春、私のキスはいらないの?**	うさぎやすぽん（電撃文庫）

私がライトノベルに求めていることは、純粋な面白さ・読みやすさだけでなく、どれだけ感情移入できるかという点です。そういった意味で一番私の心を打った作品は『絶デレ』でした。『VTuber』は実際のV配信に没入しているかのような読み口と突き抜けた面白さ、『受付嬢』は社畜主人公への強い共感性、『負けイン』は負けヒロインに注目するという新しい着眼点、『キミキス』は繊細な心の揺れ動きをそれぞれ評価しました。

PICK UP!!

青春の息苦しさを緻密に描き、少しのファンタジー要素を織り交ぜた本作は、心に深く突き刺さること間違いなし。

リク

島根県出身のラノベ読み。主食はラブコメ。読書メーターで細々と活動中。今年から協力者として参加させていただきます。

1位	**ホヅミ先生と茉莉くんと。**	葉月 文（電撃文庫）
PICK UP!! 2位	**推しが俺を好きかもしれない**	川田戯曲（ファンタジア文庫）
3位	**君のせいで今日も死ねない。**	飴月（ファンタジア文庫）
4位	**義妹生活**	三河ごーすと（MF文庫J）
5位	**ミモザの告白**	八目 迷（ガガガ文庫）

個人的なルールとして期間内に発売された新作から選出しました。今年もラブコメ作品が強かった印象。年の差、アイドル、高嶺の花、義妹、そして男の子。ここに挙げられなかった作品含め、多様な恋愛模様を楽しませていただきました。4位の『義妹生活』のように、YouTube発などラノベのあり方が変化してきたと感じる1年でした。才能が発見される場の増加と比例して、面白い作品も増えるのはラノベ好きとして嬉しい限りです。

PICK UP!!

なんといっても距離感が絶妙。面倒なアイドルと厄介なオタクの化学反応にニヤニヤが収まらなかった。

まるちゃん

主にはてなブログで感想をつぶやいています。Twitterにリンクを張っているのでついでにTwitterのフォローもしてくれると嬉しいです。
TwitterID→@marumaruyoshio

1位	**プロペラオペラ**	犬村小六（ガガガ文庫）
2位	**ホヅミ先生と茉莉くんと。**	葉月 文（電撃文庫）
3位	**千歳くんはラムネ瓶のなか**	裕夢（ガガガ文庫）
4位	**春夏秋冬代行者**	暁 佳奈（電撃文庫）
5位	**ミモザの告白**	八目 迷（ガガガ文庫）

1年ライトノベルを読んできて面白い作品がたくさんあったものの、やはり僕の中では『プロペラオペラ』が最後に全部を持っていきましたね。1巻から4巻まで、すべては5巻の仕上がりを最高にする内容で、やはり涙なしには見られませんでしたね。あの帯にはやられました。他にも、『チラムネ』や『ミモザの告白』など、今年はガガガ文庫がかなり強かったと思います。

星野流人

大喜利やってるラノベ読み。毎月読んだ作品の感想をまとめた、「星野流人の備忘録note」を公開しております。

1位 **負けヒロインが多すぎる!**
雨森たきび（ガガガ文庫）

2位 **経験済みなキミと、経験ゼロなオレが、お付き合いする話。**
長岡マキ子（ファンタジア文庫）

3位 **君が、仲間を殺した数**
有象利路（電撃文庫）

4位 **春夏秋冬代行者**
暁 佳奈（電撃文庫）

5位 **俺を好きなのはお前だけかよ**
駱駝（電撃文庫）

今年もおもしろい新作がたくさん登場し、投票する５作品を絞り込むのがとても悩ましかったです。今回の投票では、学園ラブコメからファンタジーまで、幅広いジャンルから選ばせていただきましたが、どれも「恋愛」が大事な要素になっている作品となりました。少年少女が出会い、そして互いに惹かれ合い、恋に落ちる物語はいつの時代も良いものです。……今回選んだ作品は、どれも一筋縄にはいかない恋物語ではありますが。

ショー

主にTwitterやInstagramにて読み終わったライトノベルの感想などを投稿しています。またTwitterでは月末に【#ラノベショーかい】と題しておすすめの新作ライトベルをピックアップしています。

1位 **お隣の天使様にいつの間にか駄目人間にされていた件**
佐伯さん（GA文庫）

2位 **クラスの大嫌いな女子と結婚することになった。**
天乃聖樹（MF文庫J）

3位 **継母の連れ子が元カノだった**
紙城境介（角川スニーカー文庫）

PICK UP!! **4位** **隣のクーデレラを甘やかしたら、ウチの合鍵を渡すことになった**
雪仁（電撃文庫）

5位 **転校先の清楚可憐な美少女が、昔男子と思って一緒に遊んだ幼馴染だった件**
雲雀湯（角川スニーカー文庫）

我々読者を大いに楽しませて頂いた作品が多い中、作品を絞るのは悩みましたが、今回は自分が無意識に手に伸ばし、気付けば自然と読み耽っているのでは？と思える作品たちを選出させていただきました！　全体的にラブコメを取り上げることになりましたが、読み終わった時の満足感を満たしてくれる最高の作品たちです。自分の好きが、1票がライトノベル業界の作品の手助けになれば嬉しいです。そしてこれからのライトノベル業界を盛り上げられる力に少しでも注ぐことができたら幸いです。

PICK UP!!

学校ではクーデレラなユイも夏臣だけに見せる本来の感情豊かな表情が本当に可愛らしく、なにより2人が送る温かい日常の空気感が最高です！

こも

年間300冊以上ラノベを読むラノベ中毒者。note(https://note.com/kashiwa1969)、ホームページに(https://www.kashiwa1969.online/)ラノベレビューを書いております。

1位 **薬屋のひとりごと**
日向夏（ヒーロー文庫）

2位 **月が導く異世界道中**
あずみ圭（アルファポリス）

3位 **出会ってひと突きで絶頂除霊!**
赤城大空（ガガガ文庫）

PICK UP!! **4位** **異世界帰りのパラディンは、最強の除霊師となる**
Y. A（MFブックス）

5位 **魔法科高校の劣等生**
佐島 勤（電撃文庫）

初めて、読んだラノベの順位付けをしてみました。
やってみると。ストーリーの先が予想出来ない作品が好きなんだと自覚出来ました。
コレだけでも、このアンケートに参加出来て良かったと思います。

ありがとうございました。

PICK UP!!

霊能力のラノベでありながら、世間への皮肉も込められているのが面白い。

ひらと

Twitterでラノベの購入ツイや感想ツイをしており、YouTubeには[ひらと]と言うチャンネルでラノベ関連の動画を投稿しています。

1位 **千歳くんはラムネ瓶のなか**
裕夢（ガガガ文庫）

2位 **お見合いしたくなかったので、無理難題な条件をつけたら同級生が来た件について**
桜木 桜（角川スニーカー文庫）

3位 **バレットコード：ファイアウォール**
斉藤すず（電撃文庫）

4位 **ミモザの告白**
八目 迷（ガガガ文庫）

5位 **ホヅミ先生と茉莉くんと。**
葉月 文（電撃文庫）

今回投票させて頂いた結果、新作が4冊、新刊が1冊となりました。意図して新作を多めに入れたのではなく、投票していくうちに、このような結果になりました。今年は新作のレベルが高いなと感じます。その中、ランキングに食い込んできた『チラムネ』。今年発売された３冊はどれも素晴らしい出来で、特に4巻の青春の熱量が半端なかったです。高校生には是非読んでほしい！

水無月冬弥

ラノベメインの現代異能バトル限定感想サイト「現代異能バトル三昧！」とオンラインＴＲＰＧ「魔獣戦線」を運営しています。

1位 佐々木とピーちゃん
ぶんころり（KADOKAWA）

2位 グリモアレファレンス
佐伯庸介（電撃文庫）

3位 筐底のエルピス
オキシタケヒコ（ガガガ文庫）

4位 犬と勇者は飾らない
あまなっとう（オーバーラップ文庫）

5位 異世界でチート能力を手にした俺は、現実世界をも無双する ～レベルアップは人生を変えた～
美紅（ファンタジア文庫）

ラノベ全体でいうと、暗い世相に反発して、異世界転生チートもの＆ラブコメが席巻していると思います。
現代異能バトルとしては、異世界帰還ものが頑張っていますが、完全復活までいっていないのが残念。
漫画やアニメだと人気はありますし、読者層を大人にターゲットした文庫レーベルだと現代異能はそれなりに刊行されているので、棲み分けが進んでいるのかな？

かなた

Twitter(@kanata0118)で読了本の感想ツイートや新作ラノベの紹介等、情報発信活動をしています。
王道と純愛と家族愛が大好きです！

1位 古き掟の魔法騎士
羊太郎（ファンタジア文庫）

2位 バレットコード：ファイアウォール
斉藤すず（電撃文庫）

PICK UP!! **3位** 失恋後、険悪だった幼なじみが砂糖菓子みたいに甘い
七烏未奏（講談社ラノベ文庫）

4位 嘘と詐欺《ペテン》と異能学園
野宮 有（電撃文庫）

5位 キミに捧げる英雄録
猿ヶ原（MF文庫J）

今年はその作品でしか見られない凄い何かを持っているか、を基準として考え抜き選びました。1位は至高の王道。2位は最高の純愛と家族愛。3位は美しいサブタイトル回収。4位は嘘が生み出すエンターテインメント。5位は成り上がり展開の極致。各々が文句なしの唯一無二を見せてくれていて本当に面白かったです！そしてこの他にも素敵な新作が今年は沢山読めて、中でも『ひだまりで～』と『隣のクーデレラ～』は私の推しです。

PICK UP!!

1,2巻共にサブタイトル回収シーンが本当に素晴らしくて、まさしく『凄い！』ライトノベルだと思いました。さらにヒロインの一途で重くて尊い恋心の描写も非常に巧く、本気で応援したいと思える魅力的な女の子でした！

Kyoikyoi

ライブドアブログで新旧雑多にラノベの感想を書いています。ノベルゼロ作品は、たぶんどこよりも多く載せてます。

PICK UP!! **1位** 乙女ゲームのハードモードで生きています
赤野用介（星海社FICTIONS）

2位 灰の街の食道楽
黄鱗きいろ（カドカワBOOKS）

3位 薬の魔物の解雇理由
桜瀬彩香（TOブックス）

4位 オタク同僚と偽装結婚した結果、毎日がメッチャ楽しいんだけど！
コイル（電撃の新文芸）

5位 百花宮のお掃除係 転生した新米宮女、後宮のお悩み解決します。
黒辺あゆみ（カドカワBOOKS）

ラブコメブームの中でもファンタジーはたくさんあって、どれを選ぶか悩みました。今年はSF･ファンタジー好きとして知ってもらいたい単行本を中心で選びました。少しでも単行本の素敵な作品を、もっと多くの方に知ってもらいたいです。
文庫でも面白い作品にいっぱい出会えました1年でした。電撃文庫の『男女の友情は成立する？（いや、しないっ!!）』は、面倒くさい関係が癖になる魅力の作品でラブコメブームに感謝です。

PICK UP!!

何万隻もの艦隊戦に艦隊表もあるとかハードなSF要素がたまりません。宇宙のロマンです。

『乙女ゲームのハードモードで生きています』

著：赤野用介　イラスト：芝石ひらめ
星海社FICTIONS／既刊1巻

人類が宇宙に進出し、4つの勢力に分かれ争う3737年。世界が祖父の家でプレイした1700年前の乙女ゲームに似ている事に気付いたハルトは、ゲームの展開に沿ってとある事件に介入し、破格の力を手に入れた。その後、彼は貴族政治と宇宙戦争、そして乙女ゲームのラブコメに巻き込まれていく――。

りゅーじ@積みの王

Twitter(@ko_me_dragon)での感想ツイートを基本に活動している大学生。僕のラノベの原点は『織田信奈の野望』。

1位 転校先の清楚可憐な美少女が、昔男子と思って一緒に遊んだ幼馴染だった件
雲雀湯（角川スニーカー文庫）

2位 大親友が女の子だと思春期に困る
赤福大和（MF文庫J）

3位 美少女と距離を置く方法
丸深まろやか（オーバーラップ文庫）

4位 ひだまりで彼女はたまに笑う。
高橋 徹（電撃文庫）

5位 世界一かわいい俺の幼馴染が、今日も可愛い
青季ふゆ（ファンタジア文庫）

僕がラブコメ好きなこともあって学園ラブコメだらけのランキングになりました！ 毎年数多くのラブコメ作品が登場する中で、今回僕は登場人物たちの関係性や心情、周囲の情景など"描写"について『すごい』と感じたものを選んでいます！ 描写によって惹き立たされる読了後の充足感を、感動を、ぜひ味わっていただければと思います！！

よっち

Twitter(@yocchi_reading)やブログでおすすめ本を紹介する雑食系読書廃人。ブログ「読書する日々と備忘録」https://yocchi.hatenablog.com/

1位 春夏秋冬代行者
暁 佳奈（電撃文庫）

2位 恋は双子で割り切れない
高村資本（電撃文庫）

3位 義妹生活
三河ごーすと（MF文庫J）

4位 魔女と猟犬
カミツキレイニー（ガガガ文庫）

5位 神は遊戯《ゲーム》に飢えている。
細音 啓（MF文庫J）

今回も新作のみの投票です。今年は既刊シリーズでは『チラムネ』に勢いを感じますが、『ラブだめ』や『プロペラオペラ』などインパクトある作品が多いガガガ文庫がどこまで食い込んでくるか。新作も粒ぞろいの電撃文庫や印象的な作品が多いMF文庫Jも面白いですが、スニーカー文庫やファンタジア文庫は注目を集めた作品以外は票が分散しそうな予感も。また昨年上位に来た既刊作品群がどこまで順位を維持できるのかも注目しています。

にゃこ

ラノベ大好き人間のにゃこです。はじめまして。Twitterでにゃこにてラノベについてのツイート活動してます！

PICK UP!! **1位** 元スパイ、家政夫に転職する
秋原タク（角川スニーカー文庫）

2位 主人公にはなれない僕らの妥協から始める恋人生活
鴨野うどん（オーバーラップ文庫）

3位 現実でラブコメできないとだれが決めた？
初鹿野 創（ガガガ文庫）

4位 むしめづる姫宮さん
手代木正太郎（ガガガ文庫）

5位 その商人の弟子、剣につき
蒼機 純（GA文庫）

今年からこのラノの協力者として担当させていただきました。今年は全体的暑かったのはやはりラブコメだったと思います。そして個人的に推しているのはコメディ要素強めのラブコメです。今度からは是非ともラブコメやコメディ・日常系の他にもバトル・ファンタジー系の作品もぜひ読んでいきたいと思います！

nyapoona

SF・ミステリ・ライト文芸作品を主に読んでいます。今年は、ブログからnoteに移行しようと計画中です。
noteアドレス：https://note.com/nyapoona

1位 放課後の嘘つきたち
酒井田寛太郎（ハヤカワ文庫JA）

PICK UP!! **2位** アンデッドガール・マーダーファルス
青崎有吾（講談社タイガ）

3位 僕は天国に行けない
卉坂 暁（講談社タイガ）

4位 ボクは再生数、ボクは死
石川博品（KADOKAWA／エンターブレイン）

5位 ユア・フォルマ
菊石まれほ（電撃文庫）

今年は中華FTと特殊設定ミステリが大ブームとなりました。『老虎残夢』などこの2つを掛け合わせたものも出てきているので、今後が楽しみです。
「過激ないじめ描写から実際に読んだ当事者がショックを受けないか」という観点から選外になってしまいましたが、『ミモザの告白』は今年最大の作品と思います。セクシャルマイノリティ差別をテーマに据えた作品として、どのように話が進展していくのか注目しています。

PICK UP!!

最高の日常コメディです。ラノベ読書のスランプに陥った時にこの作品を手に取りました。ページをめくるごとに繰り広げられる主人公クロウと葉咲三姉妹のやり取りに笑ってばかりでした。カッコ良さもあるので、皆さんもぜひ！

PICK UP!!

今年ブームとなった特殊設定ミステリを牽引する一作。癖がありつつも魅力的なキャラクターと「そうきたか！」となる謎解きを堪能した。

彗

普段はTwitter（@sui_kansou）でラノベの感想を投稿しています。YouTubeでもラノベ紹介予定です。

1位 佐々木とピーちゃん
ぶんころり（KADOKAWA）

2位 春夏秋冬代行者
暁 佳奈（電撃文庫）

3位 楽園ノイズ
杉井 光（電撃文庫）

4位 葉隠桜は嘆かない
玖洞（アース・スターノベル）

5位 祈る神の名を知らず、願う心の形も見えず、それでも月は夜空に昇る。
品森 晶（MF文庫J）

今年の作品はとにかく心を揺さぶって楽しさや熱さ、感動をくれる作品がとても多く、自分に刺さる作品ばかりで悩みに悩みました。今回はそんな作品たちの中でも、特に自分の中に何かしら特別な何かを感じるものがあるような作品を選びました！
今回自分が上げた中でまだ見てないよってものがあったら、どれも素晴らしい作品なので手にとって、どんな風に心揺さぶられるのか是非体験してみてください！

PICK UP!!

死呪が満ちた大陸で巻き起こる狂気と悲劇に抗う物語。怒涛の勢いで明かされる真実や各人が抱える闇を軸にした物語は面白かったです。

T

Twitter(@bookreader0874)と読書メーターでラノベ感想を投稿しています。面白そうと感じたらジャンルにこだわらずに読むタイプで、人生初ラノベはキノの旅です。

PICK UP!! **1位** 死呪の大陸
斜守モル（MF文庫J）

2位 VTuberなんだが配信切り忘れたら伝説になってた
七斗 七（ファンタジア文庫）

3位 八城くんのおひとり様講座
どぜう丸（オーバーラップ文庫）

4位 雪の名前はカレンシリーズ
鏡 征爾（講談社ラノベ文庫）

5位 16年間魔法が使えず落ちこぼれだった俺が、科学者だった前世を思い出して異世界無双
ねぶくろ（ファミ通文庫）

今年は協力者としては初投票ということもあり、新作で個人的にすごいと思った作品を選びました。『千歳くんはラムネ瓶のなか』を筆頭に文庫ではラブコメや恋愛系の勢いが依然として強いものの、今回投票した作品(1,4,5位)や『古き掟の魔法騎士』や『星詠みの魔法使い』といった新作は勿論、『探偵はもう、死んでいる。』や『竜と祭礼』といった続きが気になるファンタジー勢も面白い作品が目白押しなので、今後のラノベ生活も楽しみです。

れ!

Twitterでライトノベルの情報を発信しています！(@Re1lex)
今年もちゃっかり協力者にならせて頂きました。学生による学生のためのラノベ情報をモットーに活動しています。現代ラブコメがお気に入りです。

1位 俺を好きなのはお前だけかよ
駱駝（電撃文庫）

2位 現実でラブコメできないとだれが決めた?
初鹿野 創（ガガガ文庫）

3位 経験済みなキミと、経験ゼロなオレが、お付き合いする話。
長岡マキ子（ファンタジア文庫）

4位 ホヅミ先生と茉莉くんと。
葉月 文（電撃文庫）

5位 忘れえぬ魔女の物語
宇佐楢春（GA文庫）

今年は新刊、新作ともに熱い作品が多かったです。『俺好き』や『ラブだめ』はその作品「らしさ」を貫いていたのが爽快でした。特に『ラブだめ』は今までにない設定で、今や激推しのラブコメとなりました。『経験済み』『ホヅミ先生』『忘れえぬ』は独特の世界観を築き、主人公とヒロインの絶対的な関係性が描かれていました。その中でも『経験済み』は今までにない程の純愛を見せてくれました。

ちゃか

ライトノベルやコミックの感想を掲載しているブログ「気ままに読書漬け」（https://dokusyozanmai.blog.jp/）の管理人です。

1位 Babel
古宮九時（電撃の新文芸）

2位 春夏秋冬代行者
暁 佳奈（電撃文庫）

3位 サイレント・ウィッチ 沈黙の魔女の隠しごと
依空まつり（カドカワBOOKS）

PICK UP!! **4位** 川上稔 短編集 パワーワードの尊い話が、ハッピーエンドで五本入り
川上 稔（電撃文庫Born Digital）

5位 グリモアレファレンス
佐伯庸介（電撃文庫）

今年はファンタジーが特に刺さったため、そちら中心の投票にしました。投票を迷ったタイトルではWEB版も好きだった『聖貨を集めて、ぶん回せ！』、『あなたを救いに未来から来たと言うヒロインは三人目ですけど？』が良質な書籍化されていましたし、ラブコメで話題の『時々ボソッとロシア語でデレる隣のアーリャさん』も面白かったです。楽しめた作品が多く、今年も5シリーズ選出は悩ましい作業でした。

PICK UP!!

ラブコメ版も刊行されていますが、個人的には尊い話1巻収録の「ひめたるもの」が特にオススメ。電子書籍限定なため、手を出していない人も居るかもしれませんが、多くの人に読んでもらいたいタイトルです。

さん

ライトノベルの感想をTwitterにあげております。最近は本棚が足りないことに頭を悩ませています。

1位 僕の愛したジークフリーデ
松山 剛（電撃文庫）

2位 ラストオーダー ひとりぼっちの百年戦争
浜松春日（講談社ラノベ文庫）

3位 千歳くんはラムネ瓶のなか
裕夢（ガガガ文庫）

4位 ミモザの告白
八目 迷（ガガガ文庫）

5位 春夏秋冬代行者
暁 佳奈（電撃文庫）

今年はラブコメはもちろん、新たな切り口のラノベも増え、色んな可能性を見せてくれた1年だったように思います。選ぶのにかなり悩みましたが、このようなラインナップになりました。特に『僕の愛したジークフリーデ』は本当に面白かった。来年はどんなジャンルが上がってくるのか、化ける作品は出てくるのか、一読者として楽しみにしています。ラノベ作家の皆様、いつも素敵な物語をありがとう！来年も宜しくお願いします！

美少女文庫編集長

健全なエロラノベを日々つくるひとり編集者。

1位 英国カノジョは“らぶゆー”じゃなくてスキと言いたい
楓原 こうた（ファンタジア文庫）

2位 転校先の清楚可憐な美少女が、昔男子と思って一緒に遊んだ幼馴染だった件
雲雀湯（角川スニーカー文庫）

3位 君は初恋の人、の娘
機村械人（GA文庫）

4位 泥酔彼女
串木野たんぼ（GA文庫）

5位 ただ制服を着てるだけ
神田暁一郎（GA文庫）

コロナ禍がまだまだ続いています。でもだからこそ本との出逢いを大切にしてください。巻数の浅い新シリーズを選んだつもりです。ここからぜひ読み始めてくださると本当に本当に嬉しいです。ラノベはどんな時代でも御読者のみなさんが育てる永遠の新ジャンルです。

PICK UP!!

主人公がドルオタである意味を徹底的に追及した作品。ドルオタが推しに出来ることは何か？推しとどう向き合うべきか？が丁寧に探究されている。ライブシーンはとってもアガルカラ！

PICK UP!!

読み進める度、胸キュンが止まらない……！中々ハードな関係から始まる主人公とヒーローですが、見え隠れする執着にときめくこと間違いなし。家逃げをきっかけに是非琴子先生の他作品も読んでみてください！

リオン

主にTwitter（@RiOn_629）にて活動している大学生です。購入報告や推しの布教、お気に入りの作品のファンアートを描いています。

1位 魔王様、リトライ!
神埼黒音（Mノベルス）

2位 魔導具師ダリヤはうつむかない ～今日から自由な職人ライフ～
甘岸久弥（MFブックス）

3位 ふつつかな悪女ではございますが ～雛宮蝶鼠とりかえ伝～
中村颯希（一迅社ノベルス）

PICK UP!! **4位** 家から逃げ出したい私が、うっかり憧れの大魔法使い様を買ってしまったら
琴子（SQEXノベル）

5位 フシノカミ ～辺境から始める文明再生記～
雨川水海（オーバーラップノベルス）

昨年に引き続き各レーベルでの推し作品を絞った上で投票させていただきました。レーベルも増え、推しも増えてしまったため難しい投票となりましたが、今年も男性向け女性向け問わずに読んだ上でバランスよく選べたのではないかなと思います。５つ選んだ作品はどれも読み応えがあり、キャラの個性も強いので一度お手に取っていただければ幸いです。

お亀納豆

「お亀納豆のやりたいことをやるブログ」管理人。ラノベやプリキュアその他諸々の感想を毎日更新なんて、トロピカってる～！

1位 我が驍勇にふるえよ天地 ―アレクシス帝国興隆記―
あわむら赤光（GA文庫）

PICK UP!! **2位** 俺のプロデュースしたエルフアイドルが可愛すぎて異世界が救われるレベル
仁木克人（電撃文庫）

3位 俺の彼女と幼なじみが修羅場すぎる
裕時悠示（GA文庫）

4位 元カノとのじれったい偽装結婚
望 公太（MF文庫J）

5位 母親がエロラノベ大賞受賞して人生詰んだ
夏色青空（ファンタジア文庫）

①はバキバキにキャラの立った英雄達が魅力的。未来視点で英雄達の評価が挿入されるのも厚みが出ていてマル。②はドルオタが推しに出来ること、推しへの向き合い方が丁寧に探究されている。ライブシーンはとってもアガルカラ！③はここ数巻、読者へ訴えかける感情のエネルギーが迸っていて手に汗握る。④はまたしても出たぞ、望先生の年上ヒロインシリーズ。「偽装結婚の偽装」という先生特有の捻くれ方が好き。⑤はファンタジア文庫さんの性癖が心配になりますねぇ。

まこと

熱い王道バトルと驚きのミステリーが好きです。Twitterで本の感想や紹介をつぶやいています。[Twitter]@junk_books

1位 浮遊世界のエアロノーツ 飛空船乗りと風使いの少女
森 日向（電撃文庫）

2位 神は遊戯《ゲーム》に飢えている。
細音 啓（MF文庫J）

3位 嘘と詐欺《ペテン》と異能学園
野宮 有（電撃文庫）

PICK UP!! **4位** チヨダク王国ジャッジメント
紅玉ふくろう（MF文庫J）

5位 VTuberなんだが配信切り忘れたら伝説になってた
七斗 七（ファンタジア文庫）

①どのお話も意外な真相に感動しました。澄んだ空のように優しく温かな連作短編。②なにげない会話に見える伏線がお見事。登場人物達が楽しそうで読後感が爽やか。③能力を持たない二人がどう異能に立ち向かっていくか、敵もペテンを使ってきてハラハラする。④オンオフの切り替えが激しい姉とファンタジー世界に憧れていた弟のコンビも良かったです。⑤ツッコんだりボケたり、リアルなコメントに配信を見ている気持ちになります。

PICK UP!!

民事と刑事ってなに？被告と被告人の違いは？作者が裁判実務に携わっていたとあって裁判にも詳しくなれる本格リーガルファンタジー。隠された真相の先に待つ、裁くだけではない、赦しを与える判決に感動。

日坂愛衣

ただラブコメが好きなごく普通の中国人。時々ラノベの感想ブログや同人小説を書く。今年一番の自慢話はセラ=シルヴァースが幸せを得た同人誌を作ったこと。

PICK UP!! **1位** オタク同僚と偽装結婚した結果、毎日がメッチャ楽しいんだけど！
コイル（電撃の新文芸）

2位 キミの青春、私のキスはいらないの？
うさぎやすぽん（電撃文庫）

3位 魔女と猟犬
カミツキレイニー（ガガガ文庫）

4位 現実でラブコメできないとだれが決めた？
初鹿野 創（ガガガ文庫）

5位 貘 ―獣の夢と眠り姫―
長月東葭（ガガガ文庫）

今年は面白いラブコメと青春物語だけじゃなく、ファンタジー系も熱い作品が刊行が多く、5作品に絞るのが本当に大変でした。だから敢えてそれぞれバラエティ豊かな個性を持つ新作4つと今年で一番刺った新刊を入れた。残念なから投票しなかった作品は、既刊作だと去年上位の『チラムネ』や『連れカノ』や『楽園ノイズ』の新刊。新作は『春夏秋冬代行者』や『負けヒロインが多すぎる！』なども本当に素晴らしい作品でした。ぜひご注目ください。

PICK UP!!

この物語はただの理想で、でも、この物語は身近にある現実。だから私はこの理想が現実になる物語をたまらなく羨ましく思います。

Maya

Twitterやブログでライトノベルの感想を書き綴っているおじさんです。よろしければ一度覗いてみていただければ。

1位 プロペラオペラ
犬村小六（ガガガ文庫）

2位 楽園ノイズ
杉井 光（電撃文庫）

3位 時々ボソッとロシア語でデレる隣のアーリャさん
燦々SUN（角川スニーカー文庫）

4位 ミモザの告白
八目 迷（ガガガ文庫）

5位 きみは本当に僕の天使なのか
しめさば（ガガガ文庫）

昨年にも挙げた作品が順調に展開を盛り上げてくれて今年は大満足です。相変わらずラブコメばかり読んでいますが『アーリャさん』など新しく登場した作品などもインパクト十分で今後が楽しみな作品が盛りだくさんです。ひと昔前はハーレム系のラブコメが強い印象でしたが、近年はひとりのヒロインに絞った作品が増えてきて個人的には大変嬉しい傾向です。ありがとうラブコメ。

蓮Ren

絶賛受験生のラノベ読み。
主にTwitterで推し作品の布教、作品情報を呟いています。他にもラノベ感想、ラノベ紹介etc.……。

1位 また殺されてしまったのですね、探偵様
てにをは（MF文庫J）

2位 ライアー・ライアー
久追遥希（MF文庫J）

3位 神は遊戯《ゲーム》に飢えている。
細音 啓（MF文庫J）

4位 お見合いしたくなかったので、無理難題な条件をつけたら同級生が来た件について
桜木 桜（角川スニーカー文庫）

5位 古き掟の魔法騎士
羊太郎（ファンタジア文庫）

新作を中心に選ばさせて頂きました。選ぶにあたって、主人公の魅力、それが前提のヒロインの魅力、ストーリ性、世界観、読みやすさ、これからの期待等を基準に決めました。1位の『また殺され～』と3位の『神は遊戯に～』は特に強く印象に残りました。2位の『ライアー・ライアー』は新刊ながらも、入れなければ後悔すると思った作品。今年は全てのジャンルにおいて面白い作品が多い印象が強いので、来年度どんな作品が出てくるのかとても楽しみです。

村人

ラノベの感想をブログに書き続けて7年近くになります。主人公が高校生の作品を読むたびに年の差が開いていくのを痛感します。

1位 ミモザの告白
八目 迷（ガガガ文庫）

2位 男女の友情は成立する？（いや、しないっ!!）
七菜なな（電撃文庫）

3位 恋は双子で割り切れない
高村資本（電撃文庫）

PICK UP!! **4位** モブしか勝たん! お前らが俺にデレデレなお嫁さんになるって本当なの?
広ノ祥人（MF文庫J）

5位 推しが俺を好きかもしれない
川田戯曲（ファンタジア文庫）

『恋は双子で割り切れない』『男女の友情は成立する？』『モブしか勝たん！』『推しが俺を好きかもしれない』今年は素晴らしいラブコメ作品がとても豊富で選ぶのがとても大変でした。
ラノベは毎年数多くの新作が世に出ていて面白いものがたくさんあるなか、推しの作品に順位を付けなければいけないですけど、自分のなかのトップは間違いなくこれだと思って選びました。

PICK UP!!

幸せな結婚生活を送る夢を見る高校生の主人公。現在と未来を繋ぐために運命に抗いながら、正体不明の未来の嫁との幸せを掴みとる学園ドラマが熱く、未来の嫁とのイチャイチャシーンが最高でした。

SoLs

主にTwitter、YouTube（そるすのラノベ語り）を中心にラノベの情報を発信しています。Twitter→@lighsor

1位 ミモザの告白
八目 迷（ガガガ文庫）

2位 バレットコード：ファイアウォール
斉藤すず（電撃文庫）

3位 君のせいで今日も死ねない。
飴月（ファンタジア文庫）

4位 君は初恋の人、の娘
機村械人（GA文庫）

5位 君は僕の後悔《リグレット》
しめさば（ダッシュエックス文庫）

僕が今年圧倒された作品は『ミモザの告白』そして『バレットコード:ファイアウォール』。前者は「価値観の違い」から交錯する青少年の人間関係を描いており、青春物語の全く新しい道を切り開いた作品だった。後者はVRで展開される「ただの」バトルアクション作品ではなく、「人間関係の交差」に焦点を置いた独創的な作品だった。どちらも手抜かりのない作品なので、読み手を惹きつけてくれる作品であることは間違いないだろう。

真白優樹

初めましての方は初めまして。去年に引き続き協力者を務める真白優樹と申します。個人用ブログ「読樹庵」、是非一度遊びに来てください。

1位 恋は双子で割り切れない
高村資本（電撃文庫）

2位 ホヅミ先生と茉莉くんと。
葉月 文（電撃文庫）

3位 神は遊戯《ゲーム》に飢えている。
細音 啓（MF文庫J）

4位 千歳くんはラムネ瓶のなか
裕夢（ガガガ文庫）

5位 VTuberなんだが配信切り忘れたら伝説になってた
七斗 七（ファンタジア文庫）

ここ一年はラブコメ界も色を変え、YouTubeという媒体から書籍化されたり、不純なラブコメが増えて来たりと多様性と独自性を増してきたと思います。そんな中、ファンタジー界にも様々な面白い作品が生まれてきたと感じる今日この頃。ラノベの世界が更に多様性を増し深まっていく中、来年はどんな作品が生まれるのでしょうか。来年も一読者として読み続けていきたいと思います。

SUZU（ラノベニュースオンライン編集長）

ライトノベル総合情報サイト「ラノベニュースオンライン」の編集長です。フリーペーパー「ラノベNEWSオフライン」も刊行してます。

1位 神は遊戯《ゲーム》に飢えている。
細音 啓（MF文庫J）

2位 嘆きの亡霊は引退したい ～最弱ハンターによる最強パーティ育成術～
槻影（GCノベルズ）

3位 主人公にはなれない僕らの妥協から始める恋人生活
鴨野うどん（オーバーラップ文庫）

4位 推しが俺を好きかもしれない
川田戯曲（ファンタジア文庫）

PICK UP!! **5位** 天才王子の赤字国家再生術 ～そうだ、売国しよう～
鳥羽 徹（GA文庫）

作品選びは毎回苦労するのですが、今年は多くの作品が横一線というイメージで、例年以上に大変でした。あらためてこの1年を振り返ると、閉塞感のある日常が長らく続いていることもあってか、どこか「笑い」や「楽しさ」、「笑顔になれる」作品を求めていたような気もします。市場ではラブコメが一層勢力を拡大しており、様々なシチュエーションで読者を楽しませてくれているのも印象的でした。

PICK UP!!

読者もウェインの手のひらの上で踊らされている一人なんだと思います。ナトラを中心にますます混迷を極めていく物語は必見です。アニメも楽しみです！

しおり

気になった本はジャンル問わず読む濫読派。ラノベは90年代から細々と読んでます。Twitterなどで感想や考察を書いています。

1位 **筐底のエルピス**
オキシタケヒコ（ガガガ文庫）

2位 **春夏秋冬代行者**
暁 佳奈（電撃文庫）

3位 **Unnamed Memory**
古宮九時（電撃の新文芸）

4位 **プロペラオペラ**
犬村小六（ガガガ文庫）

5位 **男女の友情は成立する？（いや、しないっ!!）**
七菜なな（電撃文庫）

個人的に一巻のエピソードが後々最終巻でも活きるような「シリーズ全体の構成」が練られている作品が好きなので、作品部門は完結作品も含めて投票しました。キャラクターは選定後コメントを書いていて初めて好き以外に「応援したくなるか」で選んでいたことに気付きました。イラストレーター部門は絵の巧さやキャラのかわいさに加えて、小説との一体感や挿絵の完成度を含めて選びました。

PICK UP!!

最高に美味そうな飯ラノベ、肉が食いたくなります。いやいやいやいや、それだけじゃないです。何とも言えない不思議ワールドがここにはありました。

TERUちゃん

YouTubeにアニメ、ラノベ系の動画を投稿しているただのラノベ狂い。

PICK UP!! **1位** **肉の原見さん**
竹井10日（MF文庫J）

2位 **いっつも塩対応な幼なじみだけど、俺に片想いしているのがバレバレでかわいい。**
六升六郎太（HJ文庫）

3位 **魔女と猟犬**
カミツキレイニー（ガガガ文庫）

4位 **僕の愛したジークフリーデ**
松山 剛（電撃文庫）

5位 **ボクは再生数、ボクは死**
石川博品（KADOKAWA／エンターブレイン）

今年も数ある作品の中から5作品選ぶという事で中々悩むと思っていましたが、自分の中では考えるまでもなく大体決まっていたようで、例年よりもさっくりと決めれました。この中でも特に『肉の原見さん』は読んでいて頭がバグるので全人類に読んでもらいたいです。

勝木弘喜

ライトノベル専門ライター。ライトノベル・フェスティバル初代実行委員長。ラノベがあれば幸せ。

1位 **プロペラオペラ**
犬村小六（ガガガ文庫）

2位 **ふつつかな悪女ではございますが**
～雛宮蝶鼠とりかえ伝～
中村颯希（一迅社ノベルス）

3位 **忘れえぬ魔女の物語**
宇佐楢春（GA文庫）

4位 **ただ制服を着てるだけ**
神田暁一郎（GA文庫）

5位 **パワー・アントワネット**
西山暁之亮（GA文庫）

順位を付けてはいますが甲乙つけがたいですね。2位、女性が活躍する作品は読んでいて気持ちいい。3位、金賞も納得の傑作ですがシリーズ化されたのはすごいの一言。4位、現在、そして今後のライトノベルの流行を考察するに一読の必要あり。そういう意味で『負けヒロインが多すぎる！』も推します。5位、本と出合う喜びを再確認。総じて新人賞が豊作の一年。1位、犬村さん、ラブコメもいけるじゃないですか! 大好きです!

はぴみる

MQ

今年はライトノベルクイズオープンという大会を主催しました！ブログや動画でクイズを通じたラノベの普及をしたいと思います。

1位 **泥酔彼女**
串木野たんぼ（GA文庫）

2位 **ミモザの告白**
八目 迷（ガガガ文庫）

3位 **失恋後、険悪だった幼なじみが砂糖菓子みたいに甘い**
七烏未奏（講談社ラノベ文庫）

PICK UP!! **4位** **恋人代行をはじめた俺、なぜか美少女の指名依頼が入ってくる**
夏乃実（角川スニーカー文庫）

5位 **公女殿下の家庭教師**
七野りく（ファンタジア文庫）

今年も色々な新シリーズがあり、その中でも新しいアプローチでの作品も増えてきたなと感じています。今年もどのジャンルの作品も面白かったのですが私がラブコメを好きなので、悩んだのですがあくまで私目線ということでこの５作品にさせて頂きました。１位にあげた『泥酔彼女』はヒロイン同士の人間関係もラブコメとしてみていて楽しいと思います。来年もラノベの可能性を広げる作品にも色々出会えたらいいなと思います。

PICK UP!!

恋人代行を利用する美少女たちとの関係を描く面白い視点での作品が非常に読みやすくかつ楽しく作品に仕上がっていて読んでいて楽しかったです。

らすかる

愛する人の為に、世界を滅ぼせる主人公が好きです。
Twitter(@rascal10071)で読んだ本の感想あげてます。

1位 バレットコード：ファイアウォール
斉藤すず（電撃文庫）

2位 プロペラオペラ
犬村小六（ガガガ文庫）

3位 経験済みなキミと、経験ゼロなオレが、お付き合いする話。
長岡マキ子（ファンタジア文庫）

4位 嘘と詐欺《ペテン》と異能学園
野宮 有（電撃文庫）

5位 魔女と始める神への逆襲
水原みずき（ファンタジア文庫）

個人的に今回の期間の新作は1位の『バレットコード』と3位の『経験済み』がすごく好きでした！
両方ともキャラの想いがこれでもか！と伝わってくる描写が素晴らしく、読んだ後の余韻が……マジで最高でした！
プロペラオペラは言わずもがな。素晴らしきラストでした！
また、4位の『嘘と詐欺と異能学園』は読者すら欺く頭脳戦が素晴らしく、5位の『魔女リバ』は私の好みに凄く刺さったので投票させて頂きました。

平和

ライトノベル専門のライター／編集者／エージェント。ファン活動を経て本業にしつつ、業界の動向を観察しつつ生息中。

1位 現代社会で乙女ゲームの悪役令嬢をするのはちょっと大変
二日市とふろう（オーバーラップノベルス）

2位 筺底のエルピス
オキシタケヒコ（ガガガ文庫）

3位 時々ボソッとロシア語でデレる隣のアーリャさん
燦々SUN（角川スニーカー文庫）

4位 飛び降りようとしている女子高生を助けたらどうなるのか？
岸馬きらく（角川スニーカー文庫）

5位 佐々木とピーちゃん
ぶんころり（KADOKAWA）

ラブコメジャンルも変わらず強さが目立ちますが、悪役令嬢ものに異世界もの、バトルものなど各所で新たな可能性を感じる作品とも出会うことができました。様々なSNSをきっかけにして話題になる作品も増えてきており、ますます作品も読者も多様化しているように思います。単一の流行で塗りつぶされないジャンルのすそ野の広さによって、更なる面白い物語が生まれるだろうと、いち読者としても期待しています。

PICK UP!!

魔法相手に銃火器で立ち向かう話は数あれど、ここまで苦戦するのは珍しい！　全てを懸けて掴み取る勝利が熱いです。また、メイドと公女の単なる主従を超えた関係性も見どころです。

PICK UP!!

犯人だけが分かるヒロインの推理を主人公が証明する＝主人公がヒロインのことを全力で信じないといけない、という構図が天才。ミステリとしてもラブコメとしても完成度の高い作品。

軽野 鈴

高校図書館で働くばーちゃるらのべ読み。毎週土曜に、らのべに関する定期配信を行っています！　詳細はTwitter（@karuno_vel）をご覧ください。

1位 春夏秋冬代行者
暁 佳奈（電撃文庫）

2位 ユア・フォルマ
菊石まれほ（電撃文庫）

PICK UP!!
3位 僕が答える君の謎解き
紙城境介（星海社FICTIONS）

4位 ボクは再生数、ボクは死
石川博品（KADOKAWA／エンターブレイン）

5位 魔王2099
紫 大悟（ファンタジア文庫）

今年も新作の中から選びました。②④⑤はそれぞれ、人型ロボット、VR、サイバーパンクがテーマの一つとなっている作品。今年は『筐底のエルピス』の新刊発売や、『月とライカと吸血姫』のアニメ化もあり、SFラノベ好きとしては嬉しい一年でした。
上記五作以外では、『ただ制服を着てるだけ』『どうか俺を放っておいてくれ』『グリモアレファレンス』『推しが俺を好きかもしれない』『経験済みなキミと、経験ゼロなオレが、お付き合いする話。』が面白かったです！

久利大也

バトルとファンタジーとSFが主食のラノベオススメVTuberです！
毎週水曜22時から、YouTubeチャンネル「久利大也の本棚」にてラノベの感想を配信中。Twitter:@Kuri_Daiya_VT

1位 ミモザの告白
八目 迷（ガガガ文庫）

2位 ただ制服を着てるだけ
神田暁一郎（GA文庫）

PICK UP!!
3位 武装メイドに魔法は要らない
忍野佐輔（ファンタジア文庫）

4位 インフルエンス・インシデント
駿馬 京（電撃文庫）

5位 大罪烙印の魔剣使い
～歴史の闇に葬られた【最強】は、未来にてその名を轟かせる～
東雲立風（ファンタジア文庫）

今年もラブコメが強い年でした。その中で性の問題を扱った『ミモザの告白』や社会的マイノリティに光を当てた『ただ制服を着てるだけ』のようなメッセージ性の強い作品が登場したことは、ラノベのポテンシャルを感じて嬉しいです。3位・5位はバトル枠。『魔王2099』『蒼と壊羽の楽園少女』などと迷った末、爆発力が高い作品を選びました。『インフルエンス・インシデント』は伏線回収が見事で、人を選ばずオススメできる作品です。

アツシ

ラノベ歴多分15年くらいの一般人。Twitter等、同名で適当に呟いているのでお気軽にフォローください！

1位 ロクでなし魔術講師と禁忌教典《アカシックレコード》
羊太郎（ファンタジア文庫）

2位 古き掟の魔法騎士
羊太郎（ファンタジア文庫）

PICK UP!! **3位** 俺の彼女と幼なじみが修羅場すぎる
裕時悠示（GA文庫）

4位 デート・ア・ライブ フラグメント　デート・ア・バレット
東出祐一郎、原案・監修：橘公司（ファンタジア文庫）

5位 声優ラジオのウラオモテ
二月 公（電撃文庫）

1，2位の作品は共に羊太郎先生。羊太郎先生の作品は好きですが、純粋に面白さで選びました。3位の作品は16巻の面白さだけで判断。サイコホラー染みた狂気の物語が読めます。4位の作品はスピンオフ。本編も楽しいですが、本編で観られない狂三の魅力を発見。善人ではないけど人間味があって善き。5位の作品は仕事小説としても百合小説としてもお薦め。願わくば今度、とても面白い日常系作品を読んでみたいところです。お薦めがあれば是非教えてください！

PICK UP!!

今まで良い意味での軽さが魅力だった本作だが、16巻は非常に濃密。サイコじみてて、常に緊張感が漂っている様子がたまらなく良い。

本山らの

2018年より活動しているVTuberです。YouTubeやTwitterでライトノベルの感想をのんびり発信しています。

1位 剣と魔法の税金対策
SOW（ガガガ文庫）

2位 キミの青春、私のキスはいらないの？
うさぎやすぽん（電撃文庫）

3位 プロペラオペラ
犬村小六（ガガガ文庫）

PICK UP!! **4位** となりの彼女と夜ふかしごはん
猿渡かざみ（電撃文庫）

5位 株では勝てる俺も、カワイイ女子高生には勝てない。
砂義出雲（MF文庫J）

今年、私がダントツで「すごい！」と思った作品は『剣と魔法の税金対策』。税金の仕組みを面白おかしく物語に織り込みながら解説してくれる作品で、知識欲を満たしてくれるのに加え、ラブコメとしての完成度も高く、楽しませていただきました！　また、去年に引き続きラブコメの勢いが止まらない中、個人的にどストライクだったのは2位選出の『青キス』。青春小説らしい泥臭さと、元気を貰えるような読後感が素晴らしかったです。

PICK UP!!

真面目な女子大生を美味しいごはんで籠絡しちゃう飯テロラブコメ！　読むとおなかが空いちゃいます。グルメものとしても一級品なのに加え、人情味あふれるお仕事もの要素にうるっとさせられてしまいました！

ゆきとも

ラノベ系YouTuberとして活動中。YouTubeチャンネル「ゆきとものラノベレビュアーズ！」でライトノベルの最新情報を発信しています！

1位 春夏秋冬代行者
暁 佳奈（電撃文庫）

2位 忘れえぬ魔女の物語
宇佐楢春（GA文庫）

3位 ただ制服を着てるだけ
神田暁一郎（GA文庫）

4位 ミモザの告白
八目 迷（ガガガ文庫）

5位 バレットコード：ファイアウォール
斉藤すず（電撃文庫）

今年は「ライトノベルらしくない」と言われるような作品が注目されているように感じました。尖った切り口の物語や、重たいテーマを扱う物語でも読者はしっかりと受け止めている。毎月のようにラノベの可能性を広げる新作が発売になっていて最高に楽しいです！ 今回のランキングは新作に絞って、挑戦的な作品を選びました。どれも絶対に読むべき名作です！

夏鎖芽羽

7年続くライトノベルブログ「本達は荒野に眠る」やってます。ヘッダーのイラストがめちゃくちゃかわいいので見に来てください！

1位 佐々木とピーちゃん
ぶんころり（KADOKAWA）

2位 ボクは再生数、ボクは死
石川博品（KADOKAWA／エンターブレイン）

3位 サイレント・ウィッチ 沈黙の魔女の隠しごと
依空まつり（カドカワBOOKS）

4位 インフルエンス・インシデント
駿馬 京（電撃文庫）

5位 雪の名前はカレンシリーズ
鏡 征爾（講談社ラノベ文庫）

ここ数年続くラブコメのブームはまだまだ終わりそうにない。各レーベルが大ヒット作を次々と送りだしている。そんな中でキラリと光ったのは『佐々木とピーちゃん』だ。現代日本と異世界を行き来しながら紡がれる物語は圧倒的。この作品なしに今のラノベは語れない。VRを舞台にした『ボクは再生数、ボクは死』。最強陰キャ魔女の『サイレント・ウィッチ』。動画サイトやSNSを取り上げた『インフルエンス・インシデント』。セカイ系の復権『雪の名前はカレンシリーズ』もラブコメブームの中で独自の輝きを見せている。

そら

Twitterで30年以上前の作品から新作新刊まで、幅広い年代の作品の感想投稿や紹介をしています。
Twitter→ @aaasora810

1位 **プロペラオペラ**
犬村小六（ガガガ文庫）

2位 **春夏秋冬代行者**
暁 佳奈（電撃文庫）

3位 **バレットコード：ファイアウォール**
斉藤すず（電撃文庫）

4位 **雪の名前はカレンシリーズ**
鏡 征爾（講談社ラノベ文庫）

5位 **ユア・フォルマ**
菊石まれほ（電撃文庫）

ラブコメブームが留まるところを知らず、重厚で複雑な内容の作品への敷居が高まる中、そんな逆境に屈せずに、唯一無二の魅力を光らせている作品たちを選出しました。来年以降もブームという逆境に屈しない重厚で唯一無二の魅力を持ち合わせた、ラノベ界に新たなる風を吹かすような力強い作品が多く産まれる事を切に願います。そして自分自身もその一助となれるようTwitterでの布教活動に励もうと思います。

八岐

ライトノベルの感想記事を綴ったブログ『徒然雑記』を運営しております。旧HP時代から数えれば20年目!?

1位 **継母の連れ子が元カノだった**
紙城境介（角川スニーカー文庫）

2位 **TRPGプレイヤーが異世界で最強ビルドを目指す**
〜ヘンダーソン氏の福音を〜
Schuld（オーバーラップ文庫）

3位 **現代社会で乙女ゲームの悪役令嬢をするのはちょっと大変**
二日市とふろう（オーバーラップノベルス）

PICK UP!!
4位 **探偵くんと鋭い山田さん**
俺を挟んで両隣の双子姉妹が勝手に推理してくる
玩具堂（MF文庫J）

5位 **川上稔 短編集**
パワーワードの尊い話が、ハッピーエンドで五本入り
川上 稔（電撃文庫Born Digital）

ラブコメ多いな！ という年でしたが、印象的だったのがヒロインと一対一で向き合ってお互いの好きを掘り下げていく作品が見受けられた事でした。恋の綺麗で甘酸っぱい側面だけじゃなく、エゴや欲望を曝け出して好きの形をバラバラに解体して、それでもどうしようもないほど求め合う想い確かめていくような、ラブストーリー。そんな読み応えあって、没入させてくれる作品と幾つも出会えた年でした。

PICK UP!!

描写が本当に細やかで、台詞じゃなく表情や仕草などほんのちょっとの情景に人物の想いが浮かび上がってくる。彼ら自身が言葉にできない、形にならない感情を伝えてくれる。それがもうたまんないっ！

東京大学新月お茶の会

ミステリ・SF・ファンタジーを掲げるエンタメ系総合文芸サークル。即売会での会誌『月猫通り』の頒布やnoteなどで活動中。

1位 **超世界転生エグゾドライブ**
珪素（電撃の新文芸）

PICK UP!!
2位 **とってもカワイイ私と付き合ってよ!**
三上こた（角川スニーカー文庫）

3位 **キミの青春、私のキスはいらないの?**
うさぎやすぽん（電撃文庫）

4位 **オーバーライト**
池田明季哉（電撃文庫）

5位 **筐底のエルピス**
オキシタケヒコ（ガガガ文庫）

例年以上に各人の推薦作が異なり投票作決定会議は紛糾。布教的な観点から新作、新人、もっと評価されるべき作品を中心に選出した。惜しくも投票から漏れた作品は『プロペラオペラ』『ダンまち』『楽園ノイズ』など。

PICK UP!!

スニーカー文庫期待の新人、三上こたのラブコメシリーズ。偽装恋愛をテーマにした軽妙なストーリー、“ナルかわ”ヒロインの裏表ある魅力、思春期読者の人間関係へのアドバイス力。全方面に隙のない佳作だ。

羽海野渉＝太田祥暉

編集者・ライター。編集プロダクション・TARKUS所属。アニメやライトノベル、特撮を中心に活動中。共著に『ライトノベルの新潮流』。主な構成書籍に『石浜真史アニメーションワークス』など。

1位 **春夏秋冬代行者**
暁 佳奈（電撃文庫）

2位 **葉隠桜は嘆かない**
玖洞（アース・スターノベル）

3位 **アリス・イン・ゾンビーランド**
ゾンビに撮影許可は必要ですか?
空伏空人（電撃の新文芸）

4位 **ボクは再生数、ボクは死**
石川博品（KADOKAWA／エンターブレイン）

5位 **妖精美少女が脳内で助けを求めてくるんだが?**
新嶋紀陽（いずみノベルズ）

電子書籍限定・アプリ内各話配信といったライトノベルも増えてきたこの一年（ようやく電子書籍用のiPadを導入）。従来の文庫・単行本判のみならず、様々な形態で作品を楽しめた印象があります。その中でも記憶に残った作品を中心にピックアップしましたが、特に『春夏秋冬代行者』は良かった！ ここで挙げた作品以外にも『ウィークエンドアーマゲドン』や『推しが俺を好きかもしれない』、『私のシスター・ラビリンス』なども傑作でした。

PICK UP!!

見た目は美少女なのに口から出るのは威勢のいい男言葉、解決法は力ずくというギャップが利いて、お嬢様の男気に惚れる！

らっかゆ

Twitterでライトノベルについて発信しているものです。何でも読みます。

1位 千歳くんはラムネ瓶のなか
裕夢（ガガガ文庫）

2位 バレットコード：ファイアウォール
斉藤すず（電撃文庫）

3位 プロペラオペラ
犬村小六（ガガガ文庫）

4位 春夏秋冬代行者
暁 佳奈（電撃文庫）

5位 声優ラジオのウラオモテ
二月 公（電撃文庫）

今年から新規協力者として投票させていただいたらっかゆと申します！今年はライトノベルの界隈で「ラブコメ」が流行っていていましたが、自分の中では「ダークファンタジー」作品が熱かったです！『魔女と猟犬』や『楽園殺し』などランキングに入れ兼ねましたが、どれも世界観の作り込みがすごくて、1冊の完成度も高かった印象でした。

youhei.S

Twitterで主にラノベの感想を発信しております。

イラストを愛でるのが好きだったりもする……

ID:@youhei_S_210

1位 古き掟の魔法騎士
羊太郎（ファンタジア文庫）

2位 ただ制服を着てるだけ
神田暁一郎（GA文庫）

3位 ライアー・ライアー
久追遥希（MF文庫J）

4位 バレットコード：ファイアウォール
斉藤すず（電撃文庫）

5位 母親がエロラノベ大賞受賞して人生詰んだ
夏色青空（ファンタジア文庫）

更なる躍進への期待も込めつつにはなりますが、鳥肌が立つほどに"すごい"と感じた作品を中心に選ばせて頂きました。

我が道を貫くラインナップですが……笑
特に古き掟の魔法騎士に関しては文句無しのNO.1。

感動、興奮、更には今後への布石と非の打ち所がないほどに面白い作品です！

昨今は本当に素敵な作品が、続々と刊行されてますね。

この先も、どんな作品と出会えるのか楽しみです♪

あいさきゆうじ

新人畾屑に定評のあるライトノベル書評ライター系VTuberです。
小説投稿サイト『カクヨム』で公式レビュアーもやってます。

1位 春夏秋冬代行者
暁 佳奈（電撃文庫）

2位 インフルエンス・インシデント
駿馬 京（電撃文庫）

PICK UP!!
3位 サベージファングお嬢様
史上最強の傭兵は史上最凶の暴虐令嬢となって二度目の世界を無双する
赤石赫々（ファンタジア文庫）

4位 VTuberなんだが配信切り忘れたら伝説になってた
七斗 七（ファンタジア文庫）

5位 魔王2099
紫 大悟（ファンタジア文庫）

近年はお家系ラブコメが圧倒的なシェアを占めていましたが、
その中でも自分が選んだのはコレ！
①季節の情景や登場人物の心情が飛び抜けて素晴らしい。
②SNS上でのトラブルを描く時代性を捉えた着眼点が光ります。
③最近流行のVTuberのリアルを的確に表した作風がツボる。
④悪役令嬢ものですが、力技と男気の豪快なノリが痛快。
⑤SFとファンタジーの融合がこれまでにない新しい世界観を生み出していました。

サキイカスルメ

読んでおもしろかった本の紹介・感想を発信してます！
ブログ【好きなラノベ案内】
https://www.sakiikasurume.com/・Twitter@surumesakiika

1位 サイレント・ウィッチ 沈黙の魔女の隠しごと
依空まつり（カドカワBOOKS）

2位 佐々木とピーちゃん
ぶんころり（KADOKAWA）

3位 君のせいで今日も死ねない。
飴月（ファンタジア文庫）

4位 死に戻りの魔法学校生活を、元恋人とプロローグから（※ただし好感度はゼロ）
六つ花えいこ（アース・スターノベル）

PICK UP!!
5位 パパ活JKの弱みを握ったので、犬の散歩をお願いしてみた。
持崎湯葉（ガガガ文庫）

今年の5作品は人見知り魔女主人公ファンタジー、要素たくさん異世界現代ファンタジー、青春ど真ん中ラブストーリー、死に戻り女子の奮闘ファンタジー、ちょっと変なヒロインたちのラブコメと好み全開ですが、新作の中でも色々とすごい作品を選んだのでチェックしてもらえると嬉しいです。他に『ホヅミ先生と茉莉くんと。』『オタク同僚と偽装結婚した結果、毎日がメッチャ楽しいんだけど！』とかもすごく好みで大好きな作品ですね。

PICK UP!!

年上好き匂いフェチ女子高生・元カノっぽさを出すしっかり者小学生姪っ子・見た目は王子、中身は内気なM？女子高生と個性派ヒロインばかりなのが楽しい。主人公の優しさが癒しポイントです。

PICK UP!!

あなたは苦しい・辛いと思ったときどうやって生きる意味を見つけますか？安楽死が合法化された未来で今一度その問いに真に向き合う物語。涙なくしては語れない。今最も読んで欲しい作品です！

しんゆう

どうも、しんゆうと申します。YouTubeにてライトノベルの特典や作品紹介・本棚関係などを中心に活動しております。

1位 佐々木とピーちゃん
ぶんころり（KADOKAWA）

2位 サイレント・ウィッチ 沈黙の魔女の隠しごと
依空まつり（カドカワBOOKS）

3位 Unnamed Memory
古宮九時（電撃の新文芸）

PICK UP!! **4位** レゾンデートルの祈り
楪 一志（IIV）

5位 アリス・イン・ゾンビーランド ゾンビに撮影許可は必要ですか?
空伏空人（電撃の新文芸）

昨今のラブコメブームが巻き起こされている中でお気づきの方はいらっしゃいますでしょうか？　実は異世界作品のアニメ化・続編制作の勢いが加速していることに！　文庫のライトノベルではラブコメブームが現在進行中ですが、単行本のライトノベルでは絶賛快進撃中なのです！　そして元々はWEBからの書籍化が多かった単行本ですが、最近では書き下ろし作品も増加し、WEBとの分岐したエピソードが描かれる作品も急増し始めました。この機会にぜひノベルス・新文芸作品に触れてみてはいかがでしょう？

ローナー

ライトノベルの感想をTwitterで呟いています。
Twitter：@Loner_Zerokyori
ブログ：https://kodokunahibi.hatenablog.jp

1位 春夏秋冬代行者
暁 佳奈（電撃文庫）

2位 Babel
古宮九時（電撃の新文芸）

3位 筐底のエルピス
オキシタケヒコ（ガガガ文庫）

4位 美少女と距離を置く方法
丸深まろやか（オーバーラップ文庫）

5位 プロペラオペラ
犬村小六（ガガガ文庫）

美しくも残酷で、しかしやはり美しい物語に心揺さぶられる和風ファンタジー『春夏秋冬代行者』、言葉と人間の意志が尊く描かれたロードファンタジー『Babel』、圧倒的な壮大さと緻密さを兼ね備えたSF『筐底のエルピス』、心地よい距離感で進展するラブコメ『美少女と距離を置く方法』、白熱の艦隊戦と人間模様が並行する空戦ファンタジー『プロペラオペラ』。今年も数多のすごい作品があったが、中でも以上は指折りの「すごい」作品だった。

シノミヤユウ

俺

魔法少女が大好きなオタク。Twitterやツイキャスでラノベの感想を発信中。好きなことを好きなだけやっています。

PICK UP!! **1位** 神角技巧と11人の破壊者
鎌池和馬（電撃文庫）

2位 魔王2099
紫 大悟（ファンタジア文庫）

3位 大罪烙印の魔剣使い ～歴史の闇に葬られた【最強】は、未来にてその名を轟かせる～
東雲立風（ファンタジア文庫）

4位 葉隠桜は嘆かない
玖洞（アース・スターノベル）

5位 Re:スタート!転生新選組
春日みかげ（電撃文庫）

ファンタジーの可能性に気づかされた一年でした。『大罪烙印』で厨二的浪漫に酔わされ、『転生新選組』で歴史の新たな解釈・可能性に膝を打ち、『魔王2099』で主人公の「強さ」に魅了され、『葉隠桜』で絶望の中に希望を見出し、『神角技巧』で無限大の可能性に魂を揺さぶられた。ファンタジー世界の持つ熱量は、現実を生きる我々の背中を押してくれる。来年はどんな可能性を見られるのか楽しみです。

PICK UP!!

圧倒的な熱量に引き込まれました。誰かの想いのために何度だって立ち上がり、壁を破壊し、新たな未来を創造していく主人公は文句なしにカッコいい。剣と魔法のファンタジーの眩い可能性をこれでもかと見せつけられた作品です。

『神角技巧と11人の破壊者』
著：鎌池和馬　イラスト：田畑壽之
キャラクターデザイン：はいむらきよたか、田畑壽之
電撃文庫／全3巻

最強の魔法生物、邪神。この角を折って取り込んだ巨大兵器を『神角技巧』と呼んだ。国家をも滅ぼす力を持つ10機の『神角技巧』の一つが、のどかな村で暮らす普通の少年・ミヤビに託された。後継者となった彼はあらゆるものを破壊する力と、あらゆるものを創造する力──相反する二つの力を同時に手に入れた。破壊と創造が交錯する、バトルファンタジー。

緋悠梨

広告制作会社所属のイベントプロデューサー兼ライター。同人ではアンソロジーやムック本の企画・執筆などを行っています。

1位 プロペラオペラ
犬村小六（ガガガ文庫）

PICK UP!!
2位 今はまだ「幼馴染の妹」ですけど。
涼暮 皐（MF文庫J）

3位 春夏秋冬代行者
暁 佳奈（電撃文庫）

4位 幼馴染で婚約者なふたりが恋人をめざす話
緋月 薙（HJ文庫）

5位 死に戻りの魔法学校生活を、元恋人とプロローグから（※ただし好感度はゼロ）
六つ花えいこ（アース・スターノベル）

ラブコメが強い傾向は変わってないですかね。同棲モノと浮気モノ(?)が流行している気がします。投票作以外では、『負けヒロインが多すぎる！』や『五人一役でも君が好き』も面白かったです。また戦記が好きなんですが、新作では『乙女ゲームのハードモードで生きています』が規模のでかい戦争をやっていて読み応えがありました。新作以外でも『死神に育てられた少女は漆黒の剣を胸に抱く』『クロの戦記』等も盛り上がっており、今後が楽しみです。

PICK UP!!

何が救いになるのかは人それぞれ違うとはいえ、だからってこんな誰も報われない「救い」があるのか……という絶望。およそラブコメに対する感想ではないけど、この作品はそういう事をしてくるんですよ……。

Caris

このラノは売れている作品の地盤固めではなく、埋もれてしまった傑作を発掘する場であって欲しいと思う書店員。

PICK UP!!
1位 聖剣士さまの魔剣ちゃん
藤木わしろ（HJ文庫）

2位 それでも、好きだと言えない
赤月カケヤ（講談社ラノベ文庫）

3位 果てない空をキミと飛びたい 雨の日にアイドルに傘を貸したら、二人きりでレッスンをすることになった
榮 三一（HJ文庫）

4位 最凶の支援職【話術士】である俺は世界最強クランを従える
じゃき（オーバーラップ文庫）

5位 紙山さんの紙袋の中には
江ノ島アビス（HJ文庫）

各レーベルとも昨年よりさらになろう書籍化とラブコメに一極化してしまい、多様性どころか全体的な質まで大幅に低下している印象。読む人の心震わす圧倒的な物語は目に見えて減少していて、今年はまず候補を上げる事すら苦戦してしまいました。しかしそういう中でも安定したクオリティを誇っていたのが、HJ文庫発のオリジナル作品でした。基本はラブコメであれど、どの作品もその枠に収まりきらない魅力を秘めているのが良いですね。積極的な続刊刊行とコミカライズが作品の飛躍に繋がる事を願って止みません。

幽撓け

ラノベレビューをしていたら最近ラノベを書き始めたVTuberです！

1位 サイレント・ウィッチ 沈黙の魔女の隠しごと
依空まつり（カドカワBOOKS）

2位 太宰治、異世界転生して勇者になる ～チートの多い生涯を送って来ました～
高橋 弘（オーバーラップノベルス）

3位 16年間魔法が使えず落ちこぼれだった俺が、科学者だった前世を思い出して異世界無双
ねぶくろ（ファミ通文庫）

4位 カンスト村のご隠居デーモンさん
西山暁之亮（GA文庫）

5位 黒鳶の聖者 ～追放された回復術士は、有り余る魔力で闇魔法を極める～
まさみティー（オーバーラップ文庫）

『サイレント・ウィッチ』はなろう発の親しみやすさを保ちながらじっくり読める楽しさもあり、非常に完成度の高い作品だったと感じる。2巻以降も期待したい。

K.D

Twitterにてラノベの感想を呟いている中３です。
Twitter「@Kaedelanove3232」

1位 お隣の天使様にいつの間にか駄目人間にされていた件
佐伯さん（GA文庫）

2位 声優ラジオのウラオモテ
二月 公（電撃文庫）

3位 古き掟の魔法騎士
羊太郎（ファンタジア文庫）

4位 やたらと察しのいい俺は、毒舌クーデレ美少女の小さなデレも見逃さずにぐいぐいいく
ふか田さめたろう（GA文庫）

5位 バレットコード：ファイアウォール
斉藤すず（電撃文庫）

①はラブコメの中でもラノベの中でも大好きな作品なので詳しくは置いておくとして、僕が今年読んだ中で1番衝撃を受けたのは②の『声優ラジオのウラオモテ』です。声優エンタテイメント作品でここまで面白くできるのかと正直思いました。ラブコメ作品が強い印象の中でもこういった作品がまだまだあると思うのでどんな作品が出てきてくれるのか楽しみです！

PICK UP!!

笑いもノリも一級品！　一体何度声を上げて笑わされたことか！こういう時代だからこそ、明るくなれる作品って良いなあと思います。腹筋の痛みと共に幸福な読後感を与えてくれる傑作。文句なしの一位です！

たこやき

小説感想のブログ「新・たこの感想文」を細々とやっています。ライトノベルだけでなく、ミステリー、ホラーなども好きです。

1位 ミモザの告白
八目 迷（ガガガ文庫）

2位 インフルエンス・インシデント
駿馬 京（電撃文庫）

3位 負けヒロインが多すぎる!
雨森たきび（ガガガ文庫）

4位 プロペラオペラ
犬村小六（ガガガ文庫）

5位 Ghost　ぼくの初恋が消えるまで
天祢 涼(星海社FICTIONS)

意図したわけではないのですが、今年、自分の投票した作品はそれぞれ、人間の生きざまとか、苦悩とかを描いた作品を中心にしたラインナップになりました。格好悪いかもしれない。情けないかもしれない。でも、そんなキャラクターたちだからこそ、物語が光り、共感をすることが出来る。投票をする中で、自分自身の好み、も再発見できたように思います。

PICK UP!!

しっかりと練られた世界観と設定、伏線とその回収のテンポの良さ、そして勘違い系作品独特の温度差が楽しめる一作。「マイナス×マイナス=プラス」を見事に成立させた作品です。

零ちゃん

コレクター気質のラノベ読み。成人済みの大学生。どんなジャンルでも読みます(主食はファンタジーと異世界恋愛)。
Twitter→ @33__Rei

1位 公女殿下の家庭教師
七野りく（ファンタジア文庫）

2位 サイレント・ウィッチ　沈黙の魔女の隠しごと
依空まつり（カドカワBOOKS）

3位 ループ7回目の悪役令嬢は、元敵国で自由気ままな花嫁生活を満喫する
雨川透子（オーバーラップノベルスf）

4位 星詠みの魔法使い
六海刻羽（オーバーラップ文庫）

PICK UP!! **5位** 理想の聖女？ 残念、偽聖女でした!
～クソオブザイヤーと呼ばれた悪役に転生したんだが～
壁首領大公（カドカワBOOKS）

文庫も大判もとても魅力的な、素晴らしい作品が多く選ぶのがとても大変でしたね。
最近のラブコメブームと並行して令嬢もの、異世界恋愛ジャンルの作品も増えたなと感じております。今回はそんな作品の中から『ルプなな』を選出。他にも候補は沢山ありましたが私の中で一番印象に残っている作品を選ばせて頂きました。
女性主人公作品はこれからも広がっていって欲しいですね。

カツ@日常

Twitterで読了ラノベの感想と購入した作品の画像などをツイしてます！最近は特典狙いで同じ作品を複数買う事がルーチンに…

1位 プロペラオペラ
犬村小六（ガガガ文庫）

2位 バレットコード：ファイアウォール
斉藤すず（電撃文庫）

3位 西野　～学内カースト最下位にして異能世界最強の少年～
ぶんころり（MF文庫J）

4位 古き掟の魔法騎士
羊太郎（ファンタジア文庫）

5位 ひげを剃る。そして女子高生を拾う。
しめさば（角川スニーカー文庫）

去年は『チラムネ』を筆頭にラブコメ作品がかなり強かったですが、今年はファンタジー系の良作も多かった印象。私の選考作品もほぼそうですし『春夏秋冬代行者』や『佐々木とピーちゃん』もとても面白かったです。ラブコメでは『俺とコイツの推しはサイコーにカワイイ』『経験済みな彼女』『推しが俺を好きかもしれない』は各々個性があって大変おすすめです！

PICK UP!!

純粋にヤバい。対象作品の中で圧倒的。正直、これよりすごいラノベは歴代でも類を見ません。2巻が発売されたことすら偉業だった本作で3巻が刊行されたのは、もはやラノベの限界への挑戦なのだと思いました。

銀中

銀髪美少女大好き人間、銀中です。可愛い女の子がいる作品や気軽に読める作品を好んで読みます。普段はツイッターで感想出してます。

PICK UP!! **1位** 賢勇者シコルスキ・ジーライフの大いなる探求
有象利路（電撃文庫）

2位 世界征服系妹
上月 司（電撃文庫）

3位 浮遊世界のエアロノーツ　飛空船乗りと風使いの少女
森 日向（電撃文庫）

4位 転生王女と天才令嬢の魔法革命
鴉ぴえろ（ファンタジア文庫）

5位 クラスの大嫌いな女子と結婚することになった。
天乃聖樹（MF文庫J）

今回、数少ない5選を決めるにあたって最初に考えたのは自分なりの「すごい」の定義。純粋な面白さや人気だけではなく、何らかの要素において特出しているすごさを意識しました。また、新作にもできる限り目を向けるように。そして選ばれた5選。個人的にフォーカスしたいのは、極めて異質な作品である1位のシコルスキと、この1年急増化しているYouTubeからのノベライズブーム先駆けとなった5位のクラ婚ですね。

かんなぎ りょーたろ

YouTubeにて主にアニメ・ライトノベル関連の動画を投稿しています。
ラノベ界の最新情報もまとめて発信しています！

1位 **千歳くんはラムネ瓶のなか**
裕夢（ガガガ文庫）

2位 **お隣の天使様にいつの間にか駄目人間にされていた件**
佐伯さん（GA文庫）

3位 **恋は双子で割り切れない**
高村資本（電撃文庫）

4位 **義妹生活**
三河ごーすと（MF文庫J）

5位 **VTuberなんだが配信切り忘れたら伝説になってた**
七斗 七（ファンタジア文庫）

今年は新作メインで投票しようかと考えておりましたが1位の座を譲ることができなかった『千歳くんはラムネ瓶のなか』。この1年で発売した5巻6巻。多くの方の心を揺れ動かすこと間違い無いでしょう。今年の新作では『恋は双子で割り切れない』『VTuberなんだが配信切り忘れたら伝説になっていた』この2作品が最も作品に引き込まれたと感じました。他にも今年は大変楽しめるラブコメ作品がたくさんありましたので来年も超新生な新作が生まれることに大変期待しています！

PICK UP!!

10年をかけ描いてきたアジアの情勢と日本の行く末が、フィクションからノンフィクションへと変わりつつあるようだ。物語のままに歴史は進むのだとしたらそのための備えを学び取りたい

タニグチリウイチ

SFマガジンやミステリマガジンなどでライトノベルを紹介しています。積み上げが泊まってる書評サイト（https://www.asahi-net.or.jp/~wf9r-tngc/tundoku.html）も復活させねば

PICK UP!! **1位** **マージナル・オペレーション改**
芝村裕吏（星海社FICTIONS）

2位 **スパイ教室**
竹町（ファンタジア文庫）

3位 **ミモザの告白**
八目 迷（ガガガ文庫）

4位 **オーバーライト**
池田明季哉（電撃文庫）

5位 **Vivy prototype**
長月達平・梅原英司（WITノベル）

文庫ラノベではラブコメの圧力がだんだんと高まっている感じだけど、SFもミステリもファンタジーもしっかり出てきて次のトレンドはまだ見えない。ヒット1発でガラリと変わる傾向の柔軟さもラノベの魅力ならそこから自分の宝を見つけるのもラノベの醍醐味。味わっていきましょう。

髙橋義和

ライトノベルその他小説に関する仕事を少々。別名義で小説を書いたり、さらに別名義でゲーム関連の仕事をすることも。

1位 **声優ラジオのウラオモテ**
二月 公（電撃文庫）

2位 **現実でラブコメできないとだれが決めた？**
初鹿野 創（ガガガ文庫）

3位 **星詠みの魔法使い**
六海刻羽（オーバーラップ文庫）

4位 **とってもカワイイ私と付き合ってよ！**
三上こた（角川スニーカー文庫）

5位 **涼宮ハルヒの直観**
谷川 流（角川スニーカー文庫）

一位と二位はどちらも昨年入れるか悩んだ作品ですが、続刊でさらに飛躍したと思います。三位は一途なヒロインたちがまぶしい新人賞受賞作。四位はよく整ったラブコメですが、三巻の二人の葛藤が不思議と印象に残りました。五位は、またこのシリーズを読めたことが偏にうれしい。ライト文芸では、上田裕介『ショウリーグ』（ハヤカワ文庫JA）、紙木織々の「Dare to Play Gacha?」シリーズ（新潮文庫nex）を特に面白く読みました。

フラン

漫画とラノベの感想をほぼ毎日ブログに書いてそろそろ20年。
ラブコメから戦記モノまで雑食です。
http://www.furanskin.net/

1位 **声優ラジオのウラオモテ**
二月 公（電撃文庫）

2位 **亡びの国の征服者**
～魔王は世界を征服するようです～
不手折家（オーバーラップノベルス）

3位 **ダンジョンに出会いを求めるのは間違っているだろうか**
大森藤ノ（GA文庫）

4位 **佐々木とピーちゃん**
ぶんころり（KADOKAWA）

PICK UP!! **5位** **ネトゲの嫁が人気アイドルだった**
～クール系の彼女は現実でも嫁のつもりでいる～
あボーン（オーバーラップ文庫）

今年は新作から2つ、準新作から2つ、それ以外から1つという縛りで選出しました。1位は職業モノとJK百合がとても良い。2位は重厚な世界観とキャラ造形がとても見事。3位は今までの集大成のような盛り上がりに興奮。4位は属性全部乗せとバディモノとして面白い。5位はクール系アイドルのヤンデレ仕立てなヒロインにゾクゾクしちゃいます。

PICK UP!!

似たジャンルのラブコメはあるけれど、それとはベクトルが異なるヒロインのヤンデレっぷりにゾクゾクされつつ魅了されてしまいます。

ふじゅ

やりたいことが多すぎて優先順位づけが大変ですが、悩む前にやってみようの精神で頑張ってます。もっとアウトプットしたい。

1位 わたしが恋人になれるわけないじゃん、ムリムリ!（※ムリじゃなかった!?）
みかみてれん（ダッシュエックス文庫）

2位 ぼくたちのリメイク
木緒なち（MF文庫J）

3位 ホラー女優が天才子役に転生しました ～今度こそハリウッドを目指します!～
鉄箱（ガガガ文庫）

4位 ティアムーン帝国物語 ～断頭台から始まる、姫の転生逆転ストーリー～
餅月 望（TOブックス）

5位 サベージファングお嬢様 史上最強の傭兵は史上最凶の暴虐令嬢となって二度目の世界を無双する
赤石赫々（ファンタジア文庫）

今回私が作品を選んだ決め手は、主人公を好きになったかどうかでした。その中でやり直しをするタイプの作品が多くなりましたが、やり直す前と後で主人公の本質や行動原理が変わっていないことに魅力を感じた気がします。選んだ作品のやり直しの形は様々ですが、それを通してとても魅力的な姿を見せてくれます。と言う形でやり直しものに統一してまとめようと思っていたのですが紫陽花さんにやられました。3巻のラストはずるい。

ミヤザワ

ブックオフ通販サイト「ブックオフオンライン」にて、ラノベコーナーを担当。ラノベの特集や年表などを制作しています。

PICK UP!! **1位** 厳しい女上司が高校生に戻ったら俺にデレデレする理由 ～両片思いのやり直し高校生生活～
徳山銀次郎（GA文庫）

2位 俺だけレベルが上がる世界で悪徳領主になっていた
わるいおとこ（ファミ通文庫）

3位 俺は星間国家の悪徳領主!
三嶋与夢（オーバーラップ文庫）

4位 放課後の図書室でお淑やかな彼女の譲れないラブコメ
九曜（ファミ通文庫）

5位 社畜男はB人お姉さんに助けられて――
櫻井春輝（モンスター文庫）

青春ものの勢いはとどまる所を知らず、2021年も多くの良作が生まれた。多様なジャンルがある中で、とりわけ恋愛作品が注目を集め続けている。しかしファンタジーやSFも衰えておらず、いずれにおいても高い表現力によって完成された幻想世界に思いを馳せる機会が多かった。持続的に新しいものが生まれている昨今のラノベ業界。違いを受け入れ、むしろ変化を楽しむことで、新たな一冊に出会えることを祈っている。

PICK UP!!

ヒロインとともに過去へタイムリープして、騒がしかった青春の日々をやり直す。本当は両思いなのにすれ違ってしまうじれったさが、ラブコメの極上のスパイスになり、勢い良くあふれる感情も存分に味わえる。

みうみん

黒髪ロング、ラブコメが好き。姉属性。
2020年1月からラノベに関するブログを始める。

1位 ただ制服を着てるだけ
神田暁一郎（GA文庫）

PICK UP!! **2位** どうか俺を放っておいてくれ なぜかぼっちの終わった高校生活を彼女が変えようとしてくる
相崎壁際（GA文庫）

3位 推しが俺を好きかもしれない
川田戯曲（ファンタジア文庫）

4位 ボクは再生数、ボクは死
石川博品（KADOKAWA／エンターブレイン）

5位 カノジョに浮気されていた俺が、小悪魔な後輩に懐かれています
御宮ゆう（角川スニーカー文庫）

今年は新人賞作品がめちゃくちゃアツかったですね。1位は私の中でダントツ。2位は自分の好きが詰まっていました。3位は両片思いもののなかで一番面白かったです。4位は歪ではありますが美しい物語でした。5位は新作で揃えようと思っていたのですが、すごく心揺さぶられて悩んだ末に自分に嘘をつきたくない！ということで入れました。ラブコメ戦国時代のなかでたくさんの面白いラブコメと普段ラブコメや青春系しか読まない私でもすごい！と唸ってしまった作品たちに出会えてよかったです。

PICK UP!!

めちゃくちゃ面白かったです！！こういうのですよねラブコメは！！って感じ。すんごい懐かしさを感じた。今一番続きが読みたいラブコメは？と訊かれたらコレ！って答えるくらいには自分の好みど真ん中でした。

犬山ジャン太郎

ライトノベルの下読みを10年くらいやってます。
好きなアイスはスイカバーです。

1位 鋼鉄城アイアン・キャッスル
手代木正太郎、原案・原作：ANIMA（ガガガ文庫）

2位 むしめづる姫宮さん
手代木正太郎（ガガガ文庫）

3位 スパイ教室
竹町（ファンタジア文庫）

4位 錆喰いビスコ
瘤久保慎司（電撃文庫）

5位 乙女ゲームの破滅フラグしかない悪役令嬢に転生してしまった…
山口 悟（一迅社文庫アイリス）

百合好き・時間SF好きは、2020年11月からコミック百合姫の表紙に連載されている伴名練の小説を読んでください。未書籍化ですが、タイムリーで面白いので連載を追えば歴史の生き証人になれることでしょう。

PICK UP!!

一人の女の子に対し二人の女の子が色仕掛けで競い合うガールズラブコメディ。3人の関係性が絶妙なバランスでずっと眺めていたくなります。テンポ良くサクサクと読めるのでガルコメ入門書としてもオススメ！

がわろう

IT企業に勤める会社員兼ライター。ミステリやライトノベル、ビジネス書など、おもしろいと感じた本を紹介しています。
Twitter：@ryo_nakagawa_7

1位 **春夏秋冬代行者**
暁 佳奈（電撃文庫）

2位 **放課後の嘘つきたち**
酒井田寛太郎（ハヤカワ文庫JA）

3位 **ミモザの告白**
八目 迷（ガガガ文庫）

4位 **ぼくたちのリメイク　Ver.β**
木緒なち（MF文庫J）

5位 **雪の名前はカレンシリーズ**
鏡 征爾（講談社ラノベ文庫）

ラブコメブームで高度にメタ化した秀作が次々と生み出される一方、『春夏秋冬代行者』『雪の名前はカレンシリーズ』など、「流行なんて関係ねぇ」と言わんばかりに著者の持ち味を生かした作品が光った1年でもあったと思います。また、ハヤカワ文庫JA刊の『放課後の嘘つきたち』は、『ジャナ研の憂鬱な事件簿』シリーズの作風を踏襲しさらに洗練された傑作だったため、ライトノベル読者に届いてほしいという思いから入れました。

成瀬いろは

はじめまして、成瀬いろはです。今回は初参加でギリギリな期日で作品を決めたのでぜひ読んで下さい！次も参加したいと思います。

PICK UP!! 1位 **僕のカノジョ先生**
鏡遊（MF文庫J）

2位 **僕の愛したジークフリーデ**
松山 剛（電撃文庫）

3位 **少女と血と勇者先生と**
蒼木いつろ（ファンタジア文庫）

4位 **八城くんのおひとり様講座**
どぜう丸（オーバーラップ文庫）

5位 **君は初恋の人、の娘**
機村械人（GA文庫）

今回はこのラノの期間内対象の多くの作品をリストから見て投票するため選ぶのに凄く迷いが出るほど豊作でした。新作がかなり多く去年から今年にかけては今回はラブコメ作品がかなり刊行され多く読んだかと思います。1巻での完結作品に続きが読みたいと思う時もありましたが、それでも違うジャンルの新作が出たりなどもありその先生方をとても応援したくなりました。来年もこのラノに参加して待ち望んでいる新刊や期待している新作を今年から来年にかけて多く出るので次も読んで投票したいと思います！

半熟タマゴ

田舎住まいの本好き。読書メーターやTwitterでマイペースに感想を投稿しています。

1位 **春夏秋冬代行者**
暁 佳奈（電撃文庫）

PICK UP!! 2位 **百合に挟まれてる女って、罪ですか？**
みかみてれん（電撃文庫）

3位 **ホラー女優が天才子役に転生しました ～今度こそハリウッドを目指します!～**
鉄箱（ガガガ文庫）

4位 **蒼と壊羽の楽園少女《アンティーク》**
天城ケイ（GA文庫）

5位 **女子高生同士がまた恋に落ちるかもしれない話。**
杜奏みなや（電撃文庫）

初めて協力者として参加します。色々と悩みましたが、自分の好きなジャンルを推したい気持ちが強く、『女の子同士の関係性が魅力的な作品』を中心に選びました。女の子が女の子に向ける特別な感情を丁寧に描いている作品に心惹かれます。少しでも興味を持っていただければ幸いです。

阿部 聖

エンタメ企業の片隅で細々とアレコレやっています。
面白ければなんでもOKなスタンスで、ライトノベルを嗜んでいます。

1位 **春夏秋冬代行者**
暁 佳奈（電撃文庫）

2位 **祈る神の名を知らず、願う心の形も見えず、それでも月は夜空に昇る。**
品森 晶（MF文庫J）

3位 **ただ制服を着てるだけ**
神田暁一郎（GA文庫）

4位 **負けヒロインが多すぎる!**
雨森たきび（ガガガ文庫）

5位 **時々ボソッとロシア語でデレる隣のアーリャさん**
燦々SUN（角川スニーカー文庫）

今年もラブコメ優勢な一年だったように思えました。圧倒的な勢いを誇ったのが、⑤の作品ですね。単巻の発行部数が10万オーバーと、業界随一の話題性があったと言えます。直近は広告展開にも力を入れるようになり、声優を起用した動画制作や、キャラクターのVTuber化などなど、そういった動向を見るのも面白い一年でした。どうすればウケるのか考えるのは難しいかもしれませんが、陰ながら応援してます！

PICK UP!!

主人公を好きにさせるための特別授業はとても熱いエッチな授業で主人公は抗いながらも気持ちに変化が。9巻までに人生において先生の戸惑いや主人公の覚悟と決断がカッコよく各ヒロインも主人公に必死で可愛い！

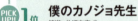

菊地

ブログは廃墟で今は読書メーターに短文の感想を投下しています。
気が付けばお年寄り。

PICK UP!!
1位 **悪役令嬢の中の人**
まきぶろ（一迅社ノベルス）

2位 **ストライクフォール**
長谷敏司（ガガガ文庫）

3位 **泥酔彼女**
串木野たんぼ（GA文庫）

4位 **雪の名前はカレンシリーズ**
鏡 征爾（講談社ラノベ文庫）

5位 **現代社会で乙女ゲームの悪役令嬢をするのはちょっと大変**
二日市とふろう（オーバーラップノベルス）

天才性でぶん殴る作品、夢に真っすぐ向かう作品、"美しい"作品が好きです。①ハイスペックヤンデレ百合による"復讐"と"愛"のクソデカ感情物語。②今最も熱く面白い"スポコン"小説。③コメディタッチな展開から青春・夢・恋へのドライブ感が面白かった。④"死"を前にしているからこそ生まれるこの物語は、どこまでも残酷で、醜悪で、ただひたすらに白く美しい。⑤これはロスジェネ世代にとっての"英雄"の物語だ。

PICK UP!!
ハイスペックヤンデレ百合が、正体を隠しきって、最高の形で"復讐"と"愛"を成就させるクソデカ感情物語。

kanadai

虚無。心はとっくに折れておりますが細々とやっていきます。

1位 **ユア・フォルマ**
菊石まれほ（電撃文庫）

2位 **髭と猫耳**
周藤 蓮（星海社FICTIONS）

3位 **ミモザの告白**
八目 迷（ガガガ文庫）

4位 **日和ちゃんのお願いは絶対**
岬 鷺宮（電撃文庫）

5位 **ハル遠カラジ**
遍 柳一（ガガガ文庫）

コロナ禍がライトノベルで本格的に描かれるのは来年になるのかな。

神幸さん

神幸さんです！　Twitterで感想発信しつつ、LINEのオープンチャット「ノベルガタリ！」管理人で、今はグッズ屋でお仕事してます。

1位 **蒼と壊羽の楽園少女《アンティーク》**
天城ケイ（GA文庫）

2位 **佐々木とピーちゃん**
ぶんころり（KADOKAWA）

3位 **春夏秋冬代行者**
暁 佳奈（電撃文庫）

4位 **義妹生活**
三河ごーすと（MF文庫J）

5位 **千歳くんはラムネ瓶のなか**
裕夢（ガガガ文庫）

今年は、一昨年から勢いのあったラブコメ作品が益々多様化し、少し背徳感のあるものから、更なる甘々に挑戦している作品など、まだまだ勢いがあるなと感じてましたが、ファンタジー作品が個人的にはとても刺さる作品との出会いがあり、ここからの盛り上がりに期待をしております。また、動画原作作品も非常に高いクオリティでラノベとして楽しむことができる作品群が多く、これからライトノベルというジャンルにどんな物語がやってくるのか、益々期待しております！！

ふうら

通勤中にラノベを読んでいるしがない会社員。読メやTwitter（huura3238）にて生息中。
ラノベ読み仲間と雑談しながら麻雀をしたりしています。

1位 **経験済みなキミと、経験ゼロなオレが、お付き合いする話。**
長岡マキ子（ファンタジア文庫）

PICK UP!!
2位 **放課後の聖女さんが尊いだけじゃないことを俺は知っている**
戸塚 陸（ファンタジア文庫）

3位 **僕が答える君の謎解き**
紙城境介（星海社FICTIONS）

4位 **モブしか勝たん! お前らが俺にデレデレなお嫁さんになるって本当なの?**
広ノ祥人（MF文庫J）

5位 **他人を寄せつけない無愛想な女子に説教したら、めちゃくちゃ懐かれた**
向原三吉（角川スニーカー文庫）

新作の中で一番刺さった作品と先が楽しみな作品を４つ選びました。今年もラブコメが多く、なかでも交際後から始まる作品が多い印象ため、逆のチョイスをしました。
今回選んだ作品は付き合う前の意識してないヒロインとの関係性を描いている部分が多く、続きを読みたいと感じさせてくれた作品です。これからの展開次第ではとても甘酸っぱい作品になると感じているため、日常的なやりとりや徐々に関係性が変わっていく模様が読んでみたい人たちにおすすめです。

PICK UP!!
最近のラノベでは珍しく流れが遅い作品ですが、先が気になる部分が多くこの二人がどうやって仲を深めていくのかとても楽しみな作品。

オタキミ　はまぐち

YouTubeで「オタクの友達を持つきみ」という名前でオタクじゃない友達にラノベ、漫画、アニメなどを布教してオタクにしていくことをしています。

1位 **経験済みなキミと、経験ゼロなオレが、お付き合いする話。**
長岡マキ子（ファンタジア文庫）

2位 **現実でラブコメできないとだれが決めた？**
初鹿野 創（ガガガ文庫）

3位 **結婚が前提のラブコメ**
栗ノ原草介（ガガガ文庫）

4位 **千歳くんはラムネ瓶のなか**
裕夢（ガガガ文庫）

5位 **ひげを剃る。そして女子高生を拾う。**
しめさば（角川スニーカー文庫）

自分の投票した作品を見返したら全作品ラブコメでびっくり！毎年ラブコメってジャンルはほんとに強いと思います。その中でも、『経験済みなキミと経験ゼロなオレがお付き合いする話。』が熱かったと思います。まず文章がとても読みやすく、読むペースが遅い僕でも1冊1時間程度で読み終えるくらい。設定もキモティ！！　いろんな初めてを上げられないってこんなにうずうずするもんなんですね！まだ3巻しか刊行されてないので読んでない方まじ読んでください！

kentoazumi

普段は作曲家でありながらも個人事業やVTuber、ゲーム等をしてる人。いつも同じ名前でやってるため、検索しやすいかも。今年からは「ライトノベルシティ！」にてサポーターをやらせてもらってます。

PICK UP!!

1位 **才女のお世話　高嶺の花だらけな名門校で、学院一のお嬢様(生活能力皆無)を陰ながらお世話することになりました**
坂石遊作（HJ文庫）

2位 **グッバイ現実世界《リアルワールド》　ハッキングから始まる異世界改変**
電波ちゃん∞（HJ文庫）

3位 **魔界帰りの劣等能力者**
たすろう（HJ文庫）

4位 **伝説の魔導王、千年後の世界で新入生になる**
空埜一樹（HJ文庫）

5位 **最強魔法師の隠遁計画**
イズシロ（HJ文庫）

今年も絵に惹かれて購入したラノベがたくさんあります（まぁ、ほぼ読めてませんが）。私がラノベを買う時は、基本絵に惹かれて買います。絵師さんのよさがあったりするので、ついつい続刊も買っちゃうんです。
今まで買ったラノベ（ラノベを買うと絶対Kindleでも買います。これは移動時間に読めるからですね）をいつか全部読みたいです。時間が欲しいです。

PICK UP!!

ラブコメが苦手でしたが、坂石先生の本はデビュー当時から読んでいたので、購入して読んでみました。予想以上に面白くて、ラブコメも好きになりました。

PICK UP!!

痛いくらいの青春を存分に味わえます。巧みな心情描写でぐいぐい共感の罠に惹きこまれる。

わヴぇ

Twitterで大好きをいっぱいにラノベについて語っています。制作側に加わることを目標に新人賞に応募する作品を書いていたりもします。世界、銀髪ショートを愛でよ。

1位 **ミモザの告白**
八目 迷（ガガガ文庫）

2位 **君が、仲間を殺した数**
有象利路（電撃文庫）

3位 **春夏秋冬代行者**
暁 佳奈（電撃文庫）

4位 **推しが俺を好きかもしれない**
川田戯曲（ファンタジア文庫）

PICK UP!!

5位 **元カノが転校してきて気まずい小暮理知の、罠と恋。**
野村美月（ガガガ文庫）

長く人々に愛される作品がこの年もこのラノから新たに飛び立つことを願い、熟考と悩みを重ねた末にたくさんの人に読まれてほしいと私が願う５つの作品を選びました。言葉たちをなぞるたびに心が揺れ動く、著者の魂を存分に感じる作品たちです。すべて新作なのは冒頭に記述した通りの理由でのため。最後に。これからのライトノベルの、僕らだけのさらなる輝きを祈ります。騒ぎましょう。必ず後に続く者があらわれる。

みきみき

ライトノベルが好きです。女の子の泣き顔は好きですが、一番はやっぱり笑顔が好きです。

1位 **魔女と猟犬**
カミツキレイニー（ガガガ文庫）

2位 **ミモザの告白**
八目 迷（ガガガ文庫）

3位 **神は遊戯《ゲーム》に飢えている。**
細音 啓（MF文庫J）

4位 **君は初恋の人、の娘**
機村械人（GA文庫）

5位 **カノジョの妹とキスをした。**
海空りく（GA文庫）

今年は今まで通り学園ラブコメが多いと感じましたが、ファンタジーラブコメもまだまだ現役だなと感じました。
それとは別でタイトルで「この作品では○○がしたい」というコンセプトが伝わる作品が増えてきたと思います。
ラノベが増えてきたからこそ、みんなが読んだ本はみんなが少しでも興味を持った本なのかもしれません。
今後もタイトルを含めて魅力的な作品をたくさん読んでいきたいですね。

松浦恵介

編集者。最近は中国・韓国のネット小説・ウェブトゥーン事情について調べるのにハマっています。

PICK UP!!

1位 詩剣女侠
春秋梅菊（集英社オレンジ文庫）

2位 自由研究には向かない殺人
ホリー・ジャクソン（創元推理文庫）

3位 アリス・イン・ゾンビーランド ゾンビに撮影許可は必要ですか?
空伏空人（電撃の新文芸）

4位 魔王2099
紫 大悟（ファンタジア文庫）

5位 ノベル 俺だけレベルアップな件
Chugong（MFC）

今年一番の驚きは『ノベル 俺だけレベルアップな件』の刊行。なぜ文庫レーベルで出さなかったのか訝しみつつ、本が出たことは素直に喜びたい。2000年代に一瞬だけ日本に入ってきた韓国ライトノベルが、日本に再上陸し、市場に根を張ることはあるのだろうか。あと気になってるのは、チャットノベルをはじめとする新たな文字媒体の行方。これらもそのうちライトノベルとして扱われるのか、それともまったく別の道を歩むのか。

PICK UP!!

現実の近世中国をベースに、「剣筆」という架空の競技を設定して独特の世界観を築いた意欲作。武侠スポーツ小説とでも呼ぶべきか、時代小説の新たな切り口を提示している。小気味のいい語り口も素晴らしい。

永山祐介

在宅勤務になって、本を読む機会が激減してます。
積本がたまってゆく……。

1位 カノジョの妹とキスをした。
海空りく（GA文庫）

2位 負けヒロインが多すぎる!
雨森たきび（ガガガ文庫）

3位 世界征服系妹
上月 司（電撃文庫）

PICK UP!!

4位 恋は双子で割り切れない
高村資本（電撃文庫）

5位 家出中の妹ですが、バカな兄貴に保護されました。
佐々山プラス（電撃文庫）

全体的に近年はラブコメが好調な感じで、今回の選出はそんな流れに沿っています。
それ以外では『吸血鬼に天国はない』『七つの魔剣が支配する』『魔女と猟犬』『ダークエルフの森となれ』などを特に続刊期待しています。

PICK UP!!

双子の妹視点の一人称の面倒くささがすべて。頭の良さをアピールしつつ、どうしても子供が背伸びした感が感じられるというか。親友との会話のバカさ加減も込みで好みです。

ちゃんかや

YouTubeでアニメやライトノベルの作品紹介や最新情報などオタクコンテンツを中心に発信しています。是非ご覧下さい！

1位 千歳くんはラムネ瓶のなか
裕夢（ガガガ文庫）

2位 義妹生活
三河ごーすと（MF文庫J）

3位 ひげを剃る。そして女子高生を拾う。
しめさば（角川スニーカー文庫）

4位 探偵はもう、死んでいる。
二語十（MF文庫J）

5位 VTuberなんだが配信切り忘れたら伝説になってた
七斗 七（ファンタジア文庫）

投票させて頂いた作品は、今勢いに乗っているアニメ化して欲しい作品から2作品、今年発売された作品の中でも凄い！と感じた作品を1作品、今年アニメで放送されてライトノベル、アニメともに面白いと感じた作品を2作品、それぞれ選ばせて頂きました。一昨年からラブコメの勢いが止まらないと思いつつ、新しい風になる作品も多い印象でした。今後もいろんな作品に触れていきたいと思います！

龍聖@ラノベ感想垢

Twitterで毎日ラノベの感想を投稿しております。
また、YouTubeでもラノベに関する情報を発信しています。

1位 ミモザの告白
八目 迷（ガガガ文庫）

2位 春夏秋冬代行者
暁 佳奈（電撃文庫）

3位 インフルエンス・インシデント
駿馬 京（電撃文庫）

4位 バレットコード：ファイアウォール
斉藤すず（電撃文庫）

5位 プロペラオペラ
犬村小六（ガガガ文庫）

今年はラブコメが流行った年だったのかなと思いました。しかし、その中でも色々な作品が輝いており選ぶのにとても苦労しました。その中でも特に凄いと感じた作品を選ばせていただきました！

柿崎 憲

ライター。カクヨム公式レビュワーとして新作紹介などを行っていたり、雑誌『S-Fマガジン』にて「SFファンに贈るWEB小説ガイド」というコラムを連載しております。よろしくどうぞ。

1位 **ゆうえんち　ーバキ外伝ー**
夢枕 獏　原案：板垣恵介（少年チャンピオン・ノベルズ）

2位 **サイレント・ウィッチ 沈黙の魔女の隠しごと**
依空まつり（カドカワBOOKS）

3位 **TRPGプレイヤーが異世界で最強ビルドを目指す ～ヘンダーソン氏の福音を～**
Schuld（オーバーラップ文庫）

4位 **佐々木とピーちゃん**
ぶんころり（KADOKAWA）

5位 **超世界転生エグゾドライブ**
珪素（電撃の新文芸）

①は宇宙一面白い格闘マンガを宇宙一格闘小説が巧い作家がノベライズしたので、当然宇宙一面白い。②は悪いイケメンたちに翻弄されつつ頑張るモニカがとにかくかわいい。③はこれの影響でTRPGを始めるぐらいにはハマりました。④は安定感抜群のナイスミドルが主人公。どんどん混迷する状況でこの安定感がどこまで続くのか……。異世界転生×ホビーマンガという出オチのような設定なのにちゃんとバトルとして成立してる⑤は本当に凄い。

富士獣

社会人編を開始しましたが、出社がないバグによりプロローグが始まりません。この名前でnoteや読書メーターしてます。

1位 **カノジョの妹とキスをした。**
海空りく（GA文庫）

2位 **とってもカワイイ私と付き合ってよ!**
三上こた（角川スニーカー文庫）

3位 **カノジョに浮気されていた俺が、小悪魔な後輩に懐かれています**
御宮ゆう（角川スニーカー文庫）

4位 **千歳くんはラムネ瓶のなか**
裕夢（ガガガ文庫）

5位 **継母の連れ子が元カノだった**
紙城境介（角川スニーカー文庫）

今年もラブコメが強くて多いですね。ありがとうございます。両指に溢れる傑作から選ばれたのは、新作でなく「1巻から最高だが2巻以降はもっと最高」なこの5作。①この純愛を、人は不純愛と呼ぶらしい　②2人きりでもイチャつき続ける糖分過剰な偽装恋人　③リアルな大学恋愛プロットとヒロインたちの人間的魅力の追及が見事　④1位を獲った昨年は前哨戦。今年は人間関係が交差する、夏休み　⑤視点移動の使い方と心情描写が非常に巧い。

ラノベの王女様

公務に励む傍ら、プロ作家デビュー目指して修行に邁進するスーパーエリート美少女よ！　17歳だから、多分この中で一番若いわ！

1位 **時々ボソッとロシア語でデレる隣のアーリャさん**
燦々SUN（角川スニーカー文庫）

PICK UP!! **2位** **聖女様は残業手当をご所望です ～王子はいらん、金をくれ～**
山崎 響（KADOKAWA）

3位 **転校先の清楚可憐な美少女が、昔男子と思って一緒に遊んだ幼馴染だった件**
雲雀湯（角川スニーカー文庫）

4位 **俺とコイツの推しはサイコーにカワイイ**
りんごかげき（GA文庫）

5位 **理想の聖女? 残念、偽聖女でした! ～クソオブザイヤーと呼ばれた悪役に転生したんだが～**
壁首領大公（カドカワBOOKS）

ロシデレは読者投票だけで文庫・新作どちらの部門も五位以内に入るだろうから協力者が一位へ投票することには批判的な意見もあると思うけど、「一巻時点でシコリティの高いヒロインが二人（アーリャと有希）出てきた」ってのが一位に推す理由よ！　アーリャはツン状態なら頼めばなんでもしてくれそうなとこ（実際VTuberになって踊ったりしてくれた）で、有希は（清楚）・隠れオタク・ブラコン・変態と属性てんこ盛りなとこね！

PICK UP!!

男勝りな性格の美少女が好き！「聖女だけど本性は守銭奴」ってココのギャップがたまらないわ！お転婆美少女萌え！

えふ

通信制・全日制含めいくつかの高校に勤務する非常勤の高校教師。免許教科が多数なため、教員市場の動向次第で多く担任する教科は毎年契約によって変わります。今年は情報と保健体育が多めですが、英語と国語と社会もそれなりに受け持ってます。

PICK UP!! **1位** **時をかけてきた娘、増えました。**
今慈ムジナ（ガガガ文庫）

2位 **ただ制服を着てるだけ**
神田暁一郎（GA文庫）

3位 **剣と魔法の税金対策**
SOW（ガガガ文庫）

4位 **声優ラジオのウラオモテ**
二月 公（電撃文庫）

5位 **千歳くんはラムネ瓶のなか**
裕夢（ガガガ文庫）

チラムネの感想ツイートの中に、中高生のときにこの作品を読むことができることが幸せだ、と呟くものを見かけました。自分が中高生だったころは、バブル前夜という時代背景もあってファッショナブルで軽薄な小説を好んで読んでいました（いま読み返しても、W村上を除けば、中身がないなあと思うようなものばかりです）。しかし、昨今のラノベは、（もちろんなんだこれというものも多くあるものの）何かしらの気づきを得られる作品が多いように思います。

PICK UP!!

どう収拾つけるのか、と読み進め、「たしかに広げた風呂敷を畳まなければならない道理はないな」と唸る結びでした。筋の通る未来に繋ぐために必要な今後の展開は読者の読後感に委ねられていて、無限の想像が羽ばたきます。

書泉ブックタワー 小笠原

秋葉原にあります書泉ブックタワーでライトノベルを担当しております。新刊・既刊あわせて幅広い商品を揃えています。

1位 **86―エイティシックス―**
安里アサト（電撃文庫）

2位 **ティアムーン帝国物語**
～断頭台から始まる、姫の転生逆転ストーリー～
餅月 望（TOブックス）

PICK UP!! **3位** **リアデイルの大地にて**
Ceez（KADOKAWA／エンターブレイン）

4位 **負けヒロインが多すぎる!**
雨森たきび（ガガガ文庫）

5位 **乙女ゲームの破滅フラグしかない悪役令嬢に転生してしまった…**
山口 悟（一迅社文庫アイリス）

近年、新文芸から、女性向けの作品が多く刊行されるようになり、今年は特に熱かったように思います。またアニメ化されたラノベも多く、その中からアニメを見て、ぜひ原作を読みたいと思った作品とアニメ化が楽しみ、アニメ化して欲しいと思っている作品を中心に選ばせて頂きました。ラノベはアニメ化を機に、大ブームを巻き起こすことも多々あるので、今後も面白い作品がアニメをきっかけに、より多くの人に届けばと思います。

PICK UP!!

なろう黎明期の名作がついにアニメ化決定！女の子主人公がゲーム世界への転生し、チートで無双するエルフファンタジー。人間よりエルフ派の人に激推し！どのキャラクターも魅力的なので、アニメで喋る彼女たちを早く見たいです！

『リアデイルの大地にて』

著：Ceez　イラスト：てんまそ
KADOKAWA（エンターブレイン）／既刊7巻

各務桂菜《かがみけいな》がある日、目を覚ますと、そこはVRMMORPG『リアデイル』の世界だった。

そこは彼女がプレイしていた時代から200年が経っており、寝たきりだった現実の肉体は既に死んだとサポートAIに告げられる。ログアウトも運営への通報もできない世界で、彼女はどのように生きていくのか……？　ゲームの世界で生きていく、チート無双ファンタジー。

なろう系VTuber リイエル

ネット小説を紹介するVTuber。毎月新作を紹介する生放送をしてます。他にもボイロ動画で書籍紹介したり、いろんなことに挑戦中！

1位 **ギルドの受付嬢ですが、残業は嫌なのでボスをソロ討伐しようと思います**
香坂マト（電撃文庫）

PICK UP!! **2位** **植物モンスター娘日記** ～聖女だった私が裏切られた果てにアルラウネに転生してしまったので、これからは光合成をしながら静かに植物ライフを過ごします～
水無瀬（モーニングスターブックス）

3位 **家つくりスキルで異世界を生き延びろ**
小鳥屋エム（KADOKAWA）

4位 **最弱テイマーはゴミ拾いの旅を始めました。**
ほのぼのる500（TOブックス）

5位 **サイレント・ウィッチ** **沈黙の魔女の隠しごと**
依空まつり（カドカワBOOKS）

今年は少しファンタジーが盛り返し始めた年に感じました！今回は投票しなかったですが女性向けでもいろんな良いファンタジー作品が登場してきています。また、惜しくもベスト5に入れられなかったのですが『欠けた月のメルセデス』など、比較的掲載開始から時間がたった作品も書籍化されていたりして、ちょっと情勢の変化を感じています。このファンタジー作品の傾向が、来年はどうなるのか楽しみです！

PICK UP!!

アルラウネというか植物モンスター娘もっと流行れ！モン娘はいいぞ！と声を大にして言いたいです。森の仲間たちに対する独特の表現がすごい！また、植物に対する理解の深さも魅力で植物にも詳しくなれちゃう作品です。

夕凪真白

ラノベブログ「のらくらラノ感」管理人。普段はラノベの感想を書きながら、章ごとのキャラの有無や登場人物をまとめています。

1位 **ギルドの受付嬢ですが、残業は嫌なのでボスをソロ討伐しようと思います**
香坂マト（電撃文庫）

2位 **魔女と猟犬**
カミツキレイニー（ガガガ文庫）

3位 **君のせいで今日も死ねない。**
飴月（ファンタジア文庫）

4位 **神は遊戯《ゲーム》に飢えている。**
細音 啓（MF文庫J）

5位 **世界征服系妹**
上月 司（電撃文庫）

近年ラブコメブームが続いていた中、今年は『義妹生活』や『クラスの大嫌いな女子と結婚することになった。』などYouTube漫画の書籍化作品や、アニメ化作品をはじめとするファンタジー作品が勢いを増し、ジャンルがしのぎを削っていたように感じます。そんな中私は、心に強く残った共感できる作品を選ばせていただきました。1位に投票した作品は、主人公の心の叫びに泣いてしまうほど共感した、コメディ好きな社会人におススメしたい1冊です。

LIGHT NOVEL Guide by genre

ライトノベル ジャンル別ガイド

愛咲優詩 / 綾城しの。 / 太田祥暉 / 岡田勘一 / 柿崎 憲 / 勝木弘喜 / 髙橋 剛 / 髙橋義和 / 中谷公彦 / 緋悠梨 / 松浦恵介

いま注目の作品はコレだ!!

アンケート回答者のコメントも多数掲載!

158作品（コラム含む）

2020年9月1日から2021年8月31日までに刊行された文庫・単行本ライトノベル作品（男性向け&女性向け）は3000作品以上。シリーズ数で見ても1600シリーズを超える。その中からランキングに入ってきた作品や注目作を厳選して紹介!

ガイドの見方

ラブコメ　幼馴染　三角関係

文庫21位

恋は双子で割り切れない

著：高村資本　イラスト：あるみっく　電撃文庫　既刊2巻

初恋をこじらせた幼馴染たち　歪な三角関係の行方や如何に

家族同然に育った白崎純《しろさきじゅん》と神宮寺《じんぐうじ》琉実《るみ》・那織《なおり》の姉妹。中3の折に琉実が純に告白し恋人になった。だが、妹の気持ちを知りながら抜け駆けしたことに耐えきれず、1年後に気持ちを押し殺して別れた上、那織に純を押し付けた。妹はそんな姉の考えを見抜いており、己の哲学に沿って行動を開始する。各々の想いが交差するややこしい三角関係は、一体誰が勝者になる？

スポーツ少女で中身が純真乙女の琉実と、見た目でサブカルオタクな地雷女子の那織というダブルヒロイン。これに加え、那織とは畑違いのサブカルオタク・純という個性的な3人の視点を次々切り替えながら展開されるラブコメは、各自の視点によって読み味が全く違う印象を受ける。これだけキャラ立ちしているので、当然癖が強い。さらに全員幼馴染且つヒロインが双子という、気心が知れまくっている関係性は、盛大に恋をこじらせまくった相関関係を作り出した。3人の初恋は、まだ動き出したばかりだ。（緋悠梨）

作品紹介

その作品（シリーズ）のあらすじと、魅力や見所を紹介します。文末の（　）はライター名です。

アイコン①

今年度BESTランキングに入った、文庫・単行本それぞれの順位を示しています。

- 文庫34位　文庫ランキング21～40位
- 単行本34位　単行本・ノベルズランキング11～15位

タイトル（シリーズ名）

著者／イラストレーター／レーベル／既刊数

作品（シリーズ）のタイトルと、著者名などのデータです。

書影

基本的にシリーズ作品であれば第1巻のカバーを掲載しています。カバーデザインが複数ある場合は、現在店頭で入手しやすいバージョンの書影を掲載しています。

アイコン②

作品の特徴的な要素や傾向を示しています。

笑える　泣ける　熱い　ほのぼの　しみじみ　いちゃいちゃ　異世界転生　ゲーム　出版業界　etc...

注

- ■シリーズ化されている作品はシリーズ名で掲載しています。
- ■シリーズのうち、本編とは別枠で刊行が続いている外伝・スピンアウトは個別のシリーズとして扱っています。
- ■著者・イラストレーターに途中で変更があった作品については、連名で掲載しています。
- ■既刊数のデータは、11月時点でのデータです。短編集や外伝などある場合は併記しています。
- ■価格はシリーズ作品など各巻によって異なる場合があること、また価格表示の変更などがあり、統一が難しいため省略させていただきました。

殿堂入りシリーズ

3年連続第1位に輝いた『やはり俺の青春ラブコメはまちがっている。』に加え、
『このラノ2020』で集計した「2010年代 The BEST!!!」でトップ3に入った作品は“殿堂入り”となっています。

殿堂 やはり俺の青春ラブコメはまちがっている。

著：渡航　イラスト：ぽんかん⑧　ガガガ文庫　全14巻＋短編集4巻（＋アンソロジー全4巻）

捻くれラブコメの金字塔!　青春はまだまだ終わらない。

ひねくれ者の主人公比企谷《ひきがや》八幡《はちまん》が更生の名目で所属することとなった奉仕部の活動を描く群像劇。このラノ殿堂入りの大人気作品だ。

「まちがっている。」と言うだけのことあって人気とは裏腹に青春も恋愛も大きく拗らせた異色タイトルで、基本は八幡の一人称で進行する。極端なネガティブ思考・豊富なボギャブラリー・流行のスラングまで流暢に使いこなす八幡の語りは、それだけで上質なエンターテインメント。汚れ役や憎まれ役も厭わぬ八幡はおおよその主人公とかけ離れた存在だが、だからこそ面白いのだ。

本編は完結したものの、直後に豪華作家陣によるアンソロジーをなんと4冊も刊行。今年も年下ヒロインたちの短編集を刊行＆ヒロイン由比ケ浜《ゆいがはま》結衣《ゆい》の物語「結」始動と衰え知らずの展開を見せた。蛇足感なしに作品を広げ続けていることには驚きを禁じ得ない。先々のライトノベルにも影響を及ぼすだろう本作の展開は今後も注視したい。（中谷）

仮想現実　ゲーム

殿堂 ソードアート・オンライン

著：川原礫　イラスト：abec　電撃文庫　既刊26巻

新章《ユナイタル・リング》編　二つの世界を巡り、彼らは戦う

後に「SAO事件」と称される、世界初のVRMMORPG『ソードアート・オンライン』を舞台にしたデスゲームから始まる仮想世界をめぐる大人気長編シリーズ。超長編だった《アンダーワールド》から帰還したキリトたちが次に挑むのは、謎のオープンワールド・サバイバルゲーム『ユナイタル・リング』。強制コンバートによる装備やスキルのリセット、右も左も分からない中で迫る包囲網……新たなゲームに挑むワクワクドキドキと、《アリシゼーション》編との繋がりなど様々な要素がキリトたちを、さらには我々読者をも引き込み、原点に立ち返る楽しさと作品の深さを味わうことができるだろう。

また、《アインクラッド》編のリブートシリーズである《プログレッシブ》の劇場版も公開。アインクラッド城に挑むキリトたちを第一層から描く本シリーズは、初期の《アインクラッド》編を忘れられない方々は必見。まだ読んでいない方にはぜひ手に取っていただきたい。（綾城）

このライトノベルがすごい！認定
圧倒的面白さ、圧倒的熱さを持った“最強”のライトノベル!!!

殿堂　「とある魔術の禁書目録《インデックス》」シリーズ

著：鎌池和馬　イラスト：はいむらきよたか　電撃文庫　既刊旧約 22 巻+新約 23 巻+創約 4 巻+短編集 2 巻+その他 3 巻

学園都市の暗部がついに壊滅!?　そして上条当麻はロサンゼルスへ!

平和な日常に戻ってきたと思ったら、早速学園都市での新たな戦いに巻き込まれ、クリスマスから病院送りとなった上条当麻《かみじょうとうま》。そのため3巻では出番がなくお休みで、代わりにスポットライトが当たったのは、白井黒子と浜面《はまづら》仕上《しあげ》！

新・統括理事長である一方通行が下した「オペレーション・ハンドカフス」に参加した黒子は「風紀委員《ジャッジメント》」として暗部の対処をすることに。一方浜面は混沌と化した学園都市から脱出しようとするが思わぬトラブルに見舞われてしまう……。

そして4巻では上条当麻が再び主人公として、ロサンゼルスの全人口を消失させたR&Cオカルティクスと対決することに。集められたメンバーは、いつも一緒のオティヌスに加えて、インデックス、ステイル=マグヌス、神裂《かんざき》火織《かおり》と少し懐かしい顔ぶれ。しかし、舞台がロスになれど、珍しい面子と行動を共にすれど、上条当麻のやることには変わりない。この異常事態を起こしたふざけた幻想をぶち殺す！（柿崎）

殿堂　りゅうおうのおしごと!

著：白鳥士郎　イラスト：しらび　GA 文庫　既刊 15 巻

押しかけ弟子は女子小学生!　若き竜王たちを描く将棋群像

史上最年少で、「名人」に匹敵する将棋タイトル「竜王」を獲得した九頭《くず》竜《りゅう》八一《やいち》。だがその後は不調に悩んでいた。そこへ現れた弟子志願の雛鶴《ひなつる》あい。彼女の登場によって、八一とその周辺、将棋界全体が、大きく動き始めていく。

あいへの指導、八一自身の第一線での戦い、これらだけで充分物語の主軸となるが、本作はそこで終わらない。八一の年下の姉弟子にして初の女性プロ棋士を目指す銀子、八一の師匠の娘で女流棋士になろうとする桂香、他にも数多の魅力的なキャラを配し、そのぶつかり合いが生む勝負や恋を熱く描く。プロへの登竜門・奨励会での身も心も苛むような死闘など、描写の迫力に圧倒されるし、将棋ソフトの急速な進歩といった現実の変動の取り入れ方も巧みだ。

最新15巻現在、盤面からは極めて重要な駒が一時退場し、または立ち位置を一気に変じ、形勢は混沌としているが……心揺さぶる終局を期待せずにはいられない。（義和）

LOVE STORY

ラブがいっぱい

ときめく恋心から物語は生まれる！　こんなにもラブがあふれてる！
甘々なものから、奪い合いに発展するものまで、恋はいろいろ。

ラブコメ　幼馴染　三角関係

文庫21位

恋は双子で割り切れない

著：高村資本　イラスト：あるみっく　電撃文庫　既刊2巻

初恋をこじらせた幼馴染たち 歪な三角関係の行方や如何に

家族同然に育った白崎純《しろさきじゅん》と神宮寺《じんぐうじ》琉実《るみ》・那織《なおり》の姉妹。中3の折に琉実が純に告白し恋人になった。だが、妹の気持ちを知りながら抜け駆けしたことに耐えきれず、1年後に気持ちを押し殺して別れた上、那織に純を押し付けた。妹はそんな姉の考えを見抜いており、己の哲学に沿って行動を開始する。各々の想いが交差するややこしい三角関係は、一体誰が勝者になる？

スポーツ少女で中身が純真乙女の琉実と、見た目でサブカルオタクな地雷女子の那織というダブルヒロイン。これに加え、那織とは畑違いのサブカルオタク・純という個性的な3人の視点を次々切り替えながら展開されるラブコメは、各自の視点によって読み味が全く違う印象を受ける。これだけキャラ立ちしているので、当然癖が強い。さらに全員幼馴染且つヒロインが双子という、気心が知れまくっている関係性は、盛大に恋をこじらせまくった相関関係を作り出した。3人の初恋は、まだ動き出したばかりだ。（緋悠梨）

「ずっと側にいたからこそもどかしい。隣にいたからこそ縺れた関係の糸がじれったくてこそばゆい。しかし、それが良い。正に幼馴染ものの至高と言える作品であり、幼馴染に正面から向き合うから面白い作品である」（真白優樹・20代後半♠㊙）

青春　ラブコメ　幼馴染

幼なじみが絶対に負けないラブコメ

著：二丸修一　イラスト：しぐれうい　電撃文庫　既刊8巻

ロリ可愛い系と清楚系クール 二人の幼なじみによる恋愛戦

天才子役だったものの、今は平凡な高校生活を過ごす丸末晴《まるすえはる》は、クラスメートで天才作家の可知白草《かちしろくさ》に恋心を抱いていた。仲良く会話を交わし、これはもう脈アリ……そう思うや否や、彼女に恋人がいるとの噂を耳にする。失意に沈む末晴に、クラスメートで幼なじみの志田黒羽《しだくろは》が「復讐しよう」と囁いた。黒羽とともに行った復讐の結果、末晴が本当に好きだったのは可知ではなく黒羽だと気付く。そして行った告白の結果は、なんと撃沈。再び失意のどん底に陥る末晴だったが、そんな彼のもとに子役時代の後輩・桃坂真理愛《ももさかまりあ》がやってくる。彼女はどうやら末晴を芸能界に復帰させたいらしく……。

「幼なじみが絶対に負けない」とはどういうことか。そう、黒羽と可知はどちらも幼なじみだったのだ！　ロリ可愛い系の黒羽と清楚系クールな可知、そこに真理愛も加わり、好意と復讐の間で揺れる恋愛バトルが魅力だ。彼女たちの未来はどっちか、毎巻楽しみでならない。（太田）

「毎巻毎巻の盛り上がりが半端ない！　黒羽、シロ、モモの気持ちの描写にはいつもドキドキしてます！」（もしこ・10代前半♥Ⓦ）

青春　友達の妹　ウザかわ

友達の妹が俺にだけウザい

著：三河ごーすと　イラスト：トマリ　GA文庫　既刊8巻

かまって行動なんて非合理？ ウザかわいい満載のラブコメ

高校2年の大星明照《おおぼしあきてる》は日々後輩で親友の妹、小日向彩羽《こひなたいろは》にウザく絡まれている。そんな彼には自身がプロデューサーを務めるゲームクリエイター集団5階同盟を大手エンターテイメント企業に縁故採用させる野心があった。コネである叔父、月ノ森社長が提示した条件は卒業まで娘の真白《ましろ》に悪い虫が付かない様ニセ彼氏になること。コミュ力に難のある真白からは邪険に扱われ、友達の妹にはからかわれ、明照は振り回される。

好きな子に意地悪してしまうのは不合理と切り捨てる効率厨の明照の周りはウザい、つまり彼を嫌いな女子ばかり。その中でもやはり友達の妹、彩羽は別格のウザさでからかって、というよりも傍からはいちゃついてる様にしか見えない羨ましさ。しかし自分のためを装い、仲間を決して見捨てない明照が一番ウザいかもしれない（褒め言葉）。新刊は修学旅行編。真白の猛アタックに加えライバル出現!? そして彩羽は遠くにいても当然ウザ可愛い。（勝木）

「彩羽のウザ絡みと真白のツンデレが大好きです!鈍感だけど真剣な明照も!シリアスの緊張感とコメディのテンポ感が良い!」（お萩餅太・10代後半♠ⓦ）

ラブコメ　学園　フォトジェニック

塩対応の佐藤さんが俺にだけ甘い

著：猿渡かざみ　イラスト：Aちき　ガガガ文庫　既刊5巻

塩対応の純情な乙女が見せる可憐な一面に想いが加速する

学校の中では塩対応で、高嶺の花だと思われている佐藤こはる。でも、その実は恥ずかしがりやなだけで、映える写真を撮ろうと頑張っている女の子。誰に対しても優しく接している好青年の押尾颯太《おしおそうた》。彼も実はいたずら好きな一面があり、時には年相応の笑みを見せるのだった。ナンパされるこはるを颯太が救うという出会いから縮まっていた二人の距離。恋人同士になってもなお甘酸っぱい二人の両片想いな関係は、様々なイベントの中で徐々に変化していく。

お互いの本当の顔を知っているのは自分だけ。初恋ゆえにどう接していいか分からない！　そんな初々しくて悶えたくなる青春模様は、徐々にヒートアップ！　二人は恋人として夏休みや文化祭を経たものの、今でも脳内はフル回転。好きな人相手にどうしたらいいの!?　二人の駆け引きは、周りの人物の想いも巻き込んで展開されていく。ベタ甘で尊い、純度100%な乙女と少年の恋路から目が離せない！（太田）

「砂糖が吐けそうなくらい甘々なラブコメで、イチャイチャしてる2人をニヤニヤしながら読むのが最高です!」（柊・10代後半♠ⓦ）

後輩　ラブコメ　青春

カノジョに浮気されていた俺が、小悪魔な後輩に懐かれています

著：御宮ゆう　イラスト：えーる　角川スニーカー文庫　既刊4巻

傷心中の悠太に出来たのは小悪魔だけど心地よい後輩

1年付き合った彼女に浮気され別れた大学2年の羽瀬川悠太《はせがわゆうた》は、ひと月経ったクリスマスも荒んだ心を引き摺っていた。高校から付き合いがある彩華《あやか》からの合コンの誘いを断り、溜息交じりに街を歩いているとサンタの姿の女の子に迷惑をかけてしまう。サンタアルバイトの志乃原真由《しのはらまゆ》にあまり印象のよくない出会いをした悠太だったが、同じ大学の後輩で彼女も浮気された直後であり家に上がり込むほど懐かれてしまう。

カップルっぽいことがしたかっただけというズレた恋愛観のある後輩、真由は、多少小悪魔的ながら悠太の家に来ては料理を振る舞ったり世話を焼いてくれたり。高校生とも社会人とも違う自由で曖昧な大学生活で、不透明な関係はなぜか心地よくて浸り続けたくなります。女友達の美濃《みの》彩華、元恋人の相坂礼奈《あいさかれな》、それぞれの関係が掘り下げられた最新4巻、彼女たちとの距離は少しずつ変化して。家に入り浸る後輩の図、そこは変わらないのでご安心を。（勝木）

「ラノベ界隈において少しマイナーな大学生ラブコメ。でも、大学生特有の友人との距離感を忠実に描写し、読んでいてとても気持ちいいです」（お疲れブタboy・10代後半♠ⓦ）

ラブコメ　新婚生活　クラスメイト

文庫 40位

クラスの大嫌いな女子と結婚することになった。

著：天乃聖樹　イラスト：成海七海　キャラクター原案・漫画：もすこんぶ　MF文庫J　既刊3巻

相容れないクラスメート女子 そんな彼女と突如新婚生活!?

　ある日、高校生の北条才人《ほうじょうさいと》は、祖父から言われるがままにクラスメイトの桜森朱音《さくらもりあかね》と結婚させられる。朱音と才人は学校一苦手な天敵同士。強制的に同棲することとなったものの、やはり新婚生活は上手くいくはずもない。しかしそんな二人にも、日々の暮らしの中で楽しい時間が増えていく。才人は今まで知らなかった朱音の可愛い一面を知り、朱音は才人に対してある想いを抱き始める。お互いのことを理解した二人は、順調に距離を進めていき……。

　可愛いけれど相容れないクラスメイト女子と結婚生活という、思い浮かぶかもしれないけれどありえないと一蹴してしまいそうなテーマで描かれた新感覚のラブコメ。原作は、YouTubeチャンネル「漫画エンジェルネコオカ」で公開されている動画シリーズだが、本作はもちろんそれを観ていなくともOK。朱音がツンツンしていた状態から徐々にデレていく様に、胸がキュンキュンすること必至です！（太田）

「嫌いあう同士で結婚する二人のラブコメ。素直になれない二人のやり取りや、高校生とは思えない夫婦らしい新婚生活は圧巻です」
（流れる川の君・20代後半♠Ⓦ）

ラブコメ　大詰め　逆転劇

俺を好きなのはお前だけかよ

著：駱駝　イラスト：ブリキ　電撃文庫　既刊16巻

恋の駆け引きはもうミステリ 意外性たっぷりラブコメディ

　1巻発売から5年、電撃小説大賞金賞の本シリーズもいよいよ大詰め。鈍感系巻き込まれ型主人公を演じていた如月雨露《きさらぎあまつゆ》、通称ジョーロは二大美少女の思わせぶりな態度に困惑していた。生徒会長のコスモスこと秋《あき》野桜《のさくら》、幼馴染のひまわりこと日向葵《ひなたあおい》……二人の好きな人は俺じゃない！恋愛相談を聴きつつ二人をサポートし、自分も勝ち組を目指す。しかしジョーロに好意を寄せるのは、彼をストーキングしている三つ編みメガネで陰気で毒舌の図書委員パンジー、本名三色院菫子《さんしょくいんすみれこ》のみ。俺を好きなのはお前だけかよ!?

　メインの三名のみならず、巻を追って増えたヒロインたちのラブコメ展開はもちろん本作の魅力。さらに特筆すべきは逆境をひっくり返す展開。端からジョーロの二面性がバラされ、それからも意外な真相が次々展開されます。ラブコメなのに真相って!?　そしていよいよ予告最終巻の16巻、で終わりません！　そこまで意外性があるのかよ！（勝木）

「一体どこから始まっていたのか、シリーズを渡って仕掛けられたあまりにも壮大な真相には、愕然としてしまいました」
（岡村秀司・20代前半♠Ⓦ）

ナルシスト　オタク　青春

とってもカワイイ私と付き合ってよ!

著：三上こた　イラスト：さいね　角川スニーカー文庫　既刊3巻

偽装カップルから始まる恋！ 込み入った関係は変化するか

　高校では友人もなく、RPGオタクとして暮らす大和。だがある日、クラスの中心にいるリア充の結朱《ゆず》に彼氏のふりをして欲しいと頼まれた。断るも貴重な中古RPGに釣られて結局引き受けた大和だが、彼女の目的であるグループ内の三角関係解消については少し微妙な成り行きに。偽装状態のまま、文化祭を経験しクリスマスを迎える二人だけど……。

　ラブコメの楽しさは、時としてストーリーの起伏以上に、カップルやカップル未満である主人公たちのやり取りを味わう点にある。自分を可愛いと言い切るナルシストな結朱に、臆さず雑に切り返せる大和。そんな二人だが、実は人間関係にとても気を遣う優しい子であり、中学時代に陽キャとして奮闘していた少年であり、表面上の会話と微妙に透けて見えるそれら内面とを併せ考えると、より魅力が感じられる。理屈と感情が齟齬をきたす3巻の展開とそれを打ち破る行動が特によく、その先も読みたいと強く思わされた。（義和）

「糖分過多。偽装恋人の概念をぶっ壊し、二人きりの部室でイチャつき、誰も見てないデートでイチャつき、そして65本ある無料公開SSでイチャつく。いいぞもっとやれ！」（富士獣・20代後半♠協）

偽装カップル　金髪碧眼　イチャイチャ

お見合いしたくなかったので、無理難題な条件をつけたら同級生が来た件について

著：桜木 桜　イラスト：clear　角川スニーカー文庫　既刊2巻

見合いからの偽装婚約成立！ でも一緒に過ごすうちに……

高1の由弦《ゆづる》は祖父に曾孫の顔が見たいと迫られ、したくもない見合いをする羽目に。無理と思える各種条件を要求してみたのだが、それをクリアした人物がいた。それは彼が密かに「観賞用」の美人と呼んでいた同級生の愛理沙《ありさ》。どちらも望まぬ見合いと知った二人の意見は合い、これ以上の見合いを避けるため偽装婚約したところ……二人の相性はばっちりだった。家庭環境のせいもあり周囲に心を閉ざしていた愛理沙だが、料理を褒める・誕生日を祝うなどの由弦の言動は彼女を癒やしていく。

偽装のはずが本気になっていく恋愛が微笑ましい。ならさっさと偽装をやめればと思うが、日本有数の名家の後継者である由弦と、その家に取り入りたい養家の意向で見合いに臨んだ愛理沙、二人の背後にある不均衡な権力関係が互いの心に制限をかけてそう簡単にはいかないのが悩ましいところ。意外と難のある性格の愛理沙だが、その懐に飛び込めた由弦は幸運を活かせるか？（義和）

「まだ2巻しか出ていないが次巻が待ち遠しい作品。徐々にヒロインと打ち解けていく王道でも丁寧な描写で尊さが増している」（soso・10代後半♠Ⓦ）

ギャップ萌え　田舎と都会

文庫36位

転校先の清楚可憐な美少女が、昔男子と思って一緒に遊んだ幼馴染だった件

著：雲雀湯　イラスト：シソ　角川スニーカー文庫　既刊3巻

ずっと男だと思ってたのに！ 二人の関係はどう変わる？

田舎で育った隼人には、よく遊んだ幼馴染がいた。ガキ大将みたいなはるきは7年前に都会へ引っ越してしまったが、今、隼人も同じ街に転校してきた。すると同じクラスで隣に座る長い黒髪の楚々たる美人――春希があのはるきだと当人に教えられる。周囲に対してはおしとやかな美少女を演じ抜き、しかし隼人と二人きりになると胡坐《あぐら》をかくし一人称はボクと完全に昔のままの振る舞い。だがその関係は学校では秘密だし、隼人も春希も転校などに絡んで家族との問題を抱えていて……。

可愛い子のギャップというのはいいもので、それを自分だけに見せてくれるとなるとたまらない。幼馴染という思い出も加わりなおさらだ。ただ、普段猫をかぶっているということは無理をしているとも言えるわけで、そこに秘められた悩みをどう解きほぐしていくかも物語の軸になるだろう。変わってしまったし変わっていくけど変わらない、そんな二人の関係性を楽しめそうだ。（義和）

「良質な幼馴染とのラブコメ。元親友との距離感の描き方やお互いが抱える問題の書き方が素晴らしかった」（二郎三郎・30代♠Ⓦ）

愛&恋　地味子　許嫁

【朗報】俺の許嫁になった地味子、家では可愛いしかない。

著:氷高 悠　イラスト：たん旦　ファンタジア文庫　既刊3巻

ドンピシャすぎる運命の婚約 地味子からの変化に刮目せよ

パッとしない高校生・佐方遊一《さかたゆういち》は父親の一方的な押し付けから見ず知らずの女の子と婚約。両親の離婚から結婚に夢を持てず、三次元女子との恋愛を怖れる遊一は悲嘆に暮れる。しかし結婚相手として現れたのはクラスの地味な女子・綿苗結花《わたなえゆうか》で、しかも彼女は遊一が心の拠りどころとするソシャゲの推しヒロインゆうなの声優・和泉ゆうなでもあって⁉

互いに状況が飲み込めず混乱するもオタク談義で意気投合。さらにゆうなが大切にするファン「恋する死神」が遊一とわかり、結花が一転して結婚を快諾、そして同棲がスタート。親の決めた許嫁、ニッチな趣味がドンピシャ、推しヒロインと特別なファン。運命しか感じない遊一と結花の結婚を前提とした同棲生活はドキドキの連続です。学校では空気のように地味で冴えない結花ですが、家ではテンション高めの明るさとちょっとのおばかで積極的に距離を縮めてきます。好きが溢れてやばいのなんの！にやにやさせせんな！（勝木）

「もうほんと題名の通り可愛いしかないです可愛くて語彙力氏にます」（宇治抹茶・10代後半♠Ⓦ）

ラブコメ　歌　オタク

推しが俺を好きかもしれない

著：川田戯曲　イラスト：館田ダン　ファンタジア文庫　既刊1巻

推しアーティストの正体はクラスメートの女子でした

「満月の夜に咲きたい」（通称：まんさき）は、有名ボカロPと新人ボーカリストによる音楽ユニットだ。「まんさき」の熱狂的なファンである男子高校生・夜宮光助《よみやこうすけ》は、配信動画に映るボーカリストのU・Kaの正体がクラスメートの花房憂花《はなふさゆうか》であると知る。なんで、あいつが⁉　でも、クラスメートとはいえ推しのプライベートにオタクが干渉してはいけない！　そう考えていた光助だったものの、憂花は彼に近づいてきて……。

YOASOBI、ヨルシカ、ネクライトーキーなど、ボーカリスト出身コンポーザーとボーカロイドによるユニットが音楽シーンでヒットを飛ばす昨今。そんな音楽ユニットを推している少年が、ひょんなことからプライベートで繋がってしまったらという「もしも」を描く一作。奥ゆかしいオタク心で自制する光助と、本性を知られたことで次第に心を許していく憂花の甘酸っぱくてもどかしい日々がたまらない！　二人の恋が実る日を早く読みたい！（太田）

「なんといっても距離感が絶妙。面倒なアイドルと厄介なオタクの化学反応にニヤニヤが収まらなかった」（リク・20代後半♠㊯）

ラブコメ　友情　アクセ

男女の友情は成立する？（いや、しないっ!!）

著：七菜なな　イラスト：Parum　電撃文庫　既刊3巻

アクセ作りが作る強固な絆 恋に揺れる動く男女の友情

中学2年の文化祭、夏目悠宇《なつめゆう》は自身が育てた花で作るフラワーアクセの販売に協力してくれた陽キャな美少女犬塚日葵《いぬづかひまり》と恋……ではなく友情に落ちた。高校2年になった二人はアクセを作り、モデルとして販売する箱庭的運命共同体《しんゆう》を相変わらず続けていたが、悠宇が作ったブレスレットを大切にする少女榎本凜音《えのもとりおん》との出会いが変化をもたらす。凜音は悠宇が花に興味を持つようになった思い出の少女、初恋の相手だったのだ。

モテるが故に恋愛を面倒と言う日葵と、綺麗な姉たちの本性を知るが故に美人が苦手な悠宇。意見の一致から男女で親友となった二人は彼女が彼をからかってはぷっはーっと笑う関係。だが時が経ち状況も変わり、お互いがどれだけ大切かを思い知らされます。でも表面では親友で、恋愛になりそうになっては踏みとどまり、踏みとどまっては恋焦がれと右往左往がたまらない。男女の友情はどうなってしまうのか、ままならない恋の行方にぷっはーー！（勝木）

「『じゃあ、30になっても独身だったら～』って言っていた女友達はみんな結婚しました(30代独身男性)」（クオリア・30代♠Ⓦ）

隠れオタク　声優ファン　ほんのりクレイジー

お嫁さんにしたいコンテスト1位の後輩に弱みを握られた

著：岩波 零　イラスト：阿月唯　MF文庫J　既刊2巻

隠れオタクの最推しが一致！推し活動に二人で励むうち…

高校では学年1位、孤高の秀才を気取っている大翔《ひろと》だが、実は声優オタク。それを後輩の優衣奈《ゆいな》に察知されてしまう。文化祭でのお嫁さんにしたいコンテスト1位の美少女である優衣奈も実は大翔と同じく女性声優・神崎真桜《まお》が最推しで、イベント当選の確率を上げるためなどの理由で二人は協力し合うことを決める。

推し活動のためにと功利的に手を組んだはずの二人が次第に……というラブ部分もいいが、本作の肝はコメディ部分だろう。独特な感性を持つ大翔がそれを弁舌で正当化し優衣奈が突っ込む、優衣奈が可愛い顔でしれっと異常なことを言い出して大翔が突っ込む、そんな会話がたっぷり盛り込まれていて飽きさせない。

二人とも真桜に関してはガチで、好きなものを語り合う二人の姿は変態気味ながらも微笑ましく可愛いが、縁あって真桜と直接会えるようになり、ボルテージはより上昇。大翔が百合や寝取られに目覚めそうになる（？）中、関係はどうなる？（義和）

「もうはよ付き合って、結婚しろよお前ら!」ってなるぐらいのじれったいさ。2巻の終わり方が本当に好きで、3巻出したら即購入決定だ」（リズキ・アディティヤ・20代前半♠Ⓦ）

芝居　酔っぱらい

泥酔彼女

著：串木野たんぽ　イラスト：加川壱互　GA文庫　既刊2巻

会う時はいつも酔っぱらい？ 酒と芝居と男と女の恋物語

姉が芸能事務所に勤める高2の穂《ほ》澄《ずみ》。姉弟が暮らすその住まいに最近入り浸るのは、姉の高校演劇での後輩にして、その事務所に女優として所属する女子大生の七瀬だ。見てくれだけは完璧なのに酒がとにかく好きなため、酔っぱらいを忌み嫌う穂澄にとってはろくでもない存在。だがある日から彼女が来なくなり……。

メインヒロインが登場時にたいてい酔っているという異色作。どれだけ場をかき乱しても、話した内容を覚えてなくても、酔っぱらいだからしかたないなと読者に思ってもらえるかもしれないわけで、これはなかなかの創意やも。物語としては、芝居全般にどっぷりはまっている穂澄を中心に、中学時代から穂澄の近くにいる演劇部の羊《よう》子《こ》、中学時代に彼と付き合っていたが穂澄曰く彼を含めて「五股」かけた末に別れた大人気女優の水守《みもり》らも絡んでいく。七瀬の問題については多少改善したものの、伏せられている事情もまだあるようで、3巻を待ちたい。（義和）

「ポンコツ可愛い年上のお姉さんが好きな方には、必見の一冊だと思います」（トフィー・20代後半♠Ⓦ）

ラブコメ　バカップル　ドタバタ

幼馴染で婚約者なふたりが恋人をめざす話

著：緋月 薙　イラスト：ひげ猫　HJ文庫　既刊2巻

夫婦以上恋人未満な幼馴染に今更「恋愛」は恥ずかしい？

幼馴染、かつ婚約関係にある鳥《と》羽《ば》悠《ゆう》也《や》と伏見美月《ふしみみつき》は、高校入学時から半同棲状態。熟年夫婦と周囲に言われるほど仲がよいのだが……実は、恋人としての過程をほぼすっとばしていた。恋愛を意識すると、逆に恥ずかしくて手も繋げないことに気付いてしまう二人。一緒にいることが当たり前になり過ぎたバカップルは、恋人っぽい体験を通して、さらなる恋仲進展を図っていく。

悠也と美月のいちゃつきっぷりの凄まじさは、無自覚に周囲へダメージを与えるレベル。だが恐ろしいのは、この二人にはまだ「恋人」として進展の余地があること。よって意識的に恋人らしいことを行うが、耐えきれず身悶えしてばかり。「今更それを恥ずかしがるの!?」と驚くこと請け合いだが、本人たちは至って真剣。普段の様子からは想像できない初々しさ、周囲の認識とは裏腹なその様はまさしく「夫婦以上、恋人未満」。言い得て妙な表現だと、読めば納得できるだろう。（緋悠梨）

「登場人物の『性癖暴露』が次から次へと展開され、各キャラが悶絶する光景がたまらない。美羽ちゃんからの『逆アプローチ』には私さえ通報しそうになったw」（せとたか・40代♠Ⓦ）

ラブコメ　ifルート　結婚

俺の妹がこんなに可愛いわけがない

著：伏見つかさ　イラスト：かんざきひろ　電撃文庫　全17巻

第二の派生ルートは黒猫！ 島に伝わる伝承の真相は？

高坂《こうさか》桐《きり》乃《の》がアメリカに旅立って数か月。高坂京介《きょうすけ》と黒猫たちは、ゲーム研究会の合宿で離島を訪れる。同人ゲームの取材のため、島内を散策する二人は、オカルトに精通した少女・槇島悠《まきしまはるか》と出会った。すぐさま悠は黒猫と意気投合し、一緒に島に伝わる天女伝承を探る。しかし黒猫は、悠の名前が自身が考えていた作品のキャラクターと被っていると指摘。加えて悠と出会った神社が消失した。そんな出来事もありながら合宿期間中、徐々に黒猫に好意を寄せていく京介。果たして二人の恋路は？

2019年の『あやせif』から再始動した『俺妹』も、『黒猫if』と『加奈子if』で完結。書き下ろしの『黒猫if』では、本編で一度は付き合った京介と黒猫が別れなかった場合の物語が展開する。そしてまさかの新ヒロインはどこか黒猫に似ている女の子!? 同人ゲームにかける思いと、恋心。どちらも真正面から描いた、『俺妹』ファンなら読むべき派生ルートだ！（太田）

「俺妹待望の黒猫ルート！　この作品が出ることをどれだけ待ち望んだのかわかりません！　私から言えることは俺妹最高……伏見さんありがとう……黒猫ツンデレ尊い……」（すたあ・10代後半♠Ⓦ）

MOVE TO TEARS

微笑みと涙と

青春のきらめきがここにある。流した汗も涙も、あの日々の想い。
湧き出る感情が、かけがえのない記憶を彩っていく。

青春　ラブコメ　SF

文庫28位

「青春ブタ野郎」シリーズ

著：鴨志田一　イラスト：溝口ケージ　電撃文庫　既刊11巻

思春期の想いが起こす現象 大学生編もビターに進む……

「思春期症候群」と呼ばれる、思春期特有の不思議な現象に巻き込まれ続けていた梓川咲太《あずさがわさくた》。国民的アイドルで、今では自分の彼女でもある桜島麻衣《さくらじままい》を筆頭に、咲太自身も含め多くの罹患者と関わり、問題を解決してきた。そんな彼も高校を卒業し、麻衣と同じ大学へと進学。だがそこで中学の同級生・赤城郁美《あかぎいくみ》と再会する。思春期の少年少女たちの悩みを描く青春グラフィティ大学生編第2弾は、郁美のある行動から、咲太が中学時代の苦い思い出と向き合うことになるお話。理想を追い求め、現実とのギャップに苦しむ。人はそういう生き物だ。それが多感な思春期の頃からの悩みであれば、尚更苦しいかもしれない。前に進んだはずなのに、追いすがってくる過去。妹を傷つけたという中学時代のトラウマを、咲太はどう乗り越えたのか。そして、赤城の悩みの原因とは――。苦しい過去も併せて飲み込んで、今で上書きをして。彼らの青春はそうやってまだまだ続いていく。（緋悠梨）

「シリーズ全体を通して書かれているのは『優しさ』。読むだけで、次の日はちょっと優しい人間になれるような作品です」
（カプチーノ・10代前半♥Ⓦ）

背徳感　義妹　浮気

文庫29位

カノジョの妹とキスをした。

著：海空りく　イラスト：さばみぞれ　GA文庫　既刊3巻

本当にこれはラブコメなのか 崩れ落ちる様な義妹との関係

高校2年の佐藤博道《ひろみち》に彼女ができた。才川晴香《さいかわはるか》からの告白で交際をスタートした二人は、手を繋ぐのにひと月かかるくらいプラトニックな関係。そんな博道の日常は父親の再婚で思わぬ方向へ。再婚相手の娘、時雨《しぐれ》と二人暮らしすることに。しかも時雨は晴香と驚くほどそっくりで、実は生き別れの双子姉妹と分かり混乱は最高潮。時雨との同居という、大きな隠し事ができてしまう。

突然できた義妹と二人きりの生活。しかもカノジョとそっくりの双子。将来を考えて慎重で堅実な恋愛観を持つ晴香と対照的に、奔放で悪戯っ子の時雨に博道は振り回されっぱなし。スケベ雑誌を見られては冷笑で理解を示され、姉妹取り替えた制服姿でラッキースケベ。とここまでならラブコメなんですが、タイトルの展開で様相一変。倫理を置き去りに猛るような愛情が時雨に向けられ、彼は晴香への罪悪を感じながらぐずぐずに崩れていきます。キケンな純愛に脳みそとろけそー。（勝木）

「シンプルに性癖に刺さった作品。どうしようもないもどかしさもありながら、ほんのひとときの緩みから変わる心情は面白い」
（さかな・20代前半♠Ⓦ）

音楽 バンド 女装男子

文庫38位

楽園ノイズ

著：杉井 光　イラスト：春夏冬ゆう　電撃文庫　既刊3巻

彼らの奏でる青春は、楽園の調べを見つけ出す

　女装して動画配信サイトにオリジナル曲を投稿していた村瀬真琴《むらせまこと》は、音楽教師の華園美沙緒《はなぞのみさお》に秘密がバレてしまい、口止めとして音楽室で授業の手伝いをさせられることに。そこで真琴は華園先生を通じて三人の音楽少女と出会う。数々のピアノコンクールで優勝を独占した天才少女・冴島凛子《さえじまりんこ》、華道の家元のお嬢様でありながらドラムに魅せられた百《ゆ》合坂詩月《りさかしづき》、どんなパートも弾きこなす音楽センスの持ち主の不登校生徒・宮藤朱音《くどうあかね》。少女たちと心を通わせていく真琴は、彼女たちと学生バンドを結成することに。

　思春期の少年少女が抱く不満や葛藤。それは不快な雑音のように感じるが、どんな雑音も青春という曲を構成する一つの音色だ。個性もバラバラな少女たちの想いの音色が重なるとき、楽園の調べが奏される。文字では伝えきれない音を共感覚で呼び覚ます卓越した表現力、これぞ杉井光の真骨頂ともいうべき音楽と青春のボーイミーツガール。（愛咲）

「主人公、ヒロイン達が音楽に懸ける全ての熱量がこちらまで伝わってくるような瑞々しい文章力。これが青春小説。これが音楽小説。これが杉井光だ」（シーネ・20代後半♠Ⓦ）

女子高生 同居生活 人間関係

文庫32位

ひげを剃る。そして女子高生を拾う。

著：しめさば　イラスト：ぶーた、足立いまる（4巻）　角川スニーカー文庫　全6巻

女子高生と健全な同居生活不思議な二人の物語は完結へ

　5年の片思いの末、会社の美人上司・後藤に告白し見事玉砕したサラリーマンの吉田。その夜の帰り道、電柱の元でうずくまっている女子高生の沙優《さゆ》に出会う。「ヤらせてあげるから泊めて」――何やら事情のある彼女を放っておけず、家に上げることに。恋人でも友人でもない不思議な二人の同居生活が始まる……。

　会社の後輩・三島や想い人である後藤先輩、異動してきた元恋人である神田蒼や沙優のバイト仲間のあさみなど、吉田の周りの人々との関係が絡まり合い、変化していく。何気ない幸せな日常の中、家出した沙優の事情も徐々にと明かされる。さらに兄や母とも再会し、物語は佳境へ。

　温かくて、ままならなくて、でもかけがえのない二人の日常、そしていつか来る終わりを感じた二人の覚悟とは。にへら、と笑う沙優の本心と、見守る吉田の決意を見届けよう。

　2021年春にはテレビアニメ化、そして完結を迎えた今こそぜひ読んでいただきたい作品だ。（綾城）

「巻数は少ないですがとても重量感のある最高の作品でした!　完結おめでとうございます」（ぴょん・10代後半♠Ⓦ）

青春 ラブコメ 攻略

文庫31位

弱キャラ友崎くん

著：屋久ユウキ　イラスト：フライ　ガガガ文庫　既刊11巻

恋人関係「攻略」の糸口は？弱キャラは、未だ成長中。

　格闘ゲームでは日本一の腕前を見せる一方、現実では「弱キャラ」の高校生・友崎文也《ともざきふみや》。ある日、唯一尊敬するゲーマーから、オフ会に誘われる。その正体はなんと、学園のパーフェクトヒロイン・日南葵《ひなみあおい》だった。「人生はクソゲー」という文也に対し、「人生は神ゲー」と主張する葵。相反する二人だが、尊敬するゲーマーとしての言葉に動かされた文也は、葵に師事し、リア充を目指して様々な課題をクリアしていく。

　陰キャが陽キャになるべく奮闘する人生攻略ラブコメも、大台の10巻目前にして遂に文也に彼女が出来た！　よく頑張ったと思わず親心的な何かが溢れたが、そこはまだ通過点。次々と表面化する彼女や友人たちの関係性の危機。心情の掘りさげがうまい故に、人間関係に歪みが出ると読者も心にダメージを負う本作だが、そんな状況下でも文也は諦めないくらいに強くなった。自分の目指す形を探りながら、彼はまだ成長し続けている。（緋悠梨）

「複雑な恋愛、友達関係、将来のことで苦労する友崎を見ていて胸のうちがいい意味でもどかしくなる。みんなハッピーになってくれ」（高麗人参・20代前半♠Ⓦ）

青春　恋愛　人間ドラマ

君は僕の後悔《リグレット》

著：しめさば　イラスト：しぐれうい　ダッシュエックス文庫　既刊2巻

天真爛漫な彼女との想い出　恋の歯車は、再び回り始める

高校1年の夏。読書部に所属する浅田《あさだ》結弦《ゆづる》は、別クラスに転入してきた人物の名前を聞いて驚愕する。なぜなら、その転入生・水野《みずの》藍衣《あい》と結弦は中学時代に交際していたからだ。彼女の自由さが好きだったはずなのに、彼はそれを苦しく感じるようになり、別れてしまった。ありのままを受け止められなかったことを未だ後悔する結弦だが、藍衣は今も好意を寄せ続けていた。これは、二人の恋路が再びぶつかって、すれ違って、結びついてゆく――それまでの物語。

「こうすればよかった」という後悔は、人を変える大切な要素といえる。結弦も藍衣も、傷つきながら成長しているが、まだ思春期の真っただ中。結弦と同じ読書部の小田島《おだじま》薫《かおる》も含め、感傷的な時期の高校生たちは複雑な感情を抱えがちだ。彼らの等身大な姿を、本作は丁寧に描いている。自身の未熟さが生んだ苦しみと向き合うのも、また青春かもしれない。人と向き合うことに葛藤する、ビターな恋愛譚の幕開けだ。（緋悠梨）

「高校生になって再び主人公の前に現れたヒロインに対し、何を思い、何を伝えるのか。言葉と言葉が繋ぐ2人の「すれ違い」に注目して見てもらいたい作品です」（SoLs・10代後半♠㊙）

ドタバタ　切ない　燃える

キミの青春、私のキスはいらないの？

著：うさぎやすぽん　イラスト：あまな　電撃文庫　既刊1巻

キスは無意味か無意味は悪か　キスを巡る勝負の始まり！

完璧であることを目指し、将来は両親と同様に医師になろうとしている黒木《くろき》。だが今のところ完璧なのはテストの順位くらいなもので、「高校生にもなってキスしたことないなんて病気」というネットの書き込みにあっさり心乱してしまう。そんな矢先、同級生の日野《ひの》と関わりを持った黒木は、自分が無意味と断じたキスを、日野相手にしたくなるかならないかで勝負をすることとなり……。

恋愛を無駄と切り捨てる黒木だが、霧山《きりやま》や太田《おおた》といった悪友や妹または幼馴染と駄弁る姿などを見ていけば、成績はいいがすっとこどっこいと見当はつく。にぎやかな会話シーンは実に楽しい。そして日野とのやり取りは、愉快だがどこかスリリング。「誰とでもキスする女」と噂され、無意味なことが愛おしいと言う日野。彼女に食ってかかる黒木だが、読み進めていくうち、二人の距離はさほど遠くもないことに気づくはず。クライマックスは熱さと感動をもたらしてくれることだろう。（義和）

「高純度の『青春』でぶん殴られた感じ。完璧を目指す主人公もその周りにいる友人たちも魅力的で、非常に爽やかな読後感です。こんな友達が欲しかった」（sikimi・20代前半♥Ⓦ）

青春　本　愛&恋

むすぶと本。

著：野村美月　イラスト：竹岡美穂　ファミ通文庫、エンターブレイン　既刊文庫3巻+単行本2巻

本の声が聞こえる少年むすぶ　本と人との思いを取りなす！

本の言葉を聞くことができる榎木《えのき》むすぶは、本の味方を自任する高校生。本は常に人を愛しており、彼はその言葉を人に届けることで、両者の縁を結んだり修復したりする。人にとって良い本と巡り会えることは、それ以前より少し自由に息をつけることなのだと教えてくれる作品だ。ミステリー風味だが作風は軽快。彼の恋人の文庫本「夜長姫《よながひめ》」は可愛いヤンデレ。また〝文学少女〟シリーズの登場人物やその子孫も登場する。

レギュラーキャラが多く数十ページの短編を中心に連ねていく文庫がテレビシリーズとすれば、いつもとは違う舞台で一つの大きな物語を扱う単行本は劇場版というところか。今期の単行本『七冊の『神曲』が断罪する七人のダンテ』は、とある工夫で終盤にけっこうな驚きを与えてくれる。文庫最新巻の『『夜長姫と耳男《みみお》』のあどけない遊戯』は第ゼロ話とも言うべきで、これまで断片的に語られていたむすぶと夜長姫の出会いが丁寧に描かれている。（義和）

「『文学少女』シリーズと同じタッグという時点で、最高なのは当たり前。キャラのつながりもあって、美味しい作品です！」（関生・10代前半♥Ⓦ）

青春　自殺　愛&恋

文庫 33位

君のせいで今日も死ねない。

著：飴月　イラスト：DSマイル　ファンタジア文庫　既刊1巻

飛び降り寸前の少女を助け、幸せな日常へと連れ出せ！

平凡中の平凡な『俺』ことA君が学校の屋上で出会ったのは、同級生で「神に愛された完璧な美少女」三《みつ》峰《みね》彩《いろ》葉《は》。飛び降り自殺をしようとしていた彼女を、あの手この手で止めようとするA君。その日から彼女と二人で過ごす日々が始まる。命を絶とうと考えるほどの深い悩みは解決できないが、彼女の生きる理由を作りたい。そう頑張っているうちに彼女に引かれていく。三峰を自殺させないためA君は奮闘するが――？

完璧と呼ばれる人にも悩みはある。三峰もそうだった。作中は特別な存在としての振る舞いを求められ、心が限界を迎えた彼女の息苦しさが終始横たわる。その中で、彼女にとっても読者にとっても光となるのがA君だ。内面の必死さを隠し、道化的な振る舞いで彼女を楽しませて笑顔を取り戻す。すごい男だと思わずにいられない。この相手しかいないという運命的な結末、そのラストまで一気に駆け抜ける素晴らしい物語だった。（緋悠梨）

「自殺しそうになった完璧美少女、三峰彩葉視点の章の心理描写が最高だった。また、自殺を止めた主人公Aくんとの関係性が今世紀一番エモかった」（りんご・10代後半♥Ⓦ）

イチャラブ　同居生活　虐待

飛び降りようとしている女子高生を助けたらどうなるのか？

著:岸馬きらく　イラスト：黒なまこ　キャラクター原案・漫画：らたん　角川スニーカー文庫　既刊2巻

自殺を助けたら彼女ができた訳ありの同居生活が始まる

勉強とバイトに明け暮れる結《ゆう》城《き》祐《ゆう》介《すけ》は、突如「彼女が欲しい」という気持ちが沸き上がっていた。まさにそのとき、ビルから飛び降りようとしている少女を助ける。そのままの勢いで「彼女になってくれよ」と言ってしまい、なんとOKをもらう。これが初白《はつしろ》小鳥《ことり》との出会いだった。

不穏な出会い方をした二人だが、相性は良かったようで、初々しくも甘々な同居生活が描かれる。勉強とバイトで忙しくする祐介を、小鳥が手料理で労って、ちょっといちゃついたりして……。「生きている意味がない」と自殺寸前にまで思いつめた小鳥だったが、祐介と過ごすことで気持ちは上向いていく。強迫的に日々を過ごしていた祐介も、小鳥に癒やされていく。依存的に、しかし支え合う二人が愛おしくなってくる。

カクヨムに投稿され、コラボ企画で漫画動画となり人気を博していた本作。小説版では小鳥の辛い事情にも踏み込んで描いている。その顛末はぜひ見届けてほしい。（岡田）

「飛び降りようとしている女子高生を助けたらどうなるのか？　ともすれば重く暗くなる題材を、茶化すわけでもなく真面目に向き合って描いているのが印象的。同時代性を強く感じるラブストーリーだった」（平和・40代♠㊗）

バイク　青春　アニメ化

スーパーカブ

著：トネ・コーケン　イラスト：博　角川スニーカー文庫　既刊7巻+短編集1巻

通学にバイト、旅や冒険までスーパーカブが少女を変える

山梨に住む、家族もなければ金もない女子高生の小熊《こぐま》。通学に自転車ではきついとバイク屋に赴いたところ、格安のスーパーカブに出会う。それを機に、同級生でカブマニアの礼子《れいこ》が絡んでくるようになり、バイトを始め、同じクラスだが接点のなかった椎《しい》とも仲良くなっていき……。

1台のバイクが、何もなかった少女の行動範囲を広げ、他者との縁を結び、人生を進んでいくための頼れる相棒となっていく。作者自身の経験がふんだんに盛り込まれていると思しき各種エピソードは臨場感があり、バイクに無縁な読者でも楽しめることだろう。次第にタフになっていく小熊の変化もいい。行儀が良くなっていくとは言えないが、そこには生命力があり、安直に周囲に寄りかからない力強さも見て取れる。

2巻までがアニメ化されたが、最新7巻では大学に進学した小熊の東京郊外での新たな生活が幕を開けている。底の知れない新キャラたちも現れ、今後も楽しみだ。（義和）

「巻を追うごとに小熊の人間関係や世界も広がっていき、成長が感じられる。アニメも最高でした!」（すばるん・20代後半♠Ⓦ）

愛&恋　学園

主人公にはなれない僕らの妥協から始める恋人生活

著：鴨野うどん　イラスト：かふか　オーバーラップ文庫　既刊1巻

妥協の結果生まれた恋愛関係でもこれはこれで悪くない？

男子高校生・朝井《あさい》秀侑《しゅうゆ》の信条は『人生はつまるところ妥協』。好きな相手にも告白せず、友達関係の継続に努めている。ところがある日、腐れ縁の同級生・楠木乃菜《くすのきのな》と恋愛観について議論になり、勢いで付き合うことになる。初めての恋人に多少ドギマギしながらも、彼女と過ごすのは意外と楽しい。利害の一致で生まれた恋愛関係は、一体いつまで続く？

ラブコメといえばドキドキする展開や恋の駆け引きが主題となることが多い。だがそういった要素は本作では薄い。なにしろ始まりが妥協なので。この「自分で妥協した」という事実をお互いが知るからこその、気兼ねないやり取りが出来る関係が小気味よい。そこから更に踏み込もうとすると見えてくる、お互いの良いところや、妥協を大切にする境地に至った過去。悩みを抱える等身大の少年少女は、妥協の先に何を見出すのか。ぜひ長く続いて、妥協も悪いことばかりでないということを知らしめてほしい作品だ。（緋悠梨）

「『妥協から始まる恋』。単に妥協を起点にしただけの甘いラブストーリーかと思いましたが、厭世っぽい独特な雰囲気が最高でした」
（とこー・10代後半♠㊭）

年の差　背徳感　切ない

君は初恋の人、の娘

著：機村械人　イラスト：いちかわはる　GA文庫　既刊2巻

ある晩、助けた女子高生は、初恋の幼馴染の娘だった

若くして大型雑貨店の店長を任され、上司や部下からの信頼も厚く、デキる社会人として働く28歳の釘山《くぎやま》一悟《いちご》は、ある晩、酔っ払いに絡まれていた女子高生・星神《ほしがみ》ルナを助ける。彼女は一悟の初恋の幼馴染・朔良《さくら》の娘だった。亡き母親から一悟のことを聞いて憧れを抱いていたルナは、「私を恋人にしてくれませんか？」と一悟に迫り、次第に職場や自宅にまで押しかけるように……。

美少女から告白されながらも、良識ある大人の対応を心がけ、彼女を傷つけないように距離を取ろうとする一悟ですが、初恋の相手に瓜二つなルナに過去の思い出がフラッシュバックして押し込めてきた初恋の想いが溢れてしまう姿が切ない。学校では常に明るい優等生として振る舞いながら、両親を亡くし一人暮らしで孤独感を抱え、一悟に救いを求めるルナの気持ちにも応えてやりたくなる。初恋のやり直しという甘い誘惑と、年の差の背徳感が絶妙な純愛ラブストーリー。（愛咲）

「社会人主人公は大嫌い！　俺はおっさんでない美少女だ！　と言い聞かす日々。でも本作のルナちゃんが来てくれるのなら社会人になってもいいのかな？　責任ある仕事で押し潰された社会人読者の心に、ことのほか響く一品！」（美少女文庫編集長・40代♠㊭）

ラブコメ　学園　ぼっち

美少女と距離を置く方法

著：丸深まろやか　イラスト：シソ　オーバーラップ文庫　既刊2巻

クールな美少女もぼっち仲間似た者同士のもどかしい恋愛

人付き合いが苦手で、「選択的ぼっち」を掲げて高校生活を送る楠葉廉《くすばれん》。ある日、通りがかりに同級生の橘《たちばな》理《り》華《か》を助けた結果、お礼をしたいと言われてしまう。なんとかそれを乗り切ったのもつかの間、今度は行く先々で理華と出会うようになる。実は彼女も一人行動が好きな性分なうえ、更に家もご近所さんだった。似た者同士であると理解し、少しずつ距離を縮めていく二人。果たして、この出会いは恋愛に発展するのか？

価値観を共有できる相手は大変貴重で、恋愛に発展すれば最高だ。だが、二人がぼっち好き同士の場合、奥手で中々進展しない。お互い意識しあう関係を築きながらも、予防線を張りまくってしまう。常に最悪を考える気持ちは理解できるも、傍から見てると本当に焦れったい。だがそれがいいのだ。平凡な日常を、友人の助けを得て一歩ずつ積み重ね、不器用ながらも自らの気持ちと、相手に対して真摯に向き合った二人に幸あれかし。（緋悠梨）

「ひとりでいることが苦じゃないそれぞれが、2人でいることの心地良さに気付く過程と描写がとっても良かった!!」
（りゅーじ@積みの王・20代前半♠㊭）

LYRICISM

百合を咲かせる

女の子同士の繊細な関係性が描かれる、人間ドラマ。
それは友情なのか、それとも恋心なのか。ゆれる心にもときめきが。

年の差　同居生活　同性愛

〆切前には百合が捗る

著：平坂読　イラスト：U35　GA文庫　既刊2巻

どこか危うくも優しいありふれたラブストーリー

家出少女・白川愛結《しらかわあゆ》と売れっ子小説家・海老《かいろう》ヒカリの交流を中心に綴られる日常系百合コメディ。田舎に絶望して上京するものの、行き場のない愛結は、従姉の編集者・白川《しらかわ》京《みやこ》の提案で自堕落なヒカリの世話係&監視役として働くこととなる。自由奔放なヒカリに戸惑いながらも同居生活を楽しむ愛結。一方のヒカリも、実直な愛結に特別な感情を抱き始める……。

著者の前作『妹さえいればいい。』と世界観を共有している。直接のリンクは白川京ひとりのため未読でも何ら問題はないが、ネタの手広さと軽快な文面は（もちろん良い意味で）それを彷彿させる。本作の特徴はむしろメインキャラクターが二人だけというところだ。

女性同士の関係を描く百合作品ブームが続くなか、同性愛にまつわる問題にまで踏み込んだライトノベルはまだ多いとは言えない。百合ラノベの急先鋒として、そして何より誠実な恋愛ものとして強くお勧めしたい一作。（中谷）

「女性同士の恋愛を美化するでもなく淡々として描かれていたのが良かったです。作家物としての面白さも十分あり気付けば読み終わっていました」（sikimi・20代前半♥ⓦ）

百合　学園　青春

安達としまむら

著：入間人間　キャラクターデザイン：のん　イラスト：raemz　電撃文庫　既刊10巻

互いを想う気持ちの行方は？恋人同士な二人のベタ甘百合

体育館の二階。安達桜《あだちさくら》と島村抱月《しまむらほうげつ》は、授業中にいつもそこに集まって日々を過ごす。たわいもない会話を交わしたり、卓球をしてみたり、今度の休みにどこかへ行く予定を立ててみたり。いつしか安達がしまむらのことを想う気持ちは友情の枠に収まらないものに成長してきた。恋心に気付いた二人は付き合うことになり、高校も卒業。大学入学を機に、さらに距離が縮まっていく。これは二人の女の子が織り成す、ちょっと甘酸っぱい日常の一コマ。

とてもネガティブで、感情を表に出すことが苦手な安達。サバサバとした性格で、人ともそんなに深く接しないしまむら。この二人が交流を重ねていき、徐々に仲良くなっていく様子が本当にたまらない！　第10巻からは遂に大学生編、同棲生活がスタート。しまむらのことばかり考えている安達はどうなってしまうのか。そして、しまむらは？　二人の胸キュンな関係はまだまだ留まるところを知らない。（太田）

「作者の頭の中が見たい(良い意味で)、考えさせられるシーンが出てきたと思ったら急に百合がきて感情がジェットコースター」（@nica_ringo・10代後半♥ⓦ）

魔法　学園　百合

新・魔法科高校の劣等生　キグナスの乙女たち

著：佐島 勤　イラスト：石田可奈　電撃文庫　既刊2巻

少女二人の魔法科高校生活！手に取りやすい新規シリーズ

『魔法科高校の劣等生』著者・イラストレーターコンビによる同作の新シリーズ。主要キャラの年齢が引き上がりシリアスな展開が増えた本編とは対照的に、こちらは原点回帰ともいえるシンプルな学園ものだ。

幼少から姉妹のように育てられた十文字《じゅうもんじ》アリサと遠上《とおかみ》茉莉花《まりか》。事情があり離れ離れとなった二人は魔法科高校新入生として再会を果たす。二人の少女を中心に勉強、部活、そして恋……華やかな学園生活が丁寧に描かれている。緻密な設定描写が魅力的なシリーズだが、本作では主役二人の掘り下げが主。その関係性は既刊2巻とは思えぬ、大変読み応えのあるものとなっている。

また、内容に伴ってキャラ紹介や用語解説が膨大なボリュームとなった本編と違いそれらは必要最低限に留められている（2巻の巻頭は地味ながら英断!）。コミカライズ版が早くも連載開始となり、益々注目を集める本作。今後の展開にも大いに期待したい。（中谷）

「魔法科高校を舞台にしたスピンオフ作品。ダブルヒロイン構成でとても新鮮な感じがした」（フレス・20代前半♠ⓦ）

百合　ラブコメ　学園

わたしが恋人になれるわけないじゃん、ムリムリ!（※ムリじゃなかった!?）

著：みかみてれん　イラスト：竹嶋えく　ダッシュエックス文庫　既刊4巻

親友か、はたまた恋人か。揺れる少女は何を望む？

高校デビューを果たし、陽キャグループに仲間入りした甘織《あまおり》れな子。しかし彼女は、グループのノリに馴染むことができずにいた。れな子が屋上で休憩していると、モデルとしても活躍する学園のスーパースター・王塚《おうづか》真唯《まい》が声を掛けてきた。真唯に身の丈を相談することで、れな子は遂に親友ができたとはしゃぐ。ところが翌日、れな子は真唯に愛の告白をされ……二人の仲はどうなる!?

自己肯定感が低い陰キャ少女のれな子と、天上天下唯我独尊を地で行くスパダリの真唯。そんな二人が親友と恋人の間で揺れながら、互いに惹かれ理解していく様が本作の魅力。圧倒的包容力を持った瀬名《せな》紫陽花《あじさい》やツンデレクール少女・琴《こと》紗月《さつき》など友人たちも巻き込んで、れな子の周りの関係性が慌ただしく変化していく。最新第4巻ではれな子の選択で恋の大波乱が巻き起こる。彼女たちの物語は、いったいどこへ向かうのか？稀代のガールズラブコメ、この世界に飛び込むなら今だ！（太田）

「百合初心者から上級者の方までおすすめできるガールズラブコメ。3巻で一段とギアを上げてきました。最高です」（たぬ・20代後半♥ⓦ）

百合　学園　青春

女同士とかありえないでしょと言い張る女の子を、百日間で徹底的に落とす百合のお話

著：みかみてれん　イラスト：雪子、綵　GA文庫　既刊4巻

百万円で恋心も屈服!? 青春ベタ甘ガールズラブコメ

女同士なんてありえない！ そう感じていた女子高生の榊原《さかきばら》鞠佳《まりか》は、その話を聞いていたクラスメートの不破《ふわ》絢《あや》に百万円を突き付けられる。そのお金を原資に、1日1万円で鞠佳を買うので、百日後にはありえないなんて言わせないというのだ。徐々にエスカレートしていくプレイの中、鞠佳は遂に陥落！ 想いを口にし、二人は恋人になった。そして始まる二人のイチャイチャな恋人生活。クリスマスにバレンタインと恋人らしいイベントで、二人はどうなる？

絢と過ごすうちに、女同士の恋愛なんてありえないと思っていた鞠佳は考えを改めていく。そして絢の動作一つ一つに悶えていく様がとてもたまらない！ 第1巻から顕著だったえっちなシーンも徐々にヒートアップし、第3巻は「これいいの!?」と驚くような展開も描写される。来たる第5巻からは同人版でも描写されていない未踏の内容になり、展開がとても気になるところ。百合ラノベの最前線をぜひご堪能あれ。（太田）

「ちょっとえっちなガルコメ!!!女の子の女の子なところがとても女の子で素晴らしい」（バルコニーから点鼻薬・20代前半♠ⓦ）

魔女　繰り返し　完全記憶

忘れえぬ魔女の物語

著：宇佐楢春　イラスト：かも仮面　GA文庫　既刊2巻

魔女的な体質は呪いか福音か不思議で不器用な二人の時間

相沢綾香《あいざわあやか》は1日を平均5回繰り返し、すべてを記憶している。15歳にして体感75年生きた綾香は、3回の高校初日で3回とも稲葉未散《いなばみちる》と知り合い、戸惑いつつも興味を引かれる。事情を知る従姉の水瀬優花を唯一の庇護者とし、人付き合いの薄い綾香は、感情豊かな初めての友達に喜びと自身の魔女的な体質で嫌われる恐怖と向き合っていく。大人になったら魔法使いになる、未散の告白にさらに綾香は惹かれていくのだった。

GA文庫大賞受賞作がシリーズ化。タイムリープものというロジックの難しい題材をこれだけのクオリティで描きながら単巻で終わらせないところがすでにすごい。同じ日の繰り返しと完全な記憶力は親に魔女と言わしめるほど特異で、綾香を時間の牢獄に入れられたかのような孤独な存在にしていきます。だからこそ未散が大切で、不器用にしか触れ合えない、揺れる想いと劇的な展開が心を打ちます。魔法使いと魔女の未来にハッピーエンドを期待。（勝木）

「1巻の終盤、想像もつかない展開にめちゃくちゃ引き込まれました。間違いなくおすすめできる作品です」（NiNon・10代後半♠Ⓦ）

百合　青春　ラブコメ

白百合さんかく語りき。

著：今田ひよこ　イラスト：raemz　電撃文庫　既刊1巻

陰キャ少女と陽キャ留学生二人の放課後はCP妄想!?

地味で目立たないコミュ障の菊野《きくの》永遠《とわ》と、学校中で人気のある美少女、リリ・ミシェーレ。一見、縁のないような二人組だが、今日も放課後の空き教室で、様々なものを題材にカップリングへの妄想を語り合っていた。リリはそんな永遠と一緒にいられる時間がとても好きで、愛おしかった。だって、大好きな人を独占できるのだから！　そんな空き教室へ、恋愛相談を持ち掛けてくる生徒がやってくるようになった。恋愛相談に答えることも二人の日課なのだ。

ふとカップルを見ると妄想に耽ってしまう少女と、彼女の妄想話が大好きな留学生の少女。二人は正反対だけど仲良しで、いつもいろんな妄想を語り合っている。その様子が愛おしいことなんのって！　時には誰かの恋路に首を突っ込んでみたり、他愛もない放課後を送ってみたり。そしてリリの恋心に永遠が気付くときは来るのか？　そんな二人ののどかでどこかおかしい放課後を、ぜひ覗いてみませんか？（太田）

「一人一人キャラが濃すぎて面白かったです!　わたしもカプ厨なので読んでいてかなり共感するところが多かったです笑笑」
（長門有希の母・10代後半♥Ⓦ）

前世転生　革命　百合

転生王女と天才令嬢の魔法革命

著：鴉ぴえろ　イラスト：きさらぎゆり　ファンタジア文庫　既刊4巻

やがて国をも変える王女の優しい王宮ファンタジー

幼い頃に前世の記憶を取り戻した王女、アニスフィア。魔法に憧れながらも魔法を使えない彼女は、柔軟な発想力で独自の魔法研究に邁進し、周囲からはキテレツ王女と呼ばれている。「転生もの」らしい主人公だが、彼女はあくまで今世を生きる人。しきりに前世に触れるようなことはなく、タイトルの魔法革命についても現代知識から無理に押し進めるような描写は少ない。転生していることを良い意味で意識させない、他とは一線を画す作風が特徴。

物語はアニスフィアの弟アルガルドの婚約者・公爵家令嬢ユフィリアが婚約を破棄されてしまうことから動き出す。偶然にも破棄の場に居合わせたアニスフィアは、ユフィリアの名誉回復のため、彼女を魔法研究の助手とすることを提案する。波乱もありながら仲を深めていく二人。毎巻しっかりと進展を見せてくれてるのは本作の大きな見どころ。濃厚な百合をお求めの方に、ぜひお薦めしたい。（中谷）

「緩い物語かと思ってたらおおやけどした。少女たちの想いが最高に熱い話だった」（しゅん・10代後半♠Ⓦ）

いまコレが熱い！
9月以降スタートの青春&ラブコメ

多様な恋愛のかたちを描き出す新世代のラブコメ。酸いも甘いも、大胆に描き出すのがいいのだ。

文・岡田勘一

『わたし、二番目の彼女でいいから。』

著：西 条陽　イラスト：Re岳　電撃文庫　既刊1巻

お互いに一番好きな人がいるのに、二番目同士で付き合っている桐島と早坂さん。「二番目の彼女でいい」という言葉に秘められた気持ちは?

ラブコメのトレンドは移り変わる胸を刺す背徳感は恋のスパイス？

　ライトノベルの中でも青春恋愛やラブコメは、以前から変わらずに人気がある。今年の『このラノ』のランキングでは、「そこを突くか!」と唸ってしまう作品が多かった。『ミモザの告白』は性自認を扱った青春ラブコメ。『この恋と、その未来。』を思い出させる、性と恋の複雑な感情をテーマにした意欲作だ。『ただ制服を着てるだけ』は、性風俗と貧困に切り込んだ、特殊な同居もの。『ひげを剃る。そして女子高生を拾う。』でも描かれた性的消費を、高い解像度で描き出している。

　恋愛は単純な好きの感情、ピュアで綺麗なものばかりではないと、ラブコメ作品でも描かれるようになっている。浮気をしたりされたり、彼女が〝経験済み〟だったり、好きな人と結ばれるわけじゃなかったり。そんな恋人関係の複雑さを描き、背徳的な感情を沸き立たせるのが『わたし、二番目の彼女でいいから。』だ。一番好きな人がいると知りつつ、二番目に好きな相手として秘密裏に付き合っている桐島《きりしま》と早坂《はやさか》さん。二番目同士、お互いが一番に好きな人と付き合えるように適度な距離で恋人関係を結び、共謀しているだけ。そんな桐島が、一番好きな相手である橘《たちばな》さんからアプローチされるようになるから大変だ。彼氏がいるはずの橘さんだが、桐島に対して距離を詰めてくるのはなぜなんだ!

　橘さんと桐島が「耳元ミステリー」という謎の遊びに興じるシーンも良い。片方が耳元でミステリー小説のタイトルを言い、もう片方がその著者を答えるという単純なものなのだが、吐息が耳にかかる距離に近づいているのがきわどい。桐島はその想いを乗せて、舞城王太郎好きな橘さんへ「好き好き大好き超愛している。」と囁くのだ。

　桐島を二番目に好きな早坂さんも、恋の事情で一悶着あり、桐島への想いが高まっていく。それでも「二番目の彼女でいいから」と役割を全うしようとするのが切ない。複雑な関係がどうなるのか……早く2巻を。

『僕たちはまだ恋を知らない〜初恋実験モジュールでの共同生活365日〜』

著：鶏卵うどん　イラスト：SuperPig
MF文庫J　既刊1巻

北海道の原野に立てられた、極地居住モジュールで暮らすことになった、6人の学生の物語。この閉鎖空間で恋愛禁止ルールに耐えられるのか!?

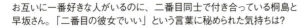

『友人に500円貸したら借金のカタに妹をよこしてきたのだけれど、俺は一体どうすればいいんだろう』

著：としぞう　イラスト：雪子　ファミ通文庫　既刊1巻

悪友に貸した500円を理由にして、彼の妹が部屋に押しかけてきた。押しかけ女房さながらに、生活を管理してくれる彼女の目的はいったい……。

特殊な同居生活ものも登場
閉鎖空間でのヒロインレース

ラブコメのトレンドに「同居生活もの」がある。様々な事情から男女がひとつ屋根の下で暮らすことになるジャンルだ。その中でも『僕たちはまだ恋を知らない～初恋実験モジュールでの共同生活365日～』は設定が特殊だ。鳩村光《はとむらこう》と5人のヒロインたちが同居することになるのは、将来的に火星移住するために作られた極地用居住モジュール（場所は北海道の原野）。1年間の実験的な同居生活で、極地での長期滞在が可能かテストするのだ。

補欠で入ってきた光に対して、リーダーの獅子王乃亜《ししおうのあ》は生真面目にツンツンした態度で接するのだけど、徐々にポンコツっぷりが発揮されていくのが面白い。彼女自身が作った「恋愛禁止」のルールに、自分がからめとられていくのだから、恋愛初心者はおそろしい。居住モジュールという閉鎖空間で、ちょっとどころじゃなく個性的なヒロインたちと、1年も同居を強いられる光はどうなってしまうのか。特殊な設定だけに、各キャラにまだまだ謎が多い。徐々に恋を知っていく彼らの未来に希望はあるのか?

こんな生活にも憧れてしまう!
甘々なラブコメに浄化される

こちらは「友達の妹」と突然の同居生活が始まる作品。『友人に500円貸したら借金のカタに妹をよこしてきたのだけれど、俺は一体どうすればいいんだろう』は、タイトルそのままの状況に困惑しつつ、美少女な友人の妹との奇妙な同居生活が進んでいく。大学生・白木求《しらぎもとむ》の部屋へ、ほとんど押しかけに近い形で居候することになった宮前朱莉《みやまえあかり》。債務担保でやってきた朱莉だが、ぐいぐいと求の世話を焼くのが印象的。謎理論で求との同居を納得させて、彼の生活に潤いを与えていく。ヘンテコなきっかけだが、この関係性がほんわかしていて、優しい同居生活に癒やされてしまう。WEB発の作品で、すでにコミカライズも始動している注目作だ。

『『ずっと友達でいてね』と言っていた女友達が友達じゃなくなるまで』

著：岩柄イズカ　イラスト：maruma(まるま)

GA文庫　既刊1巻

ネットゲームで男友達だと思っていた相手は、天使のような美少女だった。友達として交流する二人だが、いつしか互いに意識し合うようになっていく。

こちらは甘々で初々しい関係が炸裂している新作、『『ずっと友達でいてね』と言っていた女友達が友達じゃなくなるまで』だ。ネットゲームで知り合い、相棒だと思っていた相手が、オフで会ってみたら実は女の子で……というお話。小柄で病弱、白髪な上城《かみしろ》ゆいと、オフで出会った杉崎優真《すぎさきゆうま》。コミュ障克服としてリアルでも友達付き合いが始まる。あくまでも友達として距離を保ちつつ、いちゃこらしている二人が微笑ましい作品。こういった甘々ラブコメも楽しめるのが、ライトノベルの良いところなのだ。

New Series

LIFE IS STRANGE

愛しき非日常

おかしなことが起こってこその日常だ!　超常現象なんでもござれ!
不思議な出来事と奇抜な人々が巻き起こす、愉快な物語。

SF　学園　ミステリ

涼宮ハルヒの直観　（「涼宮ハルヒ」シリーズ）

著：谷川 流　イラスト：いのうのいぢ　角川スニーカー文庫　既刊12巻＋ファンブック1巻

約9年ぶりの最新巻！鶴屋さんの謎に挑む

涼宮《すずみや》ハルヒとそのゆかいな仲間たちは、今日も文芸部室に集まって他愛もない活動に興じていた。そんな中、ミステリ研究部から持ち込まれた「学園の七不思議」に関する資料。そして鶴屋《つるや》さんから届く、謎が書かれたメールの数々。キョンたちはハルヒの起こす活動に巻き込まれながら、頭を働かせるのだった。

『驚愕』以来、「涼宮ハルヒ」シリーズ約9年ぶりとなる新作は、3篇の中短編が収められた一冊。「あてずっぽナンバーズ」ではいつも通りのSOS団の活動が描かれ、「七不思議オーバータイム」ではハルヒ抜きで七不思議を作り出す彼らが楽しめる。中でも300ページ越えの長編「鶴屋さんの挑戦」では、ミス研に所属する新ヒロイン・Tとともに鶴屋さんによる謎を解くキョンたちの姿がファンとしては嬉しい。小泉一樹から飛び出すトリビアの数々にも微笑みが止まらない。叙述トリックなど様々な仕組みが施され、ハルヒたちとともに謎解き合戦を解く感覚が面白い1冊だ。（太田）

「ハルヒの最新刊が出るとは思ってなかった。約10年越しにまたハルヒが読めるとは思ってなかったのでほんとに嬉しい気持ちでいっぱいでした。内容もめっちゃ面白かった」（りっきー・10代後半♠Ⓦ）

アクション　コメディ　学園

学園キノ

著：時雨沢恵一　イラスト：黒星紅白　電撃文庫　既刊7巻

人気シリーズ番外編、復活。魔物はさておきキャンプだ！

大食いな事と、腰にモデルガンをぶら下げている事以外は平凡な女子高生・木乃《きの》。喋るストラップの相棒・エルメスと不思議なやり取りを繰り広げる彼女の正体。それは、突如現れる魔物から学園を守る変身ヒーロー・キノだった。目の前の食事も敵もなぎ倒す彼女の賑やかな学園ライフが描かれ……「皆さんにはキャンプをしてもらいます！」あれ？魔物とのバトルはどこに？

「原作ファンは読むな危険！」でお馴染みの、『キノの旅』セルフパロディ作品。8年の雌伏の時を経て2019年11月に6巻、2021年5月に7巻が刊行された。時が経っても銃関係の語り口やシュールギャグは変わらず健在。また、7巻は作者の実体験をもとにしたキャンプ知識も多数登場。原作とは別方向で作者の趣味を最大限活用した内容になっており、実用性も高い1冊だ（？）。

ついに復活した茶目っ気・ユーモア満載の本作を、今再びみんなで楽しもう！（緋悠梨）

「元の作品がシリアスなのでこっちはギャグコメディに振り切れていて余計に面白いです」（たぬ・20代後半♥Ⓦ）

燃える　イカサマ　ゲーム

文庫23位

ライアー・ライアー

著：久追遥希　イラスト：konomi（きのこのみ）　MF文庫J　既刊9巻

最強が嘘とばれたら人生終了
イカサマ勝利で演じ抜け!

東京のはるか南に存在する学園島では、すべての学校に星を取り合うゲーム制度を導入してエリート養成に成功していた。そこへ転校してきた篠原緋呂斗《ひろと》は、島で唯一の7ツ星である彩園寺更紗《さいおんじさらさ》をいきなり倒してしまう。諸事情が絡み合った結果、まだ1ツ星なのに7ツ星の最強新人を演じることになった緋呂斗。所属した英明学園学長が手配したゲームを操作するチートチームの助力を得て、それを率いる美少女メイド姫路《ひめじ》白雪《しらゆき》の直接的な手助けも受けるが、挑んでくる相手も曲者揃いで……。

多様なゲームに各人が所有する特殊な能力が加わることで、絶体絶命に見える状況からでも逆転の目が残る戦いがスリリング。演技の天才で、内心では予想外の事態などに動揺しまくりつつも表面上は常に冷静に振る舞う緋呂斗も愉快でかっこいい。

今のところ物語は学園対抗の要素を軸に進んでおり、学園ごとの個性や、学園単位・個人単位での協力やライバル関係なども見どころだ。（義和）

「最強の頭脳戦!綿密に練られたゲーム構成に、毎回予想のつかない圧巻の攻略法!そしてとんでもなく可愛いヒロインたち!全てにおいて神がかってる作品!」（ターショウカーヤス・10代後半♠Ⓦ）

コメディ　秘密結社　異世界侵略

戦闘員、派遣します!

著：暁なつめ　イラスト：カカオ・ランタン　角川スニーカー文庫　既刊6巻

悪の秘密結社戦闘員による
波乱の惑星侵略が始まる

秘密結社キサラギの下っ端・戦闘員六号。リストラを盾に僻地の惑星に派遣された六号が大暴れする、コメディ色強めの作品。六号は悪の組織構成員ということもありクズ言動多めセクハラ上等の小悪党、ヒロインは可愛いがどこか残念……。この潔い布陣だけでも、作品の〝ノリ〟が伝わるのではないか。著者を知るものならばこれだけでも絶対面白いと確信出来るだろう。

登場人物はキサラギ社製の毒舌アンドロイド・アリスを筆頭に個性派揃い。近衛騎士団団長ながら金と出世に目がないスノウ、イタイ言動が多い人造キメラのロゼ、彼氏が出来ずカップルを僻む大司教のグリムなどなど。それを小出しにせず1巻から賑やかな状況がなんとも楽しい。

2021年春には新規描き下ろしでのカバーリニューアルが行われるなど、手がかかったイラストにも要注目。シリアスからお色気まで見応えたっぷりで、つい見入ってしまうこと請け合いだ。（中谷）

「主人公がとりあえずクズ、その周りの人も何かしら抜けている人ばっかだか、本当は皆んな良い人たちで応援したくなる。どのページ読んでもギャグがあり笑いが絶えないです」（フジノア・10代後半♠Ⓦ）

秘密結社　ドタバタ　コメディ

秘密結社デスクロイツ

著：林トモアキ　イラスト：まごまご　星海社FICTIONS　既刊1巻

悪の秘密結社
VS残念ヒロインズ（家族経営）

悪の軍団、秘密結社、シンジケート……ほとんどの悪がヒーローによって潰えた時代。世の百年先を行く超科学技術により世界を混乱に陥れてきた「秘密結社デスクロイツ」も今や廃業寸前だ。細々と悪事を働くデスクロイツに、戦う相手がいなくなってしまったヒーローたちが執念と共に迫る!　著者お得意のハイテンションなノリが痛快なバトル・ラブコメ作品。主人公の不夜城織太《ふやじょうおるた》はデスクロイツ四天王筆頭ながら誠実な好青年。対するヒーローたちは揃って美少女。1話毎にメカ少女、魔法少女、美少女戦士とテンポよく登場するがいずれも性格や言動にはやや難ありだ。どちらが悪役かわからぬ場面にはつい笑ってしまう。

ヒーローもののお約束を次々と笑いへ昇華していく本作、二巻はどうやら触手回だとか。既にアクセル全開な印象だが、まだまだブレーキを踏むつもりはないらしい。悪の秘密結社デスクロイツ、戦いは始まったばかりだ!（中谷）

「トモアキ成分全開の久しぶりの新作……!」（サイクラー・30代♠Ⓦ）

カースト　アクション　学園

西野　～学内カースト最下位にして異能世界最強の少年～

著：ぶんころり　イラスト：またのんき▼　MF文庫J　既刊11巻

業界では誰もが怖れる実力者 学内カースト下層のギャップ

業界で揺ぎ無い存在として知られる異能力者【ノーマル】だったが、正体である西野五郷《ごきょう》は至ってフツメンの高校2年生。裏社会の一流らしくシニカルを気取る彼は、美女美少女のハニートラップにもなびくことなく仕事選びも流儀を通す。が、文化祭に向け盛り上がる校内で、己の孤独なあり様に唐突に気づきリア充を目指しだす。学内カースト上位をイケメンが占める状況を顧みず、フツメンは早速行動にうつるのだった。

比類なき戦闘力を誇りどんな相手にも態度を変えずダンディズムを愛する西野。しかしフツメン（しかも高校生）。仕事では周囲を振り回す存在ながら、クラスではその態度がイラっとさせるのが常。一流たらしめる行動力があだとなってどんどんカースト順位を下げていきます。こんなんいたら確かにウザい。イケメン竹内君がまさかの業界入りを果たした近刊、委員長からは想いを寄せられ松浦さんからは頼られ、フツメンの状況いよいよ混迷です!?（勝木）

「主人公のイタさが癖になり、メインヒロインであろうローズの不憫さが何故か快感になるラノベ」（らじある・30代♠Ⓦ）

ボーイミーツガール　ゾンビ　ロードムービー

アリス・イン・ゾンビーランド　ゾンビに撮影許可は必要ですか?

著：空伏空人　イラスト：はっとりみつる　電撃の新文芸　既刊1巻

ゾンビが蔓延る世界を舞台に美少女と一緒に映画撮影!?

映画青年の江渡木《えどき》は、撮る映画すべてがクソ映画と揶揄され、評価されずに腐っていた。そんなある日、神様に導かれるまま、彼はゾンビが跋扈する世界に転移してしまう。そこで江渡木が出会ったのは、ゾンビに抗体を持つ美少女・アリスだった。彼はその瞬間、アリスをヒロインにした映画を撮影することを決意。ゾンビ映画あるあるに満ち溢れた世界を旅し、ゾンビが出現した理由を探りながら映画を撮り続けていく。

ひたむきに映画のことだけを考えてひた走る男の子と、純真無垢で出会った人たちを助けたいと願う女の子。二人は「最高の映画」を目指して、ゾンビたちと相対していく。本作にはゾンビ映画のネタが数々入れられているが、もちろんそういった作品が未見でもOK。メイン二人のほか脇役たちも強烈なキャラクター揃いで、飽きを感じさせない冒険ものに仕上がっている。二人の旅路を応援したい。素直にそう思える、最高のボーイミーツガールだ!!（太田）

「メタ的な要素のある、ゾンビ映画愛が深い作品でした。ラストが印象的で、まさに映画を見終わったような余韻がありました」
（卯野ケイ・30代前半♠Ⓦ）

SF　ファンタジー　セカイ系

雪の名前はカレンシリーズ

著：鏡 征爾　イラスト：Enji　講談社ラノベ文庫　既刊1巻

迫りくる異形と戦う少女たち 傍で葛藤する少年の決断とは

オリガ戦没記念都市。冬時間という異世界から異形の敵・転生生物が襲来し、人工天使と呼ばれる少女たちがそれに相対している。整備士の四季《しき》オリガミは、ある日人工天使のエースである赤朽葉《あかくちば》カレンと出会う。彼女は感情がないのが悩みで、それを取り戻すために付き合ってほしいとオリガミに頼んだ。やがて来る死が定められた日まで、彼はカレンや幼なじみの神無月《かんなづき》アカリ、義妹の葉《は》月《づき》イオリたちといった人工天使とともに日々を過ごしていくが……。約束の日は唐突にやってきて、オリガミはある決断を迫られる。

ゼロ年代に一大ムーブメントとなったセカイ系。世界の問題よりもきみとぼくの関係性を重視する作品群のことであるが、そこで培われた要素を血肉として新たな作品に構成したのが本作である。ひたすら悩み続けるオリガミと、覚悟を抱いて戦い続ける人工天使たち。彼女たちがもたらした結末には、あなたも涙を流すだろう。（太田）

「ゼロ年代を感じさせるセカイ系作品。今の時代にこんな古き良きを味わえる作品と出会うことが出来るとは思ってもいませんでした……」
（そら・10代後半♠㊙）

燃える　物語の創作　元気になる

星詠みの魔法使い

著：六海刻羽　イラスト：ゆさの　オーバーラップ文庫　既刊２巻

夢を追う少女と夢破れた青年 出会いが新たな魔法を生む！

ソラナカルタ魔法学校は魔法使いの育成機関。校舎は日々構造を変え、魔法生物が徘徊し、地下迷宮には研究者たちが工房を構えている。

5年生のヨヨは、ある日迷宮で行き倒れていた1年生のルナを拾う。魔導書作家になりたいと夢を語るルナは、迷宮内での戦闘でその才能を示してみせた。彼女を応援しようとするヨヨだが、ある出来事を機に過去のトラウマを蘇らせてしまう。彼女が夢に破れて傷つく前にと、夢を諦めてしまえと言ってしまい……。

未来を作り出す流星魔法、書いた物語を読ませることで読者に魔法を覚えさせる魔導書作家など、RPGでは表現しきれない種類の魔法が満載で、まさしくファンタジー。そして山場においては感情に訴える文章を重ね、読者の心を大いに揺さぶりにかかる。挫折を乗り越え再起するヨヨの姿も熱いし、2巻ではルナの親友エヴァの苦悩と活躍も描かれる。夢を追う少女たちとそれを守り励ますヨヨ、どちらも魅力的。（義和）

「今年読んだ、熱い！　と思わされた作品はこれ。夢を追い、夢に破れ、それでも星に手を伸ばす熱い魔法使いの物語」（にたまご・20代前半♠Ⓦ）

妹　ドタバタ　ほのぼの

世界征服系妹

著：上月 司　イラスト：あゆま紗由　電撃文庫　既刊２巻

妹は実は魔法世界の王女！ 魔法を使い始めて大騒動に！

赤ん坊の時に畑に放り出されていて桜咲家に引き取られた檸檬《れもん》。彼女は15歳の誕生日に、自分が異世界の姫であることや各種魔法の使い方などを夢の中で知らされた。そんな話を兄の太一が信じるわけもなかったが、檸檬は実際に魔法を使い出す。使える魔法は、自動発動の堅牢なバリアと、超強力な攻撃魔法、それにドラゴンなどの召喚魔法に、世界中に行ける転移魔法、その他もろもろ。そして檸檬は各国政府首脳の会合にいきなり乱入し、身近にいる太一たちと各国政府はてんやわんやに……。

根はいい子だが、雑で勢い任せな檸檬。その奔放な行動と、彼女を制するために四苦八苦する太一の奮闘が楽しい作品だ。銃弾も余裕で阻めるのに兄のお仕置きは防げず宿題やテストに苦しむ檸檬のギャップ、太一とエージェントらのしみじみしたやり取りなどがいい。2巻では檸檬を連れ戻そうと異世界から騎士と魔術師の双子姉妹が来訪。2つの世界の接触が愉快に描かれる。（義和）

「設定だけを見ればどこまでも話の規模を広げることだってできるのに、あくまでも日常系作品の箱庭に収めてしまう一貫した作品方向性に脱帽です。日常系を愛する者として、これはすごいと言わざるを得ませんでした」（銀中・10代後半♠㊋）

同人活動　オタク　創作

貴サークルは“救世主”に配置されました

著：小田一文　イラスト：肋兵器　GA文庫　既刊２巻

新刊が売れないと世界滅亡?! 底辺サークルの修羅場開始！

星夜騎士《スターナイト》——ナイトは、個人サークル星霜煌炎騎士団《スターダストプロミネンナイツ》で活動しているが、同人誌はろくに売れない。だがある即売会に美少女の時守緋芽《ひめ》が現れ、異常事態に巻き込まれる。彼女は精神だけ過去へ遡る能力があり、覚醒した魔王に率いられた魔物たちが人類を滅ぼした10年後の未来から何度も何度も戻って来ていたが、常に敗北を喫していた。しかし前回のループにおいて、救世主の活動により魔王を覚醒させないことこそが必要と知る。そして具体的に示された条件は——冬コミで星霜煌炎騎士団が新刊１００部を完売させること！　魔物の襲来などにより信じざるを得ないナイトは緋芽の厳しい指導を受けて完売を目指すが、扱うカップリングには譲れないものがあり……。

同人活動とそれに疎い緋芽の落差、あるいは登場人物たちののんきな今と過酷な未来の落差などが強烈。売れ線よりも己の好きを優先させるナイトのこだわりが、ハラハラさせつつも物語を盛り上げる。（義和）

「キャラが魅力的。書き分けも素晴らしい」（ばなな・10代前半♥Ⓦ）

WORK & LIFE

ワーク&ライフ

ゲーム作りにアイドル、最近流行のライブ配信など、多種多様
働き方もバリエーション豊かに描かれるようになっている。

ゲーム業界　創作　ラブコメ

ぼくたちのリメイク

著：木緒なち　イラスト：えれっと　MF文庫J　既刊9巻

二度目の大学生活も折り返し ついに夢のゲーム業界へ！

勤めていたゲーム会社が倒産し、夢破れて実家に帰省した橋場恭也《はしばきょうや》は気がつくと10年前にタイムスリップしていた。当時は選ばなかった大中芸術大学へ入学し、未来で天才クリエイターとなる友人たちに出会う。彼ら、志野亜貴《しのあき》、小暮奈々子《こぐれななこ》、鹿苑《ろくおん》寺《じ》貫之《つらゆき》とシェアハウスで共同生活を過ごしながら、恭也は創作活動やゲーム製作に打ち込む。様々な騒動を繰り広げながら3回生へ進級した4人は、将来の目標を見定めそれぞれの道を歩み始める。ゲームディレクターを目指す恭也は、加納先生の紹介で大手ゲーム会社サクシードソフトでバイトを始める。そこで恭也に憧れる後輩の竹那珂里桜《たけなかりお》と一流大の学生でエリートな茉平康《まつひらこう》と出会う。

ついに恭也が念願のゲーム業界の現場で働き始め、夢への階段を登り始めます。何の才能もないと思っている彼が、それでも何かを作ろうと全力投球で挑む姿に胸が熱くなります。クリエイターのプライドと情熱を感じる青春リメイクラブコメです。（愛咲）

「自分もクリエイター活動的なことをしてるからすごい刺さりました!　この作品を読むと頑張ろう!　って思えます!!」（莉雨・10代後半♠Ⓦ）

ゲーム業界　スピンオフ

ぼくたちのリメイク Ver.β

著：木緒なち　イラスト：えれっと　MF文庫J　全3巻

ゲームを愛するすべての人へ 夢は何度でもリメイクできる

勤めていたゲーム会社が倒産し、途方に暮れていた橋場恭也《はしばきょうや》は、河瀬《かわせ》川英子《がわえいこ》との出会いから、ゲーム業界の大手サクシードソフトに拾われ、再びゲーム開発に携わることに。茉平《まつひら》常務と対立し、河瀬川が率いるゲーム開発部ごと潰されてしまった恭也は、ゲームを完成させるために新たなゲームメーカーに移籍して再起を図ることに……。

『ぼくたちのリメイク』本編のスピンオフ。恭也が大学時代にタイムスリップしなかった世界線で、大企業の権力に翻弄されながら、それでも諦めずに自分の思い描く理想のゲームを作る姿に胸を打たれます。シノアキ、ナナコ、貫之《つらゆき》らプラチナ世代の3人も開発チームに合流し、開発現場はさらにヒートアップ！　しかし茉平常務の陰謀が恭也と河瀬川を追い詰める……。

果たして恭也のゲーム開発の行く末は⁉　ゲームを愛するすべての人へ捧げる。クリエイターの情熱がたぎるβシリーズ完結。（愛咲）

「大人だからこそ抱える悩みやしがらみを描いてくれることで本編とは違った面白さも味わえて最高です。『ぼくリメ』が好きな方にはぜひ読んでもらいたいIFストーリーです」（とうか・20代前半♠Ⓦ）

ネット文化　コメディ　酒

文庫 30位

VTuberなんだが配信切り忘れたら伝説になってた

著：七斗 七　イラスト：塩かずのこ　ファンタジア文庫　既刊2巻

放送事故で大人気VTuberへ ストゼロ片手に配信開始！

数々の華やかな女性VTuberが所属する大手運営会社ライブオン。その三期生として清楚なキャラでデビューした心《こころ》音《ね》淡雪《あわゆき》だったが、ある日不注意から配信を切り忘れて、素の性格（酒カス、女好き）が世間にバレてしまう。炎上するかと思いきや、そのギャップが大ウケ。チャンネル登録者数は爆上がり！　開き直って素の性格を隠さずに配信するようになった彼女は、次第に大人気VTuberへと成り上がっていく。

配信上で大失態をやらかし、赤裸々なキャラが白日の下に晒された淡雪だが、リスナーからはむしろ「ライブオンらしい」と歓迎されてしまう。それもそのはず、淡雪以外の先輩たちも、百合好きだったり、クソゲーマニアだったり、見た目は陽キャで中身は陰キャだったりと濃ゆいキャラばかり。そんな先輩や同期たちとのコラボ配信では笑いや騒動が絶えない。流行りのVTuberの楽しさと可笑しさの詰まった大草原不可避のコメディです。（愛咲）

「冒頭から終わりまで笑いが止まらないコメディ作品。実際のVTuber配信の空気感や個性的なキャラたちのやり取りに笑いが止まりませんでした」（T・20代後半♠㊯）

ミステリ　ネット文化

文庫 35位

インフルエンス・インシデント

著：駿馬 京　イラスト：竹花ノート　電撃文庫　既刊2巻

SNSの闇に潜む事件に 女装配信者と女子大生が挑む

山吹大学社会学部には、SNSのトラブルシューティングを請け負うゼミがある。そこへ助けを求めてきたのは、人気女装配信者・神村《かむら》まゆとして活躍する高校生・中村真雪《まゆき》。彼はストーカー被害に遭っているという。それを聞いた教授の白鷺《しらさぎ》玲華《れいか》と大学生で助手・姉崎《あねざき》ひまりは、状況整理と推理をしながら事件を解決。この事件を機にひまりに好意を寄せた真雪は、ゼミに入り浸るようになる。そんな中、犯罪予告アカウント「死んだ」による新たな事件が足音を立てて三人のもとにやってきた。

近年、増加しているネット上でのトラブル。ちょっとした写真をアップロードしただけで炎上なんてことも珍しくない。そんな事情を題材に、かわいい女装配信者とキックボクシング経験者の女子大生が大暴れ！「死んだ」の目的とは、そして二人の未来は!?　ミステリ要素だけでなく二人の仲の進展も楽しく、この次はどうなるのかとハラハラドキドキが止まらない！（太田）

「SNS、配信者などを巡っての騒動のリアルさと、謎解きの爽快さ。そして、何よりも『おねショタ』の魅力が素晴らしい!」（たこやき・40代♠㊯）

アイドル　恋愛　人間ドラマ

きみは本当に僕の天使なのか

著：しめさば　イラスト：縣　ガガガ文庫　既刊1巻

完全無欠のアイドルが暴く 芸能界のウラ事情とその闇

人気アイドルとして名を馳せている、瀬在《せざい》麗《あきら》。彼女なら不祥事を起こして引退なんてことはしないから、推していける。女性恐怖症の沖田優《ゆ》羽《う》は、そう心に決めて握手会に臨んでいた。麗と言葉と握手をしたのもつかの間、彼女はその晩、優羽の家へと押しかけてくる。その要件はといえば、恋人になってほしいという依頼だった。抱いていたイメージとは程遠い、アイドルのオフの姿とバックステージ。そして恋人になることには、ただのイチャラブではない別の目的が隠されていて……。

恋人の存在が発覚すると謝罪に追い込まれてしまうアイドル。その裏には売れないアイドルや、そんな女の子たちを下卑た目で見る大人もいる。そんな芸能界で、夢を信じて戦おうとする麗の芯のブレなさと、社会派なストーリー展開が本作の魅力。爽快感溢れる怒涛の展開の果てに待ち受けるのはいかに。次巻以降もストーリーが楽しみな快作だ。（太田）

「アイドルとそのファンの偽の恋人関係という、少し変わったストーリー展開。主人公やヒロインの心情、独白がとても丁寧に描かれていて何度でも読み直したくなる作品でした」（kuuko・10代後半♠ⓦ）

吸血鬼　コンビニ

ドラキュラやきん!

著：和ヶ原聡司　イラスト：有坂あこ　電撃文庫　既刊4巻

吸血鬼は夜間コンビニ勤務?! 彼はいつか人間に戻れるか?

虎木由良《とらきゆら》は、コンビニのフロントマート池袋東五丁目店で深夜シフトを支える若者である……表向きは。ある日の夜勤明け、由良は酔漢に絡まれる外国人女性アイリスを助けに入るが、それにより吸血鬼であることを彼女に知られ、人に害なす魔物を狩るシスターとして闇十字騎士団の東京支部に着任した彼女と大きく関わっていくことになる。それは、かつて彼を吸血鬼にした古吸血鬼ストリゴイとの再会も意味していた。

ファンタジー要素と現代日本の取り合わせで笑いとドラマを生む作者が今回挑んだのは吸血鬼とコンビニバイト。血など吸わず真面目に働き、太陽光の差さない半地下の部屋の浴室で節々を痛めながら眠る由良の姿は哀愁とユーモアを漂わせている。凄腕なのに男性恐怖症のアイリスや、日本の魔物を牛耳る家の娘である未晴らヒロインも個性が強い。また一般人サイドも魅力的で、由良の親族たちや、悩めるコンビニ店長の村岡さんがいい味を出している。（義和）

「やっぱり和ヶ原聡司先生の書かれるはたらく主人公が面白すぎる」（泥団子・10代後半♠Ⓦ）

ホラー　女優　子役

ホラー女優が天才子役に転生しました～今度こそハリウッドを目指します!～

著：鉄箱　イラスト：きのこ姫　ガガガ文庫　既刊2巻

ホラー演技シーンも見どころ 転生しても尽きぬ表現の衝動

ホラー女優として名を馳せた桐王《きりおう》鶫《つぐみ》は交通事故で急死。２０００年に享年30で逝った彼女だったが、20年後、5歳の幼女・空星《そらほし》つぐみとして目を覚ます。虐待を受けて育った苦労人の前世と違い、地位も財力もある優しい両親、銀髪碧眼北欧妖精系ハーフの顔立ちという恵まれた環境にありながら、今世でも胸裏にあるのは演技への衝動。鶫時代の夢、ハリウッドで人々の恐怖を背負うことに向け、子役から再スタートする。

ハイスペックな容姿と伸びしろのある5歳の身体、娘を溺愛する両親の後押しと培ってきた技術、演技に対する渇望とくれば、ハリウッドへの夢も絵空事でない。出来レースのオーディションに飛び入りしても重要な役どころを獲得し、デビュー後瞬く間に注目の存在へと駆け上がっていく。共演する子役たちには一目置かれ、大人たちにもあの女優の再来と噂される、夢に出るような迫真のホラー演技もみどころ。ブリッジからの高速移動とか怖っ！（勝木）

「演技による対決はどちらが主導権を握るかセリフや声の強弱、抑揚、体の動きひとつひとつで表現していくのが、まるで知略バトルと言っても差し支えないほどで読んでて熱い!」（ぜん・40代♠Ⓦ）

ファンタジー　歌　異世界

レイの世界 -Re:I- Another World Tour

著：時雨沢恵一　イラスト：黒星紅白　IIV　既刊2巻

彼女のお仕事は、異世界で歌と演技をすることでした。

有栖川芸能事務所に所属している15歳の女の子、ユキノ・レイ。彼女は歌手と女優を目指している彼女は、どんな仕事にでも前向きに取り組んでいた。しかし、レイに対してマネージャーの因幡が持ってくる仕事は何かがおかしい。因幡がレイに持ってくる仕事はこの世界での仕事ではなく、別世界で歌手や女優活動を行い、人々を救うものなのだから――。

『キノの旅』『二つの大陸の物語』の時雨沢恵一×黒星紅白コンビ最新作は、異世界で人々を救う歌手・女優志望の少女を描いたお仕事もの。小さな町の広場にある特設ステージで歌ったり、有名映画監督の新作に出演したり、男装して結婚詐欺をしたり……。マネージャーに言われるがまま仕事をするレイだったが、その内容はこの世界で行うものではない。どれだけがんばっても、評価はされない。でも、レイはただひたすら真摯に活動を続ける。そんな姿が健気で可愛い、新感覚の連作短編である。（太田）

グラフィティ　青春　イギリス

オーバーライト

著：池田明季哉　イラスト：みれあ　電撃文庫　既刊3巻

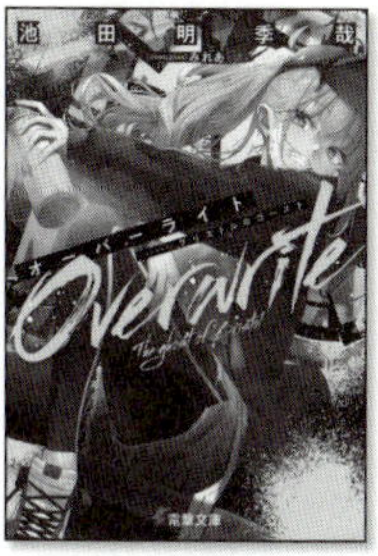

何のために描き、生きるのか　グラフィティを巡る熱い物語

日本から英国のブリストルへ留学したヨシ。口が悪く少し不器用な少女ブーディシア。バイト先の同僚だった二人は、店へ落書きされたことを機に、その落書き――グラフィティに関する事件に巻き込まれた。実はかつて腕の立つグラフィティ描きだったブーディシア。彼女がその世界から遠ざかった理由は？　事態は彼女を中心に、ブリストル全体を揺るがすような規模で推移していく。

壁にスプレーで絵を描くグラフィティは、ブリストルでバンクシーが名を馳せてアートとして確立しつつあるが、批判も多い。そんなあらましを日本の読者にもわかりやすく伝えつつ、物語としてはブーディシアとヨシ、過去に傷を負った二人の再起を中心に熱く展開していく。脇役や敵である登場人物もキャラが立っているし、ほぼイギリス人の彼らの口調は現地の英語をルビに配したようで、臨場感を味わえる。グラフィティを意識した、鮮やかな配色が目を惹く装丁も素晴らしい。（義和）

「芸術を利用せんとする暴力の恐ろしさが鮮烈に描かれているからこそ、うつくしいものにはおぞましい暴力に抗うちからがあるはず、という信念が輝かしく映る。創作行為への祈りが込められた、出会いと別れと愛の物語」（東京大学新月お茶の会・20代前半♠㊯）

経済　社会　偽装結婚

剣と魔法の税金対策

著：SOW　イラスト：三弥カズトモ　ガガガ文庫　既刊4巻

銭ゲバ勇者とお人好し魔王の節税　納税はみんなが幸せになれる道

数百年続く魔族と人類の争いを終わらせるため、魔王ブルーと女勇者メイは世界を半分ずつ統治する約束を交わした。そこへ現れたのは神の使いの税天使。「世界の半分の贈与税を払うように」。この世界では神に税金を納める絶対のルールがあった。二人はとっさに偽装夫婦となって世界を共有財産とすることで納税を逃れたが、不透明な経理を行っていた魔族領に1兆イェンもの追加徴税を課されてしまう。資金繰りに困った二人は、失われた〝ゼイホウ〟の知識を伝える一族〝ゼイリシ〟の最後の少女クゥに望みを託す。

モンスターの食費は福利厚生費。アンデッドの報酬は夜勤手当。魔族領の税務調査を徹底的に行うクゥの活躍によって納税額はたちまち削減されていく。さらには国債を発行し、投資を行い、経済を活性化させる。税制と経済の仕組みをわかりやすく描いていて勉強になる。平和のあり方を税金の問題から切り込んだ変わり種ファンタジーだ。（愛咲）

「ファンタジーという娯楽と税金という教養とを繋ぐ新境地。全国の小中高の図書室に置きませんか?」（くろ・30代前半♠ⓦ）

仕事　ファッション　スピンオフ

服飾師ルチアはあきらめない　～今日から始める幸服計画～

著：甘岸久弥　イラスト：雨壱絵穹　キャラクター原案：景　MFブックス　既刊1巻

あきらめないが彼女の原理　チャンスを掴む女性の強さ

『魔導具師ダリヤ』に登場する、ダリヤの友人服飾師のルチアを主人公にした新シリーズが開幕です。

幼いルチアは深い緑の髪、青の濃すぎる目といった地味な、かわいい服が似合わない容姿に不条理を感じていた。しかし彼女を青空花《ネモフィラ》と例えた少年との出会いが、心変わりをもたらす。自分で決めて、大好きな服を着る。好きなものを好きであり続け、あきらめたりしない。やがて彼女は友人ダリヤや服飾師ラニエリの応援もあり、服づくりの勉強に没頭。その成果は、服飾ギルド長の訪問によって思わぬ形で世に出ることに。

背中を押してくれる友人や服飾師の先人たちに恵まれたのは確か。しかし夢をあきらめないと決めて努力を続けたのはルチア自身。その前向きで粘り強い彼女の姿に勇気をもらえます。ダリヤが魔導具開発にバリバリ打ち込んでいた裏で友人にこんな影響が出ていたなんてと思うとなんだかニヤニヤさせられます。ダリヤとルチア、ぜひセットで！（勝木）

「ダリヤの友人、服オタのルチアのお話。小さい頃から夢に向かって一直線で、普通ならちょっと躊躇しそうな大きすぎる仕事にも果敢に立ち向かっていくところが好き」（みやこ・40代女性♥ⓦ）

情熱　宇宙開発　吸血鬼

月とライカと吸血姫《ノスフェラトゥ》

著：牧野圭祐　イラスト：かれい　ガガガ文庫　既刊7巻＋星町編1巻

**熾烈な環境下での宇宙開発
宇宙を夢見る挑戦者の情熱**

大国同士の宇宙開発が熾烈を極め、有人宇宙飛行への先行が競われる時代。機密都市ライカ44で補欠ながら宇宙飛行訓練を続けるレフに、局長直々の命令が下る。それは、ある実験体の監視係。失敗の許されない計画に先駆け打ち上げられるのは、分類学上人間ではない吸血鬼なのだった。レフは禍々しい伝承に怖気づくが、実験体の少女イリナを目の当たりにし、そのギャップに驚かされる。

冷戦を背景に繰り広げられる科学技術競争は、国家機密の塊。言動一つで大事になりかねない状況で、レフ、イリナたち飛行士候補をはじめ宇宙開発に関わる人々は文字通り命がけの選択を迫られていきます。それでも宇宙を目指す熱と人間模様に惹きつけられずにいられません。TVアニメ化で増々注目。共和国、連合王国、異なる視点で宇宙開発が描かれ、史実をなぞったシリーズ展開はやがてイフに突入。いよいよ月面着陸計画が始動し夢のタッグが実現へ。月への想い、交錯です。（勝木）

「アニメが楽しみ。種族を超えて同じ夢を見る、その設定だけで大好きになれる」（しゅん・10代後半♠Ⓦ）

ミステリ　バトル　ラブコメ

また殺されてしまったのですね、探偵様

著：てにをは　イラスト：りいちゅ　MF文庫J　既刊1巻

**不死の探偵は死がヒント
生き返って事件を解決せよ**

半人前の高校生探偵・追月《おうつき》朔也《さくや》は何故か頻繁に事件に巻き込まれる。それも探偵としてではなく、被害者として。だが特殊体質の彼は、死ぬ度に生き返るのだ。死にたくはないが、解決しないとまた命が危ない。生き返るたびに膝枕で出迎えてくれる優秀な助手・リリテアと共に、自分の死亡状況をヒントとして犯人を追い詰めていく朔也。探偵は、今日もまた現場で死んでいる――。

探偵がいる場所で事件は起こるというが、その探偵が被害者ではなんの意味もない。この探偵モノのタブーとも言える要素を、本作は踏み越えた。あらすじだとコメディのようにも感じるが、中身はアクション要素ありのミステリー。ヒントを着実に拾って解決に向かったり、朔也が死ぬシーンがなかなかに凄惨だったりと、作中のギャップがとても印象深い作品だ。また、度重なる死で既に心まで満身創痍な朔也を支えるリリテアとの関係に、どう踏み込むのかも気になるところだ。（緋悠梨）

「ライトノベルにはあまりない本格ミステリーで、『あっ、あの時のセリフがここに繋がるのか』と読んでいて非常に楽しい作品です」（Lotus・10代後半♠Ⓦ）

図書館　迷宮探索

グリモアレファレンス

著：佐伯庸介　イラスト：花ヶ田　電撃文庫　既刊2巻

**高校地下に広がる図書迷宮！
地図を埋め魔書を探し出せ！**

宇《う》伊《い》豆《ず》学園の図書館は膨大な蔵書を誇るが、その地下の一部図書委員しか入れない閉架書庫はさらに広大な迷宮だった。稀覯本どころか魔書まで収められ、魔物がうろつくそこへ、二年図書委員の守《す》砂《さ》は偶然入り込んで助けられる。だがそれらの秘密を知り……かつて少年冒険家として世界で活躍した彼は心躍らせた。探索委員を引き受け、新規に隊を立ち上げ、メンバーを集め冒険に挑む。未踏破地域を探り、敵を調べ、時には性質上競争相手となる他の隊と合同で難敵に立ち向かう。夢破れた彼の新たな冒険はどこまで突き進む？

学園名からも連想される、迷宮探検物語。死んでも救助されれば復活できるなど、現代日本を舞台にする上で丁寧に設定を組み立てており、比較的落ち着いた気持ちで彼らの冒険を楽しめることだろう。隊員で後輩のエスキュナや剣の達人で幼なじみの三《み》火《か》先輩などヒロインたちも可愛いし、隊員仲間やライバルなど男性キャラもしっかり魅力的だ。（義和）

「1巻も面白かったけど、2巻の連作短編で面白さが大爆発した感じがします。青春も学園生活も異能バトルも楽しんでいる感じがいいですね！あと恋愛もさりげなく両片想いなのがなんとも……」（水無月冬弥・40代♠㊙）

『俺とコイツの推しはサイコーにカワイイ』

著：りんごかげき　イラスト：DSマイル
GA文庫　既刊2巻

「VTuberへの価値観を良い方向へ変えてくれた作品。3人で友情を深めつつハプニングも乗り越えていく姿が良かった」（ヤマサンヤマサン・30代♠Ⓦ）

『日和ちゃんのお願いは絶対』

著：岬 鷺宮　イラスト：堀泉インコ
電撃文庫　既刊4巻

「どこか危うい、ぎりぎりのところで均衡を保っているような物語で毎巻読む度に緊張しますが、何故か目が離せなくなります」（Miel・20代後半♥Ⓦ）

『殺したガールと他殺志願者』

著：森林 梢　イラスト：はくり
MF文庫J　既刊2巻

「虐待された過去を持つ二人が、お互いに弱みを見せながら歩み寄っていく様子がよかった。歪んだキャラ達の関係も面白かった。あと、コメディ部分が笑えた」（鈴木雨丸・30代前半♥Ⓦ）

『え、社内システム全てワンオペしている私を解雇ですか？』

著：下城米雪　イラスト：icchi
PASH! ブックス　既刊1巻

「報われないシステムエンジニアたちの心にズドンと突き刺さる作品です。ドラマ化希望!」（hisa・40代♠Ⓦ）

『このラノ2022』アンケートコメント Pick-Up!

『通勤電車で会う女子高生に、なぜかなつかれて困っている』

著：甘粕 冬夏　イラスト：はくり
ファンタジア文庫　既刊1巻

「二人の織り成す会話のテンポも楽しく、二人を取り巻くサブキャラ達とのやり取りも楽しく温かな気持にさせられますね。こんなご時世だからこそ是非読んで心温めて欲しいですね」（龍皇樹・40代♠Ⓦ）

『オタク同僚と偽装結婚した結果、毎日がメッチャ楽しいんだけど!』

著：コイル　イラスト：雪子　電撃の新文芸　既刊1巻

「まさに夢のような展開で、ありえないとわかっていても、自分にももしかしたらと、妄想がはかどりました!」（白田ほたる・20代前半♥Ⓦ）

『母親がエロラノベ大賞受賞して人生詰んだ』

著：夏色青空　イラスト：米白粕
ファンタジア文庫　既刊2巻

「読まずにはいられないタイトルがズル過ぎる。ギャグかと思えばシリアス、シリアスかと思えば家族愛と予測不可能／無軌道な展開を見せる。こいつぁとんだ暴れ馬だぜ!」（お亀納豆・30代後半♠㊯）

『八城くんのおひとり様講座』

著：どぜう丸　イラスト：日下コウ
オーバーラップ文庫　既刊1巻

「リア充とボッチの独特な関係性が印象的で新感覚。尊重しているからこそ、助け合える素晴らしさ。読者が想像し得ない趣向も凝らしており、何度も読み返したくなること間違いなし」（ベンコッティ・30代前半♠Ⓦ）

ADVENTURE

冒険へ旅立つ

ファンタジーの世界を巡る、壮大な旅はどこへ向かう?
主人公たちの旅路を追いたくなる作品がここにある。

死に戻り　アクション　異世界

文庫 26位

Re:ゼロから始める異世界生活

著：長月達平　イラスト：大塚真一郎　MF文庫J　本編27巻＋短編集6巻＋外伝5巻

死に戻りが齎す勝利と代償 大人気ダークファンタジー

短編集などを含めると40冊近い刊行数の長編ダークファンタジー。

高校生ナツキ・スバルは突然異世界へと召喚され、窮地を救ってくれたハーフエルフの少女エミリアに恩を返すため協力を申し出る。ルグニカ王国の次期国王候補者の一人であるエミリアを助けること、それはスバルに死と生を繰り返させ、魔女教との熾烈な戦いへと巻き込み、王選候補を取り巻く多くの人々との出会いをもたらしていく。

一言では収まらない多くの見どころがある作品ですが、特徴となっているのはスバルに与えられた最大の武器、絶命によって記憶という優位性を与えてくれる逆行能力「死に戻り」でしょう。何回何十回の死亡経験も壮絶ですが、他者と共有できない記憶の残酷さがこれほどのものかと戦慄させられます。近刊では長く眠り続けていたスバルにとって掛け替えのない少女レムが覚醒し、感動の再会となるはずが!?　容赦ない試練がまだまだ続きます。（勝木）

「目を背けたくなったり、引きずられてどんよりすることもあるけど、結局読む手が止まらなくなる作品。スバルのどんな時も人のために全力でその精神が愛おしい」（古都・30代♥ⓦ）

神様　家族　英雄譚

文庫 27位

ダンジョンに出会いを求めるのは間違っているだろうか

著：大森藤ノ　イラスト：ヤスダスズヒト　GA文庫　既刊17巻

試練と困難を乗り越えて、少年は英雄へと駆け上がる

御伽噺のような英雄に憧れる少年ベル・クラネルは、冒険者になるため迷宮都市オラリオを訪れる。

ロリ巨乳の少女神ヘスティアが率いるファミリアへと入団したベルは、魔剣鍛冶師のヴェルフ、小人族《パルゥム》のサポーターの少女リリ、極東の出身の女剣士の命《ミコト》、狐人族《ルナール》の巫女の春姫《ハルヒメ》を仲間にダンジョンの深層を目指して冒険を続ける。

女性に甘く、毎回女性絡みの騒動に首を突っ込んでは窮地に陥るベルですが、「かっこいい男は女子供を守るものだ」という信念を貫き、絶望的状況下から勝利の糸口を掴む逆転劇が心を躍らせる。

決死の深層探索から帰還したベルたちは地上で束の間の日常を満喫するが、危険は迷宮の中だけではなかった。シルとのデートに胸を高鳴らせるベル。その裏ではベルを狙う女神フレイヤの策略が動いていた。

一難去ってまた一難。次々と現れる強敵との戦いを糧に少年から英雄へと成長するベルに期待。（愛咲）

「Web版の頃から張られていた伏線がついに回収される怒濤のラブコメ（?）展開と、翻弄されながらも心折れずに突き進むベルくんが最高です」（フラン・40代♠㊙）

コメディ　異世界転生　完結

この素晴らしい世界に祝福を!

著：暁なつめ　イラスト：三嶋くろね　角川スニーカー文庫　全17巻＋短編集2巻

へっぽこパーティーの珍道中ギャグ盛り沢山な短編集登場

引きこもりの少年・カズマは、事故のショックによって異世界に転移。駄女神のアクアやへっぽこ魔法使いのめぐみん、ドMクルセイダーのダクネスとともにパーティーを結成した。時にはぐーたらな日常を過ごし、時には真剣に魔王軍と戦う。そんな彼らも魔王との戦いを終え平凡な日常が訪れた。それでも、捧腹絶倒な日々に変化が訪れることはなく!?

第17巻で見事な完結となった『このすば』の日常の一幕やこれまで明かされてこなかった前日譚など、文庫未収録だった作品を集めた短編集『よりみち 2回目!』が刊行!! 日本を訪れたパーティー一行のエピソードやゆんゆんとウィズを巻き込んだ水着回、シリーズ初期に発表された入手困難な掌編などが収録されている。コミカルな掛け合いはそのままで、まだまだ『このすば』の勢いは収まらない! アクアやめぐみん、ダクネスたち魅力的なヒロインの新たな一面も楽しめるファン垂涎のボーナストラックだ。（太田）

「原作本編が終わってもまだ読めると希望をもたせてくれる　もっと読みたい!」（ウジョー・30代後半♠Ⓦ）

勘違い　主人公最強　燃える

俺は全てを【パリイ】する　～逆勘違いの世界最強は冒険者になりたい～

著：鍋敷　イラスト：カワグチ　アース・スターノベル　既刊3巻

気づかないうちに世界最強無名の冒険者の勘違い英雄譚

冒険者に憧れる少年ノールは、12歳のときに養成所ですべての職業《クラス》で「適性がない」と判断されてしまう。しかし夢を諦めきれないノールは10年間も一人で修業を続け、唯一使える最底位の剣技スキル【パリイ】で千の剣を弾くまでに成長した。それでも攻撃スキルをひとつも使えないノールは自分の強さをまったく自覚していない。最低ランクの「無名《ノービス》」の冒険者として街のドブさらいや雑用をこなして生活をしていたが、たまたま王女リーンを助けたことでその力を見込まれ、王国を揺るがす大騒動に巻き込まれていく。

パリイで竜のブレスを弾き、万の軍勢すらも止める。敵にしてみれば剣一本でありとあらゆる攻撃を無効化してしまうノールは理不尽極まりない。ただ自分がどれだけの偉業をなしとげたのか、本人だけが理解せず、いつも謙虚で飾らない朴訥さに好感を抱きます。無自覚な英雄が世界の悪意を打ち払う痛快無双な世直しストーリーです。（愛咲）

「物理も魔法も概念も偏見も悪意も何もかもをパリィして勘違いが世界を改変するお話。これまで読んだなかで何度読み返しても胸の熱くなる場面がいくつも出てくることに感動です」（壮年橙威・50代以上♠Ⓦ）

人外転生　異世界　燃える

蜘蛛ですが、なにか?

著：馬場翁　イラスト：輝竜 司　カドカワBOOKS　既刊14巻＋Ex

転生したら超貧弱な蜘蛛に!? モンスター女子の豪腕奮闘記

授業を受けていたはずの「私」は、突如教室の中央部へ生じた亀裂によって死亡し、異世界転生する。ただし人間や竜となった他の同級生とはまったく違う小さな蜘蛛型モンスター、スモールレッサータラテクトとして。そして目の前には、彼女や兄弟蜘蛛を喰らおうとする巨大な母蜘蛛が迫っていた!

というわけで最初から生死をかけた逃走劇を決めるハメに陥る「私」だが、そこから始まるのだ……自分を餌にしようとする強大なモンスターや母親への逆襲が。必死で考え、深く企み、貧弱なスキルをひとつひとつ磨き、敵を倒して進化していく。その創意と工夫、普通のチートものではけして味わえないカタルシスに満ち満ちているのである!

巻が進むにつれ、「私」の正体や転生の理由が明らかになり、同級生たちのドラマも深まってきて盛り上がりは最高潮! アニメも放映された本作、連載中のコミックと併せ、この機会にぜひ一気読みを!（剛）

「はじめは本当に最弱だったのに、気づいたらどんだけつよくなってんの!ってなりました。必死に頑張る蜘蛛子ちゃんを親子で応援してます!」（なぎ・10代後半♥Ⓦ）

魔女　やり直し　歴史

単行本 11位

Unnamed Memory

著：古宮九時　イラスト：chibi　電撃の新文芸　全6巻

魔女と国王が巡る運命の物語 書き換えと呪いの果てに……

子を残せない呪いを受けた王太子・オスカーと五番目の魔女・ティナーシャが出会ったことで始まる、運命的な冒険譚。剣技と魔法が合わさって最強の二人なのだが、ちょっと抜けているやり取りが魅力的。オスカーに掛けられた呪いを解く方法を探して大陸を巡り歩く二人は、徐々にこの世界に秘められた謎に迫っていく。物語の中盤、オスカーはティナーシャの過去を知り、彼女のことを救ってあげたいと願う。そして彼の出した答えは……。

この物語は、前後半の2部構成になっている。オスカーの行動によって歴史は大きく書き換わる。第2部開始となる4巻は情緒をかき乱されながら進み、5巻と6巻では世界の謎の核心に迫っていく。そしてついに、名前の無い物語は完結を迎える。

しかし嬉しいことに、オスカーとティナーシャの物語はまだ続くことが予告されている。世界の理に迫った二人の冒険は、どこまで続くのか。永遠に幸あれと願う。（岡田）

「10年以上好きだった作品がとうとう書籍でも完結。でも続きも書籍で読めるらしい。こんなに嬉しいことはない」（順砂・30代後半♠Ⓦ）

魔女　短編　アニメ化

魔女の旅々

著：白石定規　イラスト：あずーる　GAノベル　既刊17巻

様々な国の様々な出来事 出会いと別れの魔女の旅

アニメ化も好評を博したGAノベルの看板作品の一つ、『魔女旅』。基本一話読み切りの短編スタイルですが、それが旅々らしさ強調します。

黒のローブと三角帽子、胸には星をかたどったブローチ、灰色の髪をなびかせ、ほうきを操り旅を続ける可憐な少女は一体誰でしょう。そう、イレイナです。魔法が使える魔導士、その上位である魔女見習いのさらに上位、魔女。厳しい試験を突破し、師匠フランから認められ若くして魔女になった灰の魔女イレイナは様々な国を旅してまわります。魔法使いしか入れない国、偽造硬貨が出回る国、美醜の感覚が独特の国。出会いと別れを繰り返し、もはや日常となった彼女の旅は今日も続きます。

多少お金にがめついながら旅人らしいさっぱりとしたイレイナが出会うのは老若男女多種多様。事件もあったりなかったり、それを解決したりしなかったり。受け取る喜怒哀楽も様々旅そのもの。魔女の旅に読書でちょっと相乗り気分です。（勝木）

「バラエティ豊かなショートエピソードばかりで読みやすく、それでいて話の振れ幅がすごい。ダークなお話からほっこりする話まで様々で、主人公の性格も毒がある感じで大好きです」（おれんぢ・10代後半♠Ⓦ）

燃える　アクション　アニメ化

錆喰いビスコ

著：瘤久保慎司　イラスト：赤岸K、mocha　電撃文庫　既刊7巻

キノコの力で錆を喰らう！ ビスコと仲間の痛快活劇！

旧文明は損なわれ、人を蝕む錆がはびこる日本列島。狩猟採集集団の「キノコ守り」は錆を広げると忌み嫌われ、中でも赤星ビスコは凶悪な面相と暴れぶりでその名を轟かせていた。だが彼らこそは、錆に抗するかすかな希望！　ビスコとともに大冒険の旅に出ることになった少年医師ミロは、やがてビスコのかけがえのない相棒になっていく。

キノコ守りの、弓矢と矢から生やす巨大キノコとを用いたアクションシーンが非常に秀逸。殺しても死にそうにないビスコだが、それでも死ぬかもと思わされるような危難に何度となく遭遇、それらを知恵や幸運や力業で切り抜けていくのが痛快だ。ミロや巨大カニのアクタガワら仲間も戦闘で活躍するし、彼らが変わり果てた日本各地で繰り広げる珍道中も楽しい限り。

3巻で一区切りとなった後も、スケールを広げ、あるいは趣を変えて、展開するさまざまな冒険。ユニークな個性を満喫してほしい。（義和）

「とにかく毎巻ぶっとんだ世界観をみせてくれる作品。カニを乗り物にするなんて誰も思いつきませんもん。文章が（いい意味で）暑苦しくて、唯一無二の読書体験ができる希有な作品。アニメ楽しみです」（まつり・30代前半♥Ⓦ）

魔法 獣人 アニメ化

魔法使い黎明期

著：虎走かける　イラスト：いわさきたかし　一部キャラクター原案：しずまよしのり　講談社ラノベ文庫　既刊4巻

災厄を乗り越えた後の世界で魔法使いの夜明けが始まる

タイトルが示す通り、世界はまだ魔法が普及しておらず、人間と魔女に対立が残る時代。これから魔法が広がっていく世界を舞台にした本格ファンタジー。骨太な世界観は前作『ゼロから始める魔法の書』譲りだが、こちらから読んでも問題はない。

主人公セービルは歴史の浅いウェニアス王国魔法学校の落ちこぼれ。落第を回避するべく向かった特別実習先は反魔女派の勢力が強い王国南部だ。同行する面々は禁書を求める魔女・学園一の秀才少女・半人半獣の獣堕ちと曲者ぞろい。各人の異なる思想や価値観の対立を嫌味なく描いていく人物描写が見どころ。

本作は戦闘シーンやラブコメ要素にも隙がなく、誰しも何か琴線に触れるところがあるだろう。普遍的な魅力はとても語り尽くすことが出来ない。しかし、2年ぶりの新刊発売に合わせアニメ化が発表！ファンの狂喜乱舞も記憶に新しい。今こそ抑えたい作品の筆頭格であることに疑いようはないだろう。（中谷）

「『ゼロから始める魔法の書』の正統なる続編、思っていた以上に前作からのキャラがたっぷりと出てきてくれてニッコリ」
（くろう・10代後半♠Ⓦ）

異世界転生 アクション アニメ化

精霊幻想記

著：北山結莉　イラスト：Riv　HJ文庫　既刊20巻

リオと聖女の戦い、遂に終結 彼らの旅路の進むべき未来は

ベルトラム王国のスラム街で暮らしていた少年・リオは、ある日、事故に遭って亡くなってしまった大学生・天川春人《あまかわはると》の記憶を取り戻す。彼は混乱する中、王女誘拐事件に遭遇。彼女を助けたことで貴族の子女が集う王立学院に通うこととなる。しかし、いくら剣術や学問が秀でていたとしてもスラム街の出身。周囲の貴族からは疎まれ、彼は学園から飛び出すこととなる。それから、リオは恩師のセリア・クレールの政略結婚を防ぎ、前世で結婚の約束をしていた幼馴染・綾瀬美春《あやせみはる》と再会。前世故来の名を名乗るようになりつつ、彼は数多くの強敵たちと相対する！

厳しい異世界で両親のルーツを探し、現世での繋がりと前世での記憶に翻弄されるリオ。魅力的なヒロインらとともに冒険を繰り広げてきた彼だが、聖女との戦いに決着の兆しが訪れる。そんな中、神魔戦争に絡む重大な事実が明かされ、本編は大きな転換点に。これからいったいどうなる？（太田）

「二つの世界が入り混じるファンタジー作品で、話が進むにつれて深まる謎。作者がこの作品をどう終わらせるのかにとても期待している」
（ワタル・10代後半♠Ⓦ）

パーティー 最強 勘違い

単行本 13位

嘆きの亡霊は引退したい～最弱ハンターによる最強パーティ育成術～

著：槻影　イラスト：チーコ　GCノベルズ　既刊7巻

偶然が作り出す偽りの最強 クライが目指すは穏便引退

クライ・アンドリヒは、帝都ゼブルディアで名を馳せるクランのとひつ《始まりの足跡《ファースト・ステップ》》のマスターにして、帝都最強と言われるパーティー《嘆きの亡霊《ストレンジ・グリーフ》》の若きリーダー。幼馴染達と最強のトレジャーハンターを目指し、たった数年で上り詰めたクライだったが、実は何の一つも才能がなかった！　自身の最弱具合を知るクライは、毎度巻き込まれるピンチにゲロ吐きそうになりながら、穏便な引退を目指す!?

最年少でレベル8、神算鬼謀の《千変万化》、名声の割にはクライの外見は弱そう（実際弱い）。それが返って不気味と畏敬され、自分には無理と丸投げした仕事は宝具と仲間の力と偶然が重なってなぜか最善手となる。果たして運が良いんだか悪いんだか、周りも本人も振り回される展開にびっくり。皇帝護衛を曰く楽に（!?）やり遂げ、最新7巻では褒美として武闘大会武帝祭の参加権が与えられ……って観戦権じゃない!?　再び難事に巻き込まれます。（勝木）

「巻を重ねるごとに増していく主人公のトラブルメーカー具合が最高！　敵、味方誰一人として状況を正しく理解していないというある意味最強の勘違いものです」（フリーター番長・20代前半♠Ⓦ）

海洋ロマン　魔女　百合

蒼と壊羽の楽園少女《アンティーク》

著：天城ケイ　イラスト：白井鋭利　GA文庫　既刊1巻

すべてが海に沈んだ世界で、《人形》と《魔女》は楽園を目指す

かつて無数の機械人形を生み出し、高度な社会を築きながらも文明を滅ぼし大陸を海に沈めた魔女のいた世界。広大な海の上に鉄道網を敷き、世界各国の流通を担う全域鉄道運営体セフィロト・ステーションの駅員として働く少女イスカは、人形のように美しい少女アメリと出会う。魔女を崇める邪教集団グノーシスに育てられ、自らを「魔女」と名乗るアメリは、組織を抜け出し魔女の生き残りが住まう《楽園》へ連れていって欲しいとイスカに依頼する。

世界を滅亡させ今も人々に恐れられる魔女の末裔アメリと、魔女の遺産で血を吸わなければ暴走する《アンティーク》と呼ばれる自動人形であるイスカ。正体を隠しながら旅をする過程で幾度も組織の追手に追われながら、初めて訪れる国の人々や文化に感動し、空と海の蒼が美しい雄大な世界観に魅せられます。無邪気なアメリに振り回されるクールなイスカの仲睦まじい少女二人の微百合な関係も見どころ。（愛咲）

「美しい世界で美しいものを追いかけるふたりの少女の旅のお話。素敵で綺麗な物語だった」（齋藤 匠・20代前半♠Ⓦ）

せつない　しみじみ　飛空船

浮遊世界のエアロノーツ

著：森 日向　イラスト：にもし　電撃文庫　既刊1巻

少女は船長と共に家族を探す大地なき世界での冒険物語

孤島にいて、そこまでの旅の記憶を失い両親ともはぐれていたアリアは、島を訪れた飛空船に拾われた。ただ一人で船を動かす泊人《はくと》は無精で偏屈だが、彼女が両親を探すのを手伝ってくれる。心が現実に影響を及ぼす「干渉力」を持つアリアを、かつて自分も干渉力を持っていた泊人がトレーニングしつつ、島から島へ巡る二人。物に精霊が宿る島での精霊失踪事件。島全体を利用した監獄からとある囚人を脱出させる計画。崩壊までの1日弱を延々と繰り返す島を救うための試み。多様な冒険を経て、二人は危険な雲海を抜け……。

かつて大地が失われ、今は空に浮く島が点在する世界。雄大な世界で展開するファンタジックなエピソードが楽しい。各地での事件を経験し、アリアが成長すると同時に、彼女に影響を受けて泊人も変わっていく。アリアの両親に関する問題は決着がついたが、巻末では泊人のみが知る非常に重大な情報も明かされ、これは続きを読みたいところ。（義和）

「空に島が浮かぶ世界を旅していくという世界観が素晴らしい。主人公ふたりの旅の行方が楽しみです。この一年でダントツ、期待の新作」
（くーま・30代♥Ⓦ）

魔法　異世界転移　主人公最強

水属性の魔法使い

著：久宝 忠　イラスト：ノキト、めばる　TOブックス　既刊3巻

試行錯誤で水属性を極めたら最強の魔法使いになっていた!?

両親を亡くし、若くして家業を継いだ三原涼《みはらりょう》は、運悪くトラックに轢かれてしまう。そして、『ファイ』と呼ばれる異世界に転生した彼は、人のいない静かな場所でのスローライフを望むのだった。森の中にある家で目覚めると、自分が唯一使える水属性の魔法を試行錯誤していく。ここで面白いのが、涼が水に化学知識を応用し、魔法に反映させていくこと。水素結合や$E=mc^2$など、魔法にも適応されていく過程が興味深い。H_2Oである水は、凍らせるのも温めるのも、化学反応なのだ!

森でのスローライフ（というよりもサバイバル）を満喫する涼は、数々の魔物を倒し、20年を過ごしていた。ある日、アベルという男を助けたことをきっかけに、森を出る。ここから始まる二人旅。涼は地味に思える水属性の魔法を使いこなし、剣技も達者。冒険者となった彼はようやく異世界の実状を知っていく。冷静なリョウがどんな活躍をするのか楽しみなシリーズだ。（岡田）

「リョウとアベルの長年の漫才師かのような掛け合いが面白い。仲間たちとの戦闘シーンもかっこいいし日常パートも魅力的、なのにリョウの残念主人公感が消えないのも好き」（げんそうすいこでん・10代後半♠Ⓦ）

BATTLE & ACTION

バトル&アクション！

剣が舞い、魔法が飛び交う怒濤のバトル。最強揃いの戦いはどうなる!?
強敵やモンスターとの戦い、ゲームやスポーツの戦い、そして筋肉もあるぞ!

魔法　陰謀　主人公最強

続・魔法科高校の劣等生　メイジアン・カンパニー

著：佐島 勤　イラスト：石田可奈　電撃文庫　既刊3巻

待望の大学生&社会人編新たな伝説が幕を開ける——

大人気シリーズ『魔法科高校の劣等生』の完結後、続編が登場！　タイトルにもなっているメイジアン・カンパニーは魔法適正のあるメイジアンの人権保護を目的とした一般社団法人。大学進学から約2年、兼ねて組織の専務理事となった司波《しば》達也《たつや》の活躍が描かれる。

前作の知識必須というハードルの高さはあるものの、そのぶん内容の濃密さは折り紙付き。元々あった疑似科学に加えオカルト要素が強くなり、これでもか！　と緻密な設定群を味わえる。高校が舞台では難しかったという未回収要素の掘り下げが怒濤の勢いで行われ、見たかったキャラのその後が次々と明示される。社団法人が舞台の作品というのも珍しく、他の魔法団体や過激派組織との折衝には新鮮な読後感もあった。

元より個性的なシリーズだが、その長所を極限まで研ぎ澄ませたのが本作。ただ長いからと敬遠するのは勿体ない！　節目を迎えた今こそお勧めしたい大作だ。（中谷）

「高校を卒業して、規格外さがより大きくなった印象どのようにして魔法社会が動いていくのかが今後も楽しみ」（キリト・20代前半♠ⓦ）

メカ　スポーツ　宇宙

ストライクフォール

著：長谷敏司　イラスト：筑波マサヒロ　ガガガ文庫　既刊4巻

兄弟は空に手を伸ばした宇宙をその手に掴むために

宇宙を駆ける、速度と軌道のスポーツ「ストライクフォール」。それは異邦人によってもたらされた理解不能な装置群チル・ウエポンを用いた疑似戦争でもある。全宇宙に広がる熱狂と、それに魅せられた少年・鷹《たか》森《もり》雄星《ゆうせい》を描く。天才の弟・英俊《ひでとし》がプロデビューを決める一方、凡人である雄星は地球でもがき続けていた。

立体的なアクションと競技の作り込み、それが更に最適化され進化していく様は圧巻。ロボの造形や細かな設定を辿るのも楽しいが、本作の凄みはそれらを抜きにしても楽しめるだろう王道スポーツものとしての完成度の高さだ。格上に挑む緊張感、異なる信念の衝突、チームが一丸となった時の昂揚感……誤解を恐れず言えば、キャラを追うだけでも大変熱く、面白い。

4年ぶりの新刊は450ページを超える大ボリューム。過去一番に白熱した試合展開に、幾度も目頭が熱くなった。最早疑うべくもない、本年を代表する作品だ。（中谷）

「この作品を読むためならいつまでだって待てる。そう言い切れる作品ですが次巻はいつ出ますかね??」（ていかう・30代前半♠ⓦ）

ファンタジー　学園　バトル

ロクでなし魔術講師と禁忌教典《アカシックレコード》

著：羊太郎　イラスト：三嶋くろね　ファンタジア文庫　既刊19巻＋短編集9巻

生徒を導く魔術講師の物語は深き謎の真相に辿り着く！

かつて「正義の魔法使い」を目指しながらも、過酷な任務の中で多くの人間を救いきれず失意に沈んだグレン＝レーダス。軍を辞めてすっかり無気力なニートとなった彼に、育ての親であるセリカが見つけてきた仕事は魔術学院の講師だった！

　無気力そうで実は熱い性格なグレンが型破りな授業で生徒たちを育て上げる様子が楽しく、教師ものとしての人気を不動のものとしている本シリーズ。生徒たちも立派な魔術師として成長しており、物語は彼らが総力を挙げて戦うクライマックスに突入！　タイトルにもなっている「禁忌経典」を筆頭に、これまでの伏線が怒涛の勢いで回収され、物語は盛り上がる一方。

　最新刊ではグレンは、セリカを追って過去へ飛ぶ。そこは魔王が君臨し、あらゆる魔術師が古代魔法《エインシャント》を使いこなす地獄のような環境だった……。そこでグレンはついに自身が理想とした「正義の魔法使い」の正体を知ることに！（柿崎）

「師弟モノとして洗練された作品。先生である主人公と生徒であるヒロインが互いに良い影響を与えあってるのがとてもほっこりします。物語も佳境に入り、今後どんな展開になるのか目が話せません」（ヨハネ・20代前半♠Ⓦ）

教官もの　戦争　騎士

古き掟の魔法騎士

文庫25位

著：羊太郎　イラスト：遠坂あさぎ　ファンタジア文庫　既刊3巻

教官は蘇った野蛮な騎士!? 生徒の成長を描く学園物語

先王を亡くし混乱するキャルバニア王国は、邪教を崇める魔国ダクネシアの侵略に晒されていた。この国難を憂いた王子アルヴィンは王家に伝わる儀式を行い、伝説の魔法騎士シド＝ブリーツェを蘇らせる。

　騎士学園の教官として迎えられたシドは、アルヴィンを始めとする落ちこぼれ生徒たちに騎士の生き様を説き、生徒たちは過酷な特訓の中で騎士として成長していく。しかし魔国ダクネシアの魔の手はすぐそこに迫っていた……。

　シドは口も態度も悪く、およそ騎士の高潔さとはかけ離れた悪逆騎士。しかし、常に自分の行動と実績で周囲の批判を黙らせしまう姿が痛快なのだ。普段は頼りなくていい加減な教師が、生徒の窮地を救って活躍し、それに感化されて生徒たちも成長する。前作『ロクでなし魔術講師と禁忌教典《アカシックレコード》』シリーズで作者の羊太郎が培った「教官もの」メソッドを再構築した本作は、これまでの作家人生の集大成といえよう。（愛咲）

「ロクアカ同様ファンタジー世界を舞台にした作品。弱いと評される者たちが強くなっていく、そんなストーリーが好きな人に是非お薦めしたい」（アツシ・30代♠㊧）

黒幕　秘密結社　勘違い

陰の実力者になりたくて!

著：逢沢大介　イラスト：東西　KADOKAWA／エンターブレイン　既刊4巻

闇の教団の野望を打ち砕く黒幕は勘違いダークヒーロー!?

物語の主人公でも悪役でもない。陰から騒動に介入し圧倒的な実力を見せつけて去っていく正体不明の「陰の実力者」に憧れる少年シド。

　鍛え上げた戦闘技術と、魔力制御で世界最強の技と力を身につけたシドは、普段は実力を隠して平凡なモブを演じつつ、架空の「闇の教団」と戦う秘密結社「シャドウガーデン」を率いるシャドウという中二病設定を楽しんでいた。ところが本当に魔人の復活を企むディアボロス教団が実在して世界各国で暗躍していた。いつもその場で考えた適当な設定を呟いてるだけなのに、なぜか次々と教団の陰謀を言い当て、計画を阻止してしまう。「シャドウガーデン」配下の美女たちも彼のデタラメを鵜呑みにして崇拝を強めていくのに、シド本人はいつまでもお遊び気分で、真実に気づいていないからややこしい。なんともご都合主義だが、誰も彼もが勘違いしてるのに不思議と噛み合ってしまっているのがダークファンタジーだ。（愛咲）

「シリアスな雰囲気と最強の主人公の脳内とのギャップが最高に笑えます」（もんじろう・20代前半♠Ⓦ）

筋肉　筋肉　筋肉

パワー・アントワネット

著：西山暁之亮　イラスト：伊藤未生　GA文庫　既刊2巻

キレッキレでバッキバキ！ フランスを変えるのは筋肉

子供が無事ならば処刑もやむなしと受け入れたマリー・アントワネットだったが、革命に陶酔する民衆にそれさえも蔑ろにされ、変貌する。ギロチン台に仰向けに寝た彼女は、放たれた刃に指を食い込ませ制止。ハプスブルク家に伝わる秘術を使い、駄肉と化した民に立ち向かい、たった一人の筋肉《フランス》としてフランスの再生を開始する。バッキバキの筋肉で！

史実ではギロチンで処刑されたマリー・アントワネットですが、本作はそこが物語のスタート。医師で処刑人、男の娘のサンソンと武術服《ドレス》仕立て屋で親友のローズを味方に、襲い来る革命軍をメキメキ盛り上がる腹直筋で、ダイナミックな大腿四頭筋で、霊峰宿る上腕二頭筋で撃退していきます。そこにあるのは爪先から頭、いや頭の中までひたすらに強く美しい筋肉筋肉筋肉！　フランス革命を題材とした創作は数多あれど、こんなキレッキレに鮮烈なマリー・アントワネットはないね。すげー作品、いや筋肉が出てきた！（勝木）

「筋肉で解決する西洋史という、脳筋コンセプトにやられました。インパクト的には最強に思えます。筋肉と書いて、フランスと読ませる、そのセンスは素晴らしいです」（咲耶(さくや)・40代♠Ⓦ）

巨大ロボ　戦国時代　燃える

鋼鉄城アイアン・キャッスル

著：手代木正太郎　イラスト：sanorin　メカデザイン：太田垣康男　原案・原作：ANIMA　ガガガ文庫　既刊1巻

城をロボと化し、敵と戦え！ 松平竹千代の国盗り開始！

この国では、鐵城《キャッスル》がロボになる。城主の体内から発生した魂鋼《たまはがね》を刀に変え、天守に突き立てることにより、城主は城を手足のごとく操れるのだ。

中小の城主が割拠する三河国、その岡崎の松平家を若くして継いだ竹千代は、しかし、心臓に魂鋼が癒着しており、体内から取り出せず寿命も短いと見なされていた。城主ながら世継ぎを残すことしか期待されていない竹千代は、隣国尾張の織田信長が快進撃を始めたのを見て、己も熱く生きたいと強く願うに至る。

城主が操縦し部下のパワーを動力源とする、城によるロボットバトル。そこで暴れるキャラたちは、竹千代だったり軍師の服部半蔵だったり軍師見習いの石田佐吉だったりと、下手に史実を知っていると小首を傾げたくなるかもだが、細かいことは気にせずに。三河ローカルな戦いにほぼ終始した1巻の構成はなかなか大胆。ためらい、焦り、間違えて、それでも少しずつ成長していくという主人公像も近年では新鮮だ。（義和）

「トンデモ設定を支える力強い文体が魅力的。地の文の合いの手の絶妙さといったら。後世まで語り継がれる奇書になるはず」（犬山ジャン太郎・30代♥㊋）

燃える　アクション

虚ろなるレガリア

著：三雲岳斗　イラスト：深遊　電撃文庫　既刊1巻

不死の体を持つ少年は出遭う少女と、求めるものと、謎に

4年前、日本に落ちた隕石は国土に壊滅的被害をもたらした。そしてどこからともなく現れた〝魍獣《もうじゅう》〟と、一斉に日本人の殲滅を唱えた各国により、鳴沢《なるさわ》八尋《やひろ》ただひとりを残して死に絶えたのだ。が、彼はとある事件をきっかけに、天敵であるはずの魍獣を従える日本人の少女、侭《まま》奈《な》彩《いろ》葉《は》と出遭った――！

まず見て欲しいのは、王道のボーイミーツガールでありながらそれだけのものにしない物語性の高さだ。けしてチートではない八尋の不死の体！　魍獣ひしめく東京二十三区とそれを取り巻く情勢図、勢力図、さらには物語の展開図の緻密さ！　それらが織りなす泥臭いまでの生々しさ、読者の胸を燃え立たせずにはいられないんである。しかもだ。これほどのシリアスに男子と女子のもだもだ感を投入してくるとは……たまらんですよほんとにもう。

タイトルの〝レガリア〟の謎にも要注目な、隅々まで「おもしろい」が押し詰められた一作だ。（剛）

「日本が滅びたというハードモードな世界でありながら、決して暗くなり過ぎずに不死者となった主人公の戦いっぷりにワクワクさせられる。厨二心くすぐる設定が満載のこれぞライトノベルという作品」（牛タン・20代前半♥Ⓦ）

異能力　詐欺　熱い

嘘と詐欺《ペテン》と異能学園

著：野宮 有　イラスト：kakao　電撃文庫　既刊1巻

最強の嘘つき二人の騙し合い
詐欺師と女優のアンチ学園異能

帝国中のエリート異能力者たちが集うハイベルク国立特異能力者養成学校。その入学試験を突破したジン・キリハラは異能力者ですらない無能力者の詐欺師だった。強力無比な異能で〈災禍の女王〉と恐れられるニーナ・スティングレイもまた天才的な演技で周囲を騙し続けてきた無能力者だった。お互いの秘密を共有した二人は共闘関係を結び、学園の頂点を目指してエリート異能者たちに挑む。学園異能バトルものなのに主人公とヒロインだけが異能力者ではない一般人という異色の作品。異能を使用したゲームで生徒たちがポイントを奪い合い、ポイントを全て奪われた者は即退学という厳しい学園競争の中で、嘘とハッタリ、罠仕掛けや脅迫といった裏工作を駆使して立ち回るジンの詐欺テクニックとニーナの演技力に読者ですら騙されてしまうことだろう。学園に潜む闇を暴き、異能力者たちの選民思想を打ち砕く、胸がすく騙し合い《コン・ゲーム》エンターテイメントだ。（愛咲）

「どんでん返しに次ぐ大どんでん返しの連続で常にこちらの予想を遥かに上回る"すごい"トリックを見せてつけてくれた作品!」
（テツヤ・20代前半♠Ⓦ）

主人公最強　コメディ　ダンジョン

文庫37位

ギルドの受付嬢ですが、残業は嫌なのでボスをソロ討伐しようと思います

著：香坂マト　イラスト：がおう　電撃文庫　既刊3巻

ギルドの受付嬢は最強の冒険者
定時退社の敵に怒りの鉄槌を

攻略が行き詰まった難関ダンジョンに現れ、銀に輝く大鎚《ウォーハンマー》でボスをソロ討伐して去っていく正体不明の冒険者〝処刑人〟。その正体は冒険者ギルドの可憐な受付嬢アリナ・クローバーだった。安全、安定、定時退社を夢見るアリナは、ダンジョン攻略が行き詰まり、受付嬢の仕事が増える度にこっそりとダンジョンに出向いては悩みの種であるボスを倒していた。ところが偶然ボス討伐に居合わせたギルド最強の盾役《タンク》・ジェイドに正体がバレてしまい熱烈な勧誘を受けることに……。

強力なスキルを持つが、アリナ本人は危険で不安定な冒険者をやるつもりはない。受付嬢の職を守るためならイケメンでエリートなジェイドの誘いすら冷たくあしらう態度が清々しい。そんなアリナだが、伝説の裏ダンジョンが発見され、嫌々ながら攻略に巻き込まれる。平穏が侵されるのが大嫌いでキレると手がつけられないアリナ。相手にするボスが可哀想に思えてきます。（愛咲）

「アリナの悩みと現代社会の問題がシンクロし、働く人々のストレスをアリナが代わりに発散してくれているようで、読んでいてとてもスカッとした作品です」（あみの・20代前半♥Ⓦ）

異世界　冒険　燃える

単行本14位

ヘルモード～やりこみ好きのゲーマーは廃設定の異世界で無双する～

著：ハム男　イラスト：藻　アース・スターノベル　既刊4巻

新人生をやり込みまくり、
目指すは唯一最強の召喚士！

やり込み系ゲーマーの山田健一は、昨今のユーザーライク過ぎるゲーム――所謂ヌルゲーに悲観していた。が、その果てに『終わらないゲーム』と出会い、プレイを開始する。ボーナスガチャなし、スキルの入手と成長に通常の100倍の経験値を必要とする代わりに成長限界なしという超難度の〝ヘルモード〟だ！　しかも試験運用中で他に選択したプレイヤーが存在しない〝召喚士〟をあえて選んだ！　こうして異世界の農奴の息子アレンとして転生する健一。最初はバッタを召喚するのが精一杯なのだが、肝はスケール感じゃない。ここから始まる「やり込み」だ！

日々召喚を重ねてできることやできないことを徹底的に試して実証し、ついにレベルアップすればステータスの解析に努め……超スキルや過去世の知識で無双する異世界ものは数あれど、主人公が徹底的に自分と向き合い、研鑽を積み重ねる様を魅せるドラマはまさに初！　ゲーマー魂が導くカタルシスは極上！（剛）

「昔必死にしたゲームのようなやり込み要素を詰め込んだ作品、主人公だけでなく仲間1人1人の成長が楽しみで仕方ありません」
（明智・20代後半♠Ⓦ）

呪い　スプラッター　サバイバル

呪剣の姫のオーバーキル　～とっくにライフは零なのに～

著：川岸殴魚　イラスト：so品　ガガガ文庫　既刊3巻

呪いの剣はチャージ制！　威力を増すため嬲り殺せ！

　没落した家を再興せんとする儀仗鍛冶師のテア。だが旅の途上で魔物に襲われ、討伐者シェイに救われサポートした結果、魔物に有効な属性付与の能力を彼女に気に入られる。聖属性付与《エンチャント》の修練を重ねてきた彼は、それを反転させた呪い属性付与に関してもかなり腕利きで、呪具使いのシェイにはうってつけなのだ。野戦鍛冶師として最前線で仲間を補佐するテアの仕事が始まった。忌み嫌われつつも、根っから異常なわけでもない（残酷な殺戮は、剣が吸収する呪力を高めるため）シェイ。弓使いで優美なエルフだが発想と言動がド根性系のエレミア。一同の戦いは、やがてシェイの仇敵へとつながっていく。

　ドタバタギャグを得意とする作者だが、今回は殺しまくりのファンタジー。メインキャラは少なくとも最終巻までは生き残るだろうが、それ以外はいつ誰が死んでもおかしくない過酷さだ。それでもテアの常識的な反応は異様な周囲へのツッコミとなり、いつものノリも健在。（義和）

「ちょっとグロテスクでちょっとバカバカしいユニークな作品です!」（うきぐも・20代後半♠ⓦ）

女神　合体ヒーロー　ラブコメ（?）

双神のエルヴィナ

著：水沢 夢　イラスト：春日 歩　ガガガ文庫　既刊2巻

復興世界を襲うは女神たち！　少年は女神と共に女神に挑む

　6歳のときに女神と出会い、恋した創条《そうじょう》照魔《しょうま》。女神にふさわしい男になり女神に再会しようと奮闘し、会社まで設立した彼は、12歳の誕生日に女神の世界に迷い込む。だがそこは女神同士の醜い闘争の真っ最中。そんな中、女神エルヴィナが死にかけ、思わず手を差し伸べた照魔は彼女と命を共有することに！　エルヴィナは人間界で照魔と生活を始めるが、彼女の属していた派閥・邪悪女神《ゾディアクス》はこの世界に目をつけて襲来し……。

　かつて滅びかけた世界を新エネルギーで再興させた企業家。その家に生まれた照魔と部下による破天荒な会社経営や日常、そして戦闘の二本柱で物語は展開する。トーンとしては過去作品より少しハードだが、「女神は基本的にみんなヤバい」と作中で言われるように、おまえのような女神がいるかと言いたくなる敵たちと女神バカの照魔の戦いは笑えるものにもなっている。彼とクールだが天然気味なエルヴィナのコンビが未来を切り開く姿を期待したい。（義和）

「ラブコメとバトルのバランスが良くて、世界観も面白かったです。この先の展開で『俺ツイ』のキャラクター達も出てきそうな流れで期待しています」（斉藤T・30代前半♠ⓦ）

韓国　チート　現代ダンジョン

ノベル　俺だけレベルアップな件

著：Chugong　イラスト：布施龍太　キャラクターデザイン：DUBU(REDICE STUDIO)　KADOKAWA／MFC　既刊1巻

人類最弱兵器と呼ばれた男、最強ハンターにレベルアップ

　現代社会と異界のダンジョンとをつなぐ「ゲート」が出現するようになって幾星霜。人類の中には異能に目覚める者が現れ、ダンジョンの怪物と戦える異能者は「ハンター」と呼ばれるようになった。主人公の水篠旬は人類最弱兵器の異名を持つE級ハンター。母の医療費を稼ぐため危険な仕事を続けていた彼は、ある事件で死に瀕し、不思議なメッセージウィンドウを目にするようになる。彼にしか見えないそのウィンドウは、次々とクエストを提示し、旬をレベルアップさせていく。

　本作は世界的なヒットを記録している韓国産ウェブトゥーン（スマホ向け縦読み漫画）の原作小説。残念ながら２０２１年10月現在、日本では1巻しか発売されていないが、続きは漫画アプリ「ピッコマ」で読める。人類最強ハンターへと成長した旬の超弩級バトル、そして謎のウィンドウと世界に隠された秘密には瞠目必至。韓国エンタメの底力をぜひご覧あれ。（松浦）

「漫画をピッコマで読んでから、ノベルの方も読むようになりました!　強敵をどんどん倒していくのが気持ちいい!」（まっちゃ・10代後半♠ⓦ）

FANTASY LIFE

異世界で暮らす

現実世界から、別の世界へ。でも冒険よりもゆっくり暮らしたい。
ファンタジーの世界なら何ができるのか、試行錯誤が楽しい。

人外転生　国造り　スローライフ

転生したらスライムだった件

著：伏瀬　イラスト：みっつばー　GCノベルズ　既刊18巻

最弱のスライムが魔王に！人も魔物も仲良く楽しく国造り

現代日本で通り魔に刺されて死亡したサラリーマン三上悟《みかみさとる》が目覚めると異世界でスライムに転生していた。勇者によって洞窟内に封印されていた暴風竜ヴェルドラと出会い、リムル＝テンペストと名を与えられたスライムは、魔物の森のゴブリンやオーガたちを配下に引き入れ街を作り、一大勢力を築き上げていく。

RPGでは最弱のモンスターであるはずのスライムが、最強に成り上がっていく痛快さ。配下の魔物もそれぞれの種族の最強クラスに進化し、魔王や周辺国家すらも凌ぐ圧倒的な軍事力を持ちながらも、戦争よりも特産品を生産して周辺諸国と貿易したり、ダンジョンを作って冒険者を呼び込んだりとのんびり気楽なスローライフを満喫するリムルの生き方がほのぼのとして和みます。

新たに魔王となったリムルを中心に世界は激動の時代を迎え、さらに増えていく登場人物と、どこまでも広がっていく転スラワールドから目が離せない。（愛咲）

「何度も何度も読み返す。チート能力だけじゃなくて、主人公の生き方が老若男女問わず周囲に影響を与えて行くのが心地よい」
（けろり・50代♥Ⓦ）

キャラメイク　TRPG　冒険

TRPGプレイヤーが異世界で最強ビルドを目指す ～ヘンダーソン氏の福音を～

著：Schuld　イラスト：ランサネ　オーバーラップ文庫　既刊5巻

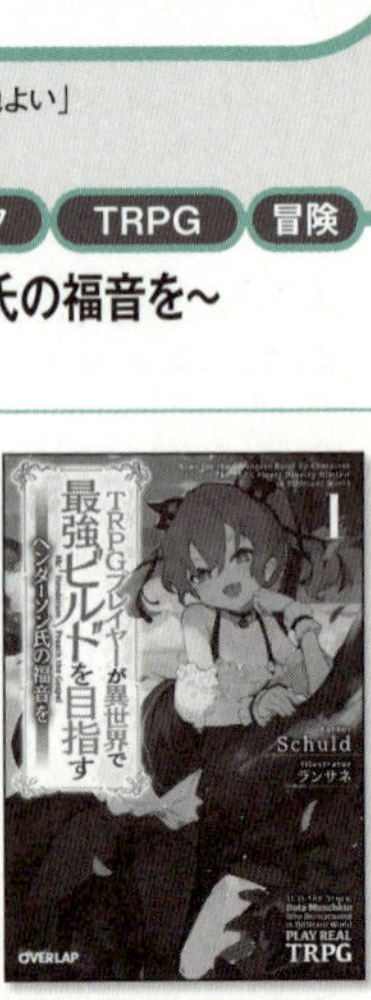

己の可能性を自在に伸ばせ！スキルを集めて最強を目指す

若くして亡くなったTPPG好きの主人公は異世界に転生する。その際に彼は自分が得た経験点を好きに振り分けて、自分の能力を自由に伸ばせるという力を獲得する。彼は確信する、これはTRPGのキャラビルドと全く同じだと！　かくしてエーリヒとして第二の生を受けた彼は前世の頃に憧れた冒険者となるべく、様々なやり方で経験点を積んで、最強の自分を目指していく！

経験点さえあれば様々なスキルを獲得できるが、人生が有限である以上得られる経験点には限りがある。そういった縛りの中でスキルを取捨選択し、年月とともにエーリヒが成長していく過程が非常に楽しい。

一般人よりは効率良く成長していくエーリヒだが、何かに取りつかれているかのように毎回妖精や不死者など危険な存在ばかりに遭遇し、最新刊では偶然親しくなった尼僧を助けた結果、三重帝国の未来がかかった大騒動に巻き込まれる……！　最強への道は遠く険しい。（柿崎）

「世界観に魅せられ、帝都の圧倒的な描写に呆然とし、キャラの濃さに振り回され、人間関係の濃密さに夢中にさせられる。なんて魅力の密度の濃さ！」（八岐・40代♠㊎）

加護　いちゃいちゃ　スローライフ

真の仲間じゃないと勇者のパーティーを追い出されたので、辺境でスローライフすることにしました

著：ざっぽん　イラスト：やすも　角川スニーカー文庫　既刊9巻＋Episode.0 1巻

最前線から一転僻地での平穏 悠々自適スローライフを満喫

「勇者」の加護を持つルーティの兄ギデオンは「導き手」として努力を続けていた。しかし最前線での戦いについていけなくなっていたことから「真の仲間じゃない」とメンバーに指摘される。彼はショックを受けパーティーの脱退を決意。しばらく落ち込むが、気合いを入れなおし、名をレッドと変え、辺境のゾルタンで新たな夢を持つ。薬屋を開業して悠々自適のスローライフ、その夢に一時期冒険を共にした女性リットが加わり新生活は順調に始まった。

　この世界では生まれつき神から授けられた加護の固有スキルを上げることが唯一の大成方法と考えられている。固有スキルのないレッドは不遇な存在なはずだが、パーティーや加護から離れて最愛の人リットと自由に生きる生活は誰よりも幸せそう。怠惰の地ゾルタンの風土もあってスローライフを満喫。ギデオン時代の兄妹を描いたEpisode.0も刊行、最新刊は新「勇者」が誕生!?……の前にまずはのんびり旅行です。（勝木）

「この世の中だからこそ、こんな感じのスローライフをおくってみたい!」（ユキ・10代後半♠Ⓦ）

医療系　薬学　現代知識

異世界薬局

著：高山理図　イラスト：keepou　MFブックス　既刊8巻

現代薬学で異世界を救え! 薬学者の異世界ファンタジー

研究に没頭して過労死した若き薬学者が、異世界で宮廷薬師の息子ファルマとして転生した。

　現代薬学の知識を活かして女帝を死病から救ったファルマは、貴族も平民も分け隔てなく薬を処方する「異世界薬局」を創業し、難病や伝染病の治療に乗り出す。

　中世の古い治療法や偽薬の調合、あやしげな祈祷が横行する異世界で正しい医学知識を広め、医療改革を齎していく。ファルマを狙う神殿の陰謀、帝都を襲う悪霊との戦い、新大陸で遭遇する未知の病……。現代知識とチート能力のコンボで次々と襲いかかるピンチと難病を克服していくファルマだが、自分が居なくなった後でも研究が絶えないように大学で講義を行ったり、製薬会社を立ち上げて新薬の生産体制を整えたりと、私欲を捨てて社会貢献と医療の発展に寄与する志が気高いのだ。

　作者自身が医学研究者という確かな知識とリアリティ溢れる医療描写が際立つ作品だ。（愛咲）

「初めて読んだ異世界系がこの作品。きちんとした知識の裏付けがあって楽しめる」（浅倉 涼雨・10代後半♠Ⓦ）

異世界　同居　ほのぼの

スライム倒して300年、知らないうちにレベルMAXになってました

著：森田季節　イラスト：紅緒　GAノベル　既刊18巻

スライム倒してスローライフ その先に迎えた日常とは——

現実世界で過労死し異世界に転生した元OLアズサ。不老不死となった彼女は前世の反省から高原でスローライフを送るが、タイトルの通りいつの間にかレベルMAXに達してしまう。レベルMAXの噂が広まった後、彼女の元にはドラゴン、精霊、更にはエルフと様々な来客が訪れるようになる。事情のある少女たちを受け入れるうち、アズサの日常は騒がしく楽しいものに変わり——。

　一見すると無双が始まりかねないタイトルだが、むやみに力を振るわずスローライフを願う本作はホームドラマ的な面が色濃い。レベルMAX設定は人間と異種族の差異が程よく曖昧になるよう作用している。

　多数のスピンオフ、コミカライズ、ドラマCD付の特装版、アニメ化と展開に厚みがあることも大きな特徴。作品世界に浸るのにこれだけ行き届いた環境もそうあるまい。ゆるい日常ものが読みたい、だけどほんの少し刺激も欲しい……そんな方に自信を持ってお勧めしたい作品だ。（中谷）

「全体的に緩い雰囲気の作品ですが、ファンタジーとしての世界観がしっかり練ってあって好きです」（超不動怪獣・20代後半♠Ⓦ）

人外転生　意思疎通　旅

豚のレバーは加熱しろ

著：逆井卓馬　イラスト：遠坂あさぎ　電撃文庫　既刊4巻

ジェスを守ってオタクが奮闘　教訓は豚のレバーは過熱しろ

豚のレバーを生で食べた理系オタクは腹痛で気を失い、豚小屋で豚となって目を覚ました。小屋を管理する太い首輪をした欧風金髪美少女ジェスに助け出され、彼女が心を通わせることのできる小間使いの種族イェスマであることから現状を知る。心を通わせる、つまりミニスカなら下から覗けるなどといった思考が筒抜けなことに！　仕事と人間に戻してもらうこと、目的地の一致した一人と一匹は王都に向け旅を共にする。

剣も魔法もある異世界で美少女と二人旅、心躍るシチュエーションなれど豚。ブラッシングしてくれたりミニスカになってくれたり献身的で純心すぎるジェスを、豚特性や理系思考でローアングルから助けます。しかしイェスマの境遇を知って、物語は哀しさを帯びます。このキュッと胸を締め付けられるような読み心地もたまりません。四巻ではジェスたそと再びブヒブヒ二人旅。なんだこの世界線、イチャラブだからいいか、と油断してるとキュッ!?（勝木）

「3巻で怒涛の伏線回収をしたと思ったら、4巻では、『え!?　そんなことしてくるの!?』という、挑戦的な作品。これからも新しい展開を期待せずにはいられません!」（あおやまみなみ・20代後半♠ⓦ）

エロ　転生　田中

単行本15位

田中～年齢イコール彼女いない歴の魔法使い～

著：ぶんころり　イラスト：MだSたろう　GCノベルズ　既刊12巻

回復魔法でブサメンが大活躍　エロでいっぱい異世界冒険譚

神の手違いで死んだ田中はチート選択でイケメンを切望したが叶わず、最高の回復魔法チートをもらって三十路過ぎ醤油顔ブサメンのまま転生。街に入ろうとしては不審者に間違われ捕らえられ、美女美少女からは冷たく扱われ、人畜無害を装いつつもひたすらエロい妄想を繰り広げる。失われた目も潰された腕も再生させ、首を飛ばされてもなんとか助かってしまう。回復魔法チートを連発することで、攻撃魔法もレベルアップ。次第に仲間たちを増やしながら大冒険と大出世を繰り広げていく。

36歳で童貞を拗らせた田中の頭の中はエロいネタでいっぱい。行動は善良で真面目な日本人、けれど出会うヒロインすべてに呼吸をするかの如くエロ妄想を垂れ流します。それでありながら初体験は処女ときめてるもんだから質が悪い。11巻から新展開突入。召喚術で呼び出された田中は、異国で召喚獣に!?　不死王に龍王に新キャラ続々登場でまたえらいことになってます。（勝木）

「web版にはない完全新作のシナリオ!　しかも安定して面白いし出てくるキャラが濃くて魅力的!　今後どう続いていくのか楽しみです!」（ゆうたくん・20代前半♠ⓦ）

異世界　スローライフ　飯テロ

転移したら山の中だった。反動で強さよりも快適さを選びました。

著：じゃがバター　イラスト：岩崎美奈子　ツギクルブックス　既刊6巻

チートのすべてを尽くして　異世界生活を快適にする！

花火大会に姉の荷物持ちとして同行させられていた此花迅《このはなじん》は、気がつけばどことも知れない山の中にいた。とにかくサバイバルだ！　ということでがんばる迅だったが――かつて神だったという精霊が現れ、「勇者召喚に巻き込みました！」と衝撃告白！　元の世界に帰れない代わり、神々からチート能力をもらえることになった迅は、やばい姉と関わらず、平和に快適な生活がしたいと願う。

ちなみに精霊が言う勇者とは姉のこと。これまで迅をさんざん酷い目に合わせてきた彼女から解き放たれた彼は、新生活の一歩を踏み出すわけだが。冒険はありつつも使命やら大事件やらに向かったりはせず、生活の質の向上に全力を出していくのが注目ポイント。特に迅が作り出すご飯の数々、バラエティに富んでいる上、描写がまた濃厚で芳醇なのだ。真夜中に読むと後悔するやつ！

コミカライズも好評連載中の異世界高品質ライフ、身構えずにさっくり読める一作です。（剛）

「元の世界で抑圧されてた分、自由に生きようとする姿がみていてほっこりします。周囲の人間とのやり取りがみていて楽しいし、本当にほのぼのとしていて幸せな読みごたえがあります」（えに熊・40代♥ⓦ）

『このラノ2022』アンケートコメント Pick-Up!

『楽園殺し』

著：呂暇郁夫　イラスト：ろるあ
ガガガ文庫　既刊2巻

「前作以上に手に汗握る物語でした。今年読んだ中でも一二を争うくらいには、熱中しましたね。復讐&バディもののSFファンタジーです」

（トフィー・20代後半♠ⓦ）

『辺境都市の育成者』

著：七野りく　イラスト：福きつね
ファンタジア文庫　既刊4巻

「『公女殿下の家庭教師』の前日談となる作品で、これ単体でも十分面白いが一緒に読む事によって、より作品に深みが出て面白い」（アイア・20代後半♠ⓦ）

『聖剣学院の魔剣使い』

著：志瑞祐　イラスト：遠坂あさぎ
MF文庫J　既刊8巻

「見た目は子供中身は魔王の主人公がたくさんのお姉さんと過ごす学園ソードファンタジー、魅力的なキャラクターが多く見ていて飽きません」

（とんかつ・10代後半♥W）

『マジカル★エクスプローラー エロゲの友人キャラに転生したけど、ゲーム知識使って自由に生きる』

著：入栖　イラスト：神奈月 昇　角川スニーカー文庫　既刊5巻

「エロゲのあるあるネタと可愛いヒロイン達。そして何より毎巻必ずアツくさせてくれる展開がある点が魅力的なシリーズだと思います!」（IPPON満足123・20代後半♠ⓦ）

『俺は星間国家の悪徳領主!』

著：三嶋与夢　イラスト：高峰ナダレ
オーバーラップ文庫　既刊4巻

「最悪の悪徳領主になりきっていると思い込んでいる主人公と、そんな彼を最高の名領主だと思っている周囲の人々とのギャップが最高です!」（フリーター番長・20代前半♠ⓦ）

『転生してハイエルフになりましたが、スローライフは120年で飽きました』

著：らる鳥　イラスト：しあびす　アース・スターノベル　既刊3巻

「転生者で他のハイエルフと価値観が違う千年生きるハイエルフが森を出て旅を続けていく物語で魔術や鍛冶、武道などあらゆることに挑戦しつつ人と交流をし続けていくのが読んでいて楽しい。人との時間軸が違うというのもシビアであり寂寥感を感じるのもまたいいです」

（あさい（asaist）・30代♠ⓦ）

『主人公じゃない!』

著：ウスバー　イラスト：天野 英
KADOKAWA／エンターブレイン　既刊2巻

「前作の『この世界がゲームだと俺だけが知っている』的なゲームの裏技での無双感はありつつもしっかり熱血要素もあって夢中になる」

（トキタ・30代♠ⓦ）

『魔女と始める神への逆襲《リバーサル》』

著：水原みずき　イラスト：紅緒　ファンタジア文庫　既刊1巻

「タイトルの語呂がかっこいいという理由で読んでみましたが、気づけば読む手が止まらず終盤まで言っていました。続きというか結末がどうなるのか気になって仕方ない、意表を突く美しいダークファンタジーです」

（ミミい・20代後半♠ⓦ）

いまコレが熱い！ 9月以降スタートの最新ファンタジー

今年度の対象期間外の作品から気になるファンタジー作品をピックアップ！

文・柿崎 憲

『王様のプロポーズ』

著：橘 公司　イラスト：つなこ　ファンタジア文庫　既刊1巻

自分が恋した最強の魔女の体になってしまった玖珂無色。それを周囲に隠しながら彼女の姿で学園生活を送ることに!?

『デート・ア・ライブ』タッグ再び！気になる内容はまさかのTSもの!?

奇想天外な設定の数々で心を掴み、読者を物語の世界へ一気に引き込んでくれる。ここでは、そんなファンタジー作品の中から最新のオススメを紹介していこう！

まずは『デート・ア・ライブ』シリーズの橘公司とつなこが再びタッグを組んだ『王様のプロポーズ』。この物語、なんと最強の魔女であるヒロインの久遠崎彩禍《くおざきさいか》が冒頭から殺される！ さらに主人公の玖珂無色《くがむしき》も何者かに刺されて瀕死の状態に。二人が生き残るために選んだ手段は体を融合させること。かくして彩禍の肉体と魔力を引き継いだ無色。しかし、これまで何度も世界を救った彩禍がいなくなったことを公にできるはずもなく、無色は彩禍のフリをして生きることに……。

突然世界最強の魔女として生きろというのは無茶ぶりにもほどがあるのだが、無色は自分の身に起きたことよりも、一目惚れした彩禍のプライベートな情報に興味津々という変人……もといポジティブな性格の持ち主。いきなり同僚に喧嘩を売られたり、生き別れになっていた妹と思わず再会したりと次々やって来るトラブルにも動じない。下手すればシリアスで重い話になりそうな設定なのに、ギャグ交じりで軽やかに話を進めていくところが、実にこのタッグの作品らしい。

『公務員、中田忍の悪徳』

著：立川浦々　イラスト：棟蛙
ガガガ文庫　既刊1巻

区役所に勤務する中田忍。その厳しい風貌と性格から部下から恐れられる彼は、終業後自宅で横たわるエルフを発見する！

異世界に人が行くのではなく、異世界からエルフがやってきたら？

異世界転生好きにあえて紹介したいのが、『公務員、中田忍の悪徳』。

残業を終えて自宅に帰った中田忍《なかたしのぶ》は部屋で寝ているエルフを発見してしまう。この状況を冷静に分析した彼は、このエルフが人類に有害な常在菌を持っている可能性を考慮して、友人にエルフを凍結処理する方法を相談するのだが……。

合理主義者で堅物な忍は、すべてにわたってこんな感じで、その後も次々と奇妙な仮説を立てては、風変わりなアプローチをとっていく。あまりに極端な発想すぎて、下手したら「こんな奴いねえよ」と思ってしまいそうなのだが、本作は忍の物凄く真面目な仕事風景を描くことで、彼がどういう人間なのかはっきり表現してて「こいつだったらこういう発想するわ……」と説得力を持たせているのがすごい。

　エルフを外に出すわけにもいかないので、物語は忍の部屋の中で進行していくのだが、友人たちと、こちらの食べ物を食べさせて良いのか、言葉が通じないがどうやって意思を伝えるのか、エルフはトイレに行くのか、などを友人たちと大真面目に議論する様子が実に楽しい。

『俺にはこの暗がりが心地よかった
―絶望から始まる異世界生活、神の気まぐれで強制配信中―』

著：星崎 崑　イラスト：Niθ　GAノベル　既刊1巻

突如神によって地球から千名の人間が異世界に送り込まれる。さらにその様子は世界中の人間から鑑賞されることに……。

異世界転移×実況スレに勇者を名乗る犯罪者集団!?

ＷＥＢ発の作品も紹介しよう。要注目なのが、『俺にはこの暗がりが心地よかった』。

　ある日神によって地球上の人類の中から、千人が異世界に転移させられることに。しかもこの神は異世界に飛ばされた転移者の様子を配信してくれる上に、それを実況できる特設公式サイトまで作ってくださった……サービス旺盛すぎる、まさに神。しかし、そうは言ってられないのが実際に異世界に飛ばされた人々である。主人公のヒカルは異世界の中でも最初からかなりの危険地帯に飛ばされる超ハードモードで闇の精霊術を駆使してモンスターから逃げてばかり。そしてそんな様子を実況する掲示板の書き込みが小説の一部になっているのが大きな特徴。泥臭く必死に生き延びようとしているヒカルと、それを娯楽感覚で気軽に実況している書き込みの温度差が強烈で、一味違ったエンタメ感覚を楽しめる。

　最後に紹介するのは『勇者刑に処す　懲罰勇者９００４隊刑務記録』。

　タイトルにあるように本作では勇者となるのは刑罰の一種で、魔王を討伐するまで、死んでも甦らされて、永遠に戦い続けなければいけない。主人公のザイロは半ば冤罪で勇者にされたものの、他の仲間は全員ガチの犯罪者。反射的に目の前の物を盗むコソ泥、自分を王様と思い込むテロリスト、後先考えず出まかせを並べたてる詐欺師……犯罪歴もヤバいが人間性もヤべえ奴らばかりである。

　そんなならず者部隊が、正規の騎士団から《剣の女神》テオリッタを盗み出してきたからさあ大変。比較的常識人のザイロが、人間の役に立ちたいという思いから無茶な行動を次々提案するテオリッタと、こちらのいう事を聞かない犯罪者集団の板挟みになりながら、それぞれの特徴を活かした作戦を立てる様子が楽しく、群れを成してくる魔物相手に繰り広げる壮絶な戦いは必見だ!

『勇者刑に処す
懲罰勇者9004隊刑務記録』

著：ロケット商会　イラスト：めふぃすと
電撃の新文芸　既刊1巻

重犯罪者たちが勇者となる世界で、懲罰勇者部隊のリーダーであるザイロはアクシデントが重なり女神と契約してしまう……。

DARK WORLD

ダークな世界

残酷でグロテスク、死が隣にあるような現実を突きつけられる。
シビアに描かれる命のやり取りに、あなたはついてこれるか!?

バトル　群像劇　魔法

文庫22位

魔女と猟犬

著：カミツキレイニー　イラスト：LAM　ガガガ文庫　既刊2巻

滅亡を避けるための切り札は厄災より危険な七人の魔女！

　多くの魔術師を擁する大国アメリアの侵攻に対抗するため、キャンパスフェローの領主・バドはある奇策を打ち出す。世界中で忌み嫌われる7人の魔女を味方にしようとするのだ。バドは黒犬と呼ばれる暗殺者の少年・ロロを連れて、早速隣国へ向かう。そこには数日前に婚礼式で国王と国の重臣50名を殺した〝鏡の魔女〟テレサリサが囚われていた。だが、彼女と出会ったロロは、国王たちを殺したのは彼女ではないと確信する。

　国の命運がかかった陰謀劇に、圧倒的な力を持った魔術師とのバトル。さらに一人一人が重い過去を持った魔女たちのエピソードなど非常に読みどころの多い作品。魔女以外にも魅力的なキャラクターが多数出て来るが、そんな彼らが話の流れで容赦なく死んでいくからたまらない。1巻のラストではかなり絶望的な展開が待っていたが、2巻のラストはそれ以上。これから先の物語の行方が全く予想のつかないダークファンタジーだ。（柿崎）

「今年のダークファンタジーではずば抜けている面白さ。息もつかせぬ怒涛の展開に、思わず転げまわるレベル」
（名も無きカプ厨・20代前半♠Ⓦ）

警察　犯罪調査　SF

文庫34位

ユア・フォルマ

著：菊石まれほ　イラスト：野崎つばた　電撃文庫　既刊3巻

壊れない相棒はロボットだった　凸凹コンビが電子犯罪に挑む

　脳の縫い糸〈ユア・フォルマ〉と呼ばれる脳内インプラント型情報端末が生活に不可欠となった世界。

　国際刑事警察機構《インターポール》所属のエチカは天才的な情報処理能力を持ち、他者の〈ユア・フォルマ〉にアクセスし重大事件の手掛かりを探る電索官だ。人並み外れた能力によって電索をサポートする補助官の脳を焼き切って、次々と病院送りにする問題児のエチカにあてがわれた新しい相棒ハロルドは、彼女が何より嫌うヒト型ロボット〈アミクス〉だった。

　その能力と過去の境遇から他人を寄せつけない一匹狼な少女エチカと、ロボットとは思えない観察眼を備える社交的な美青年ハロルドの正反対なキャラがお互いを引き立て合い、世界を襲う謎の電子犯罪の捜査を進めるうちに二人の抱える心の傷に踏み込み、やがて〈ユア・フォルマ〉の存在を揺るがすスキャンダルを暴き出す。人間とロボットの絆を描く人間ドラマとSF展開が秀逸なクライムサスペンスだ。（愛咲）

「機械嫌いの孤独な少女と、美青年ロボットという組み合わせが最高。紳士的なようでいて腹黒で、けれどそれだけではなくて、というい くつもの面をもつハロルドが、魅力的で大好きです」（軽野鈴・20代後半♥㊿）

魔法学校　復讐劇　バトル

七つの魔剣が支配する

著：宇野朴人　イラスト：ミユキルリア　電撃文庫　既刊8巻

キンバリーの学園生活は命がけ！ 剣と魔法の学園バトルファンタジー

名門キンバリー魔法学校を舞台に若き魔法使いたちが繰り広げる学園群像劇。優秀な生徒が各地から集まるが、卒業までの7年間で生徒の約2割が死亡、または地下迷宮で行方不明になる過酷な環境。しかし彼らは己の命と存在意義をかけて魔術の深淵を追い求める。若者たちの壮絶な生と死の青春ドラマが描かれる。

主人公のオリバー、そして共に試練を乗り越え友情を育んできたナナオ、カティ、カイ、ピート、シェラの剣花団の6人も3年生へと進級。オリバーとナナオは転校生のユーリィとチームを組んで決闘リーグに参加するが、折しも次期生徒会の統括選挙が行われ、相互扶助を掲げる現職のゴッドフレイ派と実力淘汰を訴えるパーシヴァル派の対立に巻き込まれていく……。

魔法と剣技が交錯する戦闘シーンの駆け引きが絶妙。復讐に生きるオリバーと修羅道に囚われたナナオが当たり前の恋愛や青春を味わって欲しいと願ってやまない。（愛咲）

「闇を感じる世界観と、魔剣のかっこよさはもちろんですが、一巻ごとに主人公たちの成長が感じられ、感慨深い気持ちになります。いつか来る魔法使いとして譲れないものを守るため、頑張ってほしいです!!」（すうぃ・10代前半♠Ⓦ）

働く　SF　未来世界

魔王2099

著：紫大悟　イラスト：クレタ　ファンタジア文庫　既刊2巻

眠りから目覚めた魔王はサイバーパンクの覇道を征く！

勇者に討たれた魔王ベルトールは500年の時を経て再臨した。しかし未来の世界は機械文明惑星と融合し、サイバーパンクな世界へと変貌していた！『新宿市』は摩天楼が立ち並び、極彩色のネオンとホログラムに満ちた未来都市。不死の存在は討伐対象とされ、魔王の魔法すらも魔導工学によるサイバー技術に劣る。魔王として信仰力も減り、ベルトールは弱体化してしまっていた。臣下はバラバラ、しかも一人は叛逆して巨大企業を牛耳っている。それでも魔王は世界征服のために奮起する。

ファンタジーの世界観にサイバーパンクをぶちこんで、スタイリッシュに融合させているのが本作の魅力。時代錯誤な言動をしつつも、ゲーム配信者となって信仰力を取り戻していくベルトールがコミカル。配信機材を揃えてゲーム配信に没頭し、ファンとも交流する姿が愛らしい。その一方でしっかり魔王として世界征服に邁進する姿は、威厳があってかっこいいのだ。（岡田）

「王道ファンタジー×近未来日本サイバーパンクの世界観と設定が非常に巧みで、魔王ベルトールが格が高いままくずれるところはくずれる、非常に好感の持てるキャラクターです」（くろの・30代♥Ⓦ）

異能バトル　SF　伝奇

文庫 24位

筐底のエルピス

著：オキシタケヒコ　イラスト：toi8　ガガガ文庫　既刊7巻

約束された未来の滅び されど絶望に抗い人類は戦う

古来より鬼や悪魔と呼ばれてきた『殺戮因果連鎖憑依体』と人類の戦いを描く本作品はとにかく性格が悪い。敵である『殺戮（略）』は人間に取り憑いてひたすら人を殺し、誰かに殺されれば今度は自分を殺した人間に取り憑く極悪仕様。一応処理する方法はあるものの、それは人類が未来では絶滅していることが前提となる。つまり本作は最初から人類の敗北が約束されているのだ。

鬼に対抗する人間たちは特定の空間の時間を止める「停時フィールド」を展開する能力を持つのだが、それぞれリーチや持続時間が異なり、使い手によって活用法は千差万別で、能力者同士による駆け引きたっぷりのバトルが物凄く面白い！

最新刊では主人公・百刈圭《ももかりけい》が所属する《門部》が敵に乗っ取られ、圭の師匠である阿黍《あきび》が最強の刺客として立ちふさがる。敵になって改めてわかる味方の強さと恐ろしさ。この状況をどう乗り越える？（柿崎）

「巻を重ねるにつれて物語は壮大になっていくのにもかかわらず、細部の緻密さも全く損なわれない。本当にすごい。本当に面白い作品」（ローナー・10代後半♠㊗）

アクション　人間ドラマ

僕の愛したジークフリーデ

著：松山 剛　イラスト：ファルまろ　電撃文庫　既刊2巻

超戦士の盲目に映るは甘い過去と苦い今――！

師匠が遺した大魔術典《ラ・メルディア》最後の1ページに収められるべき魔術を求め、旅をしている魔術師《メルルーン》の少女オットー・ハウプトマン。彼女は賊に襲われたところを不思議な少女に救われた。少女の名はジークフリーデ・クリューガー。凄まじい剣技を遣う盲目の剣士にして、リーヴェルヴァイン王国に追われる反逆者――！

ジークフリーデというヒロインは実に謎多き存在だ。その謎が登場するかつての知己との再会をきっかけに少しずつ解かれ、隠された過去が露わとなっていく。ジークフリーデが誰より愛した王国の女王、ロザリンデ・リーベルヴァインとの因縁も。

読者に息もつかせない凄絶な緊迫感と、描き出されるドラマから匂い立つ悲劇。そんな中へオットーという奇貨が投じられることで、物語はさらに加速していくのだ。

世界観、設定、キャラクター、三位一体で織りなされる、狂おしいほど濃密な人間ドラマ。その行方をぜひ見届けてほしい。（剛）

「今年1年で最も衝撃を受けた作品です。盲目の女性剣士や、暴君と変わり果てた女国王など、様々な『なぜ』を散りばめられた作品で、とにかく面白かった」（さん・20代前半♠(協)）

異能　ヒーロー

PAY DAY

著：達間涼　イラスト：小玉有起　MF文庫J　既刊2巻

命を用いて命を奪い命を貢ぐ酷な状況で彼らが選ぶ道は？

春樹たち仲の良い4人組は、魔女によって怪物《フォールド》に変えられた。普段は元の姿で過ごしつつも、怪物の姿になれば特殊能力を駆使して人々を襲い、その際に発生する金貨――相手の寿命の一部――を奪い取っては魔女に上納させられる。魔女に対抗するヒーロー・ブレイズマンもいるが、彼は魔女の手先に対しては哀れみはしても容赦はしないから、春樹たちは助けも求められない。綱渡りめいた生活の中、魔女の要求する金貨の量は次第につり上がっていき……。

寿命を減らして異能を使い、その異能によって寿命を稼ぐ（そして大半が奪われる）理不尽な設定がまず目を惹く。そんな中、我欲に溺れず罪なき者はなるべく傷つけず、その上で自分と仲間の命を守ろうと知恵を絞る春樹たちの姿は共感できる。

教条的に過ぎるブレイズマンではあるが独特の魅力もあり、彼の存在感は2巻においても濃密だ。3巻がどのような展開を迎えるかが、気になってたまらない。（義和）

「アンチヒーロー的な要素を内包しつつも、絶対的なヒーローの「光」を描き、その光に焦がされながら足掻く主人公達の泥に塗れた輝きを演出している。「かっこいい」に全振りした台詞回し、能力の演出、映画的なアクション描写も大好きです」（創元一啓・20代前半♠ⓦ）

夢世界　異能力　バトル

貘《バク》　―獣の夢と眠り姫―

著：長月東葭　イラスト：東西　ガガガ文庫　既刊1巻

夢信空間で〈悪夢〉を狩る！SF異能ダークバトルに夢中

電信技術に成り代わり、夢を媒体にした通信を行う夢信《むしん》技術が発展した世界。〝集合無意識の海〟が観測されたことで夢に関する技術が発展し、個人の夢が機械でできた〝人工頭脳〟の夢に接続できるようになった。つまり、人は眠ることで夢の世界――〝夢信空間〟へ入り、睡眠中でも活動可能な世の中になっている。仕事も夢の中でできる！

しかしこの夢信空間には〈悪夢《ノイズ》〉が混入する。これらを排除する役割を担うのが〈夢幻S.W.《セキュリティ・ワークス》〉に所属する〈貘《バク》〉の面々なのである。異形の〈悪夢《ノイズ》〉に対抗するため、彼らは異能とも言える夢信特性を持つ。物理法則を無視して弾丸を放つシューターのウルカ、高速移動を可能にするアタッカーのヨミ、異常な浸食耐性を持つリーダーのトウヤ。彼らは、謎の少女・メイアと邂逅したことで、過去にトウヤが遭遇した夢信災害の真相に迫っていく。

痛快に描かれるSF異能バトルがたまらない新シリーズだ。（岡田）

「熱いバトルと驚愕の展開、過去の因縁。最高に夢中になれるSF異能ダークバトル」（さりー・10代後半♠ⓦ）

多重人格　ファンタジー　種族間対立

祈る神の名を知らず、願う心の形も見えず、それでも月は夜空に昇る。

著：品森 晶　イラスト：みすみ　MF文庫J　既刊1巻

少女たちの願いに寄り添い英雄は複数の顔を持つ

邪神が生み出した眷属によって人類の生存圏が脅かされる世界。それに対抗すべく『星幽教団』は千年前に世界を救った勇者を復活させる。圧倒的な力で人々を襲う邪神の眷属を倒していく勇者。だが、彼はただ強いだけではなく他者に求められることで人格が切り替わる不安定な存在でもあった……！

優しく穏やかな性格を持つセロトと神を自称するアドという二つの人格を持つ勇者は、人格が切り替われば外見や能力もガラリと変わり、第3のヒロインが現れればそれに対応する人格まで生まれてしまって彼を巡るヒロインたちの争いも自然と苛烈に。さらに種族間で生じる差別や彼を復活させた教団の企みなど、重めの設定が織り込まれたストーリーや、メタ的な概念をそのまま能力にしたようなバトルなどもあり、読み応えたっぷり。また現時点では未登場だが、他の国家や種族の設定も作り込まれており、今後の展開が非常に気になる一作。（柿崎）

「キャラクター間の嫌いだけれど憎みきれない相手に対する様々な感情表現が素晴らしい」（ソロえモン・30代後半♠Ⓦ）

TS　魔法少女　アクション

葉隠桜は嘆かない

著：玖洞　イラスト：つくぐ　アース・スター ノベル　既刊1巻

魔法少女・葉隠桜の正体は訳アリな男子高校生でした!?

魔獣の脅威に晒されている日本。魔獣に相対するのは、神々と契約して異能を駆使する魔法少女たちだ。ある日、男子高校生の七瀬《ななせ》鶫《つぐみ》は魔法少女と魔獣の戦闘に巻き込まれる。瀕死の重傷を負ってしまったが、そこに謎の神様・ベルが出現。命を救うことを引き換えに契約を迫ってきたが、それを鶫は承諾した。その結果、鶫は魔法少女・葉隠《はがくれ》桜《さくら》となった。彼は素性を隠しながら魔法少女として活動を続けるが、そんな彼のたった一人の肉親である姉・千鳥のもとに魔獣の脅威が迫っていた。

魔法少女になってしまった少年が、その素性を隠しながら魔獣と戦っていく。世界を救うため、そして大事な人を守るため。その裏には謎の存在が暗躍中。果たして世界の運命は？　そして鶫ないし桜の生命は？　秘められた鶫の幼少期の記憶、その秘密とは？　手に汗握る展開が立て続けに描かれる本作、その続きが気になってしょうがない。新時代のTS魔法少女もの、開幕です！（太田）

「最近の定番・ダークな魔法少女ものと見せかけて、それだけじゃない。箱庭チックな世界で、大切な存在のために嘆きを晴らす少年の、桜のように美しいヒーロー譚です」（シノミヤユウ・20代前半♠㊓）

異世界　アクション　旅

処刑少女の生きる道《バージンロード》

著：佐藤 真登　イラスト：ニリツ　GA文庫　既刊6巻

転生もののセオリーを逆手に昇華された新世代の傑作。

異世界から迷い人が訪れる世界。大きな力を持つ迷い人だが、その力は制御し難く、かつては大災害の引き金ともなっている。これは彼ら迷い人を殺す処刑人の物語である。

処刑人の少女・メノウの新たなる標的は天真爛漫な少女アカリ。躊躇なく冷徹に任務を遂行するメノウだったが、確実に殺したはずのアカリは平然と復活してしまう。不死身のアカリを殺す方法を探すため、彼女を騙し共に旅立つメノウだが……。

GA文庫大賞にて7年ぶりの大賞を受賞、アニメ化も決定した話題作。緻密に構築された世界観からも暗い話を想像されがちだが、軽やかな会話劇がアクセントとなっており、ただ重いだけの話にはなっていない。どこに着目して読んでも、著者の高い技量を感じられるだろう。鮮やかな伏線回収から「一から読み直そう」という声もよく聞く。物語はいよいよ次章へ。怒涛の展開に打ちのめされっぱなしではあるが、万全を期して臨みたい。（中谷）

「戦闘シーンが本当にすごい。その情景を完璧に想像できるくらいしっかりしています。アニメ作るの大変だろうな……」（こんにちみくる・10代後半♠Ⓦ）

アクション　ループ　ダンジョン攻略

君が、仲間を殺した数

著：有象利路　イラスト：叶世べんち　電撃文庫　既刊2巻

仲間が失われるたび、彼は塔の頂上へと近づく

幼馴染の仲間たちと共に昇降者として《魔塔》を攻略していたスカイツ。ある日の探索の途中、彼は仲間をかばって命を落とす。だが、彼は死の直前にイェリコと名乗る存在に力を与えられ、生還する。そして、それは真の絶望の始まりだった……。

仲間の存在を代償に、何度でも甦り、存在が消えた仲間の能力を吸収する力を手に入れたスカイツ。とても悪趣味な能力だが、それでもイェリコが約束した報酬のために、彼はこの力を使って《魔塔》を制覇しなければならない。どんどん精神をすり減らす彼の心理描写が胸に迫る一方で、スカイツが仲間の能力を組み合わせて危機を切り抜ける戦闘シーンでは、つい手に汗握ってしまう。

2巻ではスカイツではなく生き残った幼馴染のシアの視点から物語が紡がれ、1巻の絶望的な空気とはまた違った雰囲気の物語となっている。一応物語はいったん完結ということだが、できることならば彼らの旅を最後まで読んでみたい。（柿崎）

「『シコルスキ』との温度差で風邪ひいたけど有象先生の風邪だったら悔いはないです!」（nonono・30代前半♠Ⓦ）

SF　グルメ　人間ドラマ

灰の街の食道楽

著：黄鱗きいろ　イラスト：にじまあるく　カドカワBOOKS　既刊1巻

食べる少女と真実を知る男の捜査とグルメと人間ドラマ

かつて起こったという最終戦争のせいか、今もなお灰が降り続ける街。国家警察特務捜査官のトシヤは相棒の少女ミィと共に、街の平穏を脅かす化物を狩る。

物語の肝となる灰、実は街の住人全員が罹患している化物化の奇病を抑制する薬だ。トシヤは灰の効果を無効化する特殊な薬物〝ヒミコ〟に関わる犯罪を追う公僕で、その道具となるのがヒミコを接種しても半ばの自我を保つことのできる人造の化物、ミィなのである。

ミィはいつも空腹で、犯罪者や化物を喰らう。その様は凄惨のひと言だが……普段の彼女は普通の食事も凄まじく食べる。それはもう、おいしそうにだ。食感、温度、味わい、すべて盛り込まれたグルメレポートのあたたかな潤いは、乾いた世界観に鮮やかな彩りを魅せる。そしてミィの無垢な有り様がトシヤの心を揺らし、ドラマを成すのだ。

このビターとスイートの敵対ならぬ両立、最高におもしろい！（剛）

「捜査官と幼女の『年の差バディ』もので、食の要素が生み出す雰囲気が絶妙で大好きです!」（Kyoikyoi・40代♠㊯）

現代　ハッカー　犯罪

その色の帽子を取れ ―Hackers' Ulster Cycle―

著：梧桐 彰　イラスト：O-sd!　電撃の新文芸　既刊1巻

現代の最新技術で描かれるサイバークライムサスペンス

優秀なエンジニアだったショウは、親友であるサクの失踪をきっかけにフリーの生活を送っていた。サクが開発した特別なセキュリティソフト『クー・フーリン』で商売をしつつサクの行方を捜すショウは、ある日サクの情報を知るという仮面をつけた車椅子の女と出会う。だが彼女から聞かされるサクの話はショウには到底信じられないもので……。

ハッカーによるサイバー犯罪を描く本作では大規模なハッキングソフト、音声に反応して自動的に動くオートバイ、武装したドローンなど、SFのような様々なガジェットが登場するが、これらは全て既存の技術で再現可能。それを専門用語ばかりではなく読者にも分かりやすい言葉を使って、リアルな設定を上手くフィクションに落とし込んでいる。

物語を彩る登場人物も、ハッカー、闇医者、情報屋、食わせ物のビジネスマンなど、癖のある面子ばかりで、現代技術をフルに生かした新しい時代の犯罪小説だ。（柿崎）

「サイバーセキュリティ分野の既存技術を素材として、がっつりクールに組み立てられた上質のエンターテイメント。なによりタイトルが良い!」（牛・30代後半♠Ⓦ）

FATE OF WARS

戦乱の命運は

世界の運命と多くの人々の想いを胸に、彼らは戦いへと赴く。
戦乱の最中に紡がれる、壮大なスペクタクルを見よ!

異世界転生　家族　アニメ化

単行本12位

無職転生 ～異世界行ったら本気だす～

著：理不尽な孫の手　イラスト：シロタカ　MFブックス　既刊25巻

ついに決戦！　物語は佳境へ
異世界で本気を出したその先に

34歳引きニートの男が事故で異世界転生。ルーデウスとして、悔いないように再びの人生を歩みだす。しかし10歳になったとき、謎の爆発によって魔大陸へと転移してしまい、そこから冒険の日々が始まる。

「小説家になろう」で長く累計1位となっていた作品。異世界を丁寧に描写するアニメも話題になっている。ストーリー全体に敷かれている、盤石な世界設定が魅力なのはもちろん、すべてのキャラクターたちが、その世界で生きていることを感じさせてくれる描写が良い。書籍版は終盤となる「決戦編」が描かれ、ついにクライマックス間近。転生者であるルーデウスは、ヒトガミという謎の存在に導かれながら、なんとか自分の良き人生を目指して歩んでいく。波乱に巻き込まれることも、壮絶な別離も、過酷な試練も経験していく。それでも彼は、生前は叶わなかった自分の家族を得ていく。大切な人を守るため、ルーデウスは強大な世界のうねりに立ち向かう。人生を描き出す大河ロマンだ。（岡田）

「生まれ変わって本気で生きていこうと思うも前世のクズなところが完全には消えておらず、不快に思う人も多いだろうが、完璧からは程遠いのが魅力だと思う」（Nerukan・20代前半♠Ⓦ）

戦記　国家運営　天才

天才王子の赤字国家再生術 ～そうだ、売国しよう～

著：鳥羽徹　イラスト：ファルまろ　GA文庫　既刊10巻

天才王子は更に暗躍中。
アニメ放送目前の人気作！

大陸の小国ナトラの王太子・ウェイン。近頃その知名度と人気は急上昇。遂に大陸最大の会議へと招待されるまでに至った。一方本人は仕事が減らない事をぼやく日々。売国して悠々自適に暮らしたいという本人の意思に反し、ウェインとナトラは、野心と野望にまみれた戦乱へ更に巻き込まれていく。

もはや「売国したい」と言ってもどうにもならないくらい、存在感が大きくなってきたウェイン。最初期の頼りなさげな印象はどこへやら、その智謀は大陸全土を相手取ってもなんら衰える事はない。彼の盤面を一瞬でひっくり返す奇策に、こちらは驚かされてばかりだ。また本人だけでなく、陰日向と支えるニニムや、兄のためと努力を続ける王女・フラーニャも活躍の機会を増やしている。危ない橋を渡りつつも、さらに国力をつけていくナトラの未来は如何に。物語は佳境を迎えつつある中、アニメ放送が目前。原作ともども、今後の展開から目が離せない！（緋悠梨）

「巻を追うごとに策謀陰謀の規模が大きくなり、遂に二桁巻に到達して世界規模の動乱の火種が!!　アニメ化も決まり目が離せないシリーズ」（JAY・40代♠Ⓦ）

戦争　勘違い　実は最強

ひきこまり吸血姫の悶々

著：小林湖底　イラスト：りいちゅ　GA文庫　既刊6巻

ひきこもりが大将軍に抜擢!? ハッタリじゃない軍配が光る

名門吸血鬼の家系に生まれながら血が飲めないテラコマリ・ガンデスブラッドはひきこもり生活を送っていた。しかし、ある日親バカな父親が、彼女を帝国軍最高戦力の七紅天に推薦したからさあ大変。一夜にして荒くれ者を率いる大将軍になってしまったコマリは、部下に自分の弱さがバレて下剋上されないよう、ハッタリを駆使して部隊を率いていく……。のだが、このコマリ、自覚がないだけで実はとんでもない力を秘めている。普段は肉体も精神も弱々で、セクハラを仕掛けてくる変態メイドや、異常な忠誠を見せる部下たちに振り回される様子が面白おかしく、血を吸って覚醒すれば圧倒的な力でトラブルをねじ伏せる姿がカッコよく一粒で二度美味しい。

登場人物は平気で死ぬけれど、皆簡単に甦るので殺伐としすぎないのも大きな特徴。最新刊では大戦争を終結させて、久々の休暇を満喫するはずが、旅行先の温泉で殺人事件が発生!? 犯人は誰だ!?（柿崎）

「コマリが本当にいいキャラをしている。駄目なところも愛おしいし、覚醒したときはひたすらにかっこいい」（マッチー・20代前半♠ⓦ）

バトル　家庭教師　戦争

公女殿下の家庭教師

著：七野りく　イラスト：cura　ファンタジア文庫　既刊10巻

家庭教師は謙虚な実力派 王国動乱もついに決着へ

将来有望にもかかわらず王宮魔術士の試験に落ちたアレン。なんらかの策略が働き、公爵家令嬢・ティナの家庭教師になるところから物語は始まる。素養はあるが魔法が使えないティナと、能力を開花させたメイドのエリーは、アレンの指導で王立学校へと入学。ここから学園ストーリーが続くかと思いきや、5巻から状況が急転。王国を揺るがす動乱に、アレンたちは巻き込まれていく。

戦乱の中で奮闘するアレンもかっこいいが、彼のために力を尽くすヒロインズも魅力的なシリーズ。アレンの義妹であるカレンや、教え子ティナの姉であるステラは、自らの意思で国の動乱を治めるために動く。そして、アレンの相棒でもあるリディヤは、闇堕ちするほどに暴走してしまう……。各々の思惑が交錯する王国動乱編も、ついに決着へ。

アレンを取り巻くヒロインたちが可愛らしさに加え、貴族や国を巻き込んだ戦乱の描き方も見事なシリーズ。次なる展開も楽しみだ。（岡田）

「家庭教師と教え子のほのぼのファンタジーかと思いきや、第2部は怒涛の戦記物語で熱いバトルが繰り広げられていく。バトル描写も繊細で没入感が凄いです」（すばるん・20代後半♠ⓦ）

ファンタジー　暗躍　バトル

最強出涸らし皇子の暗躍帝位争い　無能を演じるSSランク皇子は皇位継承戦を影から支配する

著：タンバ　イラスト：夕薙　角川スニーカー文庫　既刊7巻

爪を隠した出涸らし皇子が皇位継承を巡り暗躍開始!

皇帝の子供に生まれながら、文武に優れた双子の弟のレオナルトと常に比較され〝出涸らし皇子〟と蔑まれていたアルノルト。だが、それはあくまで表向きの顔。裏では彼はSS級冒険者のシルバーとして名を馳せていた。このまま気ままな冒険者生活を送りたいアルだったが、帝位争いは激化し死人まで出る始末で他の兄弟が皇帝になれば自分たちの身も危うい。そこでアルは弟のレオを皇帝にするべく暗躍を開始する!

継承権を争う兄や姉、さらには大臣や貴族など様々な勢力が入り乱れる中で、時には一流冒険者としてのコネクションを使って貴族を味方につけ、時には古代魔法で騒乱を解決したりと、様々な手段で状況を打開するアルの暗躍っぷりが楽しい。その一方で、弟のレオもただ兄に担ぎ上げられるのではなく、巻数が進むにつれて自分の理想を目指してぐんぐん成長中。正反対な兄弟のW主人公ものとしても楽しい一作だ。（柿崎）

「ストーリーがかなり作り込まれておりおどろきの連続。また主人公のアルはめちゃくちゃ強いが、制限があり自由に何でもかんでも暴れることが出来ず、知恵を捻って解決するのが面白い」（ささやん・20代後半♠ⓦ）

SF　ディストピア　切ない

忘却の楽園

著：土屋 瀧　イラスト：きのこ姫　電撃文庫　既刊2巻

滅びへと向う汚染された世界で少女と少年が綴る運命の物語

大陸の大部分が海に沈んで島となり、汚染物質が旧時代の負の遺産として残る世界。人類は国家間の争いを避けるために大小の都市国家が集まった連邦リーンを形成していた。辺境の島出身の少年アルムは、幼馴染のクリストバル、大国ドラルの王女オリヴィアと共に訓練校を卒業し、それぞれの道を歩み始める。

移送船〈リタ〉に配属されたアルムは、汚染物質をその身に宿す〈アルセノン〉の少女フローライトの管理を任される。人類を蝕む「白至病」の治療薬の原料として生まれたときから厳重に世間から隔離され、外の世界を知らない彼女とアルムは次第に心を通わせていく。

存在自体が猛毒の塊である少女と少年の心の交流が美しく、フローライトの身柄を巡って大国の思惑に翻弄されるクリストバルとオリヴィアの愛と友情にも胸が苦しくなる。荒廃した世界で生きる若者たちの切なさと儚さ、危うさと愛おしさが溢れる想いが眩しい物語だ。（愛咲）

「透き通った美しい世界観の小説だからこそ、物語の中に仕込まれた毒が刺さる。美しさと残酷さのコントラストが印象的な作品でした」（栄養不足・20代後半♥Ⓦ）

転生　戦国　イフ

異伝　淡海乃海《あふみのうみ》～羽林、乱世を翔る～

著：イスラーフィール　イラスト：碧風羽　TOブックス　既刊2巻

公家になっても基綱《もとつな》は基綱　立場の違いがもたらす変化

室町末期、幕府の意向により竹若《たけわか》丸《まる》は朽木《くつき》家当主を諦め、京の母方を頼って公家となった。飛鳥井《あすかい》竹若丸、未だ2歳の彼には21世紀から転生した記憶があった。何事かを成すことで自身の一生を肯定したい、新たな夢を叶えるため、竹若丸は故郷の朽木を富ませ、関白に助力し、武芸に励み、人脈を広げていく。公家でありながら武家の気性、乱世に存在感を強くする竹若丸の関心は、あの戦国時代の覇王にあった。

淡海乃海の異伝、もうひとつの朽木基綱の物語は公家になった世界。イフである「淡海乃海」のさらにイフは、本編ではご立派に成長してしまいましたが、老練なれど可愛く苛烈な竹若丸時代を再び楽しめます。天下布武とはまた違った戦いながら、基綱らしい剛胆さ、現代知識に裏打ちされた先見性で戦国に示す存在感。そして公家からみた、幕府・武家も舞台裏のようで実に興味深い。強く鋭く優しい、公家言葉になっても基綱の魅力は健在です。（勝木）

「本編ももちろん面白いけれど、もっと史実通りだったらどうなるんだろう見てみたい、と思っていたのを叶えてくれた外伝。信長とどう絡んで行くかこれからも楽しみ」（shiki・30代♥Ⓦ）

終末世界　SF　切ない

終末なにしてますか？　もう一度だけ、会えますか？

著：枯野 瑛　イラスト：ue　角川スニーカー文庫　全11巻

妖精兵として戦う少女たち　滅びを前に、何を選ぶのか

破滅の傍らにある浮遊大陸群《レグル・エレ》を舞台にした終末の物語。滅びの中で足掻く妖精たちの、儚くも美しいお話が、ついに完結。救いのない終末を迎えた前作である略称『すかすか』から、5年後からを描く『すかもか』も、終焉へとたどり着く。

この世界は、人間種が放った〈十七種の獣〉によって、地上が灰色の砂原にされてしまった。生き延びた者たちはわずかな巨大浮遊岩を住処として生き延びていた。しかし5年前に突如続けて現れた〈獣〉によって、滅びの時はさらに近づいていた。

堕鬼種《インプ》の少年・フェオドールは、武官として四人の妖精を預かることになる。前作からも登場する妖精たちの成長を喜ぶとともに、彼女たちが直面する運命に胸がいたくなってしまう。どうしようもない終末感がこのシリーズの魅力ではある。究極の選択を迫られても、彼らにはどうか幸せになってくれと願わずにはいられない。破滅の中で見つけた希望を、ぜひ見届けてほしい。（岡田）

「終わりかけの世界を儚くも力強く生き抜く妖精兵に、一人の人間種に、それらのそばで同じく強くあろうと足掻く者たちが大好きです。素敵な物語をありがとうございました」（ほたる・20代後半♥Ⓦ）

いまコレが熱い!
これからのトレンド
電子限定タイトル

今や当たり前の存在となった電子書籍。昨今では、そんな電子書籍限定の作品も増加している。

文・太田祥暉

『川上稔 短編集 パワーワードのラブコメが、ハッピーエンドで五本入り』

著:川上 稔　イラスト:さとやす(TENKY)　電撃文庫Born Digital　既刊2巻

学園ものから社会人ものまで、恋の目覚めから成就までを描く短編集。
特に第1巻の『嘘で叶える約束』と第2巻の『鍵の行き先』は必読!!

大手レーベルの電子新作では作家たちの個性が爆発!?

マンガの電子書籍売り上げが伸びている昨今。それに追随してライトノベルも電子書籍の売り上げが増加している。また、印刷費が掛からない都合上、紙書籍での出版が終わったシリーズが、電子書籍でのみ刊行が継続するケースがある。直近だと、鏑木ハルカ『英雄の娘として生まれ変わった英雄は再び英雄を目指す』(角川スニーカー文庫)や支援BIS『狼は眠らない』(KADOKAWA)がその一例だろう。特にKADOKAWAは、ボーンデジタルという電子レーベルを作り、多くの電子書籍を刊行してきた。そのほかにも、佐伯庸介『昔勇者で今は骨』(電撃文庫)のような外伝や短編集も刊行されている。もう続巻は出ていないと思っていたあの作品も、実は電子専売で続いていたなんてことがあるかもしれない。

そんな中、電撃文庫ではシリーズの短編集だけではなく、電子専売で新規タイトルも刊行。川上稔が「カクヨム」に連載していたラブコメ短編を収録した『川上稔 短編集』がその第一弾だ。少年と少女が惹かれ合うお話を収録した『パワーワードのラブコメが、ハッピーエンドで五本入り』のほか、尊い話をピックアップした『パワーワードの尊い話が、ハッピーエンドで五本入り』がラインナップ。ライトノベルでは短編集といえばシリーズの番外編的立ち位置が大きいが、本作はすべてオリジナルの独立した内容になっている。ある意味近年では珍しいが、大作『境界線上のホライゾン』の著者による(いい意味で)気の抜けた青春ラブコメが手軽に楽しめるのも、電子書籍で刊行できるフォーマットが作られたからなのだろう。

また、2020年に惜しまれつつもサービスが終了した「LINEノベル」では、多くの作家による作品が連載されていた。

『ウィークエンドアーマゲドン』

著:都乃河勇人　イラスト:Tea
ストレートエッジ　既刊1巻

異世界から現れる侵略者を倒す高校生たち。その一人である少女は、ひょんなことから異世界人の魂が入った機械人形のマスターになってしまう。

LINE文庫やLINE文庫エッジで刊行された作品は、今は入手困難。ただ、編集を担当していたストレートエッジにより、アサウラ『サバゲにGO!』や鎌池和馬『魔導ハッカー〉〉』をはじめとした幾つかのタイトルが電子書籍で復刊されている。また、書籍化に至らなかったタイトルも電子専売として刊行。「カクヨム」にも掲載されていた天酒之瓢『汚染世界のアオ』のほか、「LINEノベル」終了後幻の作品となっていた都乃河勇人『ウィークエンドアーマゲドン』が電子書籍として出版されている。これでいつでも読めることとなった。

『あやかしアンプリファイアー』

著：紫藤龍弥　イラスト：夕子

IIV　既刊1巻

妖怪を使役して妖怪を退治する一族の末裔・九鬼峡哉のもとに、陰陽師の少女・久遠寺朱璃が現れる。二人はタッグを組んで、妖怪に立ち向かうが……!?

電子専売レーベルが続々創刊 各話売りやオンデマンドも

既存のレーベル・出版社による電子専売作品のほか、新たに電子専売レーベルも誕生している。

ドワンゴのブランド・IIVでは、電撃文庫作家らによる新作を発表。時雨沢恵一『レイの世界 -Re:I- Another World Tour』や成田良悟『シャークロアシリーズ 炬島のパンドラシャーク』などを1話ずつ配信（のちに紙書籍化）。また、紫藤龍弥『あやかしアンプリファイアー』など新人賞の受賞作品を電子専売で刊行している。

小説投稿サービス「ノベリズム」は、連載作品の電子書籍化レーベルとしてノベリズム文庫を今年4月に創刊した。十文字青『第四大戦』や津田夕也『日雇い救世主の見聞録』など多くの作品が刊行されている。

また、小説投稿サイト「ノベルバ」では、公式連載作品を電子書籍化。LINE文庫エッジで刊行されていた波摘『デザイア・オーダー』の再刊などのほか、杉井光『黒竜女王の婚活』や瀬尾順『初恋の美少女が俺を振って、妹になったんだが』など注目のタイトルが並ぶ。

一風変わっているのは、技術の泉出版によるいずみノベルズ。電子書籍専売ではなく、注文ごとに一冊ずつオンデマンド印刷で書籍を販売する（ウェブ通販のみ）というものだ。

新嶋紀陽『妖精美少女が脳内で助けを求めてくるんだが?』や夜切怜『ネメシス戦域の強襲巨兵』などの作品が刊行されている。

電撃文庫作品が読めるアプリ『電撃ノベコミ』がスタートした今年、電子書籍がライトノベルにおける新たな台風の目になることは間違いない!?

『妖精美少女が脳内で助けを求めてくるんだが?』

著：新嶋紀陽　イラスト：七灯ツバキ

いずみノベルズ　既刊1巻

クールで無口な美少女・白澤友里。実は彼女はテレパシー使いだった。そんな彼女の能力を突き止めたクラスメート・山上篤史に、彼女は想いを寄せていく。

ROMANS

乙女の気持ち

悪役令嬢になっても、 婚約破棄されても、 自分の好きに生きる!
破滅の運命も、 恋の困難も、 乙女たちは打破していく!

入れ替わり　悪女　ギャップ

ふつつかな悪女ではございますが　～雛宮蝶鼠とりかえ伝～

著：中村颯希　イラスト：ゆき哉　一迅社ノベルス　既刊3巻

印象とかけ離れた弛まぬ努力悪女になって健康充実ライフ

婚姻前の子女を集め次代の妃としての教育を施す雛宮。そこでもっとも皇后にふさわしいと噂される玲琳《れいりん》は、ほうき星が輝く乞巧節の夜、彼女をねたむ慧月《けいげつ》の道術にはめられてしまう。牢で目を覚ました玲琳は自身の身体が、雛宮のドブネズミと揶揄される慧月と入れ替わっていることに気が付く。困惑、と同時にうっかりそれを幸運と思ってしまう!?

優美且つ善良ながら病弱で周囲を惹きつける玲琳。佳人薄命かと思いきや儚い見た目に反して、実は弛まぬ努力と挫けぬ精神の持ち主。事あるごとに熱を出し倒れる不自由から、思いがけず丈夫な慧月の身体を得てしまったものだから結果は必然。玲琳への害意を罰せられ、女官を失っては自助努力生活を喜び、廃棄された食糧庫に追いやられては溢れる自然に感謝し、病弱な身体を押し付けたことを申し訳なく思いつつ自由を満喫します。咎人の生活とは思えない、水を得た魚のごとく活き活き活動する玲琳の姿が心地よし!（勝木）

「儚げな容姿と鋼メンタルを持つ主人公から目が離せません!ギャップ萌えも陰謀も恋愛も友情も楽しめる、初めて読む中華ファンタジー作品としてもおすすめしたい作品です」（リオン・20代前半♥㊙）

異世界　人間ドラマ　異類婚姻

薬の魔物の解雇理由

著：桜瀬彩香　イラスト：アズ　TOブックス　既刊1巻

その魔物は強く気高く美しくそしてめんどくさい……!

ふと気がつけば、ネア（ネアハーレイ）は深い森のただ中にいた。ここが異世界であると聞かされた彼女は、魔物と契約してその魔術の叡智を授かる、国家にひとりしか存在できない〝歌乞い〟となる。そして彼女と契約を結んだ魔物は――恐ろしく美しい〝薬の魔物〟ディノだった。

歌乞いは、とある魔術道具を巡って争う国々の道具である。そして魔物は、歌乞いへ力を与える代わりに寿命を削る存在。実に悲劇的な設定だが……ディノは彼女を傷つけるどころかなにより大切に扱い、尽くす。ただ、普段の振る舞いは聞き分けないは子犬のようで、ネアを困らせたりするわけだ。このギャップ萌え、実に魅力的なのである!

そしてそんなふたりを軸に、それぞれ立場を持ち、思惑を隠すキャラクターたちの〝関係〟が集約して、ひとつの分厚いドラマを描き出していくのもたまらない。

コミカライズもすでに決定しているこの物語、読むなら今!（剛）

「やはりweb版からのファンです。孤独な女の子と孤独な魔物が寄り添う話ですが、そんな感傷を吹き飛ばす破天荒さが楽しいです」（まりか・30代♥ⓦ）

ファンタジー　ラブコメ　死に戻りorループ

死に戻りの魔法学校生活を、元恋人とプロローグから（※ただし好感度はゼロ）

著：六つ花えいこ　イラスト：秋鹿ユギリ　アース・スターノベル　既刊1巻

謎の死から元恋人を救うため忘れられても、少女は走る

恋人・ヴィンセントと共に謎の死を遂げたオリアナは、気がつくと7歳に戻っていた。成長して出会いの地である学園に入学し、ヴィンセントと再会するも、彼はオリアナのことを知らないという。前の人生の記憶を持っているのが自分だけだと理解した彼女は、自らの力だけで最愛の人を救うことを決意。アタックを試みる傍ら、最悪の結末を回避するために行動を開始する。

前回の人生で付き合っていたことを話すと「ほら話」と言われ、印象最悪からスタートするハードモード。それでもオリアナは諦めないどころか、大切な人が生きていればいいという健気さに思わず感涙。そんな彼女に感化され、少しずつ気持ちが変化するヴィンセント。オリアナの好意の裏にいる1周目の自分に嫉妬し、今の自分を見てほしいと願うように。微妙にすれ違う両片思いの二人は、幸せなエピローグを迎えられるのか？　あのラストから2巻を待つのはしんどいんですけど！（緋悠梨）

「愛が重い主人公と思春期こじらせたヒーローがすばらしい。読んでもらえれば、このお話のすごさを味わってもらえるはず!」（サキイカスルメ・30代♥㊛）

ファンタジー　ラブコメ　愛&恋

ループ7回目の悪役令嬢は、元敵国で自由気ままな花嫁生活を満喫する

著：雨川透子　イラスト：八美☆わん　オーバーラップノベルスf　既刊4巻

7回目の人生は予想外の展開因縁の相手から求婚が!?

7回目の人生においても、ループして戻ってくるのは婚約破棄の瞬間だった。破棄を聞くやいなや王宮を飛び出そうとした公爵令嬢のリーシェ。だが、そこで前回の騎士人生において自分を刺殺した敵国の皇太子・アルノルトと出会い、なぜか結婚を申し込まれる。困惑するも、考えれば全ての人生において、自身の死の遠因はこの皇太子だった。彼を調べるべく、リーシェは求婚を了承する。この調査以外は平穏に暮らしたいという思いと裏腹に、彼女はこれまでの人生で得たスキルで活躍し、何かと注目されてしまうのだった。

過去の人生において、生きるために身に付けざるを得なかったスキル。それを生かして佳境を乗り越えるリーシェがとてもかっこいい。それを得るまでに、多くの失敗や絶望を経験してきたからこそ、彼女は簡単に折れない。自身の死の原因であるアルノルトにも真っ直ぐに向かっていく。予想外にも婚姻関係になった二人の今後の発展や如何に？（緋悠梨）

「7回の人生観で得た技能を遺憾なく発揮していくリーシェと、それを無表情ながらも好ましく見守る敵国の皇太子との距離感が徐々に近づいていくやりとりがキュンとしてたまりません」（うにゃん・40代♥Ⓦ）

タイムリープ　皇女　改変

ティアムーン帝国物語 ～断頭台から始まる、姫の転生逆転ストーリー～

著：餅月望　イラスト：Gilse　TOブックス　既刊8巻

未来の死刑を怖れて国政改革小心者皇女ミーアの東奔西走

コミカライズ、二度の舞台化など根強い人気の歴史改変ファンタジー。ティアムーン帝国唯一の皇女ミーアは17歳で捕らえられ、地下牢で幽閉されること3年、民衆からの罵声の中遂に最期を迎える。首が落ちる感覚に絶叫で目を覚ますと11歳くらいの姿で、帝国絶頂期にもどっていた!?　断頭台を回避するべく、過去のわがままをわがままなりに顧みて保身のため奔走するのだった。

帝国の姫としてわがままに育ったミーアですが基本はポンコツな小心者。前回で懲りたやらかしが招く最悪の未来にビビり、自分のために他者に優しくしていきます。情けは人の為ならずとはこのことか。先見の明（経験済みだもの）に周囲も勝手に勘違いして敬われる存在に。心掛け一つで好転する世界が爽快です。近刊、大飢饉を（美味しく？）回避したミーアだったが、シオンが死ぬ未来の予告を知り王国へと向かうことに。新たな危機に何をどうして切り抜けられるのか刮目です。（勝木）

「周囲の勘違いもあるけど、ミーアが転生前から持っていた失敗を繰り返さない姿勢が良い未来を引き寄せていて爽快です」（ふじゅ・30代前半歳♠㊛）

やり直し　愛&恋　燃える

やり直し令嬢は竜帝陛下を攻略中

著：永瀬さらさ　イラスト：藤未都也　角川ビーンズ文庫　既刊３巻

許嫁に断たれたこの人生、未来の仇敵とやり直す！

妹との禁断の恋に狂う婚約者、クレイトス王国の王太子に冤罪を着せられ、殺されたジル・サーヴェル。死の間際、彼女は思う。次さえあれば、利用されたまま終わらないのに。そしてはたと気づけば、彼女は王太子と出会う直前の10歳に戻っていて。ジルは来る死の未来を回避すべく、勢いでそこにいた男へ求婚してしまった。竜神の生まれ変わりであるというラーヴェ帝国の〝竜帝〟、ハディス・テオス・ラーヴェに。

ハディスはジルが殺される直前、戦場で剣を交えた上圧倒された仇敵で、それはもう酷薄な男。そんな相手と人生をやり直せるのか？　疑問と不安いっぱいなスタートを切る本作だが、予想外なハディスのぽんこつぶりと献身ぶり、そこから見えてくる彼の誠実と孤独……まるでお姫様な彼の有り様に、ジルは凛々しく雄々しく奮い立つのだ！

噛み合わないふたりのほんわかと丁々発止の緊迫が交錯する、極上の恋愛ドラマをあなたに！（剛）

「強すぎるヒロイン(10才)と顔も力も料理も最強の竜帝(19才)という意外なカップルで、ついつい応援してしまう。ただの恋愛だけでなく戦闘シーンもあり読みごたえがたっぷりな作品」（ガーコ・30代後半♥Ⓦ）

異世界　愛&恋

悲劇の元凶となる最強外道ラスボス女王は民の為に尽くします。

著：天壱　イラスト：鈴ノ助　アイリスNEO　既刊４巻

断罪されるまであと10年！ラスボスは正しく生きていく

御年８歳の第一王女、プライド・ロイヤル・アイビーは思い出した。ここが大好きな乙女ゲーム『君と一筋の光を』の世界であり、交通事故であえなく死んだ自分が、10年後に最悪の最期を演じるラスボスへ転生してしまったことを……！

まずおもしろいのは、プライドが断罪される10年後を覆すより、そこへ至るまでの人生（ゲーム設定）をよりよく変えていこうとしている点。自分の死と向き合い、それまでにできるだけのことをしようという真摯な主人公像は、これまでになかった悪役令嬢の新境地！

そしてプライドの変化を彼女視点と併せ、他のキャラ視点でも語っているのもすばらしい。同じ事件でも、別角度から斬り込めばまるで違う断面を魅せるもの。しかも彼女と関わる者たちの心情の動きが当人視点で描かれることで、読者はより深く物語を理解し、楽しめるのだ。

誰よりけなげなラスボスの奮闘記、ぜひ一読を！（剛）

「残虐行為が理不尽なレベルで酷い。そこをやり直し逆ハーにしていくところが痛快過ぎます」（うにゃん・40代♥Ⓦ）

中華風　薬毒　ミステリ

文庫39位

薬屋のひとりごと

著：日向夏　イラスト：しのとうこ　ヒーロー文庫　既刊11巻

薬毒のことになると興味津々薬識で解決中華風ミステリー

花街で薬師をしていた猫猫《マオマオ》は宮廷の女狩りに遭い、不本意にも下女として働いていた。年季が明ければ元の生活に戻れると真面目且つ無能を通していた思惑は、ちょっとのお節介で狂い始める。乳幼児の連続死、その宮中に流れる噂話を好奇心と知識欲、ほんの少しの正義感から内密に解決へ導いたことが、花の顔と語られる宦官壬氏《ジンシ》にバレてしまったのだ。猫猫は毒見役として、薬師として事件を解決していくことになる。

普段は無口で表情乏しい猫猫ですが、薬や毒のこととなると一転。吐き気痺れもお構いなしで毒を自身に試し、高価な生薬を手に入れてはニヤニヤ。好意を寄せてくる壬氏が不憫に感じるくらい、薬毒に好奇心を発揮します。その知識と経験で謎を解きますが、真の謎は人の機微。後宮で花街で人間模様が展開されます。遂にやってきた戌西州の大蝗害に猫猫も壬氏も出来る限りを尽くすが!? 様々な謎と思惑が明らかになる最新刊、怒涛の展開です。（勝木）

「猫猫の好奇心でいろんな宮中の問題に首を突っ込んでいくところが読みどころ。壬氏との関係もこれから楽しみ」（Neko・20代後半♥Ⓦ）

『このラノ2022』アンケートコメント Pick-Up!

『悪役令嬢ですが攻略対象の様子が異常すぎる』

著：稲井田そう　イラスト：八美☆わん
TOブックス　既刊4巻

「出てくる登場人物がみんなまともな考え方をできないの好き。こういうホラーっぽいのあんまり見ない気がする」（par・40代♥ⓦ）

『お狐様の異類婚姻譚』

著：糸森 環　イラスト：凪かすみ
一迅社文庫アイリス　既刊5巻

「さすが糸森環先生と言わざるを得ない人外の在り方をまざまざと見せつけられました。そして怪の世らしい残酷で無慈悲な展開。でもそれだけじゃない心があるからこんなにも切ない。前巻からこうなるのかと膝を打ちましたしここからどうなるのかも楽しみで仕方がない」（小鳥遊理那・20代後半♥ⓦ）

『ルベリア王国物語 ～従弟の尻拭いをさせられる羽目になった～』

著：紫音　イラスト：凪かすみ
オーバーラップノベルスf　既刊3巻

「よくある学園の婚約破棄だが当事者ではなく破棄イベント後に迷惑を被った人が主役（男性）の話で随分変わっているなというのが最初の印象。気づけばWeb・書籍・コミカライズと読み漁りはまっていました。Webと書籍の違いもあり二度楽しめる」（雪苺・30代♥ⓦ）

『百花宮のお掃除係 転生した新米宮女、後宮のお悩み解決します。』

著：黒辺あゆみ　イラスト：しのとうこ
カドカワBOOKS　既刊4巻

「食い意地の張った主人公が、いつも楽しそうにご飯を食べているのが好き。妙に達観しているが、世話好きなところも良い」（さとう　たつき・30代♥ⓦ）

『茉莉花官吏伝』

著：石田リンネ　イラスト：Izumi
ビーズログ文庫　既刊11巻

「女性の立身出世物語としてどんどんスケールが大きくなっていくのに話に無理がなく、関係性等も読んでいて面白くて続きが気になる作品です。茉莉花がどこまでやるのか楽しみです」

（さゆき・20代後半♥ⓦ）

『悪役令嬢の兄に転生しました』

著：内河弘児　イラスト：キャナリーヌ
TOブックス　既刊2巻

「癒される作品です。主人公が良い意味で普通なので共感できるというか、応援したくなります。悪役令嬢の運命の元に生まれた妹ちゃんもすごく可愛い!!闇を抱えた攻略対象だった侍従との相棒感もグッときます。ゆっくりだけれど、地に足のついた丁寧な進行も好きです」（あんず・30代前半♥ⓦ）

『アルバート家の令嬢は没落をご所望です』

著：さき　イラスト：双葉はづき
角川ビーンズ文庫　既刊8巻

「ドリルな縦ロールで(自称)悪役令嬢だったメアリと慇懃無礼なアディの物語が遂に完結です。最終巻、娘のロクサーヌ嬢の巻貝ロールに思わず込み上げて来るものがありました。可愛い」

（ねねこ・20代後半♥ⓦ）

『白豚妃再来伝 後宮も二度目なら』

著：中村颯希　イラスト：新井テル子
富士見L文庫　既刊1巻

「主人公や周りの女性たちが魅力的。女の恐ろしさや逞しさ、強かさを、美しく面白く描いた作品」

（ふつつかでラノベにハマった人・20代後半♥ⓦ）』

BORDERS

ボーダーズ

ライトノベルと隣り合わせに広がっている、ライト文芸の世界。
様々にジャンルが広がる中から、特徴的な作品を紹介しよう。

ミステリ　青春

放課後の嘘つきたち

著：酒井田寛太郎　イラスト：佐原ミズ　ハヤカワ文庫JA　既刊1巻

放課後、部活絡みで起こる謎 その裏に潜むものは……

ボクシング部のエースである修《しゅう》だが、怪我で休養を余儀なくされ、幼なじみで優等生の麻琴に誘われて部活連絡会で活動することに。部活絡みのトラブルに対処するのもその仕事のうちで、さっそく名門の演劇部でカンニング疑惑が持ち上がる。部長の慎司が怪しいと推理を働かせた修は彼に迫ってみたものの……。部員の転落事故の後に陸上部に現れた「幽霊」の意味は？　映画研究会は、なぜドキュメンタリー映画に不可解な編集を施したのか？　連絡会の事務室はなぜ荒らされたのか？　修と麻琴、それに慎司は、それらの謎に取り組んでいく。

部活連絡会の面々が主人公というアイデアが秀逸で、それぞれの謎と推理も読みごたえがある。共通するのは悪意と、それがもたらす嘘。そして謎を解く修たち自身もまた、悪意に翻弄され嘘を吐いてきた者たちで、それぞれの告白は実に痛々しい。しかしそこには罪を認め引き受ける潔さも感じられ……苦みの中に爽やかさもある読後感だ。（義和）

「『ジャナ研』著者の新刊。ミステリとしての質の高さはもちろんのこと、謎解きの各要素がとても自然に配置され、青春小説として“嘘つきたち”の魅力を最大限に引き出している点が素晴らしかったです」（がわろう・20代後半♠(協)）

恋愛　電波系　青春

死に至る恋は嘘から始まる

著：瀬尾 順　イラスト：magako　新潮文庫nex　全1巻

刹那と永遠の狭間で紡がれる命懸けのラブストーリー

教室の片隅でクラスメートから心を閉ざして生きていた宮下永遠《とわ》。高校2年生の夏、そんな彼の前に転校生の長瀬刹那《せつな》が現れる。刹那は整った容姿ゆえに最初こそクラスメートから注目されたが、人魚を自称していることとその傲慢な態度が災いして徐々に煙たがられていく。しかし、彼女は永遠に対してはそんな態度を取らなかった。なんと刹那は永遠の唇を奪ったのだから。そして彼女は、一週間限定の恋人契約を持ち掛ける。

人と距離を取ろうとする永遠と、人魚を自称する傍若無人な刹那。二人はなぜそのようになったのか。そして二人の仲は？　謎が謎を呼ぶ展開に惹かれて読み進めると、ある箇所から一気にジェットコースターの如く怒涛の感情が心に雪崩れ込む。やるせない事情や痛々しい事実。それらと立ち向かう高校生たちが、問題を解決しながら強烈に惹かれ合っていく様が眩しい。甘いだけでないビターな一面もある恋愛を描いた、鮮烈なる恋愛小説だ。（太田）

恋愛　アオハル　難病

星になりたかった君と

著：遊歩新夢　イラスト：loundraw　実業之日本社　全1巻

死にゆく彼女は自らの名前を星の名前に遺すよう願った

大学生・鷲上秀星《わしがみしゅうせい》は、祖父が遺した私設天文台を引き継いだ。ある日の夜、観測をすべく天文台に足を運ぶと、高校生の琴坂那沙《ことさかなさ》が訪れていることに気付く。彼女は星になりたいという願いを持っていた。彼は新しい天体を最初に発見した者に命名権が与えられるというルールを教えると、那沙は心を躍らせる。彼女と交流を重ねるうち、一度は断念していた天体発見への想いを再燃させる秀星。だが、那沙の身には持病による生命のタイムリミットが刻一刻と迫っていた。果たして秀星は那沙との約束を叶えることができるのか？

「LINEノベル」による第1回令和小説大賞の受賞作は、新天体発見に情熱を燃やす青年と難病を抱えた少女によるピュアな恋愛小説だ。新しい星を見つけるロマンと二人の恋愛模様がリンクし、世界中を巻き込んだ物語と化していく。果たして那沙は新天体に自分の名前が付く瞬間を目撃できるのか？　エピローグには涙を流すこと間違いなし！（太田）

歴史　武侠　人間ドラマ

詩剣女侠

著：春秋梅菊　イラスト：新井テル子　集英社オレンジ文庫　既刊1巻

時は明代、天下太平の世少女は詩と剣で復讐を誓う

物語の舞台は明代《みん》の中国。市井《しせい》では、剣を手にして舞いながら岩に詩文を刻む「剣筆《けんひつ》」という競技が流行していた。剣筆の名門である斐《ひ》家に仕えていた侍女・春燕《しゅんえん》は、ある陰謀によって敬愛する主君を失う。主君の遺言に従って、杭州《こうしゅう》の剣筆家・崔《さい》天明《てんめい》を訪ねた春燕だが、崔はすでに世を去っていた。春燕は、主君を死に追いやった者たちの悪行を暴くため、崔の弟子であった二人の青年から手ほどきを受け、5年に一度開催される剣筆の大会を目指す。

本作に登場する剣筆は、もちろん作者の創作。岩に文字を刻んで出来映えを競うという設定は、武侠小説の大家・金庸《きんよう》が『神鵰剣侠《しんちょうけんきょう》』で描いた王重陽《おうちょうよう》と林朝英《りんちょうえい》の逸話を彷彿とさせるが、本作は過去の時代小説や武侠小説をベースに、ライト文芸的な要素を付加した作品に仕上がっている。力強い風格を湛えた時代小説であると同時に、特殊競技もののライトノベルとしても楽しめる、味わい深い作品だ。（松浦）

「武侠小説風だが、とっつきやすく読みやすい。主人公が健気過ぎる気がするが、応援したくなる」（さとう　たつき・30代後半♥Ⓦ）

本格ミステリ　数学　中国

文学少女対数学少女

著：陸 秋槎　訳：稲村文吾　イラスト：爽々　ハヤカワ・ミステリ文庫　既刊1巻

犯人当て小説を書く文学少女数学少女に読ませてみたら？

高校2年になった陸秋槎《りくしゅうさ》は校内誌で犯人当て小説を発表しているが、自身の設定した真相より優れた回答を寄せられたりしてスランプ気味。優れた読み手に事前に読んで欲しいと、数学の天才と名高い韓采蘆《さいろ》の元を訪れる。すると彼女は容疑者八人の犯人当てを成立させる消去法のロジックを次々無効化し……。

全4編の連作短編集は、いずれも作中作が扱われ、従来のミステリ作法を外しつつ自由な謎解きが展開していく。また現実側でも時に事件は起こり、作中作と呼応するかのよう。特に第4話現実サイドの解決は、身も蓋もないのが爽快ですらある（作中作も第1話からの秋槎の成長を反映して高度だ）。本格ミステリへの偏愛と数学的発想を噛み合わせ、二人の少女の友情を絡めた作品だ。

作中のミステリマニアである陸秋槎（作者と同名なのは、エラリィ・クイーンを彷彿とさせる）らによる会話は、日本作品も貪欲に読んでいることもあり親近感が湧く。（義和）

2021年を振り返り、2022年を見据える

『このラノ』的ラノベ語り!!

娯楽が溢れるほどに存在し、基本無料やサブスクリプションで無限に近い時間を楽しめる時代になっている。けれど、ライトノベルにはそれ自体の良さがある。毎年のようにトレンドが移り変わり、読者層も男女関係なく、年齢層も幅広くなり、どんな人もライトノベルを楽しむような世界になってきた。作品点数が増えることで、新作をヒットに導くのは至難の業になっているが、著者・出版社の創意工夫は止まらない！

〝多様性〟を受け入れてくれるライトノベルという〝実験場〟

多様性の時代である。

元よりライトノベルは「既存の小説群とは違った枠組みの作品群」として区別されて誕生した。アニメ・マンガ的なイラストが用いられ、軽快な会話や擬音が多用され、奇抜なキャラクターがどんどん出てきて、エンタメとして面白さが追求されてきた。

そんなライトノベルにおいて〝多様性〟は当たり前のものであり、だからこそライトノベルは刺激的で、最先端を行くものになっている。どんなぶっ飛んだ設定の作品でも読者は柔軟に受け入れてくれるはずだ。ラノベ読者の大多数がオタクなので、その文化の中で培われた趣味嗜好と同じ文脈の中で生きている。その状況がライトノベルを、ある種の〝実験場〟にしている。

文庫判ライトノベルでは青春ラブコメジャンルが活性化し、様々なジャンルが試行錯誤されている。軽快に描きつつも、キャラクターの心の傷や葛藤を抉るようにして描いていくのが小説ならでは。生きづらさ、背徳感、あらがえない欲求、後悔、復讐心……そんな人間の心の弱さを映し出している作品が増えているように思う。

もちろん甘々で優しいラブコメもあるのでご安心を。ラブコメは全般的に「恋人になる」ことがゴールではなくなっていて、付き合ってからのお話が描かれることも多くなった。シリーズの途中で主人公とヒロインが恋人関係になる王道パターンもあれば、恋愛関係をすっとばしての同居生活や、結婚を見据えたお付き合いまである。単なる恋愛関係ではなく「家族」を考えさせられる作品も多くなったように思う。生活をともにする関係が愛おしくなってくる。

ファンタジーは、刊行点数で見れば依然として「異世界転生・転移」や「悪役令嬢」などのジャンルが強い。しかし『このラノ』のランキングで上位に入ってくるのは、毛色が違ったものとなっている。新作部門の1位となった『春夏秋冬代行者』は、文章の力を鮮やかに感じさせてくれる和風ファンタジーだ。完結した『プロペラオペラ』は硬派な戦争もので、著者お得意の恋と空戦の世界観が繰り広げられている。『探偵はもう、死んでいる。』と『佐々木とピーちゃん』は、ジャンルごちゃまぜのハイブリッドタイプ。この手の作品が一堂に会しているのもライトノベルの面白みだ。作者が「面白い」と思ったものを融合させていける土壌が仕上がっているのだ。

『チラムネ』が2年連続1位獲得！青春ラブコメはどう移り変わった？

今年度の『このラノ』のランキングでは、文庫部門で『千歳《ちとせ》くんはラムネ瓶のなか』が2年連続の1位を獲得した。2018年の『このラノ2019』で1位となった『りゅうおうのおしごと！』以来の快挙だ。

ガガガ文庫が打ち出してきた青春ラブコメはまちがっている。』が2014〜2016年と続いて作品部門1位を獲得し、その人気を不動のものにした。主人公の比企谷八幡《ひきがやはちまん》は捻くれ者の、ぼっち。そんな彼が「奉仕部」という謎の部活に入ることで、雪ノ下雪乃《ゆきのしたゆきの》や由比ヶ浜結衣《ゆいがはまゆい》などのヒロインと知り合い、意外にクレバーな才能を発揮していく。

その次の世代として現れたのが『弱キャラ友崎《ともざき》くん』だ。こちらは、陰キャゲーマーの友崎が、リア充指南を受けてレベルアップしていく話。実践的な内容に、勇気づけられた読者も多いはずだ。

このように、ライトノベルの青春ラブコメでは、主人公はクラスでも目立たない存在――いわゆる「陰キャ」であることが多かった。スクールカーストなんていう序列で言えば、下位に位置する存在だ。けれど『チラムネ』は真逆の「陽キャ」を描く。

青春の光も闇も描き、もがく『チラムネ』の見せる新たな青春

「チラムネ』のキャラクターたちは、学校生活を満喫している「リア充」だ。そんなキラキラした主人公・千歳朔《さく》たちを読者は好きになれるのか、共感できるのか。それが、できたのである。1巻では、引きこもりのオタク少年を登場させることで、朔という存在を客観的に見ることができ、彼のかっこよさに「憧れ」すら抱くようになる。そこから徐々に、彼らの等身大の悩みや弱さが開示され、読者も彼らのグループに混ざったようにして物語を読むことができる。彼らの高校生活に、青春に、参加しているような気持ちにすらなってくる。

この、青春の描き方。『やはり俺の青春ラブコメはまちがっている。』や『弱キャラ友崎くん』もそうだが、一筋縄ではいかないビターな青春を描くラブコメは、これまでの『このラノ』で好まれてきた。「涼宮ハルヒ」シリーズから始まり、「〝文学少女〟」シリーズや『とらドラ！』『僕は友達が少ない』『俺の妹がこんなに可愛いわけがない』『冴えない彼女《ヒロイン》の育てかた』など。ラノべらしいコミカルな日常を描きつつ、恋愛や青春の問題事にはシリアスにぶつかる名作揃いだ。

「青春時代」は、10代読者は真っただ中で、20代でも30代でもそれ以上でも、変わらず胸の中にある。ラムネ瓶に沈むビー玉の月に、いまから手を伸ばしても遅くない。

TOPIC 1

新レーベル創刊！SQEX ノベル& GCN 文庫

ライトノベルの新たなレーベルとして、スクウェア・エニックスが手掛ける「SQEXノベル」が創刊。アース・スターノベルから複数作が移籍し、続刊を出している。同社の運営する「マンガUP!」でのコミカライズも積極的に行っていくようだ。

マイクロマガジン社は文庫判の新レーベル「GCN文庫」を創刊。GCノベルズからの文庫化や、新シリーズの刊行を行っていく。第9回ネット小説大賞の受賞作を文庫で刊行しており、今後はラブコメジャンルも手掛けていくことが伺える。

他にも、GA文庫のSBクリエイティブは、自社のコミックレーベルとして「GAコミック」の始動を告知。コミカライズの勢いが止まらない。

『霜月さんはモブが好き』

著：八神 鏡　イラスト：Roha　GCN文庫

仲良しだと思っていた女子たちを全員、主人公気質な男・龍馬に奪われてしまった、と思っていた幸太郎。しかし主人公様の幼馴染のメインヒロイン・霜月さんは、なぜか自分に喋りかけてくれる。

独自の文化を形成している WEB小説はどう変わった？

WEB発の小説が商業出版される流れがライトノベルの世界に押し寄せてから、すでに10年近くが経った。「小説家になろう」のみならず、KADOKAWAが運営する「カクヨム」からの書籍化も増えている。投稿サイトも新規に「ノベルアップ＋」「Novelism」「ラノベストリート」が登場し、作品の発表場所が増えた。

WEB発の作品は人気ジャンルのトレンドが目まぐるしく変わる中で独自の進化を遂げている。自由に描かれる小説の世界では様々な人生の「やり直し」が見て取れる。現実の人生は無情に時が過ぎ去っていくし、時を遡ってのやり直しはできない。けれど物語の世界なら、どんな可能性も試すことができる。小説の中でやり直せるのは、青春だけではなく、人生にまで広げて考えることができる。『このラノ』の作品ガイドから、自分が好きな世界を選び出して、小説の世界に飛び込むのも、心の救済だ。

WEB発の作品はそんな救済を与えてくれるのだが、ここ数年の単行本・ノベルズでは、女性主人公の作品が人気を高めている。『このラノ』でもその傾向が見られる。

女性主人公の作品の人気高まる 逆境にも挫けずがんばる姿を応援

病弱女の子が本のために立身出世していく『本好きの下剋上』は、女性からの人気が不動のものになっている。成り上がっていくローゼマインの姿は、多くの人に勇気を与えているだろう。

スローライフやものづくり（クラフト）も人気の要素だが、ここに婚約破棄も加えているのが『魔導具師ダリヤはうつむかない』だ。前世では過労死、転生後は婚約破棄……だったらもううつむくのはやめて、自由に生きる。人生をやり直して、さらに自分の自由を手に入れる物語だ。

単行本・ノベルズ部門で2位になった『サイレント・ウィッチ』は、極度の人見知りでコミュ障な少女が、実は七賢人の一人〈沈黙の魔女〉だ、というお話。彼女が無理やり頼まれた王子の護衛任務を、健気にがんばる姿を応援したくなる。

「悪役令嬢」もWEB小説から生まれた特徴的なジャンルで、「悪役として破滅する運命」を与えられてしまう。8位に入った、『現代社会で乙女ゲームの悪役令嬢をするのはちょっと大変』は、タイトルの通りに現代社会に悪役令嬢の設定を盛り込んで、経済・政治関連の出来事を扱っていく意欲作。悪役令嬢を主人公にしつつ、バブル崩壊後の日本を再生させていく設定がすごい。

TOPIC 2

新たなコンテンツの広がり WEBTOONってなんだ？

コミカライズが当たり前になった現在、コマ割をしたマンガだけでなく、WEBTOON（ウェブトゥーン）という形式に注目が集まっている。これは韓国発のデジタルコミックの一種で、スマホで読むことに最適化された、コマ割のない縦長のスクロール形式のマンガだ。しかもオールカラーなのが標準。この形式のマンガがLINEマンガやピッコマといったアプリで人気となっており、様々な作品がWEBTOON化している。

エージェント会社であるストレートエッジはWEBTOONの原作者を募集し、この分野に進出。ピッコマの親会社であるカカオジャパンは、自社のWEBTOON制作会社を設立し、オリジナルブランドを作り始めており、今後はより作品が増えていくことが予想される。マンガの分野だが、WEBTOONはチーム制作が基本で、原作、作画、彩色などを分業している。この大きな流れに、ライトノベルも無関係ではないのだ。

オーディオブックにＡＳＭＲ マンガ動画のノベライズも登場

ライトノベルのコミカライズは２０１７年頃から爆発的な増加を見せ、現在でも留まるところを知らない。小説の刊行とコミカライズがセットとして企画が進むことも多くなっている。ライトノベルにとって、メディアミックスは当たり前の手段になっており、娯楽が多様化する現代で多くの読者を獲得するには、コンテンツ自体も多様化していく必要があることが窺える。小説を〝聴く〟方向への進出もあり、オーディオブックになる作品も増えた。作品によっては「ＡＳＭＲ」という耳へ刺激を与える音声作品を出している。文章を音声にして、聴くコンテンツにするメディアミックスも盛んになりつつある。

逆に、小説の原作として注目されているのが「マンガ動画」だ。カラーの漫画にセリフ音声をつけ、動画として表示していくデジタルコミックの手法で、マンガ動画専門のチャンネルが数多く存在する。書籍化された主な作品に『クラスの大嫌いな女子と結婚することになった。』や『飛び降りようとしている女子高生を助けたらどうなるのか？』がある。恋愛・ラブコメ作品の原作として、マンガ動画は要チェックだ。

ＹｏｕＴｕｂｅから登場してきた作品で特殊なのが文庫部門７位にランクインしている『義妹生活』だ。『友達の妹が俺にだけウザい』など人気作を書いている三河ごーすとが、チームを組んでＹｏｕＴｕｂｅへ動画制作を始めた企画だ。作家が自発的にイラストを発注し、声優のキャスティングまでしているのだ。これがＭＦ文庫Ｊから書籍化されている。マンガ動画とはまた違った、ＹｏｕＴｕｂｅ発の小説なのだ。

新人賞や小説投稿サイトだけでなく、こういったマンガや動画コンテンツとして制作されたものが、小説として商業出版されるパターンも生まれてきたのだ。

メディアミックスの形も多様化 キャラクターが作品外に飛び出す!?

声優を起用したＰＶはメディアミックスの一つとして定着してきた。その中で、特殊な試みをしたのが『ＶＴｕｂｅｒなんだが配信切り忘れたら伝説になってた』だ。発売に合わせて公開された切り抜き動画風ＰＶは本編を動画化したような内容。ストゼロをキメて痴態を晒す様子（ＣＶ：佐倉《さくら》綾音《あやね》）を映し出すＰＶは、瞬く間に１００万再生を超えた。主人公の心音《こころね》淡雪《あわゆき》はホロライブの宝鐘《ほうしょう》マリンの動画にも登場している。作品を飛び出した活躍にも期待。

新作として会心の人気を博しているのが『時々ボソッとロシア語でデレる隣のアーリャさん』。こちらはアーリャさん自身がＶＴｕｂｅｒになる企画動画を公開。この企画のために３Ｄモデルを作っている豪華さだ（ＣＶ：上坂《うえさか》すみれ）。ＶＴｕｂｅｒアーリャさんの活動も続いてほしい！

キャラクターが作品を飛び出して活動するのは『俺の妹がこんなに可愛いわけがない』の桐乃《きりの》と黒猫《くろねこ》が先駆けだろう。行政関係のイメージキャラクターになったり、コラボ商品が出たり……。キャラクター単体でも活躍していくようになったら、また一つ世界が広がることだろう。『義妹生活』の悠太《ゆうた》と沙季《さき》、『ロシデレ』のアーリャさんは、『このラノ』へコメントを寄せてくれた。今後も現実世界にやってくる彼らの姿が見られるかもしれない。こういったキャラクターの活動も、ライトノベルの多様化で、新しいメディアミックスの形なのだ。

ＶＴｕｂｅｒが現れたことで、〝キャラクター〟という存在が現実社会にも進出し、当たり前のように〝そこに存在〟するようになってきた。キャラクターを生み出すことに関してライトノベルは突出したポテンシャルを持っている。物語の広がりも、キャラクターの広がりも、今後が楽しみだ。

『このライトノベルがすごい！2022』

Light Novel Index

★ここに掲載されているのは、本書内で紹介している作品（シリーズ）となっています。
★50音順で並んでいます。
★イラストレーター名は省略しています。

	書名またはシリーズ名	著者名	レーベル名	掲載ページ
あ	蒼と壊羽の楽園少女	天城ケイ	GA文庫	156
	安達としまむら	入間人間	電撃文庫	137
	あやかしアンプリファイアー	紫藤龍弥	IIV	177
	アリス・イン・ゾンビーランド ゾンビに撮影許可は必要ですか？	空伏空人	電撃の新文芸	144
	Unnamed Memory	古宮九時	電撃の新文芸	154
	異修羅	珪素	電撃の新文芸	60
	異世界に転移したら山の中だった。反動で強さよりも快適さを選びました。	じゃがバター	ツギクルブックス	164
	異世界薬局	高山理図	MFブックス	163
	異伝 淡海乃海 ～羽林、乱世を翔る～	イスラーフィール	TOブックス	175
	祈る神の名を知らず、願う心の形も見えず、それでも月は夜空に昇る。	品森 晶	MF文庫J	171
	インフルエンス・インシデント	駿馬 京	電撃文庫	147
	ウィークエンドアーマゲドン	都乃河勇人	ストレートエッジ	176
	嘘と詐欺と異能学園	野宮 有	電撃文庫	160
	虚ろなるレガリア	三雲岳斗	電撃文庫	159
	86―エイティシックス―	安里アサト	電撃文庫	46
	王様のプロポーズ	橘 公司	ファンタジア文庫	166
	オーバーライト	池田明季哉	電撃文庫	149
	幼なじみが絶対に負けないラブコメ	二丸修一	電撃文庫	126
	幼馴染で婚約者なふたりが恋人をめざす話	緋月 薙	HJ文庫	131
	推しが俺を好きかもしれない	川田戯曲	ファンタジア文庫	130
	お隣の天使様にいつの間にか駄目人間にされていた件	佐伯さん	GA文庫	39

	書名またはシリーズ名	著者名	レーベル名	掲載ページ
	乙女ゲームのハードモードで生きています	赤野用介	星海社FICTIONS	100
	お見合いしたくなかったので、無理難題な条件をつけたら同級生が来た件について	桜木 桜	角川スニーカー文庫	129
	お嫁さんにしたいコンテスト1位の後輩に弱みを握られた	岩波 零	MF文庫J	130
	俺にはこの暗がりが心地よかった―絶望から始まる異世界生活、神の気まぐれで強制配信中―	星崎 崑	GAノベル	167
	俺の妹がこんなに可愛いわけがない	伏見つかさ	電撃文庫	131
	俺は全てを【パリイ】する ～逆勘違いの世界最強は冒険者になりたい～	鍋敷	アース・スターノベル	153
	俺を好きなのはお前だけかよ	駱駝	電撃文庫	128
	女同士とかありえないでしょと言い張る女の子を、百日間で徹底的に落とす百合のお話	みかみてれん	GA文庫	138
か	学園キノ	時雨沢恵一	電撃文庫	142
	陰の実力者になりたくて！	逢沢大介	KADOKAWA／エンターブレイン	158
	カノジョに浮気されていた俺が、小悪魔な後輩に懐かれています	御宮ゆう	角川スニーカー文庫	127
	カノジョの妹とキスをした	海空りく	GA文庫	132
	神は遊戯に飢えている。	細音 啓	MF文庫J	44
	川上稔短編集	川上 稔	電撃文庫Born Digital	176
	貴サークルは“救世主”に配置されました	小田一文	GA文庫	145
	義妹生活	三河ごーすと	MF文庫J	40
	君が、仲間を殺した数	有象利路	電撃文庫	172
	君のせいで今日も死ねない。	飴月	ファンタジア文庫	135
	キミの青春、私のキスはいらないの？	うさぎやすぽん	電撃文庫	134
	君は初恋の人、の娘	機村械人	GA文庫	136
	君は僕の後悔	しめさば	ダッシュエックス文庫	134

書名またはシリーズ名	著者名	レーベル名	掲載ページ
弱キャラ友崎くん	屋久ユウキ	ガガガ文庫	133
終末なにしてますか?　もう一度だけ、会えますか?	枯野 瑛	角川スニーカー文庫	175
呪剣の姫のオーバーキル　～とっくにライフは零なのに～	川岸殴魚	ガガガ文庫	161
主人公にはなれない僕らの妥協から始める恋人生活	鴨野うどん	オーバーラップ文庫	136
春夏秋冬代行者	暁 佳奈	電撃文庫	37
処刑少女の生きる道《バージンロード》	佐藤真登	GA文庫	171
白百合さんかく語りき。	今田ひよこ	電撃文庫	139
神角技巧と11人の破壊者	鎌池和馬	電撃文庫	111
真の仲間じゃないと勇者のパーティーを追い出されたので、辺境でスローライフすることにしました	ざっぽん	角川スニーカー文庫	163
新・魔法科高校の劣等生　キグナスの乙女たち	佐島 勤	電撃文庫	138
スーパーカブ	トネ・コーケン	角川スニーカー文庫	135
涼宮ハルヒの直観	谷川 流	角川スニーカー文庫	142
『ずっと友達でいてね』と言っていた女友達が友達じゃなくなるまで	岩柄イズカ	GA文庫	141
ストライクフォール	長谷敏司	電撃文庫	157
スパイ教室	竹町	ファンタジア文庫	43
スライム倒して300年、知らないうちにレベルMAXになってました	森田季節	GAノベル	163
「青春ブタ野郎」シリーズ	鴨志田 一	電撃文庫	132
声優ラジオのウラオモテ	二月 公	電撃文庫	44
精霊幻想記	北山結莉	HJ文庫	155
世界征服系妹	上月 司	電撃文庫	145
戦闘員、派遣します!	暁なつめ	角川スニーカー文庫	143
双神のエルヴィナ	水沢 夢	ガガガ文庫	161
ソードアート・オンライン	川原 礫	電撃文庫	124
続・魔法科高校の劣等生　メイジアン・カンパニー	佐島 勤	電撃文庫	157
その色の帽子を取れ　―Hackers' Ulster Cycle―	梧桐 彰	電撃の新文芸	172

書名またはシリーズ名	著者名	レーベル名	掲載ページ
きみは本当に僕の天使なのか	しめさば	ガガガ文庫	147
ギルドの受付嬢ですが、残業は嫌なのでボスをソロ討伐しようと思います	香坂マト	電撃文庫	160
薬の魔物の解雇理由	桜瀬彩香	TOブックス	178
薬屋のひとりごと	日向 夏	ヒーロー文庫	180
蜘蛛ですが、なにか?	馬場 翁	カドカワBOOKS	153
クラスの大嫌いな女子と結婚することになった。	天乃聖樹	MF文庫J	128
グリモアレファレンス	佐伯庸介	電撃文庫	150
経験済みなキミと、経験ゼロなオレが、お付き合いする話。	長岡マキ子	ファンタジア文庫	46
現実でラブコメできないとだれが決めた?	初鹿野 創	ガガガ文庫	42
現代社会で乙女ゲームの悪役令嬢をするのはちょっと大変	二日市とふろう	オーバーラップノベルス	61
剣と魔法の税金対策	SOW	ガガガ文庫	149
恋は双子で割り切れない	高村資本	電撃文庫	126
公女殿下の家庭教師	七野りく	ファンタジア文庫	174
鋼鉄城アイアン・キャッスル	手代木正太郎	ガガガ文庫	159
公務員、中田忍の悪徳	立川浦々	ガガガ文庫	166
この素晴らしい世界に祝福を!	暁なつめ	角川スニーカー文庫	153
最強出涸らし皇子の暗躍帝位争い　無能を演じるSSランク皇子は皇位継承戦を影から支配する	タンバ	角川スニーカー文庫	174
サイレント・ウィッチ 沈黙の魔女の隠しごと	依空まつり	カドカワBOOKS	58
佐々木とピーちゃん	ぶんころり	KDOKAWA	57
錆喰いビスコ	瘤久保慎司	電撃文庫	154
塩対応の佐藤さんが俺にだけ甘い	猿渡かざみ	ガガガ文庫	127
詩剣女侠	春秋梅菊	集英社オレンジ文庫	182
死に至る恋は嘘から始まる	瀬尾 順	新潮文庫nex	182
死に戻りの魔法学校生活を、元恋人とプロローグから(※ただし好感度はゼロ)	六つ花えいこ	アース・スターノベル	179
〆切前には百合が捗る	平坂 読	GA文庫	137

	書名またはシリーズ名	著者名	レーベル名	掲載ページ
は	灰の街の食道楽	黄鱗きいろ	カドカワBOOKS	172
	葉隠桜は嘆かない	玖洞	アース・スターノベル	171
	貘　―獣の夢と眠り姫―	長月東葭	ガガガ文庫	170
	筐底のエルピス	オキシタケヒコ	ガガガ文庫	169
	Babel	古宮九時	電撃の新文芸	60
	バレットコード：ファイアウォール	斉藤すず	電撃文庫	41
	パワー・アントワネット	西山暁之亮	GA文庫	159
	ひきこまり吸血姫の悶々	小林湖底	GA文庫	174
	悲劇の元凶となる最強外道ラスボス女王は民の為に尽くします。	天壱	アイリスNEO	180
	ひげを剃る。そして女子高生を拾う。	しめさば	角川スニーカー文庫	133
	美少女と距離を置く方法	丸深まろやか	オーバーラップ文庫	136
	秘密結社デスクロイツ	林トモアキ	星海社FICTIONS	143
	VTuberなんだが配信切り忘れたら伝説になってた	七斗 七	ファンタジア文庫	147
	服飾師ルチアはあきらめない～今日から始める幸服計画～	甘岸久弥	MFブックス	149
	豚のレバーは加熱しろ	逆井卓馬	電撃文庫	164
	ふつつかな悪女ではございますが ～雛宮蝶鼠とりかえ伝～	中村颯希	一迅社ノベルス	178
	浮遊世界のエアロノーツ 飛空船乗りと風使いの少女	森 日向	電撃文庫	156
	古き掟の魔法騎士	羊太郎	ファンタジア文庫	158
	プロペラオペラ	犬村小六	ガガガ文庫	39
	文学少女対数学少女	陸秋槎	ハヤカワ・ミステリ文庫	183
	PAY DAY	達間 涼	MF文庫J	170
	ヘルモード ～やり込み好きのゲーマーは廃設定の異世界で無双する～	ハム男	アース・スターノベル	160
	放課後の嘘つきたち	酒井田寛太郎	ハヤカワJA	182
	忘却の楽園	土屋 瀧	電撃文庫	175
	ぼくたちのリメイク	木緒なち	MF文庫J	146

	書名またはシリーズ名	著者名	レーベル名	掲載ページ
た	ただ制服を着てるだけ	神田暁一	GA文庫	43
	田中～年齢イコール彼女いない歴の魔法使い～	ぶんころり	GCノベルズ	164
	男女の友情は成立する？（いや、しないっ!!）	七菜なな	電撃文庫	130
	ダンジョンに出会いを求めるのは間違っているだろうか	大森藤ノ	GA文庫	152
	探偵はもう、死んでいる。	二語 十	MF文庫J	40
	千歳くんはラムネ瓶のなか	裕夢	ガガガ文庫	36
	超世界転生エグゾドライブ	珪素	電撃の新文芸	61
	月とライカと吸血姫	牧野圭祐	ガガガ文庫	150
	ティアムーン帝国物語 ～断頭台から始まる、姫の転生逆転ストーリー～	餅月 望	TOブックス	179
	TRPGプレイヤーが異世界で最強ビルドを目指す ～ヘンダーソン氏の福音を～	Schuld	オーバーラップ文庫	162
	泥酔彼女	串木野たんぼ	GA文庫	131
	転校先の清楚可憐な美少女が、昔男子と思って一緒に遊んだ幼馴染だった件	雲雀湯	角川スニーカー文庫	129
	天才王子の赤字国家再生術～そうだ、売国しよう～	鳥羽 徹	GA文庫	173
	転生王女と天才令嬢の魔法革命	鴉ぴえろ	ファンタジア文庫	139
	転生したらスライムだった件	伏瀬	GCノベルズ	162
	「とある魔術の禁書目録」シリーズ	鎌池和馬	電撃文庫	125
	時々ボソッとロシア語でデレる隣のアーリャさん	燦々SUN	角川スニーカー文庫	41
	とってもカワイイ私と付き合ってよ!	三上こた	角川スニーカー文庫	128
	飛び降りようとしている女子高生を助けたらどうなるのか？	岸馬きらく	角川スニーカー文庫	135
	友達の妹が俺にだけウザい	三河ごーすと	GA文庫	127
	ドラキュラやきん!	和ヶ原聡司	電撃文庫	148
な	嘆きの亡霊は引退したい ～最弱ハンターによる最強パーティ育成術～	槻影	GCノベルズ	155
	七つの魔剣が支配する	宇野朴人	電撃文庫	169
	西野　～学内カースト最下位にして異能世界最強の少年～	ぶんころり	MF文庫J	144
	ノベル　俺だけレベルアップな件	Chugong	KADOKAWA	161

	書名またはシリーズ名	著者名	レーベル名	掲載ページ
	友人に500円貸したら借金のカタに妹をよこしてきたのだけれど、俺は一体どうすればいいんだろう	としぞう	ファミ通文庫	141
	雪の名前はカレンシリーズ	鏡 征爾	講談社ラノベ文庫	144
	ようこそ実力至上主義の教室へ	衣笠彰梧	MF文庫J	38
	妖精美少女が脳内で助けを求めてくるんだが?	新嶋紀陽	いずみノベルズ	177
ら	ライアー・ライアー	久追遥希	MF文庫J	143
	楽園ノイズ	杉井 光	電撃文庫	133
	リアデイルの大地にて	Ceez	KADOKAWA／エンターブレイン	121
	Re:ゼロから始める異世界生活	長月達平	MF文庫J	152
	リビルドワールド	ナフセ	電撃の新文芸	59
	りゅうおうのおしごと!	白鳥士郎	GA文庫	125
	ループ7回目の悪役令嬢は、元敵国で自由気ままな花嫁生活を満喫する	雨川透子	オーバーラップノベルスf	179
	レイの世界 —Re:I— Another World Tour	時雨沢恵一	IIV	148
	【朗報】俺の許嫁になった地味子、家では可愛いしかない。	氷高 悠	ファンタジア文庫	129
	ロクでなし魔術講師と禁忌教典	羊太郎	ファンタジア文庫	158
わ	忘れえぬ魔女の物語	宇佐楢春	GA文庫	139
	わたしが恋人になれるわけないじゃん、ムリムリ!(※ムリじゃなかった!?)	みかみてれん	ダッシュエックス文庫	138
	わたし、二番目の彼女でいいから。	西 条陽	電撃文庫	140

	書名またはシリーズ名	著者名	レーベル名	掲載ページ
	ぼくたちのリメイクVer.β	木緒なち	MF文庫J	146
	僕たちはまだ恋を知らない ～初恋実験モジュールでの共同生活365日～	鶏卵うどん	MF文庫J	140
	僕の愛したジークフリーデ	松山 剛	電撃文庫	170
	ボクは再生数、ボクは死	石川博品	KADOKAWA／エンターブレイン	62
	星になりたかった君と	遊歩新夢	実業之日本社	183
	星詠みの魔法使い	六海刻羽	オーバーラップ文庫	145
	ホヅミ先生と茉莉くんと。	葉月 文	電撃文庫	45
	ホラー女優が天才子役に転生しました ～今度こそハリウッドを目指します!～	鉄箱	ガガガ文庫	148
	本好きの下剋上 ～司書になるためには手段を選んでいられません～	香月美夜	TOブックス	59
ま	魔王2099	紫 大悟	ファンタジア文庫	169
	負けヒロインが多すぎる!	雨森たきび	ガガガ文庫	45
	魔女と猟犬	カミツキレイニー	ガガガ文庫	168
	魔女の旅々	白石定規	GAノベル	154
	また殺されてしまったのですね、探偵様	てにをは	MF文庫J	150
	魔導具師ダリヤはうつむかない ～今日から自由な職人ライフ～	甘岸久弥	MFブックス	62
	魔法使い黎明期	虎走かける	講談社ラノベ文庫	155
	継母の連れ子が元カノだった	紙城境介	角川スニーカー文庫	42
	水属性の魔法使い	久宝 忠	TOブックス	156
	ミモザの告白	八目 迷	ガガガ文庫	38
	無職転生 ～異世界行ったら本気だす～	理不尽な孫の手	MFブックス	173
	むすぶと本。	野村美月	ファミ通文庫	134
や	やはり俺の青春ラブコメはまちがっている。	渡 航	ガガガ文庫	124
	やり直し令嬢は竜帝陛下を攻略中	永瀬さらさ	ビーンズ文庫	180
	ユア・フォルマ	菊石まれほ	電撃文庫	168
	勇者刑に処す 懲罰勇者9004隊刑務記録	ロケット商会	電撃の新文芸	167

PRESENT

『このラノ2022』読者プレゼント

プレゼント①

『千歳くんはラムネ瓶のなか』
裕夢先生サイン入りポスター

3名様

プレゼント②

『春夏秋冬代行者』
暁佳奈先生サイン本

3名様

プレゼント③

『佐々木とピーちゃん』
ぶんころり先生サイン本

3名様

二次元コードからアンケートフォームにアクセスし、必要事項とご希望のプレゼント番号を選択いただき、送信してください。

締め切り：2022年5月31日 23:59

当選者の発表はプレゼントの発送をもって代えさせていただきます。
※提供いただいた情報は、個人情報を含まない統計的な資料の作成に利用させていただく場合がございます。

CREDIT
表紙イラスト：フライ
表紙・本文デザイン：門田耕侍
DTP：株式会社明昌堂
編集：宇城卓秀／マイストリート（岡田勘一・條野智之）
ライター：愛咲優詩／綾城しの。／太田祥暉
岡田勘一／柿崎憲／勝木弘喜／髙橋剛／
髙橋義和／中谷公彦／緋悠梨／松浦恵介

SPECIAL THANKS
KADOKAWA（電撃文庫、電撃の新文芸、ファンタジア文庫、角川スニーカー文庫、MF文庫J、ファミ通文庫、カドカワBOOKS、ホビー書籍編集部）
小学館（ガガガ文庫）
集英社（ダッシュエックス文庫）
講談社（講談社ラノベ文庫）
SBクリエイティブ（GA文庫、GAノベル）
オーバーラップ（オーバーラップ文庫、オーバーラップノベルス）
ホビージャパン（HJ文庫、HJノベルス）
TOブックス
マイクロマガジン社（GCノベルズ）
フロンティアワークス（MFブックス）
一迅社（一迅社ノベルス、アイリスNEO）
ストレートエッジ
アース・スター エンターテイメント
（アース・スターノベル）

このライトノベルがすごい! 2022
2021年12月9日　第1刷発行

編者　『このライトノベルがすごい!』編集部
発行人　蓮見清一
発行所　株式会社宝島社
〒102-8388
東京都千代田区一番町25番地
電話（営業）03-3234-4621
（編集）03-3239-0599
https://tkj.jp

印刷・製本　図書印刷株式会社

ISBN978-4-299-02264-6